中国近现代日记丛刊

杨宜治日记

李文杰　整理

上海人民出版社

目　　录

整理说明

杨宜治(约1845—1898),字虞裳,籍贯四川渠县,长于成都。同治六年(1867),中式四川乡试举人。同治十三年(1874)七月,以举人考取内阁中书,不久到阁行走。光绪十年(1884),传补总理各国事务衙门章京。十一年(1885)二月,补授起居注主事。八月,随总理衙门大臣、鸿胪寺卿邓承修前往两广,办理中越勘界事务。十三年(1887)回京后,转任刑部主事,次年升员外郎。十八年(1892),升任刑部郎中。在此期间,一直兼任总理衙门英国股章京。光绪二十年(1894),由清朝特使、湖北布政使王之春奏带,随同出访俄国,参与老沙皇亚历山大三世丧礼。回国后,以劳绩保奖,升通政使司参议,兼任总理衙门总办章京。光绪二十四年(1898),实授太常寺少卿,当年夏季,因病去世。

杨宜治是晚清同光年间的一位中层京官,去世前虽仅为正四品的太常寺少卿,但他长期兼任总理衙门章京,在总署任职长达14年之久,故而熟悉清朝的对外事务,是当时体制内最通外交的官员之一。他以总理衙门章京的身份,起草了历年重要的中外交涉文书,参与过中法战争之后的中越勘界,在中日甲午战争的紧要关头,前往俄国联络邦交。他的这些经历，记录着晚清外交的重要轨迹。

一

《杨宜治日记》，由三部独立的日记构成，分别是：

1.《交轺随笔》，起止时间是光绪十一年七月（1885 年 8 月）至光绪十三年八月（1887 年 10 月）。所谓的“交”，即古交趾、交州，今属越南北部和中国两广的部分地区；“轺”，即使者的车驾。《交轺随笔》记载中法战争之后，杨宜治随邓承修前往两广勘界的详情。关于 1885 年的中越勘界，主持其事的邓承修留有部分日记和电稿，同行的李兴锐也留有日记（可参考《李兴锐日记》《邓承修勘界资料汇编》）。[①]相较而言，只有杨宜治逐日记载踏勘、谈判的全过程，是中越勘界最为翔实的一手记录。

《交轺随笔》抄本，共两册，清华大学图书馆藏，今据影印本点校。[②]

2.《惩斋日记》，起止时间是光绪十三年九月（1887 年 10 月）至光绪十五年十二月（1890 年 1 月），“惩斋”是杨宜治的室号，日记记录了杨宜治完成勘界任务返京之后，在京的工作与生活实景。这段时间，杨宜治担任刑部司官，兼任总理衙门英国股章京。日记内容丰富，包含有杨宜治的交谊、兴趣及日

---

① 李兴锐著，廖一中、罗真容整理：《李兴锐日记》，中华书局 2015 年版；萧德浩、吴国强编：《邓承修勘界来往电稿》《邓承修勘界日记》，收入萧德浩、吴国强编：《邓承修勘界资料汇编》，广西人民出版社 1990 年版。

② 杨宜治：《交轺随笔》，收入清华大学图书馆编：《清华大学图书馆藏稿钞本日记丛刊》第 12 册，国家图书馆出版社 2018 年版。

常琐事，在总理衙门经手的各种交涉难题，也涉及晚清的蜀学、金石、书法、堪舆、医学等内容，是研究这一时段学术史、社会史、政治史的珍贵资料。

《惩斋日记》稿抄本两册，现藏北京大学图书馆，今据影印本点校。①

3.《俄程日记》，起止时间是光绪二十年十月（1894 年 11 月）至光绪二十一年六月（1895 年 8 月），记录杨宜治随王之春出访俄国，顺访法国、德国、英国的实况，其中有杨宜治等人对欧洲大国制度的观察以及甲午战争期间的一些交涉细节。

《俄程日记》稿抄本两册，现藏北京大学图书馆，今据影印本点校。《俄程日记》除有稿抄本存世，另有铅印本刊行，可资参考。②

二

清华大学图书馆藏《交轺日记》，北京大学图书馆藏《惩斋日记》《俄程日记》，虽然版本信息标识为“稿本”，但实际上，大部分是据原稿所转录的抄件。

《交轺随笔》记录了边境查勘的实情，这项活动在较为艰苦的环境中进行，团队成员有宿于深山野外的经历。返观日记，全文字迹清秀，用工整小楷书写，正文、夹注、天头的小字层次分明，这些都显示，该版日记并非完成于局促的环境中和

① 杨宜治：《惩斋日记》，收入北京大学图书馆馆藏稿本丛书编委会编：《北京大学图书馆馆藏稿本丛书》第 17 册，天津古籍出版社 1991 年版。

② 杨宜治：《俄程日记》，收入《北京大学图书馆馆藏稿本丛书》第 17 册。

仓促的时间之内。结合日记中部分添改记录判断，该日记可能是杨宜治据原始记录自行或请人缮抄后，经再次修改而形成的。

《惩斋日记》则可分两部分来看，一部分是光绪十三年九月（1887 年 10 月）至十四年底（1889 年 1 月）的记录，极可能是他人缮抄的版本。这一部分字迹工整，但一则缺字多，二则明显误抄之处多。例如，将邱縠似抄成“邱教似”、黔信抄成“黠信”、江浙抄成“江淅”、廉访抄成“廉诂”、大鸿胪抄成“大的”，且“的”字之后空缺，抄写酆都时第一字空缺。除这些证据之外，还有一个铁证能说明日记的这一部分为抄本：光绪十四年十月初一日至八日的部分，全书出现了两次，两次仅有细微差别。这些迹象都显示，日记的这一部分是抄本，且抄者的文化水平有限，并非作者本人。第二部分，即光绪十五年部分，以草书书写，添改多，内容少有错误，很可能是作者的亲笔，属于原稿本。这一部分辨认难度极大。

《俄程日记》则与《交轺随笔》类似，在楷书、行书抄本的基础上进行了部分添改，很可能是据原始记录缮抄，再作修改之后形成的版本。将该版本与清末铅印本《俄程日记》相比较可以发现，前者是后者刊刻的基础。

也因为日记大部分为抄本，错抄、漏抄颇多，正文中常有不可解之处。

三

文中不影响理解的异体字，均统一为常用字。为尊重原稿，一般错字、别字、前后不一的用法，均照录原文（如图们江、土门江），在校勘时使用各类符号与原文进行区分：改正错字，在原文后用〔〕标识，衍字用［］标出，添写漏字用〈〉，无法辨识的字用□替代，原稿空缺的字用○标注，因敬称抬写或分段原因形成的空格直接删去。为便利读者使用，日记的传统纪年后用括号标示对应的公元月日，每月第一天，加公元年。

《总理衙门章京的日常生活与仕宦生涯——〈惩斋日记〉与杨宜治其人》一文，作于十年之前，是我读博期间在北京大学图书馆古籍部阅读《惩斋日记》之后的习作，蒙《近史所集刊》不弃，予以刊载，现稍作修改并附于书后，供读者参考。

郭黎鹏、刘静、王雨霏、夏召、徐蓉丽、谢俊、王琪琳参与了《交轺随笔》的录入，陈司琪点校了《俄程日记》并进行了仔细校对，赵崧杰、任丽平、周明昭、汪林峰参与了全文的校对，在此一并致谢。日记全文由我核校定稿，其中出现的错误由我负责。惟因日记内容包罗万象，整理者水平有限，尚祈读者谅之。

李文杰

2020 年 10 月 31 日

交轺随笔

光绪十一年七月(1885 年 8 月)——
光绪十三年八月(1887 年 10 月)

光绪十一年

七月

二十日(1885年8月29日) 朝廷以中法事既敉定，允法通商于越南。华夏界防不能不立，特简阁部临桂周公前往云南，总署大臣、大鸿胪归善邓公前往广西，各会同督抚勘定中越边界。卿衔主事唐君景崧、江苏道员叶君廷眷随同云南办理。广东督粮道王君之春、直隶道员李君兴锐随同广西办理，与随带司员一并驰驿前往。是时，宜治备员译署，仰见国家郅治保邦，睦邻字小，意至深远。

二十四日(1885年9月2日) 邓大臣奏请随带司员，首译署章京、工部郎中开平关君朝宗，次宜治，次谒选大令博罗廖君锡恩，钦奉俞允。

八月

初一日(9月9日) 随周、邓星使至景运门递请训摺、改由海道片，恭候召见两大臣毕，退至朝房，斟酌应带档册要件，旋奉旨："摺批：知道了。钦此。片批：依议。钦此。"两星使遂定初六日巳刻启程，同由天津道沪至粤东，径达梧州、南宁，一由龙州出关，一由百色赴开化、蒙自。

七月二十四日闻命恭纪

临轩劳遣有辉光，手答平津荐士章。
常惠参骑容副武，冯唐奉使尚为郎。
三年密阮周师旅，万里提封古越裳。
莫道止戈无远备，申圻原为奠要荒。

八月初一日随临桂、归善两星使出景运门恭赋

双星遥下五云重，衔命都将恋阙容。
地向珠崖修禹贡，天教玉斧定尧封。
哀牢古驿连鸡马，广郁穷边达虎龙。
沧海漫嗟行路远，勒碑还在极南峰。

周星使随带司员：译署章京户部郎中张君、其濬，字巨川，壬戌考班中书，蠡县人。主事李君、庆云，字郁卿，郁林州人。兵部主事关君。广槐，字树三，苍梧县人。

初六日(9月14日) 自都启程，来送者马立轩兄暨通家王生方一、郑生兆兰也。至东便门与璧泉兄会，至高密店与巨川前辈会，四点钟到通州，晤树三兄。

余有黑骡一头，体甚伟而齿颇长，盖去岁友人出都，以原价鬻者，为寓馆人所厄，不得饲于家，以畀厩人，或饥或饱，主人无从过而问焉。译署班既勤，都中酬酢又不免，几于日不停轨，余性急而骡性乃独迟，意态闲闲，如不欲[战]置之闲散，则颇惜其材。隶之盐车，则虑增其困，且畜之既久，亦忘其短而不忍离也。是日，服辕就道，行不数里，忽昂首向风，踔厉奋发，同行者车几辆、马几匹，皆瞠乎在后。御者遏之不能止，然行且登舟，虽有駃騠，乌乎用，颇怅怅云。

八月初六日随邓星使出都夜宿通州

出扶桑日照征旗，向启明星发传车。
谒者自惭司马掾，行人端属大鸿胪。
身辞凤阙三秋候，目极龙州万里馀。
双杵孤帆今夜共，潞河先报驿程初。

初七日（9月15日） 未刻，自通州解缆，夜宿刘村。

初八日（9月16日） 五鼓解缆，夜宿河西务。晤署武清令谭佑之澍，译署同事谭仲宣二兄之次郎。又晤文葛生镇军，湖南人。

初九日（9月17日） 未刻到河西务，谭佑之大令送至此，供馔加丰。日暮开船，天津令陈君以培已遣人迎至此递名帖矣。

初十日（9月18日） 十二点钟到天津，节相率僚属迎星使于大王庙，跪请圣安，沿江水师军容甚盛，舟住三岔河保昌洋行门口，未登岸。萧廉甫四兄世本来舟把晤甚欢，去分手时又三年矣。季仕周都转邦桢、万莲初观察培因、津道。周玉山推使馥、汪太守守正、津守。陈大令以培、津令。署总兵郑君国魁来拜，均未晤接。

三点钟，偕同事五君谒合肥相师〔师相〕，星使命也。门外降舆，入拜，傅相亦答拜，慰云："诸君此行甚辛苦，若到界，无甚饶舌，明年二月当可旋车。"同事张君巨川起云："辛苦是司官们应该的，界事有两星使遵旨会勘于外，中堂主持于内，自不难早定。"傅相云："保胜形势甚好，离滇界尽〔仅〕数里，彼所必争，谅山距镇南关四十余里，尚觉宽绰，易于进步。"关君璧泉对云："两界之中，定为瓯脱，不知能行否？"傅相云："此层定约时，我亲函达三邸，由总署与争持数十日，赫税司据彼电复不行，只得照议定约。惟约中有‘或因现在之界稍有改正，以期公同有益’一语，是在两星使临时审度耳。”馀各询寒暄，遂出。晚过德盛范子华处便酌。

十一日(9月19日)　同乡袁友章直牧煐文来拜。答拜阖城文武。巳刻，赴廉甫兄招饮，同座袁友章兄、乡人崇宁杨绍庭大令。

十二日(9月20日)　傅相订五点钟宴两星使及同事六人于水师公所。早十点钟，同乡徐剑农提军邦道、袁友章直牧招饮于工程局。

四点钟时，赴水师公所之召，六点钟，主宾毕集。水师公所在紫竹林，地甚宏厰雅洁，入门有园，花草蕃盛，高堂层轩，参以西制，其右武备学馆在焉。先二日，法国李提督士卑亦到津，是日同集。席设长案，围坐三十人，西宾则李士卑、白翻译、税司德璀琳、法船三画管驾三人及迷克，日本使臣榎本武扬、吴启泰依序而坐，庭设西乐，以一人立于中，持金筒如中国喇叭，隆下而修上，复长管数曲，两手抱处有小管六，应手启闭，如吹洞箫，面前横一架，上横铁格如窗棂，时震震作响，如刷柷敔。奏时，一手按筒，一手指画作节奏，有二十余人，环作一圈，皆持筒如其式，徐疾低昂，颇有宫商可听。客入门，一奏，延入座，再奏，酒三爵，亦一，再奏，始用华酒，继进各种西酒，肴亦中西间出，水陆杂陈，一宾一匜，停箸辄更味别，器精可不殚述。八点钟撤筵归舟宿。

十三日(9月21日)　辰七点钟，剑农、廉甫、友章三兄来送行。

十三日九点钟，偕剑农赴试院，拜朝鲜大院君。院君姓李，名昰应，即禅国于子熙而仍坚拒法人，国人从之，目为守旧党者也，随吴提督长庆来华，羁縻近三年矣。甲申十月，朝鲜之变，由国主熙优柔不治，致开化乱党金玉均、朴泳孝、洪英植、徐光范等勾结东人，逼王移宫，大臣闵泳穆、赵宁夏等被害，我中国防兵因沈舜漳等之请，入平寇乱，王与太妃、闵妃等危而复安，东人既不得逞，遂欲大举侵韩。时朝廷方有事于越南，未暇东顾，北洋大臣请移兵舰迅驻仁川，于是东人气慑，始愿就款，其不为越南者，几希。今年春，英俄构衅，英强屯韩巨磨岛以敌俄，俄亦距沙家零岛以责韩，韩处两大，势又岌岌。议者谓，大院君雄才大略，在则国固，去则国乱，宜速遣归，可以强韩，韩之强，华之障也。久之，始得旨，饬北洋大臣派员妥护昰应还国。昰应住中久，初默默无所陈露，及北洋大臣喻上意，且觇其志，昰应北向跪，流涕欷歔，仰天太息曰："微皇帝威灵，韩几不国，幸而获宥，许为陪臣，长昰应之愿也。若弃归，则南山南、北山北保首领以没为幸，岂复重闻理乱哉！"闻者皆太息失声。然观昰应，须眉静动，固非淟涊亡仇耻者。

是日相见，适奉电旨趣归。装几榻间，画兰满幅，墨沈犹湿，笔力劲瘦。院君貌清癯，长六尺，冠青丝笠，衣虾色绸袍，束绦带垂緌，精神奕奕，语音清亮。问年，曰："六十六矣。"索其画扇，问行期何时，答以今日午刻。院君曰："即画就，着人送船上。"余亦以都中书就扇立署款为赠。院君展视朗吟，揖谢曰："匪但字佳，词亦语语出余肺腑，陶公先得我心哉！"盖文为《归去来辞》，自"乃瞻衡宇"至"审容膝之易安"一段，亦先期适合者。院君又指第四句曰:“稚子愧不才矣!”令人发噱,而亦其中不能自遏者,余以开轮在即,笔谈数语起辞,院君送出,徐军门执其手,近耳大言曰:“太公归,若用兵,可向中朝来索我也。”余曰:“军门战功久著西陲,诚将领之巨擘。”院君曰:“自当借重,但愿无此事。”余曰:“院君此次返国,必有一番布置,使内外辑睦,上下胥安矣。”院君拱手曰:“愧甚,惜乎老矣,无能为役耳。”别后至招商局小饮,而院君画兰扇已遣使送至舟中矣。

十点钟二刻,傅相率僚属送两星使于舟次。

十一点钟,与同事六人饮于招商局。主人周玉山榷使、季士周都转、万莲生观察、黄太守建筦,字花农,招商局总办。同座胡云门观察燏棻、朱伯华观察福荣。

是日,乘丰顺轮船往沪,二点一刻五分起椗东行。亥初二刻出大沽口,至黑浮筒标识处候潮。

十四日(9月22日) 子正潮涨开轮。丑初出拦江沙。灯船外风雨表指晴和,舟行偏南十二分。巳正至山东洋面。未初二刻至登州庙岛。由大沽口至此,计壹百肆拾贰迈,舟行改向,偏南十一分。酉初过烟台口外。亥正二刻至成山头。由庙岛至此,计壹百壹拾迈,舟行改向南偏西三分。

午间,观马鹾令复贲手绘越南图。马君,字铁崖,桐城人,曾奉张振轩制军委住越三载,山川隘堑皆所亲历。上年张幼樵学士所送总署越南大图,即得之马君者也。官职卑薄,无特荐之者。邓星使过津时,因周玉山榷使荐,遂令同行,舟中听其指画南北圻形势,觉交州全境如在目中,不减伏波聚米之乐。此图后经亲历,中多舛误。

十五日(9月23日) 子正三刻五分，至黑水洋。由成山头至此，计二十六迈，舟行仍前向。申正十分，出黑水洋，计行壹百捌拾肆迈。酉初，至江苏洋面，微西风，舟稍侧而行，颇速。

挽湘阴相侯

光绪十一年七月二十七日午刻，接闽电云：湘阴于是日巳刻薨逝。湘阴曾以枢、揆兼总署事务，宜治分在掾属，情切挽悼，缘交州之役，治装草檄，未暇也。津轮无事，东望闽海，怆然走笔，成七十六韵，用志景感云。

奉使龙州日，闻公噩耗伤。
廿年资将相，一死震闽湘。
箕尾归何速，风霆信未详。
台垣星黯淡，鼙鼓话苍凉。
忆昔楩楠贡，交传棣萼芳。
蕡车双罢选，丰剑独腾铓。
夙学隆中策，新书圯上囊。
广舆知隘塞，宣夜测灾祥。
但具经纶手，都兼铁石肠。
坚贞期不改，笃实内含刚。
陶侃观兵地，林逋子鹤乡。
相攸知彦国，践约重山阳。
海内风尘遍，衡宗气脉昌。
姓依麟笔显，衔自凤池扬。
大骆休休度，风胡作作芒。
伟人归节幕，群彦悉巾箱。

送客临巫峡，鸣金出汉汤。

仔肩吴蜀共，高瞩祖刘望。湘阴始入骆文忠公幕府，文忠入蜀后，湘阴乃握节江淮。

曾氏三龙骏，江家两凤凰。

冠军数罗李，横海识彭杨。

英杰驰声誉，深沉鲜测量。

百章陈谔谔，千顷叹汪汪。

天子三征召，元戎十乘行。

楚雄方广驾，浙寇敢披猖。

王旅陈檇李，公徒起翳桑。

健儿金锁甲，柔橹白衣裳。

江汉征南寄，关山直北疆。

何人收玉垒？此夜复钱塘。

赤壁楼船下，金陵杀气藏。

益阳增感喟，涤老得匡襄。

开府临淮共，将军向宠方。

论功归众帅，遗略念先皇。

花草吴宫树，刀环越水商。

秋莼怀范蠡，春渚吊严光。

江冷庾公井，山间谢傅堂。

未能归陇亩，又促赴河湟。

上捷新铙甲，中原古战场。

龙颜天北极，马首地西羌。

入境韩侯命，行师耿弇觞。

克期臣用誓，临送汝毋忘。

伐鼓阴山外，镳兵瀚海旁。
胡沙清朔漠，露布走敦煌。
策卜金瓯协，铭功秬鬯将。
玉关歌唱凯，纶阁气扶纲。
藩镇兼圻久，侯封列爵长。
功名真赫耀，中外几回翔。
本是枢机望，宁惟锁钥当。
希文参政事，元振领平章。
军府仍思范，朝谋独倚房。
清操赵忠献，卓识夏文庄。
近市无湫隘，归田念徜徉。
每怀心胆赤，转惜鬓毛苍。
暂假容疏董，残躯乞邴张。
都门车几辆，越海敌千航。
老倦初归鸟，艰危忽奋骧。
请争瓯骆裸，如缚谷蠡王。
福海晨飞炮，霞关夜卷霜。
单骑惊郭令，皓首认冯唐。
铁舰迷三岛，环瀛界两洋。
若非坚壁垒，终恐误艅艎。
溟渤鲲齐运，枋榆燕屡抢。
讲能通一介，愈岂念交相。
近释深宫虑，还修大夏防。
提封周采甸，夷服夏要荒。
谈笑都能却，龙钟倘不妨。

假年天祚国，祷疾帝焚香。
温谕咨询切，安车礼数彰。
同文方及远，大雅遽云亡。
舟楫空良弼，钟镛壮太常。
英姿想褒鄂，风度失龄沆。
南岳灵虚返，东川手孰障。
典型尚鸾阁，踵武待貂珰。
定有遗书入，应知荐引良。
九重双涕泪，百辟共悲怆。
驿使无消息，鹑音倖杳茫。
海天凭吊处，云水自泱泱。

十六日(9月24日) 寅正三刻五分，至南茶山。由黑水洋至此，计壹百肆拾柒迈，舟行改向西偏北十二分。辰正，东北风甚大，幸舟入内洋，不至簸荡。巳正遂抵沪矣。综计由津至沪，仅叁拾肆时，浪静风平，与长江无异。秋深行海，鲜有如此之稳且速者。

至上海，寓洪口桥天妃宫间壁钦差行馆，土木未竟，丹垩犹湿。晤盛杏荪观察宣怀、招商局总办，前署津关道。叶固之观察廷眷、李勉林观察兴锐。

十七日(9月25日) 邵小村观察友濂江海关摧使，前译署总办。招饮于也是园。同座同事五人及苏伯庚观察元瑞。前河台赓堂先生嗣君，现厘捐局总办。

十八日(9月26日) 翁清阁来言，乡人钟竹田鸣盛贰尹官泉州洛鸿司，病故。之室，随其叔张凤楼由闽还川过沪措资。八月十四日张君病殁，钟夫人贫无以殓，远无以归，余助以资，令其即行，且嘱招商轮船照料西上，并函致宦楚乡人洪桐云姻丈锡爵、家宝初大令寿昌诸君于到鄂时，佽助妥送回籍。惟余即日遄征，不识客里孤嫠能无阻滞否？晤倪桂山弟惟钦，太仓人，庚午举。陈次亮兄炽同行。江西癸酉选拔，户部七品京官，邓星使在沪添带随员。

十九日(9月27日) 子正一刻，开轮向粤，仍系丰顺船。盖两星使喜其平速，而船主诸人亦情殷报效也。丑初三刻，出吴淞口，舟行向东偏南十三分。卯初二刻，改向南偏西九分，入浙江洋面。巳初二刻，改向南偏东四分。午初三刻，过宁波口外，舟山在其东。自吴淞口外至此，计一百零四迈。未初三分，改向南偏东十四分。未正八分，改向南偏西十四分。是日，日朗风和，舟平如砥。

二十日(9月28日) 寅初三刻，过温州口外。自宁波外口至此一百四十迈，其时东北风微涨，轮稍倚侧，起视同舟诸人，渐觉不支。午初二刻，至东宁山，入闽洋。申初五分，过福州口外白狗岛。自温州口外至此，计一百三十七迈，舟行向南偏西二十五分。是日，清晨微雨，旋霁。李勉林观察过话唐伯存姻丈当年身后事，并知李眉生鸿裔、李芋仙士棻两乡先生均于今秋先后作古人矣。宜治于同治八、九年寻求先忠宪柩至苏，蒙眉生训勉甚厚，芋翁则蚤诵其诗而未见其人也。言下慨然。

二十一日(9月29日) 寅正过厦门口外。自福州口外至此，计一百五十迈，舟行向西偏南十二分。午正三刻十分过南澳塔灯。自厦门口外至此，九十五迈，舟行向西偏南九分。酉初过汕头。自南澳至此，计五十五迈。是日，风色稍大，而驶行却稳。

二十二日(9月30日) 丑初二刻舟行，改向西偏南二分。辰初一刻泊香港。偕关树三、叶顾之兄登岸，至招商局，复偕树三至鲜鱼街庆丰成号便酌回舟。午正展轮，自汕至香港，计一百四十二迈。由吴淞口至此，通计八百二十三迈，合中国二千七百一十五里。由港至省城，经过虎门一带，见林文忠公当年所筑炮台，及近年增修堡垒，重重关隘，天险生成，叹为天南重镇。是夜泊三水马头。接电信陈君同行之请，格于议，不允行。

二十三日(1885年10月1日) 移艇。

二十四日(10月2日) 辰刻入城。午后访杨次麟、玉书。于慧若、式枚。王文泉、宗渠。敖云樵式槱诸乡人，谒李若农师，均不遇。

李勉林观察述王芍塘之春观察言，适接琼报，驻防姚访源镇军靖成①，皖人，向归合肥傅相调遣，而又湘阴侯之旧部也。今七月，偶染时疾，二十八日忽起坐状若霍然，呼亲弁五人于前，指授营务皆井井，后手书寄家人。廿九日晨刻，遍延府县官暨芍塘之少君至帐，衣冠危坐，揖客曰："左侯有公事召我，我将去，军事已有交替，幸为我告王观察。"言毕，拱手瞑目，遂逝。五人者，亦同日无病卒。不数日，而湘阴凶电至琼矣。盖芍塘观察本备兵琼州，因公晋省，旋奉广西之命，故未还治也。

二十四日，偕璧泉谒张香涛制军。之洞。制军尊甫春谭先生，与宜治先祖父立之公为癸酉同年，立之公庚辰通籍官

① 此处页眉批注："靖，凡此字皆敬缺一笔，盖家讳也"。

赣，春谭先生官黔。道光乙酉丙戌间，均奉运铜差，在滇同寓，极相能，见于立之公《使滇日程记》，故宜治见制军，仍修世侄礼。制军言，据各路探报，谅山西北逼近高平之保乐州一带，皆深箐堑谷，多匿萑蒲，幸由钦廉以及右江两省会同备防，迄未稍懈。至云南毗连保胜，以东则安边、河阳，保胜以西内地则猛辣、三猛，越境则兴化省之十州一带，纵横五六百里，匪踪出没无常，勾结无业游民，号称义团，闻滇防甚为棘手云云。

治按：十州则有左矶且地鱼翁三金厂，内地则有九长官司矿藏未发，法人之所垂涎，即边人之所托命。兼保胜一带，山川深阻，毒雾歊蒸，自春阻〔徂〕秋，行旅畏却，故乘间负固者，得以巢窟久居，彼昏不知，必欲于此经营，终恐未能逞志。且撤兵定约之后，此辈既非叛华，又非叛越，我亦无辞以申天讨，玉斧鸿沟，正不知何从下手也。

又闻夏间法兵退自河内，至顺化屯住，居民惊疑，互相攻击。故越王走，入西边，猺洞酋长数易，迄无定所。

法居西贡，重敛虐民，由来已久。近又将开风气于顺化都城，每丁额税，岁至十五两之多，民苦科条，又慑教毒，群相纠聚，多分股党。夫商君之法，本以强秦，而终以覆秦，安得痛告其人，而使之自悟也?

二十五日(10月3日)　偕璧泉谒见继述堂将军，格。并晤瑞茀侯都转、璋。海缵廷榷使、绪。益菊农观察、龄。蔡绥庭军门金章。

二十六日(10月4日)　晤杨次麟太守、玉书。徐总戎、赞彪字虎臣。马鸿图武殿撰，天津人。赞彪去岁亲率十营援台，健将也。

二十七日(10月5日) 晤何龄乔大令荣樟、补恩平。杨冠峰二尹。番禺丞。

二十八日(10月6日) 次麟、虎臣公请于三元宫。

二十九日(10月7日) 司道府会请于观音山。山为省城负北最高处,秋深平眺,人家、烟树坦列胸臆,东北两江汇湘梧诸水交禬于前,背倚白云山如屏扆,清远诸山远在天际,南面蜿蜒绵亘,隐约如鬟髻、如蛾眉。问之,则顺德海山楼一带冈阜也。是时,气候正暖,衣纱葛,晚稻犹青。日暮众宾始集,张灯夜宴,颇尽欢云。

九月

初二日(10月9日) 何龄乔、杨东山招饮于三元宫。

初三日(10月10日) 送周星使及张巨川前辈、关树三、李郁卿西发。

初四日(10月11日) 李若农师邀游白云山麓,视太公葬地。地由白云开帐,楼阁重重,脱卸秀嫩,坤艮下脉。入首起顶正龙,西去三节,卸落平阳,结省城腰落,横列三台。中台另起化生脑,开小坪两台,为夹耳砂。枝脚转抱为牛角蝉翼,前唇兜起,内局紧密,外局平远,明堂收三江之水,生气远出,穴法最当。

晚赴蔡海珊中翰宗瀚昆弟招饮,乃兄名宗澄,号练江,同座邓夔臣、邓植卿。又王中之鹾令,执。余十六年前同舟旧友也。初不相识,及询其名号,始大快慰。

初五日(10月12日) 邓星使省亲回省。是夕,读若农师手注《撼龙经》,考证典实至改正方员而有枝脚者为禄存,但方而带员者，均为巨门。又改上岭、下岭字，上当作下，下当作上，旁引本经以发明之，令后来读者如夜行见烛。千古而下，独具只眼。

初六日(10月13日) 晴。

初七日(10月14日) 中之招饮。

初八日(10月15日) 晴，热。

初十日(10月17日) 早雨。若农师饯星使于河干，治叨陪末座，同席陈一山、许少平行九两先生。是日，粤闱揭晓，闻取中多知名士，士论颇翕然。

十一日(10月18日) 解缆，用小火轮带船至梧州。甫启行，沿江炮台炮艇列队，举旗声炮，波涛震响，谷岸焜燿，亦足见海疆防御，皇威无远弗届也。

粤东闱姓彩局，相沿百余年，闻其标彩，系按千字文编号，入局者以洋银一为一股，任书姓二十与局，局便登簿司。局为公举，或自设亦听。局费取彩之什一，局止十家。揭晓后，视某号中姓名数多者，为第一标。第一标标一元者，获彩六百元，第二标二百元，第三标壹百元。独中独得，同中同得，三标下皆负，盖照千号九数归彩一数，充局用也。会试标最大，乡试次之，童试又次之。盖谓会试道远，最无弊；乡试帘内风气不易通，亦无弊；惟童试有学政署暗托买标之事，然不常见。局之初创，不过数十人，角胜为戏，其流遂至于每标千万元，一局千万标，而又局不一局矣。利益既溥，防闲最严，计较亦最熟。有大姓，如陈、李、王、何、张类；有常姓，如朱、区、胡、马、麦类；有小姓，下场少，或中或不中类。大姓，或为局禁，打标者以常姓作底至十余姓，其钩心斗角，只在三五姓之间，争胜时不过一二姓。此数小姓，必预考其世德祖茔，观是人之气色，合是科之年庚，出闱又索其文，决于巨公，然后龟于卜于阄神，靡所不至。至公车就道，有素不相识而赠别，半途借觑其人是否准作新贵者，望属之殷，甚于其人。每届一闱，醵金数百万千万，途人震于途，室人震于室，见者震于目，闻者震于耳。自仕宦以至巨商、小贩、闺阁、臧获、黄紫之纷投，及夫西贡、海防、西班牙、葡萄牙、新加坡，邮电之络绎，远迩若狂，不可禁遏。禁甚则遁而至于澳门、香港，而重利将归于邻壑，与吕宋白鸽票等矣。

粤自道光季西人入境，百货贸易都不如前，而此风独搰搰然不衰。光绪十年，法衅起，粤防孔亟，某先生居林下，有清望，当轴就请任团练筹饷，先生辞不获，乃曰："输之闾阎，不若取之闱姓，以无益为有益，款易集而民不伤也。"当局韪其言，奏请以什一充国用，其局费准另于九分之彩取一，先集成数，以裕饷源。舆论甚悦，议至三百二十万，司筦者辄尼止之。先生乃集绅商，开布大义，遂捐至四百四十万两。于是趣冯军出关，复越北圻，济台北饷，招东莞练勇，水陆修防，民心大定，皆闱姓捐之力也。初，先生建是议，有难者曰："子幸能龟手，洴澼鱼盐官府矣。然名之不正，国焉用此？"先生曰："子以其博也，今置两人于楸枰，聚众人于场屋，其角胜之心有异乎？"曰："无异也。"曰："凡争夺名利者，皆博也，岂独博汉功臣、博失侯、刘毅撙蒲掷百万，始谓云尔哉？律禁博者，禁盗也；禁盗者，止杀机也。呼卢喝雉，胜则召争，穷则博命，局闱姓者，彩先投，心已舍之，且一失而六百获，若曰吾六百博而一得，犹取偿也，夫何争？以众舍之财，税什一，足国用，此而不用，夫将焉用？"

虎门戍

吾欲挟石填西溟，何人香港开两扃。

吾欲乘槎跨南海，磨牙龂龂虎门在。

虎门南越之咽喉，一夫当关千万愁。

而况飞鸵与旗纛。鼎足屹立临沧州。

武山居左香山居右，大虎在前小虎在后。

下有千寻横江之铁索，破浪之木箪，上有万钧之炮，百尺之台。道光十七年，湖广总督林则徐奏，零丁为内洋第一重门户，武山为第二重门户，大小虎山乃第三重门户，请依提督关天培议，各设铁练铁锁，两头接扣，以大木为排，每排宽一丈六尺余，第一道安大排三十六，大链四道，皆三百九丈，余递加云。嗟尔沙度之人胡为乎来哉？《后汉书·西域传》论其后甘英乃抵条支而历安息，临西海以望大秦，拒玉门阳关者，四万余里，靡不周尽焉。又川河领障之基源，气节凉暑之通塞，梯山栈谷、绳行沙度之道，身热首痛、风灾鬼难之域，莫不备写情形，审求根实。按：英咭唎立国一千八百八十五年，其地西跨红海，东接印度，正后汉之西域，若然，则其测量气化之学，轮车铁路沙线之道，讲求不自今日始矣。

戍皇中叶辛丑岁，戍者化为狼与豺。道光二十一年，英人犯顺，既踞香港，复入虎门，参赞大臣杨芳奏二月二十六七等日贼船分泊白鹤潭之际，水师弁兵早有空炮一声，取赂三百圆之谣，奴才访查关天培阵亡，因将备不敢强兵点炮，关天培亲手执火而大炮火门早已透水，是民军被诱，颓风几不可问。

毒膏爇熖蔽原野，道光十七年林则徐获鸦片二百数十万斤，得旨焚毁。关门詄荡惊喧豗。

乃知在内不在外，沧溟万里犹堂阶。

约者书，战者具，圣人兴，急先务。

内绥外辑凌八荒，请君勿置虎门戍。

越台览兴

越王台枕白云屏，俯瞰江城扪列星。

番舶帆从天际认，海涛声自雾中听。

山来蓬岛常风雨，《南越志·浮邱山》：山本蓬莱一小峰，在海中自会稽浮往，与罗山合而为一。水汇梧浈入杳冥。粤之东江，发源庾岭北江，由洞庭入苍梧界，均交会于府治东南。

北斗南看应更远，苍茫七十二峰青。

望中宿峡

遥望中宿峡，指点飞来寺。

中有隐居人，云是黄帝嗣。

黄帝子为谁？元嚣与昌意。

一居江水隈，一居若水次。

二水皆在蜀，何年徙兹地？

昌意生高阳，元嚣即帝挚。

左马班所言，要无此歧异。

秦时南海尉，任嚣僭专恣。

复畀赵王佗，黄屋称帝制。

或为子孙计，或有明哲器。

龙虎争战秋，鸾鹤托游戏。

淮南无鸡犬，缑山有笙吹。

豪贵恋长生，附会夸好事。

上古多仙人，仙人互名字。

招手问云表，是否予所识。

此次行程照常，应由南海之佛山过三水，出三水河口，因佛山下有板沙一条太浅，轮船不能过，是以绕由顺德之陈村、黄连，逆流上甘竹滩，过南海之九江，往西南，又因西水过大，船不能上滩，再绕由顺德之七洲、新会之潮连、猪头山，由甘竹滩上驶九江，过鹤山之古劳三洲，入高要之四贤滘。

十一日晚，泊甘竹滩。

十二日（10月19日） 晴。晚泊南海之九江。

十三日（10月20日） 晚泊高要之峡口。

十四日（10月21日） 十一点钟，至肇庆府城，绍石安太守荣来拜，馈食物。晚泊高要厂排上之龙母庙。

肇庆本春秋百粤地，秦为南海郡，汉曰苍梧，刘宋曰绥建，梁曰高要，隋曰端州，端溪水由德庆南流入江，叶樾《砚谱》曰：肇庆府东三十里有山曰斧柯，灵羊峡之对山也。登山行三四里，即为砚岩，有上岩、中岩、下岩之别，上岩之背曰龙岩，盖唐取砚之所。唐置南绥州，宋为肇庆府，元为路，明复为府。其地东西皆峡，中开阳数十里，形势险要。明之桂王常瀛自浔州东幸驻此，其子永明王由榔袭桂王称帝，建国于此。灵羊峡在府东夹束江流为郡锁钥。

本年粤省水灾，西北两江之水并发，夹岸荡然，人栖树杪，河鱼之阨，为数十年所未经被患之区。广州则三水、清远为甚，南海、龙门、从化、花县次之，肇庆以高要、四会为甚，德庆、新兴、封川、开建、高明次之。

由广州省城至陈村六十里，由陈村至甘竹一百里，由甘竹至马口一百二十里，由马口至肇庆一百二十里。

十五日（10月22日） 丑正两点半钟开船。七点钟过六步。肇庆至此六十里，在峡中。十二点钟至逸城。六步至此六十里。晚泊德庆州。逸城至此八十里。

过肇庆感明永明王事

端溪之水神龙湫，灵羊高峡王气留。
中央一片大如砺，何人劝进登皇州。
神宗之孙桂王子，尚书臣楚丁魁楚侍郎耜，
南京既组汀州俘，天眷贤王作都此。
堂堂永历大皇帝，远食岷租衣荆税。
奈何覆辙蹈前人，司礼老公又专制。
丈夫王便真王耳，留侯足蹑汉高屣。
尼封虚爵误书生，朝议沮孙可望封秦王事。坐看滇蜀兵戈起。
六龙西去六军亡，五虎虽歼一虎张。
屏翰亲臣虚诏赴，风雷震烈祸非常。
泄机召祸谁兄弟，兄总枢机弟阃寄。指马吉翔。
表里王庞近不知，南荒不返岂天意？
奸臣鬻国更追逋，吴三桂。生致君王忿可诛。
三恪纵难周甸采，一坏何碍汉江湖。
滇藩转眼成灰土，由来天道昭今古。
淮阃恨水缅王城，北珰东厂当时睹。
海陵南望隔氛埃，两代兴旺一例哀。
只有西江秋夜月，年年如照翠华来。

十六日(10月23日) 十一点钟至都城。由德庆州至此，五十里。四点二刻到封川县。由都城至此六十里。九点钟到梧州府。封川至此五十里。晤梧州府梁君。俊，字彦臣，辛酉壬戌，河南怀庆人,由御史放。晤署苍梧令颜君。嗣徽,字义宣,贵州都匀人,庚午,送志书诗稿,诗多可采。

十八日(10 月 25 日) 五点钟,自梧解缆。泊府河口。

十九日(10 月 26 日) 晚泊淡水河。

二十日(10 月 27 日) 九点钟到藤县。苍梧至此二站半,每站六十里。晤藤县令古魁芳、字梅溪,广东钦州人。典史李炳昭。字次钦,成都人,同治六年曾识于陆蘅浦先生座。晚泊濛江下之下建。

梧州秋泊

津亭钲鼓动龙州,九月炎边不似秋。
夹岸桐华红入画,千家斑竹翠当楼。
难求石栗神仙药,空极苍梧帝子愁。
坐对烟波怀故国,金沙江上畏夷犹。

大江东去水潺湲,渺渺孤城落照间。
交广何年分重镇,郁漓终古抱雄关。
云横北极千重瘴,路接南夷十万山。
差喜天槎秋汉涨,清宵浊酒一开颜。

蓬窗深夜望冲霄,剑气珠光近寂寥。
往日春秋延汉学,至今卫鄂话唐朝。
龙编士垄题难辨,虎啸兴陵憾未消。
行道使臣聊吊古,灵麖何事报征轺。

太守循声梁彦光,同朝姓字未应忘。

却欣漫叟风流在，惭愧苏山祖道张。
鲇竹情疏愁折柳，象林戍远界扶桑。
旌旗底事连江驿，为重边城十月防。

《通志》桂江又名金沙江。按：蜀泸水亦名金沙江。《吴志》黄武五年，分交州之南海、苍梧、郁林、高梁四郡为广州，移交州刺史治龙州。《汉书·地理志》漓水东南至广信入郁，行九百八十里。《水经注》郁水东径猛林县，浪水与县左右郁溪乱流，径广信县。《方舆纪要》三江同流，水势浩衍，故曰大江。《一统志》冲霄山在县南，隔江，旧名火山。《寰宇记》火光每三五一见，广十丈，或言上有宝珠。《方舆胜览》或言越王尉佗藏神剑于山河，又有兽名灵麢，生三足，使车将至则先鸣。《后汉书》陈钦字子佚，广信人，成帝时为五经博士，欲立左氏学，议与刘歆合。《三辅决录》谓春秋远在苍梧，盖指钦也，子陈元，少传父业，为之训诂。《苍梧志·宦绩传》引《唐书》李卫公授岭南抚慰大使，率兵南巡，宣布天子恩意，远近欢服。《梧州府志》尉迟敬德贞观八年为岭南道巡察史，以非常职，史传略之。《吴志·士燮传》封龙编侯。《苍梧志》乾隆庚子，凤凰山居民掘地得隧道，获砖文曰："永和六年，太岁庚戌，莫龙编侯之墓"，未考其详。士燮，广信人。《苍梧志》桂王墓在城西南十里高望村后，《旧志》称为兴陵，桂王即常瀛。又吉王墓在城西十里，虎啸山在城西百里，灵麢注见前。梁太守名俊，字彦臣，怀庆人，光绪十年由御史典郡梧州。《北史》梁彦光守相州称治。《通志》漫泉亭在冰井寺后，唐元结建，叶盛记亭在梧城东北二里，结字次山，乾元初进容管经略使，寄理梧州，民乐其教，立石颂德。《一统志》苏山在苍梧县南八里，宋苏轼常泊舟山下，因名。郦道元《水经注》九真太〈守〉任延始教耕犁，俗化交土，风清象林。

二十一日(10月28日) 八点钟过猛江，晤厘金委员陈驭云别驾，鸿翥。同乡，新繁人，前随刘湘舲观察到桂。三点钟到白马，晤署平南令曾远如同年、纪平同乡，铜梁人，丁卯科同榜。厘金委员徐蕙村表弟芝两君，附舟送至武陵口始别。晚泊丹竹。

二十二日(10月29日) 十二点钟到平南县。二点钟解缆，远如来迎，复附舟送星使行五里许始返。藤县至此一百二十里。晚泊思界洲。陆路自籐〔藤〕县白马墟至黄村二十里，至丹竹墟十里，至石灰村十五里，至县城二十里，水程藤县至白马汛七十里交界，至武林塘十五里，至丹竹五里，至石灰塘即樟村十里，至大成塘即渡口塘十里，至燕子塘十里，至县城十五里，共百四十五里。

二十三日(10月30日) 卯刻开船，十点钟到大湟江，晚泊铜鼓滩下。离浔十里。

二十四日(10月31日) 九点钟到浔州，晤延寿峰太守、昌，满洲工部。李子仙大令。宗庚，嘉兴人，丁卯优贡。十一点钟开船，顺风泊流澜。六十里。平流南乌江口塘溯流至古雍塘二十五里，至相思塘十五里，至桂平界，望步江口即相思塘江口五里，东岸平南界、西岸桂平界，至磐石塘十里，至浔洲郡城六十五里。

二十五日(1885年11月1日) 大雨。泊。

二十六日(11月2日) 晴。晚泊贵县。

读望眉集柬苍梧颜大令嗣徽

牂牁出宰古漓关，蜀岫青苍瞬睫间。
诗笔平生望眉老，宦游今日傍苏山。
河鱼接境征输苦，风鹤经年物力艰。
忠厚定能臻上理，绘图何待使臣还。

过平南白马墟吊袁督帅崇焕

白马涛声镇日悲，凄凉奉诏出山时。

五年决策功难竟，万里勤王罪岂知？
误似宋文收道济，祸因严武杀章彝。
条侯诏狱淮阴死，千古茫茫酒一卮。

留别平南令曾远如同年纪平

熙朝一岁双科举，蜀彦当时万选钱。
二百人中吾遇子，十三山畔水连天。
曾杨盛代生同里，李郭扁舟望若仙。
握手相期心正远，临流分棹莫潸然。

二十七日(11月3日) 晴。泊瓦塘。贵县至此五十里。

二十八日(11月4日) 晴。泊大滩伏波将军庙。此滩为沿途最险，江中乱石连十里许。是日，与同人行岸上十余里。随星使至庙拈香，晤横州牧文君。星昭，字亮卿，江西人。瓦塘至大滩，七十里。

二十九日(11月5日) 晴。五点钟到横州。六十五里。

三十日(11月6日) 晴。过长滩、南村、五林口、产盐。丁村塘泊。

十月

初一日(11月7日) 泊三洲。

初二日(11月8日) 辰刻过永淳县、三洲至此十三里。伶俐墟。永淳至此五十里。

初三日(11月9日) 泊蒲庙。八尺汛上有墟。

初四日(11月10日) 泊成山塔。

初五日(11月11日) 到南宁，晤同乡何玉林太守、昭然。萧子斌大令，宪章。阁署同人尹仰衡兄。恭保。仰衡，予庚午京江旧友也。丁丑都门别后，旋闻筮仕粤东至今，又将十年。是时，由龙返东，道谒星使，星使亦仰衡故人，故约同返龙，以其驻边久，甚练习云。

初六日(11月12日) 两点钟晤刘提督永福，字渊亭，其人羸而倾目细长，眉上耸修颈鸟喙，言动娴缓，执礼甚恭。询年四十九，郁林州人，十余岁即随父懋迁于越，二十余，乃家越，住保胜。因时乱，招集流亡，依负险阻。

光绪元、二年间，荐授三宣提督権关济饷，远及北宁、河内，越人亦以西贡、海防久罹法虐，倚永福为北圻长城，而法夷诱教通商，亦屡及北圻，且窥保胜及滇边矿利。永福伺其至，则深沟低垒，伏地处以健儿与法兵接，辙挫其锋。法忿甚，驾铁舰十余艘，麇集河内，图北犯。永福又聚炮艇，骤驶进，艇低舰高，法炮大，近不能下击，永福得燃炮洞其舰腹，沉其多艘，歼其众。于是"黑旗刘二"名震重洋，滇粤又多济以军械饷项，嗾使荡法，又请于朝，得旨擢永福副将，旋晋提督。

十年，闽马江之战，中法衅开。越君已殁，嗣裁十余岁，大臣阮文祥等辅政，为法逼，弃顺化都城，迁南圻清华。故法提督尼格里也得直扰北圻，凭城邑距我师。七月十二日，永福、唐主事、景崧。丁总兵、槐。岑道毓松。围三歧，即宣光，永福将黄某违节制，寇援间道入城，我军不守。宣光、谅山诸防相继沦失，而闽台北之鸡笼久为法踞，又陷澎湖岛、封南北港、断南漕、禁商舶、扰镇海洋面，沪渎一夕数惊，东海戒严。廷议仍当急越以解台严，严旨逮问诸将，复起进援越各师。十一年正月，收复北圻各省，歼尼格里也。法始就款于栎津，开港禁，退鸡笼、澎湖，以请彻〔撤〕越防，诏许之。

旋命永福入关，留粤差遣。永福所部骁将健卒战殁瘴亡者，已十七八，继以遣散，余裁千人。去保胜日，老稚男女涕泣相随，永福散粟以给，不肯去，多有从入关者。唐君，景崧。固永福乡人，九年奉命谕永福者也。至是，朝旨趣唐由间道赴邕管与永福会，慰谕之。粤督张公亦有奏请移永福驻琼州，尚未俞允云。

初八日(11月14日) 午间晤林翰园太守。苑生，合浦人。三点钟同璧泉、枢仙放舟至城东水月庵。晚，勉林观察由羊城赶到，恙亦痊愈。

初九日(11月15日) 巳刻开船。泊破竹。南宁至此五十里。气候渐暖，衣单。

初十日(11月16日) 巳刻过三江口。北上百色，西上龙州。破竹至此三十里。晚泊上林墟。三江口至此六十里。

十一日(11月17日) 泊长沙墟。行八十里。

十二日(11月18日) 九点钟到新宁州，州治离半里，州牧戴君焕南，号箕山。晚泊驮丁墟。行五十里。

十三日(11月19日) 至驼骡墟。行五十里。

十四日(11月20日) 泊拉驴。行七十里。

十五日(11月21日) 三点钟过豆卢墟，离州治五十里。晤同乡左州知州徐君颖夫。炳文。晚泊崩沙。豆卢至此三十里。

十六日(11月22日) 两点钟到太平府，晤曾伯鲁太守。毓璠，江西人，署任。崩沙至此三十里。

十七日(11月23日) 早行，傍午过犁劈滩，晚泊驮博。微雨。行六十里。驮博有小河，名沉香河，出沉香，鱼味至美，肠尤佳。

十八日(11月24日) 微雨竟日。午后过驮浪，崇善县县丞驻此。泊响水。行五十里。

十九日(11月25日) 天阴。晚泊陈村，约行五十里。

二十日(11月26日) 天晴。午后泊窑头，约行四十五里，离龙州十余里。

二十一日(11月27日) 晴。暖。到龙州，同璧泉、枢先谒李鉴堂护抚，秉衡。并晤向子贞司马、万鏶，湖南人，准补龙州厅。唐子安刺史、镜沅，东转运局。蔡仲歧太守希邠、江西人，前任龙州厅。魏南伯司马。玠，浙江人，现署龙州厅。

二十二日(11月28日) 晴。起岸，住粤东会馆东厢。

二十三日(11月29日) 晴。粤督电述中旨，重在两界之外，留出隙地作瓯脱。

二十四日(11月30日) 晴，午后阴。接署电，法外部请我使会于北海，署已复拒。法使抵河内，即带兵勘乱。

二十五日(1885年12月1日) 苏军门自凭祥来电，谅山坐探梁弁回称，法使未到。探闻八月间，北宁、山西下游各绅豪起义，与法接仗，夺小鬼板一艘，并炮械，法人止有水路可通船头。

二十六日(12月2日) 赴王芍塘观察招饮，同座璧、枢二君外，刘君光廉、字吉六，香山人，善画，通洋语。潘君志学。字慎初，广西人，孝廉，候选员外。是日，据苏探，兰管带由隘店隘调札罗隘，来营面禀，昨见谅山帮带韦文利言，越藩迁甘露时，尚有绅民二万余随行，集团拒法得一胜，法调屯梅、谷松兵回船头云。

二十七日(12月3日) 苏函，查谅山之水发源关外板新村后岭，由板新流入关内边界之板达隘。行四十里，至镇溪卡，复出越界禄平州、牛墟至谅山。越人谓墟曰左或曰右，那者，语助辞。屯者，关也，语多倒装，如屯梅，即梅关也；驮者，大河也。

二十八日(12 月 4 日) 阴，微雨。李勉林观察招饮，同坐璧、枢二君，尹仰蘅、王芍塘。是日据苏函来探云，駈骡市舍摧残，北宁路梗，谅山久无官守，韦文利奉咸宜王谕，集团分五路进，名安良团，炮械两乏。新立同庆王又以朱文广为谅平巡抚，阮辉纶为按察，已抵屯梅，两君公事并行，官民无所适从。前有言克复南定、水东等省者，均未确。法勘界使尚无起程日期，升欲觅侦前探，惟五台一路，台站全毁，必须土人带引，俟探至屯梅再禀。附山西兴化宣光总督阮明文告示略云：咸宜王懦弱无德，托孤大臣宗室燮，辅弼无状，五月弃国出亡，竟敢密发伪诏，封吕春葳、梁俊秀、韦文利、黄庭经有共起义师、扫降法乱之语，实为狂悖。今王同庆乃嗣德王之庶妃所出也，法国保立为王，越国官军绅民一体遵照。又法总统北圻全权大元帅孤赀张贴唐番告示大略相同。

二十九日(12 月 5 日) 署电法使函称，浦理燮拟由谅山至桂边，入界时请为照料。星使旋电复，请阻其入界，以免照料。三鼓大雨，檐溜如注。

十一月

初一日(12 月 6 日) 阴，微雨。与璧、枢两兄公请王、李两观察。

初二日(12 月 7 日) 阴，微寒。粤电法领事法兰亭函称，卜你塞已由河内动身，十一月十五日可到朗松，二十赴瓜窪。

初三日(12月8日) 阴。接粤电,与星使、护抚商留唐薇卿观察。景崧。

初四日(12月9日) 阴。接苏函,据新街探,黄庭经、梁三各在北宁新省及太原所属州县招集义勇,越苦法税太重,绅民嗟怨人丁、八角油等税。梁弁到屯梅遇法兵诘问,带见三画官问曰,天朝钦使到否?答曰,已到。梁问曰,法国钦使到河内否?彼答曰,未到。现由屯梅修路,通电添兵。

初五日(12月10日) 黎明大雨,辰霁。接苏电,屯梅探法添派孙酋会勘界务。是日发拟复苏子溪军门叠次函有云,夷情动静,都罗武库,胸中边塞河山悉聚,文渊指下,似尚不阔。午刻,送尹仰衡下船赴钦州。

初六日(12月11日) 阴,早尚暖,午后甚阴。偕璧、枢两兄,赴蔡仲歧太守招饮。同坐黄君宝田,字子超,贵县人,广东候补同知、勘界委员,及唐子安仲歧云,法现有人在谅山北,土名哪瓜地方,搭盖茅屋,如有所候。又言龙州本土所改,无城湟之固,近欲筑城,而砖甓之工,埏埴非易采得。离此百里水口关外三十里交界处,地名伏波墟,团垣一里许,四面甃砌,砖每方重二十四斤,传是伏波所筑,今为废圮,徒作盗薮,已商抚院运作城工。曾试此砖可以研墨,将来拟觅有年月者一块,以作铜雀未央之宝云。

晚间归,接苏函并法文照会一纸,即令李叔芸翻译。据称,十二月二十中历十一月十五到谅山,十二月二十五中历十一月二十日到,可以欣晤。总理勘界事务浦西埃云云。是夕,星使奉十月十二日廷寄抄粘云督岑奏、出使法国许奏并片并法报，尝请与法议以北圻数省归越，存越祀，中法在海阳、河内通商，又陈红江利便，与滇最宜。盖滇至蜀、至湘、至黔皆远，若红江可通，则陆程十日可至蛮耗，由蛮耗下驶，一水直达矣。许意探法虚实，力实不敷，瓯脱一层，可趁机议定云。

冯督办来函致星使云，钦州近海之江坪、石角、高东、白龙尾、山脚等界，据众绅禀，于乾隆年间被越侵占，恳会议时归还，兼附图说，以地势论亦在所必争也。

越南即《虞书》之南交。《书传》《王制》皆载交阯名。秦为象郡，秦末属南越。汉平南越，置交阯、九真、日南三郡隶交州刺史。东汉末，日南郡没入林邑国。三国，吴仍置日南郡并增武平、新昌、九德为六郡，交州刺史始治交州郡龙编县，晋以后仍之。刘宋置宋平、宋寿为八郡，以宋寿为越州。齐又增置宋昌为九郡。梁于交阯等郡置交、爱、德等州，兼置交州都督府。隋废州存郡。唐时州郡废置不一，约为交、武峨、峰、爱、长、驩、汤七州，隶交管经略。懿宗咸通中为南诏所陷，高骈旋攻克之，始置静海军于安南。唐末，曲承裕据其地。五代，南汉刘龑灭曲承氏，以其将孛进守之，旋为吴权所据。数传后请命于南汉，南汉以为静海军节度使兼安南都护。宋初，部人丁部领灭吴氏据之，开宝六年内附，八年封交阯郡王，都交州，即令之河内号为东都者也，于是交阯遂为异域。

嗣后有黎桓者篡丁氏，闽人李公蕴篡黎氏，陈日照篡李氏附元，封安南国王。明初为黎氏季犛所篡，陈氏旧臣有走阙下乞师者，而老挝复传送陈天平朝明，明诏送天平归国，季犛袭杀天平及使者，明遣西平侯沐晟督师讨，平之，置交州承宣布政使司，领府十八、州三。成祖永乐十五年，诏张辅等还寇孽黎利，遂叛官军，不能讨。宣德初，黎利请抚，乃就封利为安南国王，分为十三路。正德中，酋目莫登庸逐黎氏而夺其国，明遣军讨之，于镇南关受登庸降，废其王以为安南都统使，改十三路为十三宣抚司，隶广西藩司，命黎氏遗裔居来州漆马江。万历初，漆马江党渐强，黎维潭遂举兵逐莫氏复国，遣使款关输贡。诏以维潭为都统使，而莫氏之居高平者，令如漆马江故事。国朝康熙五年，黎维禧缴所受明桂王敕印，诏封安南国王。高平莫允清亦受都统使职，黎、莫屡构兵。十三年，维禧乘吴三桂叛云南，遂攻取高平，于是安南尽归黎氏。黎氏复国，实赖旧臣郑氏、阮氏之功，故郑、阮世为辅政，既而郑、阮争国柄，郑氏乘阮氏孤幼，出之于富春，今之顺化，西土名为呼艾者也。阮氏据其地，称广南王，世与郑氏仇。至黎维瑞之世，郑氏有不臣之心，忌广南而未发也，乃诱广南土酋阮光平攻灭广南王，而光平复自立于顺化以抗郑氏。乾隆五十一年，郑氏内乱，光平以兵灭之。专国政，覆灭黎氏王，毁王宫，迁子女、玉帛于顺化，以兵守东都。黎氏旧臣诣阙求救，命广西、云南两路进兵，两广总督孙公士毅克东都，旋以师老不备，光平举倾国兵来争，孙公走镇南关，丧师徒大半。光平自知贾祸，乃叩阙谢罪乞降，且言广南立国逾数世，非黎氏臣。上许之，光平遂以顺化为国都。黎氏甥阮福映者，旧封农耐，亦曰禄奈，号旧阮，而别光平父子为新阮。嘉庆四年，旧阮以暹罗兵攻顺化，灭新阮。遣使陈为黎氏复仇，状发光平父子以乌槽船寇闽粤之奸。上遂听福映得国，福映自言农耐为古越裳地，乞以越南名国，诏封越南国王，此建革之原委也。

泰西人言，阮光平幼时值所部内乱，出亡走海岛，与法国传天主教人阿特兰善。因阿乞师于法，遂以定乱，复其土宇，既而王广南、灭郑黎、取真腊，得法军之力居多。德阿特兰，处之于西贡，而传教之徒遂盛。阮福映既兴，厌传教人，稍稍抑之。咸丰七年，教徒乘中原粤逆之乱，不暇顾边事也，遂导法兵犯越南国，围西贡不下，至同治二年而兵不解。越人始割水真腊六道请和，西贡遂为法有。而北之陆真腊尚自号柬浦寨，以蒙真腊遗业。六年，法人以计诱柬埔寨为属境，复东侵及占城。同治年间，法、越立约以北圻之海防、南圻之广和为各国互市之埠。光绪九年，法、越交兵，越不敌，乃为顺化之约，阮氏之政遂由法人。明年，法乃收越之东、西两都。

以地势论亦在所必争也。

芍翁言，吾乡人知府用广东候补同知陈右铭。字。

是日辰刻，星使拜发到边日期及关隘大略情形摺及随同薪水片。余与璧兄同致总办函，余致法股诸兄函、童瑶圃兄函及家信一函，均附夹板发。

初七日(12 月 12 日)　阴。璧泉兄购“不求人”，重八斤，晚在侯鸿山处同食。此物状类狗，修尾，尾有七道白圈，又名七间。

初八日(12 月 13 日)　晴。勉林、芍塘两观察招饮。相传龙州多放蛊家，蛊者，置最毒动物各种于器中，弱肉强食，互相吞噬。强者独存则祀之，为蛊愚者以为能福人也。蛊以食人病人为利，故养蛊者有至毒药置人食物中，中者辄胀闷以死。蛊入人家，多以夜静飞行檐间，有声为风筝鸣，急击金铁物作响则飏去。养蛊家屋宇最洁，无歼尘，妇女眼眶多赤色可辨，又有避蛊木以为箸，遇毒箸则格格作响。初入其国者，买各物先叩卖者曰：有蛊否？彼亦笑应曰无，市井贸易以为常，谓即破蛊法也。

龙州有恶木，枝干遍生瘿瘤，不知者炽以薰肉物食之，则身生癞如大麻风，然或以为床几皆不相宜，真厉气所钟也。蚺蛇大者，数百斤，肉可食，胆可为药。白花蛇浸酒，为追风神品，尺许者愈贵，即柳州《捕蛇者说》所谓黑质绿白章者也，诸热及疮毒攻心危迫者，惟熊胆可治。龙州无城而多虎，近在十余里，偶入街衢，见人众即去，已获其四矣，闻尚余三虎云。麝香数厘，甘草水佐之，救吞鸦片毒神效。以上采鉴堂中丞席间谈尘。

晨间接勉林函云，罗君正谊，香帅所委，爵棠之佐，弟之乡人，剧病有日，反复不定，现移近敝寓，视所服方殊纰缪，兄精于医者，烦一拯之云。余辞以偶涉方书，从未临症，然同客万里，心殊怦怦。饭后徒步过勉林，同视之，面黄、目眩、唇赤、舌赤黑，闻得病即壮热谵语，便糖溺赤，口渴饮热，诊得左三细微欲散，右关浮数似寒中太阴，治之失法，化而为热之象，而阴已亡矣。但病势如此，不敢拟方，馆中有高巡捕者，马铁崖劝其往诊。高拟承气汤，余恐大黄过峻，下之失宜，必至先亡其阴，闻服一道。又余过胜和堂访闻，有谢姓者善治时症，往诊，言左寸尺重按，尚有力据，舌赤、小便赤，为心移热于小肠，用莲子清心饮，恐亦皮毛之谈。晚过芍塘，见雷姓脉案，驳此两方，而用丽参、白术、知母、桂枝、细辛十余味为一方，似乎寒热互投，攻补兼用矣。

初九日(12月14日) 晴。勉林过谈，言罗病又增，神气全灭，已请蔡仲歧太守往诊，盖亦因余言也。据仲歧言，脉象与昨诊同，用回阳引加减，先救其本生，脉散代茶以救其阴，似乎有理，而病已如此，终恐难回春也，惜哉！

初十日(12月15日) 阴。偕枢仙过昭忠祠小憩，晚赴唐子安招饮。

十一日(12月16日) 晴。晚闻班夫人庙演剧，偕枢仙乘月往观，归来已漏三下矣。班夫人者，交州人，相传汉时女子，父母没，不嫁，积仓庾甚富。建武中，伏波征交趾，乏粮运，夫人指困助饷恒不绝，边人感祀之云。又有云骈娘者，南唐时人。按：交趾女子多善武，建武中如徵侧，交趾朱䳒人。史称其勇，近闻越义团阮秋河一妻一妾，皆以武称。部署营伍，恒仡仡然，法人畏之。绿朱，交趾人，崇为交趾采访使，以珍珠一斛购之，宋子虚诗云：红粉捐躯为主家，珍珠一斛委泥沙。年家金谷园中燕，衔取香泥葬落花。

十二日(12月17日) 晴。

十三日(12月18日) 晴。

十四日(12月19日) 晴。苏探浦使已到谅山，并寄赫政法文函。政，总税司德之母弟，现充法文翻译同行，实英人也。欲我派夫多名往谅与彼运物，已却之矣。

十五日(12月20日) 闻黄廷经等有为法兵击散之信，据探，浦等已到文渊。星使定十七日辰早偕鉴堂摄抚起行，余与璧泉兄留后一日。

和蔡仲歧感事十八截句次原韵

月明卧鼓握空拳，尘榻蚊虻尚仆缘。
欲绝款关清睡稳，玉扃忘设已多年。

赤祲连云浪泊高，红河如线界哀牢。

严冬亘古无霜雪，何祗征南地不毛。

汉旌曾未拔天骄，翠羽文犀近寂寥。
拟绝楼烦通贡使，将军谁是霍嫖姚。

武皇当日御戎机，津海波涛定指挥。
十载又增南服虑，沧瀛遗憾满弓衣。

百战河山玉斧存，鸿沟楚汉漫同论。
临边此日肠堪断，谁为生擒吐谷浑。

干戈盘敦决斯须，章疏纷陈论各殊。
手画庙谟咨白面，何人长剑落天弧。

白门杨柳舞轻盈，曲治莲开照玉泓。
花落覆棋人不见，碧山空对大河横。

十年盐铁赋锥刀，晌酱南求假节旄。
早入玉关无限憾，归鞍遗笑五陵豪。

束矢难教抵百锾，谁收溃卒转南关。
评量镜影怜妻妾，邹忌须眉亦汗颜。

边塞劳师岁月深，霜华两鬓苦侵寻。
君恩乞得闲居赋，愁对沙场抱膝吟。

血战昆明伟烈存，大星南陨日沉昏。
文渊若与楼船便，早报将军破石门。

燕子楼高剩夕阳，传来侍妾委红妆。
磨笄合作忠魂伴，华杞深闺枉断肠。

杀贼传闻陈士奇，韦皋碑碣定同垂。
欧诛颈血模糊甚，悔靳头颅送佛狸。

三城欲筑界河阴，韩国忧时涕泪深。
听说赞皇根本计，筹边无事一登临。

大树风高撼阵云，孺文慷慨亦能军。
王师指顾收东郡，太息珠盘误策勋。

樗蒲豪杰殚孤忠，大义昭然类窦融。
谁假顺昌旗帜号，登台无计扼艟艨。

蛮争蜗角几回春，落日高楼倦眼新。
偶遇蔡经谈往事，麻姑三见海飞尘。

秦月孤悬汉水流，河山东越接西瓯。
盟鸥未必无机事，跕跕飞鸢万古愁。

十六日(12月21日) 晴。冬至节。在防及行馆文武毕贺，龙州民家爆竹声相闻。午间，偕璧翁往拜鉴堂摄抚，衢巷豚酒报赛祈神，颇有熙熙景象。晚得探云，法使等已到文渊，并有书来请星使暂住关内，俟伊除治行馆完善，当遣迎云。

十七日(12 月 22 日) 阴。星使辰刻起程赴幕府。

十八日(12 月 23 日) 晴。与璧翁起程赴幕府。午正出门，渡江山行，五点钟到海村。宿茅檐竹栋土室数家。

十九日(12 月 24 日) 晨起大雾。行万山中，辰后始散。过岭脊，见南北诸山麓嵚崎突兀，怪石千仞，态状万变，迥非人境。中间地阜平塍，土膏颇厚，大宜开恳〔垦〕，不在川楚下也。岭近浛村一带，凭祥土州界。皆平田沃壤，溪浍交流。至凭祥，有苏军门遣弁来迓，入璧〔壁〕垒，具酒馔马。幕中人谢菊唐款宾，盖军门已先到幕府矣。菊唐言，由此至幕府南关，瘴疠愈甚，幕宾十余人，年余生者仅三人，各军勇疫瘴死以万计。今九月至十月，营中每日尚死十余人云。余言，昨今道上倒毙勇丁，亦经两见，一尚有微息，而附近居民及行道者，皆视若无睹，余令从人掖之起。面浮肿，睛全赤，手指心背似有热状，诊其脉，垂绝，咽以太乙丹，不知能救否？行后，心尚拳拳。越数里，见勇丁三人着毅新营图片记，与病者号衣同，嘱其舁至村墟调治，死即择地殓葬，此时余手指尚觉麻冷，菊塘闻之亦太息。

是日午后，轿中热甚，山头日光逼人，类初夏。酉刻，到幕府营，星使同勉林、芍塘、鉴堂摄抚均出关，师克勤已与芍塘会晤。

二十日(12 月 25 日) 阴。山雾四塞，微雨。

二十一日(12 月 26 日) 晴。晨起闻关外有信至。晚间吴牧棠臣名庆芾来谈二刻许。

二十二日(12月27日) 晴。晨起偕璧泉赴南关晤苏督办，元春字子熙。午间留饮。幕府至关前隘十里，关前隘至南关十五里。南关左面高山，右峭璧〔壁〕千仞，关居谷口，关门前有横山。去岁，法逆于此架炮毁关右障，复由左绕入关内幕府前高山击我军，为冯、苏军门击退至关前隘，冯军几困，冯军门力抗不退，卒以破敌。

二十三日(12月28日) 得津电，傅相奉旨，谕戈可当电晓浦理燮，勿过界。在驱驴、文渊会晤。法人于是日归我苏军所购越米及文渊行馆器具，蔡仲歧有书来，已派哨勇备卫龙州行馆。王芍塘兄以《南关感事诗》见示。午后方委员凤喈，号鲁桐。来谈刻许。

二十四日(12月29日) 晴。

二十五日(12月30日) 晴。

和王芍塘观察南关览昭德台遗址原韵

高凭绝巘指提封，夷夏台隍此要冲。
百粤河山归玉斧，九真云物抱金墉。
桑阡几日基戎祸，蒲璧当年想率从。
王粲不胜临眺感，豪吟留待拓心胸。

旌旗万里日边来，天使戎轩驻马才。
旧侣鹓鸾随处集，闲盟鸥鹭不须猜。
单车竟欲烦于谨，瘴岭何从访道开。
猿鸟犹疑归未得，啼鸟偏向越王台。

二十六日(12月31日) 晴。

二十七日(1886年1月1日) 阴。

二十八日(1月2日) 阴。辰刻偕璧泉兄移住镇南关。浦使订期是日两点钟来关，与星使、摄抚会晤。缘昨日爵、勉两兄过浦贺年，浦遣队十余骑来迎，星使令先函致，亦将遣骑以候。浦回函云:关外系东京界，西例，外骑不得过界，俟议定再会晤云。

南关水土最恶，奏定章程每年左江道太平府开关接贡时，须在宁明地方太子井取水，今援此例，然离关百里，挑运颇难。午后运水，适至每夫担两罂，每罂约十斤，自星使下每员及仆从日用一罂，只供汤茗外，浣沐并禁，以节物力。罂口皆有宁明州封条，甚固，饶有东坡调水符遗意云。关子亮都司来拜。璧泉同宗，现带毅新右营，驻关右最高岭，即所谓峭壁千仞上也。三点钟，师克勤来晤爵、勉二君，仍请中国派队至文渊。订明日两点钟浦理燮诸人来关拜晤星使、摄抚并苏军门云。

二十九日(1月3日) 大风。浦理燮等五人来拜，巴律病回。星使、摄抚及王、李观察接见。

三十日(1月4日) 晴。星使、摄抚答拜浦使等于文渊。

十二月

初一日(1月5日) 早起甚寒，类都中十月。

初二日(1月6日) 晴。

初三日(1月7日) 晴。

越塞四首

河山形胜古西瓯，叔世雄才主一州。
自有梯航通白雉，何缘天栈失金牛。
剖符旧属南夷长，横海空思北石侯。

太息元公忧破斧，烈风淫雨几春秋。

经年荧惑入朱方，蛮触翻开逐鹿场。
琐尾黎侯原有国，徂共阮氏已无疆。
南人毕竟忧蛇豕，西帝何由餍虎狼。
我欲径求神禹后，一成一旅绍先王。

休疑尺一换兵符，每念民劳计转纡。
自古变夷终用夏，几人绝越未忘吴。
城漕近苦于林马，篝火频惊大泽狐。
安攘不遑财赋竭，沧瀛创局古来无。

谁从赤土驾蛟鼍，拥剑犹能执太阿。
拓拔分疆胡土地，匈奴通市汉关河。
犬牙形势三行省，象郡功名两伏波。
圣主治安求上策，羽干穷处是天戈。

初四日(1月8日) 早微雾。浦使来函欲会议，轮定总理一人，并将未定问答各执一纸为据，意在箝口。乘隙，星使已电署请驳矣。

初五日(1月9日) 晴，有风。

初六日(1月10日) 晴。璧泉兄因感冒畏冷，回龙就医。午初偕侯鸿山总戎起身，鸿山亦知脉理，且为璧泉十余年旧交，故星使令其护送也。晚星使得复电，初四浦议未允行，戈使亦电晓浦云。

初七日(1月11日) 晴。有勇丁自凭祥来言，璧兄之恙，夜间已减大半云。

初八日（1月12日） 晴。星使、护院、两观察赴文渊与浦使开议。星使依据条约，发端正大，浦无可辩驳，惟推广更正一层，彼尚无允意，但请徐商云。夜大风寒，不成寐。

盖南关为众山漕道，高临谷口，南北风来如巫峡奔涛，东而愈紧，地无居庐。谯楼兵房一皆为法炮所毁，故行馆悉以白茅为之，大小文武官弁最多，各相错处，余与璧泉小屋三椽居坡陀间，适当风之冲要。芍、勉两公怜余病，早代经营，以敝旗帜遮栏，而五鼓严寒，终不能阻，狂飙穿帐，忆余在幕府营居厂口厅，夜为风袭，病几十日，昨璧泉亦畏此处风恶，回龙养疴。而余以脆薄之质，独与之御，且为奈何？甚矣出门之难也。

初九日（1月13日） 昏雾。夜半大风拨屋，崩腾如万马声，衾冷如铁，竟夜不寐，有少陵"广厦万间"之想。

初十日（1月14日） 雾。浦使五人来关第二次会议，星使、护院、二观察并执谅山以北为界一语，与之辩论。谓当自谅山起，中则驱驴、文渊，西迄艽封、保乐、高平、牧马，东迄禄平、那阳、先安、海宁，均应归入中国，浦等亦据条约反复狡辩卸脱，无语放松，窥其意，实不能作主云。

晚七点钟，接侯鸿山自初九晚龙州来电，言璧泉兄病稍愈，复翻言笑无常，痰壅气逆，拟进黑锡丹，恐喉闭不能下云。阅此不胜骇异，璧泉外感虽尚未清，途中再加风寒，自然稍有反复，而以脉象而论，断非速厥者，且果系痰壅，黑锡丹乌有不能进者耶？九点钟接蔡仲岐、唐子安、侯鸿山来电，言璧泉初八晨服小柴胡汤，似渐愈，初九不肯服药，夜间命人自述药数味服之，大概凉寒之品，服后夜半即狂笑气壅，天明延人来诊，即云脉绝。旋起坐，命人更衣、进食，须臾瞑逝，时初十晨八点钟也。嗟乎！万里穷边，一朝永诀，闻者莫不伤叹。余与璧兄交谊更非他比，其将何以为情耶？阅赤稚炎省，地土疏薄，冬夏温燠靡常，令人凑理气疏外泄，两疏相感，草木之气通焉。凡感受之症，均宜温中固下，不宜凉散之品，柴胡尤为最禁。璧泉之症，初起发热、恶寒、头痛、项强、四肢厥冷、欲呕不出，六脉浮紧，颇类太阳症。医者初投凉散之品不效，次日示以伤寒浅注诸书，始知宜用太阳专门之方，方拟以麻黄数分，解太阳表邪，佐以干姜之温，以回四肢厥冷，盖暖中焦使表后邪不再袭，细辛四分以解三阴络之寒，而交通于三阳，尚虑其辛散也，而以五味十余粒佐之，使其一开即合；桂枝二钱去皮毛，枝节之风即借以升达三阳之气，尚虑其伤阴也，又以白芍之苦敛佐之。余阅之，决其一服而愈，不料有医纽于锢习，畏用干姜，易以石膏，璧泉又最喜服凉品，首肯者再。此药服一次得微汗，病减六七，尚有余热，渴喜饮热。余谓得汗后，此药不必再进，宜敛阴扶脾，则热自解。而医者仍不解方义，谬以为石膏得力，从此踵而继之者，皆以苦寒从事。闻至文渊之夕，竟有投以一味犀角汤碗许者，真阳外散，万术难回。闻初九之夜连下血两次，皆肝脾交绝，气散血溃之征也，岂有数欤？是夕微雨。《赤雅》言：瘴，春曰青草，夏曰黄梅，秋曰新禾，冬曰黄草。

十一日(1 月 15 日)　晨风雨。白霰霏微，颇类雪花，盖炎州希世之珍也，若能稍集，则瘴毒敛藏矣。星使、护院联衔电奏，为璧泉兄请恤，兼电关宅。此电到后，译署同人及死者家属当如何诧骇凄怆哉！

十二日(1月16日) 雨。瘴雾四塞。

十三日(1月17日) 微风雨。星使、护院、王观察赴文渊第三次会议，仍不决。闻浦理燮已电戈可当矣。

十四日(1月18日) 晨起得都中家信，大小内外平安，旅怀一慰。自七月出京，至今为京信第一次，九月十六日发，至今始到，何其难也！并接译署李荟坪兄、吴季卿兄函、童瑶圃兄函，均十一月十一日发；门人郑仪廷函，九月发；王方一函，十月二十发。

十五日(1月19日) 阴。

十六日(1月20日) 阴。闻凭祥电杆已修至幕府，今日开局。

十七日(1月21日) 阴。尚君尧阶，号晋孚。来晤。晋孚，湖南长沙人，精刀圭、蓍卜之学，淡于名利，在龙州官药局数年，活人最多。曾闻护抚军言及，晋孚在局，凡事尽心，保举、薪水皆不受。去年冬今年春谅山之战，预占悉验中。其人志在山林，将为峨眉之游，现请假回南，明日启程。是日，东南风甚大，人思解衣，微有汗，皮毛又开矣。

十八日(1月22日) 晨起晓烟渐敛，日色朦胧。午刻晴，甚暖。北洋致星使电，与戈议大有转圜之机。夜一鼓后坡下草棚火起，延烧小酒馆、小药铺、杂货贸易十余家，幸是刻无风，登时扑灭云。

十九日(1月23日) 晴。探李勉翁恙已愈八九。午后得同乡旧识杨耀庭兄自南宁来信，耀庭名常荣，邛州人，自戊辰宦桂以来，不通音问者十八年矣。书中述及苍梧署任，因公被议赔亏，及其子病故，凭祥专丁搬柩，衰亲在堂，行将西返，不忍卒读。晚间倪少兰兄名蕊，浙江人，护院文案。来谈，商送杨少君旅榇事。

日本刀歌赠廖枢仙大令

廖君吐气长虹歊，酒酣示我日本刀。
寒光三尺淬秋水，霜刃一拭轻豪曹。越剑名。
一只赤鹊早飞去，雄鸿夜夜长鸣号。
星镡乍动雷电掣，鳞铗欲敛风雨交。
仗此挥斥隘八极，何有陆象江鼍蛟。
吾闻倭奴开国始徐福，本自驵侩如宜僚。
祖龙方括九州铁，虽有男女奚钧陶。
又闻倭酋善击刺，佩纫几遍市与朝。
宫娥屈镜照青影，游女插靴鸣翠苕。
千都骏马国所宝，龙雀大夏铭何骄。
琉球之邦陷锋镝，台峤往岁忧驿骚。
玉斧黄钺尚稽讨，金犁赤冶方腾嚣。
迩来衣冠改西朔，车舰百万飞烟消。
贵人裋褐耻长铗，穷巷易米饥不疗。
问君何时越三岛，物色利器穷崎礁。
君言四载阅千刃，惟此不啻丰城遭。
朱门达官语呜咽，王侯款识先人标。
百金拜赐匪论价，愿附上国资游遨。
揭来南北几万里，幽燕霜雪沧溟涛。
我记龙江对君榻，怪有虎气闻腥臊。
堁风蔄露此何地，南关咫尺连哀牢。

千营列戟照明月，将帅视此神扶摇。
昆吾去海十九万，友人赠我双吹毛。
因君不敢露铓刃，生恐腾马嘶寒槽。
风尘澒洞天地窄，坐视越旅阻稚獒。
拔刀斫地为君舞，悲歌未辍心烦劳。
君不见，赤土千艘夜不息，扶桑九日曈曈高。

二十日(1月24日) 晴。二鼓接北电，法廷无允意，欲中罢云。

二十一日(1月25日) 阴。

获越象

光绪十一年二月初九日，谅山大捷，获越象数匹，今存一白象，饲于太平府厩。

太平郡西万象国，象使年年通绝域。
十年不贡亦不臣，一象倾动太平民。
太平有象休徵应，儿童拍手千夫嗔。
千夫百战汗如雨，法人驾象如豺虎。
越象前驱为法人，一朝被获驯不武。
同时斩获象成群，大象帖耳小象奔。
就中一象状矜特，峨峨十尺毛白贲。
忆昨南园瞻扈从，鸾舆玉辇霜毛重。
五柞长杨叹尔材，泮宫囚馘天恩纵。
几辈累囚衅鼓归，壶关日落尔何依。
天边使节还呈舞，故国河山未解围。
河山上国藩封界，殊风误入干戈会。
往岁兴怀象载瑜，今日太平俘象拜。

获法马

谅山之捷，获法人铳炮械马无数，今存一马，法五画兵官所乘者也，饲于幕府营。

一画二画法兵头，三画五画长脚酋。
长酋骑马高七尺，败衄一蹶无兜鍪。
兜鍪在手语咿哑，献炮献械还献马。
臣马千金臣一身，臣愿执鞭从从者。
千金宝马来屯梅，将士吹铙法虏哀。
旧向巴黎夸虎脊，今来辕下泣龙媒。
七尺龙媒颁赏尽，一匹虎脊留神骏。
幕府山前霜草青，受降营外风沙峻。
受降幕府天朝土，豆刍游牧开仁宇。
岂因微物广怀柔，国本秦西旧朝抚。
吾闻番舶横西洋，常将马力比帆樯。
风樯万里不可当，阵马蹉跌何踉跄。
沉舟河内奔海防，陆詟水慄同仓皇。
早识获船如获马，不如擒贼先擒王。

二十二日(1月26日) 阴，风。

二十三日(1月27日) 阴。法使浦理燮等来关第四次会议，约照图画出旧界，再定更正之线云。

二十四日(1月28日) 阴。洋翻译赫政赴文渊，与法使等参考地图并传星使之意，晚归，禀星使言法使等似有就款之说云。二鼓后大雨。

二十五日(1月29日) 阴。接京中本宅信，家中咸安。毅新副左营哨官守备刘荣升来见。荣升，四川崇庆州人，年二十四岁，循循如书生。

挽关璧泉水部用王爵棠观察原韵兼答廖枢仙大令

蚤知如此别，悔不阻君来。
幻病无灵药，危时失使材。
公卿虚荐剡，关塞莽蒿莱。
万里劳优诏，非徒近侣哀。

与我天南北，驰驱共一官。
乍传三日信，惊起百回看。
落月增邻笛，孤樽减客餐。
应知儿女泪，今夜满长安。

附爵棠原唱

万里南交路，郎官译署来。
筹边随使节，报国老通材。
壮气凌台阁，悲风泣草莱。
当关歌当哭，楚些一声哀。

根柢词林客，清贫水部官。
谁知中道弃，已作古人看。
遗憾留经界，同舟几废餐。
克家君有子，常愿祝平安。

附枢仙和韵

征轺推矍铄，按辔到关来。
老气横边徼，终风妒干材。
双江迴桂棹，一笑返蓬莱。

未得亲临视，同声哭尽哀。

煌煌天语在，优邮到郎官。
旨自天边下，人从塞上看。
有才当报国，无恙且加餐。
指日河山画，思君策治安。

二十六日(1月30日) 大风，九点钟后晴。

二十七日(1月31日) 随星使、廖枢仙登关门峭璧〔壁〕，观毅新军右营垒，遂凌绝顶，凭炮台越塞，山川形势，咸在胸次。盖出关数十里，东西连络皆峦冈起伏，危峰森竖，至文渊始有小平垣，复起大山，至驱骡渐平。驱骡有独山，怪石黝黑，望若马耳。驱骡之南，为潘琴轩所筑之新城，又南为洪江河，谅山在河之南，四周皆平衍，故越设行省治此。又视文渊东山杨云阶军门战死处，令人想其愤烈之气。沿岭而西，见古洞嵯岈，上覆悬崖钟乳，如璎珞下垂，俯视黝黑，投以石坠抗〔坑〕，琤瑽之声良久不绝。旋至关子亮都戎璧〔壁〕中茗饮，绕山后小径而归，乱石崎岖，马蹄畏蹇，然较之来时之峭厉陡绝，已有夷险之别矣。是日，星使同往山顶，受风，大汗几脱，服关子亮上桂，旋愈。

二十八日(1886年2月1日) 微雨。

二十九日(2月2日) 阴。

除日(2月3日) 微雨。

光绪十二年

正月

丙戌岁庚寅月乙未日戌寅时**元旦新春(1886年2月4日)** 出行开笔,大吉大利;风从巽起,甘雨润物。

初二日(2月5日) 微雨,午后住。爵棠观察招饮,在座星使、护院、勉林观察、枢仙大令,以元日为爵堂四十六生辰酬祝也。爵堂所部,皆湖湘良家子,类能引胡琴、弄阮咸、操土音。酒半,群请侑歌为营主寿,众宾亦欣然促允之,急管繁弦,毕陈阶下。初唱《回龙阁》,微觉格格不吐,岂有所慑耶?次《二进宫》,徐、杨亦未尽所长,惟李宸妃凤嗓清圆,鸾和应节,奄有京师鞠部之妙。继效清淮小调,幽婉可听,忽转昂烈之声,问之,曰蜀调也。余笑曰,座有巴人,殊尚不类。最后作倒扳桨歌,众器并作,诸喉杂和,是二是一,丁丁东东,动动荡荡,如浅水微风,浪鳞蹙石,波触船底,橹摇波面,停樽凝听,如坐烟波浩淼之中,洞庭张乐,海上怡情,方斯景遇。

初三日(2月6日) 阴。爵堂幕友黄子清孝廉上廉赴都,托寄家信。

初四日(2月7日) 风。浦使来拜年,苏督办过谭,勉林、爵堂两观察招饮，未赴。连日微有感冒，此日午后头痛、郁闷、脊冷、腿酸、腰重、嗳气，忌风不喜食，以神曲加干姜并服，晚微得汗。

初五日(2月8日) 延抚院巡捕湖南周君云卿熿来诊，云脉颇沉，伏外感轻而寒湿重，药用苓桂术甘，当附半艽、独活。星使奉电旨，有先勘原界后议改正，如今春赶办不及，俟秋末再行会勘之旨。护院招饮，未赴。

初六日(2月9日) 晴。身疼稍减，云卿续诊言，脉已起而肝脾两关过，大病在中焦，用芍柴、归术、半枳、八分。苓草。晚得大便。

初七日(2月10日) 脊冷、郁闷、嗳气减，食粥。云卿诊言，脉暂平复，宜清理，用归芍陈半六君子汤加杜仲。星使及诸公答拜浦使。

初八日(2月11日) 阴。服前方，食米饭，略用膏汤。接总署十二月初八日发夹板公文，附有家信及郑生、童瑶兄、吴季兄函，云内外均平适，惟宜昌会馆寓宅为童姓所逼，已于腊月初一日移至棉花六条胡同路北矣。

初九日癸卯(2月12日) 晴。身稍爽。晨起，衣冠焚香，礼空上九令节也。云卿诊脉平静，现沉细本脉，用前方，去杜仲，加天麻附片。是日，初宴浦使等于关门，午后散步至苏子熙军门处闲谈。

初十日(2月13日) 微霁，寒，大风。第五次会议。浦执我廷旨难我，几罢议，旋约再商一次云。

十一日(2月14日) 微霁。云卿诊脉，平复如常人，用四君子汤加蓍、枣仁、淮山牡蛎，以后半夜少寐也。早饭后，偕李叔芸至对面坡陀营中坐少许，营主陈一山军门，桂林，闽人。毅军副帅。晚晤马仲良分统于子熙军门坐。星使复署电，有三难二害，大略汇前数次之电，立言以见改正之，不可落后着云。微阳来复。

十二日(2月15日) 阴。同乡魏庆堂总戎、名云腾，秀山人，前景军分统。汤辅臣游戎名步云，安岳人，铭军营官。来拜，晤谈良久。午后答拜二君，已返龙州矣。微阳来复。

十三日(2月16日) 微雨。星使接北洋电，询通商应在谅北何处为宜，似法意愿在越境，已属戈电浦，可先将此处改正，余缓无碍云。饭后，王爵堂观察赴文渊与浦议事。晚间苏子熙军门招饮，同座枢仙、杨秋潭、倪少兰、潘慎初四君。爵堂观察回，据狄尔塞言，文渊、海宁、保乐三处可商归我云。

十四日(2月17日) 阴，甚寒。六点钟过勉林观察处晚饭。

十五日(2月18日) 阴。晚赴爵堂观察招，元宵节也，以关门皆茅屋，禁止灯火爆烛，惟各营悬小红灯，缘山崖为高，下灿若列星，至二鼓后始息云。

十六日(2月19日) 阴。与枢仙同作主人，延护院、星使、两观察便聚。庖人张姓，璧泉所遗也，颇为众宾赞赏。

十七日(2月20日) 雨。辰后送潘慎初孝廉赴都。

十八日(2月21日) 风雨。

十九日(2月22日) 阴。

二十日(2月23日) 阴。

二十一日(2月24日) 阴。星使及爵棠观察赴文渊法浦使宴会，护院因病未预，勉林观察请假，具呈于星使，回南养病。护院、爵棠商劝暂住龙州。是日午间，余初饭罢，闻勉林待佚，不及徒步，遂行。余追及于谷口，疾行逆风，归颇颇不爽，延周云卿贰尹诊视，投以开通之剂，始渐舒畅。

二十二日(2月25日) 阴。晚赴爵堂招饮。

二十三日(2月26日) 竟夜不成寐，天明大雨，雷声殷殷，盖今春始发也。两点钟法使浦理燮、狄塞尔、倪思、卜义内并新增之海士来关会议。先是，十三日狄既许我保乐、文渊、海宁，冀我合拢，并云如只止三处，则就三处挨边，尚可推宽三五里许。如三处外尚欲争有名之地，则此三处均作罢论。于时，有以此为餂我者，有以为借以易我内境者，有谓当借其虚怯争牧马先安以胁之者。故翼日，浦遣狄来候信，讫未决，彼复索我一函为定，我亦以不便复却之。越数日，爵堂、勉林两观察复商于星使、护院，再出关会狄，以于三地外，西界加增必须三十里，东界十里。狄仍未允，归告星使，星使以十里则炮力能到。

十九日，令赫政代二公与狄函，东增为十五里，并令王李言尚未告我星使，勉林不喻星使意，遂辞去，狄迄无复。是日，浦等来言，三处只云可商，并非允许。星使亦答以你既言三处未准，我亦仍然要洪江、高平、牧马、艽封、先安方可，浦等不言，留一法函公牍遂辞去。牍意大略谓，彼等愿了而我使不愿了，只好请示本国云云。是夕，星使据情电奏，但前已奏明彼允三地，兹颇难措词云。

二十四日(2月27日) 雨。星使致浦使照会一函，大旨坐实狄前许我三地之说，翻译李叔芸稿。北洋来电言赫德建议缓至九、十月再勘，缘法新派议绅波路贝德来越察看，冀有转机也。

二十五日(2月28日) 晨微日色,顷南风。浦使照复,问明我所商究竟之意。

二十六日(1886年3月1日) 星使、李翻译拟照会,申明狄使前许三地并商加里之意。并云如议不成,可同缓至秋末再议。

二十七日(3月2日) 晴,入春以来第一次晴。太平守曾君伯鲁毓璠来关晤谈。晚间,星使与护院、苏军门、王观察便聚,余与枢仙陪坐。是日,有电旨趣勘原界。

二十八日(3月3日) 阴。闻护抚拜摺告病,同乡邓都司号自成,仁寿人。来关留住。

二十九日(3月4日) 雨。星使奉电旨趣勘原界,有“毋得贻误大局自干重咎”之语。是夕,星使电陈病状。

三十日(3月5日) 雨。王爵堂观察赴文渊,与狄塞尔商,暂缓秋末,狄等亦甚愿意,请我照会,即电外部。星使旋即给照会。是日,接傅相电,云戈意欲先勘一段,立为约据,余俟秋后再议。星使电复言病状兼同人病不支,恳商戈电浦一切从缓。

二月

初一日(3月6日) 微霁。曾太守辞回太平,邓都司回桂,刘守备荣升复哨缺来谢,李叔芸力也。是晚,苏军门招饮,浦覆函言三十之议不能请示本国。

初二日(3月7日) 晚大雨,晓霁。星使电奏再陈病状,请回龙州、南宁。

初三日(3月8日) 霁。接向子贞司马函递家信,去岁十一月初六发，由广西提塘递龙也。星使奉电旨申饬，有“执拗任性，罔知大体”，并李“置若罔闻，任令邓肆意径行，一至于此”等语。

初四日(3 月 9 日) 晴。护院电奏，陈明近来商办界事委曲，并已经专摺告病开缺缘由。

初五日(3 月 10 日) 寅刻接电旨：如邓因病未愈，即着李前往会勘，邓毋得擅自离关，俟事定，听候谕旨云云。是日晴。午后，有法人带交阯兵在南关外半里许指画度地，不知何作。

初六日(3 月 11 日) 晴。先王考宜黄公冥诞。晚间约枢仙、子安、铁崖、叔芸便聚。星使接总署锡、徐、廖各堂电，云冬电切责，只恐事败垂成，其实公之忠诚无不共谅，惟祈善卫云云。

初七日(3 月 12 日) 晴。王爵堂观察赴文渊，狄要我先勘南关，须办一月。晚间余在星使处办电报，有胠箧入室，窃去小表一件。

初八日(3 月 13 日) 晴。卯刻奉初六日电旨：星使、护院同膺严谴，交部严加议处，以饰词脱避，始终执拗之咎，并有如再不遵，耆英治罪成案具在，试问该大臣等能当此重咎否之谕。两公当覆奏，即日遵旨照会浦使迅速勘办云云。且均商允，同出关履勘，以君父之命终不敢违也。旋即真照会浦使矣。浦晓覆函甚慰彼辈之心，订期初九日两公至文渊会议。

初九日(3 月 14 日) 雨。辰刻接童瑶圃兄自总署来函，正月初十日发，云京寓伯母以下安好，界务今春赶办不及，缓至秋末，必须冬间始能返辔，寓中之事，自有璋及郑仪廷料理，请放心。又教余以勿过劳勿稍忧，将浩然之气养足，则一切病症俱消。余已书铭座右矣。恐勿过劳一层，非主者所乐遂也。

初十日(3月15日) 晴。星使、护院赴文渊与浦使议，先勘东西之洗马关，东之水口关，不立标记，勘毕再商改正云。李勉林观察病愈回关，住关前隘。星使颇有归志，自撰惠州西湖一联示余云：

去日苦追思　廿载浮名　只染得京洛淄尘边关炎瘴

良时须爱惜　扁舟泛酒　且莫负山间明月波上清风

晚间唐子安兄招饮。

十一日(3月16日) 晴。护院招饮，晚发总署电请代奏。

十二日(3月17日) 晴。浦理燮等来关，定十五日先勘南关外，十六日后分勘东西界。星使招饮。

十三日(3月18日) 阴。

十四日(3月19日) 晴。

十五日(3月20日) 浦理燮等来关，狄塞尔等会同王、李二观察至关外辨认现在之界，狄等所带越南人数名，指关外我所筑台之左右两山为越界，彼此辨诘，狄等云俟勘毕再议云。浦改订十七日起勘，王、李两观察同狄、卜诸人由外界先勘洗马关，计路三百二十里，须程七日，返五日，至南关，再勘西界，计程四百〇〇里，须程〇日，至水口关止，护院由内界与狄、卜诸人会于洗马关画押，星使与浦等会于水口关画押。

十六日(3月21日) 微雨。八点钟狄、卜诸人来关会王、李两观察，由关门内履勘近东数里许诸山，越人复指某某山为侵伊界，凭祥土官、耆民等与争执良久，亦未断决。

十七日(3月22日) 雨。九点钟送王爵堂、李勉林两观察起程，会法使勘东界。

十八日(3月23日) 晴。护院启程赴隘店隘。

十九日(3月24日) 晴。随同星使自南关启程，苏子熙军门列队相送，自关门至磨沙十余里，军容整肃可观。是夜，宿凭祥，住子熙军门壁中。晤汤子培大令秋史先生之侄张镜南茂才、名祖翘，四川营山人，年少工诗，夜间钞示上张香涛制军暨苏军门诸诗，典可诵。谢菊潭二尹、湖南人。彭铁樵大令。江西人，癸酉选拔乡荐。

凭祥群岫罗列如城，中开平旷二水潆洄，兼道中木棉盛开，花红如锦，山鸟飞鸣，秧针露碧，南关郁抱，为之顿开。南关至此五十里。

二十日(3月25日) 大雨，午刻霁。宿海村。有水由艽封入华界，汇于龙州。凭祥至此四十里。

二十一日(3月26日) 微雨。宿彬桥。海村至此二十五里，有廛舍百余家，街铺亦尚整齐。

二十二日(3月27日) 阴，午间晴。出彬桥北里许，分路向西北冈峦，奔赴中开旷土小径，间有巉石，时见小村落，田土多不治，土膏尚沃。行三十里至上、下冻土州。苏子熙之弟字蔼庭，名元瑞，新除贵州威宁镇总兵，广西平乐府定州人，驻防于此，偕土州赵君来迎星使。下冻有庐舍数百家，屋宇整齐，老稚多有人色，胜于太平、龙州。问之，曰水土平衍，而天时亦略正也。宿关帝庙，即蔼庭镇军璧〔壁〕垒也。

二十三日(3月28日) 阴。抵水口关。下冻至此四十五里，路平而多石。有水由牧马徼外入内地，出下冻，与海村之水汇于龙州。路半，溯水而上，东南皆层嶂起伏，西北山尚远，其地势在龙州之后，汛弁居此。龙州设有卡隘，稽查往来商船。闻平时牧马一带，櫘木出山，道经于此，用兵以来，渐寥寥矣。

二十四日(3月29日) 大雨如注，午间略霁。苏蔼庭镇军有分营驻此，与行馆隔江。午后，过谭时许。

二十五日(3月30日) 雨。

二十六日(3月31日) 早雨，午后晴。

二十七日(1886年4月1日) 晴。偕枢仙、铁崖过江，观彭玉甫协戎营垒，时前岁所受伤尚未愈。彭军即苏军之分驻也。在营茗饮时许，复偕蔼庭至水口关门交界处观览。是日初晴，热甚。归，接家信。去岁十二月二十日发，由协同庆发交广东文报局寄来，家人内外均安谧。

二十八日(4月2日) 晴，热甚。随星使偕枢仙放舟至关门。得岩乳石二，其一珍珑奇峭，隐有藤木岩壑之状。下午归。梁大令送花一枝，类碧桃而藤本蔓，枝有刺，花极繁，一干数十，或以为棠棣云。桂省苗人散处于太浔、梧柳、平乐诸山峒，有白苗、黑苗、花苗，各以其色布蒙首为识，又有狪、獠、猺、狆之别，土人皆统之曰苗。山峒深险，舆马阻绝而产畜故饶。五谷之外，有零陵、香猺、桂猺、布猺、茶花梨、鸡丝、猪油、櫘香、梓楠、紫檀各种美材木。惟盐必市于外，柳柳州诗所谓"青箬裹盐归峒客"也。又炼铁为猺刀，制铳为猺枪，刀长短不等，利甚。枪饰以金银，盖山多矿，且与土人贸易。有富挟数万者，器具、服饰以此相夸耀也。女子以银箍发，为累级高髻，每级一箍，短衣五彩花，下围布如裙，赤足亦有殊色，又皆能执刀枪击刺。苗俗犷而畏官吏，缘是讹索之额取其银，谓之夫粮。

种种名目，以极吏役之欲。购其米为军米，购时，集苗董官坐堂皇，按价封给之，实皆甓石败铁。董受讫，如数缴米毕，仍还上其封，易以银跪呈于官曰，苗赖国家水土，沐官长廉惠，实愿输此米，不愿领价也。如是岁以为常，其他苛徭不可殚述，以故多叛乱。盖自唐讫明至于今，如一丘之貉。桂土广人稀，实土者皆迁自东省。东人多黠，复托交易以诱苗，有大贾以银与苗为市，有小客高担肩红布、绒线、彩绦以鬻诸妇人。久因娶其女子家，苗中专其利，或竟为苗所甘心焉。而苗之弱肉强食，亦有甚于此者。大抵数十家必有一总，总唊而众喂不敢违。又有火鞋、火帽烙胸炙背，仰沉仆泡之律罪，悉科于总。豪强缘总以遂其私，无所控告。近闻豪富者多招客苗垦荒、取佃租，渐加娄索，至役占客苗妇女，客苗不堪，遂相械杀，官不能理，积酿祸乱，是可虑云。

二十九日(4月3日) 晴。饭后随星使乘骑至俸村隘水口关，距龙州百里。在龙州北少东有二水，大水出保乐过牧马，南流过越驮龙村五里入华界，俗谓之牧马河；小水出乱山中，源短而狭，不通舟，西南流与牧马河襟会于关前。大水东、小水西，平衍如掌，皆越地界。碑在大水西岸之北，离关三里许。俸村在小水东岸，离关十里，村有茅舍十数家，皆乱后还集者。小叶古榕数株，可憩息。关侧亦有小村居民二十余家，皆瓦屋。闻数日前曾趁歌墟一次，未及见。歌墟者，春时男女少小者逢墟期来集唱山歌村调，有相爱悦者，则别为和答，或委禽焉，每岁每墟集会一次。桂人言此俗出于苗峒土俗，因以相沿。故闻黔中苗亦有之，意甚以为陋。余曰，仲春之月，男女期会，此《周官》之典也，何陋之有？接南关二十八信，两观察尚未返关云。

三月

初一日(4月4日) 晨起阴。午后苏营兵勇呈舞狮戏及各技勇。

初二日(4月5日) 五鼓大雷雨，风震屋，辰后晴。是日，清明节。饭后，散步林皋，沿江上下觅马铁崖渔船不见。

题苏霭廷镇军军中集

黄龙痛饮恨难终，蹀血还期未竟功。
牧马滩声雷雨夜，高吟如读《满江红》。

第三山顶辟云开，奇句天成立马回。
艳说衡湘多将帅，亲游七十二峰来。镇军南岳诗有“辟开沧海第三山”之句。

代历功名漫等伦，腰金一姓几衔恩。
合将冈屺风人意，写作征袍血泪痕。

初三日(4月6日) 微雨。泛舟至小河观捕鱼，得锦鳞、红鳞鱼各一。

初四日(4月7日) 雨，午后晴，河水骤涨。接署电：浦等欲赴龙买物，署已沮之。

初五日(4月8日) 大雨。

初六日(4月9日) 接护院函及爵堂电，以法使止勘至平而关浼星使返辕与会。闻游勇攻散艽封教匪及法防兵，十室九空。

和王爵堂观察丙戌元旦四十六自寿原韵

屠苏人醉早梅天，元日逢春祝嘏先。
汉节九千余里路，崧生四十六星躔。
中朗奏草刚同岁，洛下耆英是始筵。
八百七旬予晚出，功名事事让君前。《后汉书》蔡邕奏书灵帝，自陈臣今年四十六岁。

牧马河干驻马时，别来重展岁朝词。
三关柳雪迷征旆，五岭椒花照酒卮。
化格琼畺和气溥，疾除炎瘴远人知。
临边事业春农望，好继家声寿鼎彝。

附原唱

卿云糺缦起南天，春入关门得气先。
虚掷光阴增马齿，适逢佳会应龙躔。
皇华载赋同持节，宾馆言欢拟肆筵。
阅历渐深心不动，程功敢说六年前。

去年今日治琼时，愧荷同寅祝嘏词。
依样岁华人在道，敢辞元旦酒盈卮。
分茆岭上筹先运，爆竹声中喜可知。
祐已履新铭益寿，愿从经界定南彝。

初七日(4月10日)　微晴。随星使启程，宿下冻。

初八日(4月11日)　阴。住彬桥，偕枢仙游桥西碧云洞。洞在千寻石璧〔壁〕间，岭奇峻削，扉闼轩棂，不假人力。中供大士像，额题“道光二十八年”重建，殆不知其始也。洞外有平台，流泉百道出其底，喷玉鸣琴，听之若在天半也。泉注为池，广数十亩，溉沃平田，北望无际。池之外平阡弓抱，红棉千百株，杂以越桐。积雨初歇，众绿交映，殆难染画。南为道凭祥镇南之路，层冈叠巘，兽蹲禽翔。龙州诸山自东而北，峭拔蜿蜒，在返照明灭间。爽心廓目，为兹游最。石磴久憩，苍翠袭人，日色西暝，晚烟覆墟，于是始返。

红土人云：咸丰季红匪肆扰，人劙洞避乱。山左右皆洞，广者容万人，有守皆坚不破者。山后由村地，半衍沃。甲申冬，前抚潘公败衄入关，图驻兵于此，峙为险固。村父老极言不便，始逡巡去楚南。王朗青方伯德榜亦尝游此洞，题额为识。乙酉二月，关前隘之战，方伯军由隘高山冯苏诸军喷薄时，方伯出奇兵截其后，法逆遂溃，由是克谅山，屯梅谷松，进军观音桥，几复河内，村人尚乐道之云。是夜，大雨如注。

越桐叶干类梧桐，少槎枒，高者数丈。花朱色，长寸许，上仰，锐如蜡炬，三五成簇，红霞烂熳，不数榴花照眼也。考两广省志，沿边诸郡桐树着花多赪色，九月犹开，疑即此也。

游碧云洞偕枢仙

征尘携入碧山来，山半灵扉手辟开。
云气出为天下雨，泉声惊作地中雷。
千年石笋穿棂罅，万壑蛮花照壁隈。
共喜炎邦岩穴好，道人却话劫余灰。

初九日(4月12日) 自彬桥南行十里，村店分路，循小径偏西越重山，时时开旷，平畴秧针出水，嫩绿如织。雨后泥泞，溪水甚涨，扶掖而渡二十里许。蒋炳唐军门宗汉滇人，新授贵州安义镇总兵，盖杨云阶爵帅之旧部也。率防军候迎，沿途所无。

立谈刻许。微雨湿衣，山雾四塞。山多土，圆厚无巉岩碎石。又数里下岭至平而关，河水从芃封来，东北流，绕关过海村，出龙州。使馆在河西汛弁署。晚王、李两观察话前后勘东界事。陟险履幽，不可殚论。浦使等亦由隘店隘绕道来。会闻炮声轰震甚近，询之探弁云，连日游勇在芃封一带与法兵接仗，有斩获，故浦有戒心云。是夜，三鼓后大雨。

初十日(4 月 13 日)　微雨。星使与浦会书约画押，东西已勘界，皆有图，亦有改归我者。另约书明两国公使臣即日离开，中历九月会于钦州、海宁之间，从广东界勘起。

十一日(4 月 14 日)　微雨。七点钟起程至彬桥小憩。三点钟到龙州。浦使等亦于辰初出关，浼我派弁兵十余人护出华关云。

十二日(4 月 15 日)　阴。晤向子贞司马、新任龙州厅。蔡仲歧、陈若愚观察、名嘉绩，湖南人。唐子安刺史、魏庆堂镇军。午间偕枢仙赴昭忠词吊璧泉兄，不觉抚棺大恸，盖情难自已也。补十一日晚接广东文报局递来家信，京师正月十三日发，内外均安。兰楫太姻丈三月当入都，钱价稍涨，米价平。星使发总署电奏，明赴东。

十三日(4 月 16 日)　晴。

十四日(4 月 17 日)　晴。

十五日(4 月 18 日)　晴。王爵堂观察招饮。

十六日(4 月 19 日)　晴。公祭璧泉。星使、护院、两观察暨龙城文武在差各员毕集，惟马铁崖、李叔芸未到。是晚护院招饮。

十七日(4 月 20 日)　雨。蔡道、向子振招饮。

十八日(4月21日) 晴。接香帅电,慰劳同人,并询起程日期。张巨川前辈来函,述岑彦帅款洽周挚。

十九日(4月22日) 随星使并偕两观察登舟,李护院、苏督办来送行。李观察及余皆乘原来之船,予船主黄姓,桂林人,甚诚朴。盖候此已五阅月矣。船价由龙到东共银九十两,由公雇定,毋庸各地方按站支领,省虚縻中饱三分之二,此星使体恤地方意也。

二十日(4月23日) 晴。午前十点钟开船,晚泊。

二十一日(4月24日) 晓起微雾。开船,饭后晴。午后四点钟过平凉墟,晚泊平马。

二十二日(4月25日) 五更大雷雨,卯后住。璧泉令嗣咏琴由都来龙搬父柩,于此相遇,不禁悲怆欲绝。饭后过牛囝滩、高坡墟、犁劈滩,五点钟到太平府,径过。

二十三日(4月26日) 早阴。饭后晴。

二十四日(4月27日) 黎明小雨。六点钟开船,十点钟过驮驴,四点钟过豆卢左州马头,晚泊小村。勉翁招饮舟中,沿江山岩峻深,多藏毒兽。近雨夜泊船处均闻虎啸声,舟舣近岸,其犬豕有被攫去者。是夜亦闻微哮云。

二十五日(4月28日) 晴。五点半钟开船,六点半过新宁州,晚泊杨武墟。

二十六日(4月29日) 晴。申刻到南宁。奉二十一日电旨:邓承脩前经给假省亲,准其率同随员暂回广东,届时前赴钦州起办。钦此。晤同乡何玉林太守,胜和堂李正邦代买茯苓、首乌、田州、三七各药少许。是晚发香帅电。

二十七日(4月30日) 晴。卯刻开船,水略涨。

二十八日(1886年5月1日) 晴。午后过永淳。

二十九日(5月2日) 七点钟过三洲,换滩师。五点钟至长滩,风大停泊。晚晤文亮卿刺史。

三十日(5月3日) 八点钟过横州,住大滩脑。

四月

初一日(5月4日) 晴,午后微风。五点半钟过大滩。即伏波滩。同行船八只及广东测绘随员船十余只,均平安。石濑间有破舟二,盖近日所坏者也。三点钟过贵县,行十余里住。

初二日(5月5日) 立夏。雨。三点钟过贵县。

初三日(5月6日) 晴。两点钟过浔州。江岸炎雾弥漫、人声喧阗,询之则焚烧外国教士房屋也。先是,教士入境传教,居民禁之不止,立教堂时有人告白,定初四日折之。会值府试生童坌集,人且数千,不辨谁何。折屋及半,得人头八具,众怒蜂起,教堂数处遂片刻灰烬云。是夜,停泊三十里之荒岸。

初四日(5月7日) 晴。八点钟过大湟江,墟市桥辐辏,为南浔商贾卸货之所。另有小江北来,不通大舟。洪逆初起,屯聚于此,以劫上下行旅云。过平南,晤曾远如同年。住白马墟。

初五日(5月8日) 风。七点钟过猛江,晤同乡陈驭云别驾。鸿翥。九点钟过藤县,晤同乡李次钦少尹。炳昭。晚赴芍塘观察招饮。晚泊长洲。

初六日(5月9日) 微雨。辰刻过梧州,晤署守刘蔗泉前辈。恩濬。午刻解缆，晚住封川县。

初七日(5月10日) 雨。住德庆州。

初八日(5月11日) 雨。住〇〇。

初九日(5月12日) 雨。午后三点钟到肇庆府，晤高要令王君崧。字松生。

初十日(5月13日) 晴。午后三点钟到广州驻皇华馆，晚谒制府，未晤。

十一日(5月14日) 晴。星使发总署电，奏陈抵东并谢仍前假省亲恩。饭后偕枢仙拜同城军抚司道府县，府县馈酒菜。星使发西护院电。

十二日(5月15日) 阴。西护院覆电，垂询甚周。

十三日(5月16日) 晴。接家信、瀛波弟信、吴仲林信，均二月初八日发。

十四日(5月17日) 晴。同乡徐虎臣镇军招饮，座间并晤乡人王燮臣大令、秉恩，癸酉举人，华阳旧交，香帅奏调由黔来粤。谢友鹄军门、鸿章，制造局帮办。席春渔太守。时熙。

十五日(5月18日) 晴。

十六日(5月19日) 晴。午后送星使归省，枢仙附舟回博罗。

十七日(5月20日) 阴。

十八日(5月21日) 晴。偕三两同人相羊江浒。

十九日(5月22日) 晴。辰刻侯镇黎都司来馆逡巡去，谢友翁来拜。未刻法兰亭来拜。

二十日(5月23日) 辰刻江少帆司马都炳来拜，大竹人，晓帆先生长公子。李勉翁过谭，将赴沪。是夜，雨。

二十一日(5月24日) 雨。辰刻杨次麟太守来。巳刻王夔臣兄来拜。午间香帅馈席。未刻过爵翁处商公件。尹仰衡由钦到省，遣人通询。晚间约王、罗、马、李、高诸君在馆小饮。

二十二日(5月25日) 晴。香涛制府来馆询界事，尹仰衡兄由钦回羊晤谈。

二十三日(5月26日) 晴。晚过爵翁处闲谈。刘供事假归，写家信，心绪颇烦。闻双锡五兄放芜湖道缺。

二十四日(5月27日) 微雨。辰接黎觐丞笺，约游花棣翠林园。马委员酒后失仪。

二十五日(5月28日) 晴。李勉林观察搭轮赴沪。晨〔辰〕刻至五仙门，舟中送行，返至三大忠祠谢、席二君处早饭。因约王夔臣兄聚谈时许。

二十六日(5月29日) 晴。谒倪豹岑中丞文蔚谈询界事。拜萧杞山方伯。丁卯同年。座间见陈丽秋先生兰彬精神矍铄，较在总署时尤健也。邓植卿兄来馆。次日，渡江晤同乡陈汉章直牧，起倬。调署番禺。

二十七日(5月30日) 晴。丽秋先生预请订五点半钟相待也，座间晤孙驾航楫前辈，署广州府。

二十八日(5月31日) 晨微雨。溽暑甚。

二十九日(1886年6月1日) 晴。陈丽翁晨早过谈。

五月

初一日(6月2日) 晴。王中之来拜，魏庆廷来拜。闻都署夜接电报暂兼权抚学两篆，遣人道喜。

初二日(6月3日) 雨。同乡余成之德谦，集斋之弟。招饮，同座皆乡人。尹仰衡同时招饮，同座施砺卿观察、富文圃、朱紫泉，少桐族弟。大雨如注。是日，发寄星使惠州包封。

初三日(6月4日) 微雾。

初四日(6月5日) 晴。端午日雨。王中之约陪陈丽秋先生于应元书院小饮。同座陈一山同年、蔡毅若太守、陈南伯司马。丽翁之侄。晚间晴朗高爽，浃襟谈宴甚乐。惟是珠江竞渡之盛，竟不得一开巨眼，亦缺典也。

初六日(6月7日) 晴。夏生世棣由梧来购平粜官米，来谒。

初七日(6月8日) 晤许少衢太守、余元湄前辈，余前辈留饮。同座王锦堂镇军、福建人，现张制军奏派偕元湄前辈出洋察看各岛华人商务事宜。张銮坡镇军、住木排头。沈小园、电报局。吴、招商局。杨庆堂、惠州电报局。金厚卿。太仓州人，棣华、芃生之宗人，电报局。晚归已三鼓矣。元湄前辈所居袖海楼，为许氏前馆枕郭，临江潮来，没础，俨然泛海之舟。额为耆介春制府所书，甚劲浑。制府治粤时，有手钩右军书澄清堂原拓，刻以紫玉端溪石，榻以罗纹纸，细如蝉翼，精晰异常。石后运回京师，镌已宅斋壁。罹法后，渐多残缺，模印模糊，非复硬黄初本矣。

初八日(6月9日) 晴，晚微雨。

初九日(6月10日) 晴，晚间热甚。半夜，两同乡、陈汉章来谈。

初十日(6月11日) 晴。张君、殿雄。许君培桢、号润律。刘君保林湘树先后来拜。

十一日(6月12日) 阴。晨偕许润律、龙东山赴华宁里东昌公馆访高云轩谈,相劝余留须。张香涛制军招游白云山,呈短韵纪游见后诗缀录:

忆昔成皇丙戌年,吾祖于役游南滇。
南皮张公自黔至,故人癸岁同蹁跹。
馆垣比屋见记载,九章洪范天人研。
先辈风流六十载,八州持节公象贤。
交广大治今丙戌,治也奉使随张骞。
毡蒲拜起慰且叹,一孙一子年家缘。
元鼎鸿文压山岳,将帅余略挥羌零。
台斗下视阜谷小,大贤奖掖庸非偏。
白云之山插天起,中有白道清泠泉。
轻骑行庖酒车酌,元戎招客陪跻攀。
后者孔璋前仲宣,霸陵隐士罗浮仙。
觥觥鼎鼎经腹便,肴核仁义斟道渊。
江海贤豪在郊薮,应有气类茅茹连。
安期旧游不知处,番禺二子何时还。
上穷摩星下蒲涧,但闻流水鸣溅溅。
酒酣夜半山吐月,奄有笙籁回峦巅。
秋空无尘气高肃,毋乃山鬼欺客眠。
吾人迹象那可执,动无闻睹静则宣。
神为官役苦不息,化理只合随勺璇。
河山百战蛮斗触,物态万变夔怜蚿。
龙蛇起陆豹虎攫,壶峤岁且磐牙连。
墐兑亿坤习忘事,喁喁忧悯乌能捐。

担负天下致物絯，安见过客真陶然。

独喜飞鸿雪上迹，他年孙子还摩镌。

十二日（6月13日） 雨。张銮坡约赴刘园观剧，园主刘君哲嗣，新捷南宫者也。晚在对过之趣园小饮，园主刘君展廷，甚贤。

十三日（6月14日） 晴。晚过爵棠观察茗谈，归访陈汉章不遇。

十四日（6月15日） 晴。同乡孙彦臣鸿勋见过，雪澄代购《古逸丛书》一部，倭板苏印，精妙异常。

十五日（6月16日） 晴。张延秋前辈鼎华编修，福建主试，假归。见过。晚间卢君让卿招饮。同坐杨君博泉、周君泽之、冯君仙楼，皆粤士。

十六日（6月17日） 阴。回拜张延秋前辈、凤醴泉参府、鸣。朱紫泉别驾。尔田。晚过陈汉章兄处谈三刻许。

十七日（6月18日） 晴，晚微雨。王宇安协戎、世清。黄季度茂才绍宪见过。张銮坡招饮，同座宗人次麟、元眉前辈、王锦堂、吴香圃、曹朗川大守、秉濬。曹吉三廉访。秉哲。

十八日（6月19日） 阴，晚间微雨。李叔芸请假暂回福州。

十九日（6月20日） 晴，晚大雨。辰刻王锦堂镇军来话别。午刻爵棠观察过饮。爵棠调署高廉道，新奉檄。未刻赴西关答拜黄季度，送别王锦堂兼拜沈小园、电局。吴香圃。招商局。过烟雨楼访延秋前辈不遇，因至袖海楼送别元眉前辈，谈时许。晤旷君容齐于座。前随丽秋先生德美国。大雨倾盆，须臾少住，入城返馆。晚雨复如注，阶除漫溢，枕簟凉生矣。

二十日(6月21日) 早晴。同乡龚君季蕃名开晋,华阳,己卯孝廉。见过。

二十一日(6月22日) 阴。王锦堂招饮。

二十二日(6月23日) 雨,午后霁。元眉前辈招饮。

二十三日(6月24日) 送别延秋前辈。许润律兄赠琴式七星岩二层蕉叶白研一方,光绪八年开坑所得也。

二十四日(6月25日) 晴。饯元眉前辈、王锦堂,锦堂未至。同座张銮坡、梁映斗、周和生、杨次麟。

二十五日(6月26日) 雨,下午霁。遣家人刘升原名叶官保,渠县后溪沟人。回川、白瑞回京。张銮坡生日,招饮于本宅,同坐谢小舟观察、杨次麟、余元眉、曾云皆,云皆善吹笛。

二十六日(6月27日) 阴。同乡席春渔、王燮臣、谢友鹄、徐虎臣、魏庆堂招饮于南岸环翠园观剧。

二十七日(6月28日) 晴。偕王、席、谢、徐、魏游海幢寺。寺在河南地,宽可十数亩,创建于前明。国朝中叶,又恢拓之。佛殿右有鹰爪兰一株,甃以石台,高可八九尺,根上露如怒爪欲攫,而蟠屈处又类藤本,叶似珠兰,颇稍阔,浅碧色,卷曲离披,殆数百年物也。住持僧悟非、首座僧荣法、书记僧宝筏能书画。方丈厅有伊墨卿长联,甚超劲。二鼓,枢仙由惠州返行馆。

二十八日(6月29日) 晴。蔡海珊见过,阁署同僚也。名宗瀚,癸酉乡榜,归善人。

二十九日(6月30日) 晴。候鸿山招饮本宅,鸿山现委署罗定副将。晚次麟、钱逊之、湘南。陈子燮治安,湖南人。招饮于增沙源记。同座李华甫太守、张星池部曹。

三十日(1886年7月1日) 上午晴,午后雨。嘉定杨君庆堂家善见过,王爵堂观察、余元眉前辈先后馈鲜荔枝。

六月

初一日(7月2日) 晴。关咏琴来省,爵堂观察招饮本寓。同座郑幼惺太守,名业斅,长沙人。左文襄、雪琴尚书幕府,余同岁生。

初二日(7月3日) 晴。枢仙饮王爵堂观察于驿馆。

初三日(7月4日) 晨起大雨,食时晴。许润律、余成之、杨冠峰、龙东山、杨次麟、王雪澄招游彭园,因至刘园观剧,各班合演。

初四日(7月5日) 早晴,午间大雨,旋霁。徐虎臣招,再游环翠园。

初五日(7月6日) 阴。

初六日(7月7日) 早饭后雨,晚大雨。

初七日(7月8日) 晴,午微雨。刘吉六光廉邀饮,再游彭园,因至隔港之陈园,结构颇曲折。荷池十亩,花径萦纡,北屋三椽,其上有楼颜曰红到楼,精洁可坐。东南有亭,翼然出于池上,绕池委宛可通。时方卖黑叶糯米磁、桂味各种。荔枝新摘于树,鲜红欲滴,回舟大啖,香清干冽,各极其盛。糯米磁尤佳,以肉厚而核最小也。是日,同游有王爵堂观察、郑幼惺太守、枢仙诸君。晚赴邓莘臣比部招饮,在司后街寓所。

初八日(7月9日) 阴,微雨。

初九日(7月10日) 阴。接都中家信,五月十七日发。

初十日(7月11日) 微雨。蔡练江昆弟招饮。

十一日(7月12日) 晴。璧泉兄家属在三元宫开奠,合城自军督抚以下文武齐到,祭幛甚多。广东提助公款五百余金,奠仪合共四百余金。番禺令陈汉章为璧泉同年,诸事甚尽力云。

十二日(7月13日) 微雨。送蔡练江赴浙、海山入都。访陈一山于黄君松舫宅,主人留饮,同座沈有常、陈彦臣、廖枢仙。

十三日(7月14日) 晴。陈汉章招饮,同座廖枢仙、陈一山、家次麟、王雪澄。

十四日(7月15日) 微雨。约陈一山、廖枢仙、王锦堂、王雪澄、徐虎臣、席春渔、谢友鹄、邝容阶游河南伍氏园,晤园主伍少溪,介眉。余与余元眉作主人。

十五日(7月16日) 微雨。爵棠来馆,商公牍文字。晚赴元眉招饮。

十六日(7月17日) 大雨。陈汉章见示伊母赵太夫人八十寿节略。

十七日(7月18日) 微雨。王锦堂、沈小园招饮。

十八日(7月19日) 雨,斋戒。星使至惠州来省。

十九日(7月20日) 阴。张銮坡、伍介眉各请在彭园观剧,均辞。

二十日(7月21日) 雨。

二十一日(7月22日) 早雨,午后霁。荩臣、枢仙同游南岸,至彭园观华天乐班演剧。

二十二日(7月23日) 早雨,午后晴。同乡客帮首事招集于四川会馆,广州协邓保臣安邦送星使。增城西巷挂绿荔枝十二枚，星使颁给每人二颗，颗不甚大，色绿而紫，有一痕隐约自下绕上，近蒂微高起，肉脆香，核才如豆，盖南海第一种也。忆《荔枝谱》载：增城荔子名目约数十百种，而挂绿一种，殊未详及，疑其字有不同也。闻此种生石上只一株，每岁可得数斤。虽有势力者，不能得树。近四百年分孽过多，枯老甚，远近偶得食者，皆分种也。今年午日陪宴陈荔秋先生于应元宫，谈及挂绿，公曰："余年七十余，平生仅食两枚，为人所赠，今尚未知真伪。噫，难矣哉！"保臣今岁派办增城积案，预与僧人定购，临时以小火轮飞致，故色香味均未改。思陈公言，用此自多。陈公名兰彬，前官左副都御史、总理各国事务衙门大臣。

二十三日(7月24日) 微阴。斋戒。

二十四日(7月25日) 晴。乡人饮酒于川主宫，演剧酬神。宫在清水濠，即四川会馆，相传是日为川主神诞。川主者，《祀典》所载江渎之神，秦蜀太守李公冰及公子也。然蜀父老相传灌口神二郎姓杨，为天帝甥，说部亦多引之，其说近诞，而流传最久。论者曰：李公，治水者也；杨者，治水之神也。盖古之时，天与人近，如神禹授书，用丁甲、童律之类，理或然欤？今之河神亦以氏受封，非诬诞也。先秦代远，又事涉神怪，故史从阙略，此说庶几近之。至镇江王者，川楚间多祀之。相传唐时人姓杨名泗，因称为杨泗将军，敕封亦未详时代，要不可以牵混也。

二十五日(7月26日) 晴。明日为万寿节，五鼓随星使在本馆拜牌，首县先期来备礼仪，拜毕，乐工奏剧三以中庆祝，想见击石呼嵩遗意。

二十六日(7月27日) 晴。午后散步至三大忠祠，晤春渔、友鹄、虎臣小饮。

二十七日(7月28日) 晴。

二十八日(7月29日) 晴。晚间张制军招饮,同座蔡君国桢、余元眉前辈、王锦堂、蔡毅君、王雪澄。

二十九日(7月30日) 晴。

七月

初一日(7月31日) 晴。

初二日(1886年8月1日) 晚微雨。偕徐虎臣泛舟河南,返棹五仙门。晚偕枢仙、邝云阶、张銮坡各招饮于彭园观剧。

初三日(8月2日) 晴。陈一山来馆,喜余碧云洞诗,因绘为图,精绝!

初四日(8月3日) 晴。

初五日(8月4日) 晴。郑幼惺、罗仲和招饮。

初六日(8月5日) 雨。偕幼惺、仲和饮于电局。余乘土生码头采药小艇,返至高第街潘崧岑亲串俞府观拜七夕。厅事宽敞,列台棹十余,陈设精致,其殿阁、牌楼、亭榭、船舫皆以通草编镂而成,细才如丝,丹垩涂彩,备各种花鸟人物之状;又瓶、罂、杯、椀、柈、炉、烛台、烛香皆用芝麻黏砌,冠带、服饰、仪仗、台椅、屏镜、灯采无不各逞新奇,钩心斗角,闻皆闺中姊妹相聚数月而成者也。

初七日(8月6日) 微雨。与枢仙偕许少衢世丈、张銮坡兄赴木排头陈府、周宅观拜七夕,陈设较昨夕尤盛。晤陈孝坚兄,名宗颖,兰浦先生次公子,博学,工小篆,赠兰浦先生手钩刻琅琊台碑榻二张。

初八日(8月7日)　晴。枢仙招饮于应元宫，宴星使及陈一山农部、梁星海太史、邓夔臣比部也。因与一山步，由东城睥睨下观朝汉台。越里许，到应元时，卓午炎蒸，因思关塞行役之苦。轩窗环启，俄而凉风生腋，兰荷散芬，山翠绕楹，江城在目。追念五月旧游，已有今昔之异，而观地高天旷，足豁心目，且是日宾主亦极尽欢云。

初九日(8月8日)　晴。

初十日(8月9日)　晴。陈一山复招游应元宫，在座仍前六君子，余独骑至五层楼。望南禺诸山起伏，半在烟雾，白云飞翔，欲入环抱间，大江带其前，东、西关市廛庐舍鳞比眉列，盖城最高处也。

十一日(8月10日)　微雨。

十二日(8月11日)　晴。

十三日(8月12日)　晴。

十四日(8月13日)　张制军招游白云，主人事剧，不克至，嘱幕府王雪澄典宾客。同游者陈一山农部、梁星海太史、廖枢仙大令。晨兴至榨粉街星海宅早饭，各肩舆往出小北门，先至能仁寺。寺为白云分支，双溪水合襟处，兵燹重修，颇宏丽。左畔为虎跑泉，清可鉴影，树木森翳。寺门当山缺处，遥俯大江，僧治素馔，亦精洁。饭毕，材官担壶榼以从。转数曲至郑仙祠，为白云之阴，传为安期成道处。僧出安期原像，鹑衣悬瓢，极苍古，盖仪征阮君手笔也。有小楼面江，一山为指黄浦屈翁山，楼船江阁，隐约可辨，而虎门则更在晴云微眇间矣。折径而北，过小桥，松杉夹路，至双溪寺，精舍在千章绿荫中，断隔红尘几许，殆全山最幽处。由双溪循蹬而上，为白云寺，寺高而敞，登楼则江山在目，胸次豁然，山巅为摩星岭，以将晚未及上。昔人登塔，每留绝顶一层，亦高危之虑也。返能仁晚膳，谈宴尽欢，各有酩酊之意。

十五日(8月14日) 晴。早膳后，由能仁寺返使馆，星使是日旋惠，一山还黄浦。

十六日(8月15日) 晴。星海走辞赴丰湖书院。丰湖，惠郡书院也。星海为之购书讲学，敦崇气节，先行后文，从游日盛。星海代购六雅斋《三通》壹部。

十七日(8月16日) 阴。黄燮臣、黄子斌昆季来馆，同出东关散步。

十八日(8月17日) 偕枢仙赴西关，至长乐街裕成纸行回看燮臣，过行主人谭从云家午饭，值大雨。

十九日(8月18日) 晴。辰由西关返馆，访陈孝坚、许少衢，过太平沙晤李香门、罗海田。

二十日(8月19日) 晴。再过陈孝坚宅，晤陈因之。

二十一日(8月20日) 晴。

二十二日(8月21日) 晴。接李鉴堂护院、袁锡臣太守书，锡臣已入抚幕，甚相得。

二十三日(8月22日) 晴。

二十四日(8月23日) 晴。移住袖海楼避暑，枢仙旋于是日三点钟回博罗。

袖海楼记

丙戌秋七月二十日，余自皇华馆移居袖海楼，以馆墉高堂深，不风而湿，令人疮疿，又多蚊蚋，不寐，故假此楼祛数患也。

楼在广州永清门外，面大江，城中诸渠水由清水壕流入江，楼适跨之，缭以周垣。中为曲池，池上之屋，屋上之楼，如舟、如蕉叶、如海棠、如曲尺，或窗户洞开，幕以玻璃，或复道萦纡，房栊深邃。若者宜夏薰风，可以穿榻；若者宜冬薄寒，不能侵牖。前有通天之台，夜坐星斗之下；左有迎旭之阁，朝观海日之升。微雨初晴，远岫已渡江而入座，缕烟天末，番舶不移睫而到门。帆樯万千，灯火宵旦，画船箫鼓，往来如织，此则楼中固有之景也。居斯楼者，坐卧其中，三面波光，如浮如泛，以潮汐之升降为驶泊，以天地之阴晴为启闭，以日月之晦朔为昏画，以万物之动息为起居，而且笙簧则风雨也，匏尊则沧溟也，屏幛则云烟也，图画则花鸟也。四方万国，人未接而已亲；千珍百怪，货靡购而弗获。瓶倾海外之醇醪，柈有天涯之水陆。《禹贡》之所不名，《山经》之所不载，式饮式食，歌斯哭斯。观四序之迁移，览百代之兴废，招千古为友朋，列八荒于簾幕。一楼之外，取给如斯，斯岂襟江带湖而已哉！

余闻是楼初成，主人许宾衢方伯征名于诸名士，飞花行酒，捡坡诗得"袖中有东海"句，因以名楼。相国某公，工晋人书，方治广，闻之题额以赠。当是时，朝野雍熙，四境烝富。主人又贤且暇，节使连帅，诸大夫士，常从容集会，论政事之得失，或饮酒赋诗于此，其题咏强半存。无何，主人宦去其乡，海内亦渐多故，雅音寂然，此固主人所不忘于此楼者也。楼之成四十有余年，余生四十有余岁，楼先余而成，余先楼而生，其月日不可详。余不及见主人，以年家子得交公子少衢先生。维时风尘敉息，廊庙犹勤，封疆大臣振兴百为，将有贤豪继踵登临，来发颂声，此又主人之留贶于斯楼者也。后先相望，数十年之间，后生小子亦得以从容宴饮，弹琴赋诗于此，岂非偶然哉！然则前乎余者，虽不可接，而后余而至者，余犹幸得为导也，于是记之。

二十五日(8月24日) 晴。

二十六日(8月25日) 雨。

二十七日(8月26日) 雨。陈孝坚、陈因之、罗海田在楼小饮。

二十八日(8月27日) 阴。

二十九日(8月28日) 晴。

八月

初一日(8月29日) 晴。李勉林观察见过，前回沪就医，七月二十七日返广州。

初二日(8月30日) 晴。

初三日(8月31日) 早晴。南皮制府生辰，不受贺。晤高植卿方伯、于次棠廉访、蒋燕齐、王鲁香都转、施砺卿、董、石小皋少渠、阎相文各观察。晚大雨。

初四日(1886年9月1日) 晴。倪豹岑中丞卸任，回皖启程。陈汉章母太夫人八十正寿，南皮制府手制联语曰：日躔寿星冯亲入舍，天临海镜王母吹笙。予送联曰：菖蒲十二节，金芝数百茎土物延龄，有子是白云仙吏；萱寿八旬初，桂华三五近冰轮常在，阿母真明月前身。又：初基八旬，教子名成陈伯玉；同井再见，入怀亲诞李长庚。

初五日(9月2日) 晴。

初六日(9月3日) 晴。

初七日(9月4日) 晴。收云南岑、周会奏稿：六月初一日，唐、叶二君抵河口。初九，岑、周自开化起程。十三日，至南溪，岑公因病留该处调治，周公率张、李、关三君于十五日抵河口。二十一日至七月初二等日，叠与法使狄隆、狄塞尔、达鲁、倪思、海士等会议，并议定开勘节略八条：我拟在保胜南岸沿河而上之龙膊地方为将来通商之地，其大赌咒河、都龙各地应属中国。该使不允，且欲占我猛梭土司地，相持未定，狄使等托病迁延，尚未往勘云。

猛梭本属云南建水县，历年完粮，载在省志，因与越十州三猛邻，其土目曾以功兼越职，而完华粮如故。咸丰间滇乱道梗，后催土目承袭，渐为越昭晋州知州阮文光把持。上年大兵出关，清各猛土司始先后赴滇具结完粮。又据滇文，现在北圻义民游勇各数千人，屯都竜、安隆、陆安一带。又越宗室阮福说亦至此数处经营其三猛十州，又为越臣阮光碧督同刁文持等固守，阮文甲等亦出札兴化之锦溪、清波攻击云。

初八日(9月5日) 晴。

初九日(9月6日) 晴。发惠州函及云南岑制军、周星使信件。

初十日(9月7日) 晴。

十一日(9月8日) 晴。

十二日(9月9日) 晴。

十三日(9 月 10 日) 晴。

十四日(9 月 11 日) 晴。接总署咨,刘供事不愿回粤。又接云南岑制军文二件。一、会议界务情形附片奏稿,略云:七月初二日,与法使狄隆画押。十三日法派达鲁、倪思会同道员叶廷眷、司员关广槐由水路驶上龙膊。连日星使与狄隆会议,于改正大赌咒河仍坚执不允,并欲求一无烟瘴之地通商。查红河沿边自保胜以上烟瘴更甚,越地烟瘴稍轻,而可通小轮船者,莫如镇安县固馆司关以下至河内、海阳,若馆司大滩以上既不能行轮船、设码头,亦无大益,久必自悔。况今游勇义民到处作梗,已形蹶蹙,彼如何能勘完全界,终必自求结束之方云云。七月二十二日附奏,又同日奏:正缮摺间,适接内阁学士臣周德润函称:中法使臣派员会勘龙膊地段,各照开勘会议节略,由各边界行走,法船六只,循越界南岸前进。本月二十日,在越地吉祥社、猛烘河面突有越南匪党拦截,杀毙法兵官二名、法兵十一名,将前行之船一只烧毁,其余法船五只仍退回保胜,道员叶廷眷等由滇界北岸前进,闻警即退至防兵扎营处暂泊等因。究竟法使何时再往龙膊会勘及越南匪党杀毙法人兵弁详细情形,由内阁学士臣周德润查明电奏外,谨附片另陈云云。伏乞圣鉴,谨奏。

十五日(9 月 12 日) 晴。赴若农师宅拜节,见树三五世叔、之硕世弟。

十六日(9 月 13 日) 晴。

十七日(9 月 14 日) 晴。接周星使文并电奏稿:法人自败回保胜,必欲周星使出关历勘全境,断不肯节勘数段即议归宿云。

十八日(9月15日) 晴。海缵庭榷使、萧杞山廉访并约勉林观察、许少衢、家次麟、陈汉章同聚。

十九日(9月16日) 晴。斋戒，先观察公忌日。

二十日(9月17日) 晴。若师府馈衣料各物。

二十一日(9月18日) 晴。异常炎热。

二十二日(9月19日) 晴。

二十三日(9月20日) 夜大雨。

二十四日(9月21日) 雨，午后晴。

二十五日(9月22日) 晴。

二十六日(9月23日) 晴。

二十七日(9月24日) 晴。

二十八日(9月25日) 晴。

二十九日(9月26日) 晴。同乡席春渔、徐虎臣、龙东山、许润六、杨冠峰、余成之、张春坞灼过从小酌。

三十日(9月27日) 晴。星使由惠州到省。

九月

初一日(9月28日) 晴。枢仙来省。

初二日(9月29日) 晴。

初三日(9月30日) 晴。发总署电，已届秋末起勘之期，请照会法公使催浦理燮等按照今春平而关约文，于中历九月十八以外十月初六以内准到海宁。

初四日(1886年10月1日) 晴。发北洋大臣电，询浦使现在何处。

初五日(10月2日) 晴。

初六日(10月3日) 晴。接北洋大臣电云,据林椿云,浦初回巴黎,继到越,当可如期起勘。

初七日(10月4日) 晴。

初八日(10月5日) 晴。

初九日(10月6日) 晴。午赴电报局回拜,留小酌。嘱电王仲良告家平安,郑勿归云云。阅广报,接南宁官电,叶顾之观察于八月二十五日在保胜行营瘴故,阅竟怅惋久之。去冬璧泉甫至关门,遂归大暮;今秋顾之始出河口,遽叹长辞。滇、桂两起连罗委员正、杜供事厚田、祝绘图永清,未及一年逝者,盖五人矣。瘴疠之不福人如此,可慨也夫!

初十日(10月7日) 晴。自前月二十四日至今,半月不雨,炎亢如盛夏,四郊待泽甚殷,有司设坛数日矣。四川会馆道士等设观音大士像于东楹,属余作匾,余为颜其额曰:"交益依慈",又楹联云:"炎海祇须甘露滴,慈航来唤觉人归。"盖切时势立言,驿馆同人以为得富教兼权遗意,余甚惶然。又谢友鹄提督属余撰黄埔新设船局楹联,余拟八字与之曰:"广轮周数,番禺始舟",一用《周礼疏》"东西为广,南北为轮",一用《山海经》"番禺始为舟",均非僻书。去后数日无复,未知用否?友鹄好与考据家游,余不擅此,或者以字面占实疑之,抑为考据家所斥也。"同济"二字后经香帅改"周数"。

十一日(10月8日) 晴。

十二日(10月9日) 晴。枢仙邀饮于酌雅店,同座勉林观察、马、李二君。

十三日(10月10日) 早微阴,辰后晴。星使、梁星海、廖枢仙、邓虞琴、邓锡龄聚于袖海楼小酌,勉林病酒,亲到先辞。是日，海缵廷榷使回京启程，余托带棕箱一口，寄家中零星什物而已。午后南海张石麟大令、陈汉章同乡因送海公，便道过从，出石麟[①]周星使手函云：现仍住河口候旨，事如就绪，九月即可完竣，十月必定回京云云。

十四日(10月11日) 晴。任供事由都到粤，得家信、食物及俞君实、宋养初、叶子川诸公信函。

十五日(10月12日) 晴。晤敖云樵兄。

十六日(10月13日) 晴。勉林宴星使于皇华馆，同座廖枢仙、黄燮臣、余也。晚接总署电云：昨奏派曾丙熙赴粤，二十二日起程；法使言浦已回国，或派狄隆或另派，俟询明照复云云。夜大风。

十七日(10月14日) 风，晚间席春渔、王雪澄、谢友鹄三主人招饮于如意斋，同座敖云樵、陈伯雅、陈定三、刘〇〇、许润六。

十八日(10月15日) 早微阴。

十九日(10月16日) 晴。黎明赴四川会馆拈香，遇次麟，谈刻许。

二十日(10月17日) 晴。接总署电，法派狄隆滇界事毕来桂，海士先到海宁。托海缵翁寄济宁师暨季和通政信。敖云樵招饮。

二十一日(10月18日) 晴。黄燮臣宴星使于舟次，勉林、枢仙、余同座。

二十二日(10月19日) 晴。接苏子熙督办电，嘱代筹

---

① 疑为“石麟出”。

亲兵口粮二百金交陈祥珀。星使招饮，同座勉林、枢仙、黄夒臣、余。接爵棠电，已到钦州。

二十三日(10月20日) 晴。覆苏督办电道代筹。二十日电爵棠，嘱其与海士迎迓星使，并以此意电达总署。兹接爵棠复电，海士尚无信息云。彭生思桂来谒，许少衢先生之婿，粤帅新派出关绘图。

二十四日(10月21日) 晴。李护院来电，越宗室某以兵下保乐，诛伪布政使范某，承制拜刘焕堂，节制宣光谅太军事，驻牧马云。

二十五日(10月22日) 晴。苏督办来函，述关外游勇声势联络，当加意边防云。

二十六日(10月23日) 晴。

二十七日(10月24日) 晴。许少衢世丈招饮，食禾花雀、饮狗杞酒。

二十八日(10月25日) 晴。

二十九日(10月26日) 晴。陈孝坚昆弟招饮，移尊于袖海楼，同座李五世叔、许少翁、李绍初、陈因之、罗海田。

十月

初一日(10月27日) 午前阴，有小雨。萧杞山同年由广州守惠潮道筦粤藩，历著政声。新除浙臬起程，士民颂饯，极一时之盛，余与枢仙亦送至天字马头。

初二日(10月28日) 晴。

初三日(10月29日) 晴。钱逊之招饮于矿政局，同座赵君、夏君。

初四日(10月30日) 晴。云督岑九月二十四来电云：照图定界，业经奉旨于二十二画押，狄隆等于二十三起程赴粤，各星使回车亦速。周星使来电云：校图定界煞费争辨，相持日久，始肯就我范围，详晰图约俟至开化再寄。总署来电，即据岑督电照转。敖云樵招饮于全升馆，雪澄同座。

初五日(10月31日) 晴。赴善后局催雇轮船。晤徐植之太守玮文。

初六日(1886年11月1日) 晴。周星使来函，寄会议八条。

初七日(11月2日) 晴。香帅来皇华馆拜星使，并晤谈。两公商定东界办法，必须处处完我旧疆，其自分茅岭历丈二河而下至海宁入海，原属华土，汉唐累世俱有明证，经香帅绘图列证奏明，期不失尺寸，以上答朝廷，下无贻天下后世口实。时接王观察，姚、韩、王三绘图生俱未到，香帅允即电催。闻姚姓有脚疾，故行迟。星使又言，璧泉之少君咏琴守制在籍，家甚窘，香帅允为觅一馆地。又订十六日起程，盖是日始有商轮往北海云。

初八日(11月3日) 司、道、府、厅、州、县公饯星使于三元宫，勉林与余同在。

初九日(11月4日) 香帅饯余与勉林于署，同座肇罗道潘牧卿，时新升山东运司。时方祈雨，用素席。

初十日(11月5日) 香帅饯星使于署。

十一日(11月6日) 各处辞行，同人来送。

十二日(11月7日) 谒香帅兼辞行，述及道光丙戌、丁亥余祖宜黄公与香帅尊人春潭太年丈同使滇事。香帅叹息，谓海内今日无此老世交矣。

十三日(11月8日) 致总署诸君子函。

十四日(11月9日) 星使拜发启程日期摺,并陈东西两界情形。七点钟余坐靖江兵轮船启程赴香港,同行者委员高君世澄、亲兵营官陈君祥珀、绘图委员彭君思桂、陈少君诗舫,并亲兵十五名,七点钟到港。轮船管带孙君永清,上元人,字镜澄。移住新酒馆,彭君为东道主,屋宇宏洁,饮馔精美。

十五日(11月10日) 晴。申刻星使及枢仙诸人到港,亦住新酒馆。

十六日(11月11日) 晴。十点钟同下船开行赴北海,星使乘苏州轮船,余乘星那轮船。三打钟过香山地面。

十七日(11月12日) 晴,西北风。两点钟过文昌县地面,遥见县塔。四点钟到琼州海口停轮,商船颇小,由港至七洲洋等处浪大船颠,阖船上下人等皆困吐,不能起立,惟高君、陈少君尚能支持,至今晨亦殆。余幸眠食如常,危坐观书作字,时复出舱面游行,惟观同人及跟役兵丁,不免代为唤苦而已。邓虞琴锡龄遣人来探星使,适星使船已开行矣。闻黎敬臣尚在海口,云六点二分钟开行,有风。

十八日(11月13日) 晴,微北风。七点半钟到北海,星使船已于前两点钟到,有武弁以舢板兵船来运行李,接人上岸。北海为廉郡通商埠头,亦曰珠场,距合浦治六十里,滨北岸,户口千家,产各种海鲜,沙鱼鱼翅、大乌参、大虾、沙虫、江摇柱、螺蚌之属,又产珠,不甚圆而亦颇有光,即合浦珠也。

附海线:十六日十二点钟,由港放经线向西南它西三个字,刮沙口放经线入海口西南它南两个字,木栏头放经横西头到海口。十七日下午四点钟抵埠，海口架尾放经来北海西北它北三个刮。十七晚六点钟启行，十八日早到北海埠。

十九日(11月14日) 晴。住北海，晤廉州守李宫三，璲。广西人，乙卯解元，癸亥进士，刑部，御史，高州本任，调补惠州，权此缺，勤能有声。署合浦令危帅臣，德连。湖南人，丁卯优贡。

二十日(11月15日) 晴，大风。星使于八点钟先行，余与诸同人无夫落后，一点钟后始凑泊而行。荒野狂沙，萧条满目，乡导无人，行三十里余有村店半间，沽酒御寒，仆人等又瞠乎在后，延待久之，始行。夕照昏黄，始见城郭，至郭门，阒其无人，沿街问询，始觅得行馆，与星使相见。噫，甚矣惫！回忆当年公车就道，朔雪荒郊，逢人询路，望店投宿，又尝此景况也。是日李太守馈席筵。

二十一日(11月16日) 晴。住廉州。是日，为陆站之始，应以勘合照知该县，取具印结，未允行。

二十二日(11月17日) 晴。八点半钟启程，李太守率同官送于江牌，离城十五里，又五里至上洋渡口，十二点钟至乌家墟四十里宿。

二十三日(11月18日) 晴，有风。八点钟起程，二十里至单竹，又二十里至卖粥，又十里至挪利住，时始十一点半钟。地系灵山县界，署令邓君清圻，号翰臣，金匮人，迎至此，住黄家祠墟，有户口二百余家。

二十四日(11月19日) 晴。八点钟起程，行三十里至茶岭，又四十里至秤银渡宿，户口甚稀，灵山令送至此。钦州令、参将以下均迎到矣。出灵山境，入钦州界。

二十五日(11月20日) 晴。八点半钟启程,四十里至钦州,文武官弁、团勇迎于郊外五里许,住考棚。晤钦州李刺史彦臣,名受彤,广西举人;署参将麦君凤标,号雅林;守备赖君连会,号庆堂;把总杨君方。

接香帅转总署号电,又照法使电外部,曾经郛二十三到广州,又得探勉林兄今夜宿茶岭。二鼓后发总署电,陈到钦日期,并致爵棠兄一函。

二十六日(11月21日) 晴。

二十七日(11月22日) 晴。麦雅林招饮观投壶,同座尹仰衡、吴汝涛、张葆丞、枢仙。

二十八日(11月23日) 晴。接苏督办函。

二十九日(11月24日) 晴。发行李。

三十日(11月25日) 晴。晤杨家善,号庆堂。

十一月

初一日(11月26日) 星使启程赴东兴,余与枢仙因役夫不敷暂留。午后访勉林观察于李家祠,同至天涯亭东坡祠瞻《笠履图》石刻,复至文昌阁眺览归。阁在城外东偏,四座空旷,州人冯鱼山太史敏昌有记,称为州之胜迹者也。

初二日(11月27日) 过李燕伯刺史茗谈。早接爵棠观察函电,三十日三鼓,越义民联游勇攻海宁,掠硭街洋店三间,劫海士馆舍,海遁入城。次日午,因复攻城,约千数众,杀法兵二、越兵五、教民无数。我兵力单,惟严自卫,作壁上观而已。

晚过勉林处,见张啸山先生文虎《行状》。先生南汇人,邃于经学,手校《守山阁丛书》,金山钱熙祚辑;《指海珠丛别录》

《艺海珠尘壬癸集》，钱熙辅辑；《小万卷楼丛书》，钱培名辑。精算学，见称于海宁李壬叔、西人艾约瑟，校刊《重学》及《几何原本》，历应江南安庆江閒书局、江阴南菁书院之聘，见重于曾文正公、江督开县李公、湘乡曾公、今相国合肥李公、学使黄公体芳，又膺川督吴公棠、蜀学使南皮张公尊经书院之聘，年老未赴，著作宏富，已刊者曰《校勘史记集解索引正义札记》五卷、《舒艺室随笔》六卷、《续笔》一卷、《余笔》三卷、《杂著甲编》二卷、《乙编》二卷、《胜稿》一卷、《诗存》七卷、《索笑词》二卷。未刊者曰《鼠壤余蔬》《湖海楼校书记》《杂记》《续记》，未定稿有曰《怀旧杂录》。又尝以古乐失传，近世若王氏坦、凌氏廷堪、戴氏煦多所发明，然不勉牵合，作《古今乐律考》。又谓郑氏误执《纬书》及《大传》之文，致《召诰注》破经从秝，而刘歆又损夏益周，移前五十七算，以求密合经文，因作《周初岁朔考》。二书经寇乱散佚。先生早抱丧明，卒年八十八岁，以外曾孙王慰曾承嗣，门人闵萃祥为之行状云。

初三日(11月28日) 勉林观察赴东兴，李刺史赠《宁公碑》及石刻坡公像并食物。

初四日(11月29日) 大风。

初五日(11月30日) 风。接黄辅文、陶烈武、黄秀玲致麦参将函，游勇于初二日早攻破海宁府。王爵棠观察江电，初一下垓法人船解肉米，游勇夺之，伙党来合。初二早克海宁，法人奔逃，游勇追杀法兵十，越兵、教民无数。前途又来股党截杀，法交兵无一脱者。缘法政苛淫，越民憾之入骨，故游勇得乘间而起。现闻下垓先安分，茅岭一带啸聚不下万人，法绘图人在攀隘地方亦被截杀。又法在潭焚劫民房七十余间，失业之民倡议报复云。饭后各处辞行。

初六日(1886年12月1日) 八点钟潮涨开船。晚泊金鸡塘,四鼓后复行。

初七日(12月2日) 晴。天明到埇伦起岸,离钦州至此百二十里。十五里至防城,有巡检、汛弁、团练,岗长禤、黄二姓居多。巡检何子由,闽人。又四十里至滑石墟宿。司巡检林。

初八日(12月3日) 晴。早饭后行六十里至那梭,见星使及李勉林观察,均暂住此。得侦报,海士已为乱勇所杀,并闻狄隆自滇返越,游勇蹑其后,狙击之于路,狄伤重归自海防,病毙。游勇毁海宁城及炮台,得大吉枪数百枝、开花炮数事及弹马十三箱,银二千余两,旋散去。闻其头目高姓名岳崧,粤人,住下垓。是举也,下垓数十村人苦法淫虐,与硭街铺民醵金数千,资游勇以雪憾。适西界游勇新自牧马归,知虏消息,故发之骤,而虏亦不及防耳。

初九日(12月4日) 晴。午后得探报,有法兵船二、鬼板五,泊江坪海口,不敢登岸,婉言重价舆尸而去。

初十日(12月5日) 阴。复李护院、苏督办、袁锡臣函。得香帅电,已先调防廉萃军一营赴东兴矣。爵棠进扎思勒,寄一函去。午接来函,并钞禀香帅电,言海面有法船一,未动,似俟后至者。又有船游弋海面,夜放电光,居民警惕,昼伏夜防,草木皆兵,须俟香帅覆电,始来那梭。

十一日(12月6日) 晴,大风。覆爵翁函,以武乡一生学问在谨慎二字,颂之。晨刻遣彭生思桂赴思勒听调遣,盖绘图诸人均在东兴也。又遣刘庆前往函庆,长沙良家子,少年任侠,耻与奴隶为伍,倘置之材官之列,范其心志而闲于教训,自可不虞泛驾。晚接总署寄香帅电，略云长山现越地，分茆非现界。又越民生事，宜置不问，惟当按约持平办理。又前日法使到署，谓海宁事由粤主使，已与再三辨驳云。接香帅电，令爵棠移住思勒，并调勤萃两军各一营共五百人赴东兴。

十二日（12月7日） 晴，大风。夜闻虎啸。

十三日（12月8日） 晴。爵棠观察至，勉林观察留饮。星使电署，有越衅，由河桧富民巴克，父被法戕，母妻遭辱，散财招游勇复仇。前月底王道闻警，迭嘱海士预备，海答言无虑，游勇遂破海宁，其事与粤无干等语，盖同办一事不能不代陈也。晚有虎在民家搜一猪去，乡民荷杖逐之，未获。

十四日（12月9日） 晴。爵翁见过，早酌。近二日，日落时天赤甚，先是，甲申岁夏秋，西南天赤，以有法越之祸，今十月二十九后连赤三日，有海宁之变。

十五日（12月10日） 晴。刘侍卫自东兴归，云河桧、潭下一带居民为法教所仇，纷纷搬徙，或由船往竹山、江坪而去，游勇现只百余人。闻二十九攻海士行馆，法人由屋上逃，有追者则劫以枪，皆却，法遂入海宁。海宁城坚，游勇攻二日不下，城内乏水，故溃，渡河死二人，其一海士也，余窜入下垓去。游勇杀守门交兵数人，以壮声威，毁海宁城及铁炮台，得铜炮一。游勇聚散无常，卒不可恃，又无械，惟闻那良北崙至分茆岭一带，民团客众联结一心，兼有藏锐、毛瑟枪等类，尚足以卫云。

十六日（12月11日） 晴。曾经郛兄由京来，得家书平安，童瑶圃兄嘱接济内寓，陈兰秋兄函托买肉桂。午后晤钦州李刺史、浙江陈孝廉。陔，号孝兰。

十七日（12月12日） 阴，雾。夕照上射，夜大雨，湿屋。

十八日(12月13日) 早雨,饭后住,大风竟夕。

十九日(12月14日) 大风,阴霾。晨刻星使启程赴防城,委员马、李、余,供事任随。得侦探报法兵数十、交兵三百入下坟,即河桧。焚民屋,东兴民人尽徙避。大风竟夕。

二十日(12月15日) 晴,仍风。晚偕勉、经、枢诸公在爵翁处饮。晤潘慎初孝廉,闻法兵援那良上游一带。

二十一日(12月16日) 晴。巳刻偕经、枢两公赴防城,申初到。星使住武庙,余与经兄住二圣宫。接总署电,添派分界仍不可自我先发,应由署再催恭使如何作速分界,覆到照办云云。

二十三日(12月18日) 晴。据探,法人在硭街筑炮台,并有兵船到竹山海口云。

二十四日(12月19日) 晴。

二十五日(12月20日) 晴。电杆到防城,致广州并京城寓所电。奉总署电,狄隆于二十六、七由河内到海宁。接李燕伯函,边民苦法淫虐,又焚毁下坟、那良民屋,粮食太尽,民复图之。法兵及交兵到四五百人,住硭街,筑炮台。爵翁来函,那梭人打一虎,长五尺余,重二百余斤。

二十六日(12月21日) 星使命先赴东兴,令爵棠观察暨钦州牧严谕地方,安谧静候两国使臣勘界,遵中旨也。枢仙同行,一面致爵翁函。两点钟到那梭,爵翁午后赴思勒。

二十七日(12月22日) 巳刻由那梭起程。四十余里过大罗浮岭,东望江坪如掌,竹山横峙,西面乱山合沓,则河州、澌凛峒诸岭与十万大山余枝联络,相连大海,在东南尽处由白龙尾外入口处乱流交注,波光上接霄汉,天风浩浩,有振衣千仞之势。下岭向西南行四十余里，到东兴已四点半钟矣。李刺史来迎，云爵、勉两公是日先到东兴。晚饮爵翁处，住文昌宫。

二十八日（12月23日） 晴。至后山伏波亭瞭望，隔江硭街、海宁屋宇残毁，寂暗无人，惟三五法兵探头外觑。山头法兵数十，担土掘堑，筑声登登，然行帐十余而已。河流如丁字西来，折向南，分小支流向东去，为光绪初年新开淡水小河。文昌庙行台在支流北岸之西，硭街南流之东，与东兴横竖相对，海宁高矗，又在硭街南云。

二十九日（12月24日） 晴。午后有法二画兵目投爵棠观察致书于赫税司译，系甫兴私函云，狄隆明晨到海宁云。爵翁飞函告星使。晚接经郛兄函，星使明日来东兴。

十二月

初一日（12月25日） 委员黄长龄夔臣带同绘测委员黎中配、姚文炳、孔继燊、严荣华、韩贞元、彭思桂由东兴西界测绘，余亦单骑从诸人往观，数十里溯江而上，历登高岭，午刻至狗尾山，晚宿河洲峒之江那村钟姓宅，土人之称三十五里，据各员测算迳长十八里有奇。游勇三五，往来道路，界外华民避法乱者逃入内地，赁屋结茆，扶携担负，流离满目。呜呼，谁之咎欤？

初二日（12月26日） 晴，燥。由江那起程，历大湾村、岗扶岭、北透村、木龙滩、三龙村、望兴村，至彭祖岭，江湄纡折，峦巘深峻，诸人分路测量，延久未集。复由稔里村滩金坪，历沿江危岭，时过小溪幽涧，乱石森峭，徒步扶掖而行。黎委员人马俱坠崖谷，人幸不伤，而囊物如齑粉，姚素病胫，笱舆翻折，重物压患处，苦极。湛把总亦夜堕深沟，臂汗玉钏折为三。是夜，住那良墟侧林家祠，土人云五十里，西尺计三十余里。

晚有林生中椿暨林芳亿、林朝珠、黄胜荣、覃上梅、郑某及沈春明诸团绅来见，又闻有黄立富者能约束一方。同行萃军都司黄秀玲，号朗臣，探得法兵、教党三百余人，于二十八日由海宁至六虎村，一股由河桧来，约四百人，焚民屋，由大木根、更坫、大平而去，途中炮伤妇人一，枪毙人二。初一至剷狗麓，遇土人担米者围夺之，炮毙十余人，逃出二人。初二仍住该处，大平与那良对岸，夜半炮声相闻，所扰地方查均八庄地面，测绘所必经，余有事当回东兴，严嘱诸人持重，拟再添员照料。那良属澌凛峒东界，河洲、滨江有小水从北来汇，土地衍沃，墟市繁庶，民商由硭街、东兴来者多聚于此，平旷处有巨宅，坚宏扃键而工未竣，盖刘渊亭永福数年前所营菟裘也。土人多黄姓，云皆汉黄万定之后，万定，本州人，为伏波将有功，生十三子为三都五峒长，遂世居此。

初三日（12 月 27 日） 晴，燥。辰刻各员由百打先后绘至那良。探初二日，法匪前至稔史村，焚民屋，掠牛畜，四路滋扰，杀北史卢姓一名。余饭后别诸人回东兴，星使到已三日，狄隆亦到。接总署二十五电，恭斯当据狄隆电来署请云南按图划界，已奉俞〔谕〕旨云。

初四日（12 月 28 日） 晴。王、李观察来赴海宁，拜狄兼吊海士丧。晚有人揭法匪告示，招慰流亡，而令其自求中国扎为凭，前后多狂悖语，夷性夸张如此。

初五日（12 月 29 日） 晴。饭后星使拜晤狄隆。

初六日(12月30日) 晴。狄隆及狄塞尔、卜义内、倪思来行馆拜晤星使，达鲁不见。

初七日(12月31日) 晴。

初八日(1887年1月1日) 晴。电局委员杨庆堂回省，托寄日昇昌许少翁函并京寓家书及瑶甫、兰秋、瑟轩世丈书。

初九日(1月2日) 晴。江坪、长山老弱妇女纷纷迁来。晚接安良局探报，法兵船五艘泊海口，上岸至潭吉及铜皮桥，筑台开炮，弹及思勒。

初十日(1月3日) 晴。狄塞尔、卜义内、倪思来东兴，晤王、李观察议开办条款，法副使初不认，按图自彼先发，经我副使再三引喻，彼乃恐我不允，按图约明日由两翻译前往校明《云南条约》。我诘以江坪侧近开炮之事有无，彼无可掩饰，乃以恐游勇生事为词，我喻以勘界未定，彼此不宜滋生事，恐吓居民，致多枝节，彼唯唯，允禁止。旋按李华彬探报，法兵船二只泊白龙尾，又小兵轮三只、木船五只泊珍珠墩。初九日卯刻，满尾分三股上岸，五六百人，一入潭吉，一至长山，一至铜皮桥，向思勒地方开炮数十声，击坏一树，虏二人及猪牛，杀二人，现驻新村、龙岭一带。晚赴王观察小饮，归微雨，夜半复雨。

十一日(1月4日) 阴。赫政赴法馆归言狄等谓江坪、黄竹乃越地，不能归我，意甚坚。星使因电商总署王大臣，以备狄噺恭向署饶舌，有以辩驳之也。

十二日(1月5日) 风，晴。

十三日(1月6日) 阴。二点半钟随星使赴硭街，与法人狄隆、狄塞尔、补音乃、倪思会议，立《接办勘界条约》三条，按图划界，彼图将我之白龙尾、龙门协汛地画为彼界，我照《一统志·廉州府》《钦州志图》东兴西以分茅下、加隆上、丈二岭、峒中一带为界，东从古森口沿西岘沙、江坪、黄竹、竹山、白龙尾外河为界，各执一词，因约十四日遣翻译与狄塞尔先将两图详校再议。

十四日(1月7日) 阴。

十五日(1月8日) 雨。

十六日(1月9日) 大雨。发总署公文，呈递《廉州府志》，发总署总办信及家信。

十七日(1月10日) 晴。

十八日(1月11日) 晴。二点钟，法使狄隆、狄塞尔、补音乃、倪思来东兴第二次会议。狄请辨认，我星使告以十三日所说东尽海边一带之白龙尾、江坪、黄竹、西岘沙等处，西从嘉隆、丈二岭至峒中包、分茅岭、十万山、三不要地。这就是辨认。狄索凭据，出《廉州志图》示之，狄意似折服，因仍派李、赫两翻译会狄塞尔各带凭据，加意校核，然须有辨认之权，答以可，狄甚喜，言如是就易办完。

十九日(1月12日) 晴。

二十日(1月13日) 阴。

二十一日(1月14日) 星使偕同人赴硭街与狄使等第三次会议。狄以《廉州志图》不足凭，手出志说一纸，云由我志抄出，内有安南江坪入海一语。星使答以安南、江坪并举，两界显然，文法虽有参差，图式断无妄绘。既约按图，当就图办。狄又谓我图太略，星使示以法国及英国所刊中越界图，此二图界线与我图均不谋而合，盖赫政所藏者也。狄仍谓不足为凭，另出江平土目收租账目一纸，答以三图显然共见，确然可凭，不就此办，反就手抄口述者为凭，此理真不可解，且此等抄件我尚有数十种，遂出户册、谳卷、印契、学籍诸证示之。狄仍坚执前言，遂约订期再议，或到海口履勘云。

二十二日(1月15日) 雨。摘录昨日问答电总署。

二十三日(1月16日) 微雨。法使狄隆、狄塞尔、卜义内、倪思来东兴第四次会议。狄约履勘白龙尾至江平、长山一段，答以不便同行，各自保护。狄复议校图，请我使重述广西、广东所要改正之地，答以既约先辨认老界，此刻且不必言改正。晚接香帅三电，一责使臣会议不先出四线图，发端远大，仅争江平一段，忘其四线均有证据，此层盖有危言耸听者；一问连日所办情形；一商星使奏请敕吴清帅来边，是时清帅已奉简任东抚之命。

二十四日(1月17日) 阴。星使复香帅电，商请香帅自行来边，盖督抚会办本去秋谕旨，香帅在粤久，情形熟，且恐清帅时日纡缓也。两点钟，星使单骑絜经郛赴砼街第五次会狄，先告以界未画定，江平、勾冬、石角不应屯兵，狄言海士无兵被杀，今禁我屯兵，又将及我，辞色愤戾，星使以正词折之。复议界事，狄言东兴之东自长山起画一线，至白龙尾上脊、白坟[1]直下，线左白龙尾一半及龙门湾属华，线右属越，西之北崙为中越界，至广西镇南关至当堂，法言文渊。一半属华，一半属越，此意我向翻译官已提过数次了，若如此可了结否？答以广东之界仍然旧话，广西之界尚提不着。狄言如此是意见不合，

① 邓承修电文作“白墓”。

应请示本国。答以汝明日与王、李两大人会商便了。

二十五日(1 月 18 日)　雨。两点钟狄隆、狄塞尔、卜义内、倪思来东兴第六次会议，狄因东界江平之言不合，又请履勘，折以前言。狄欲照我使言请示本国，答云任汝。狄复云，这一点便请示朝廷何用？使臣意似欲将全界议毕，摘出不合者请示便可了结。答以一段未了，何能议全界？赫翻译彼此暂且出图相校。时辩论至四打钟之久，天阴雨将晚，狄言不如明日再校。

晚，星使发香帅电三：一昨日问答；二法江平屯兵无力禁阻，据公言西法用兵所得不肯与人，是此一区尚无把握；三有人以躁妄酿巨祸，复以莠言乱大局，谗险倾同类者略及之。半夜大雨，至明复雨。

二十六日(1 月 19 日)　雨。

二十七日(1 月 20 日)　雨，午后霁。两点钟星使偕同人赴硭街与狄隆等第七次会议校图，惟竹山至北市大段相合，白龙尾、江平坚执如前。北市以上，我据志图，支河应循嘉隆、丈二岭、里火至峒中为界，狄指大河直上北仑为越界，互相辩论不决。奉十月初八日廷旨，有惟当守定现在华民所居之地为断，汉唐铜柱不可为凭，其余荒瘠之区，纵然归我，而置官增戍，费饷劳人，诸多窒碍。总之，自强之道全不在此等语。

二十八日(1 月 21 日)　阴。狄隆等来东兴第八次会议，立约三条：一竹山至北市意见相合；二不合者请示本国；三条我欲狄撤去江平之兵及其办事官员等，狄不肯。又约以后未定界内不得再派兵，即官员亦不允，遂改为广东中越未定之界，仍照现在情形。其法国先至江平一带未定界内之兵及官员，中国且不置议。除此外，彼此均不另派兵及官员前往。

二十九(1月22日) 阴。发总署电陈近日会议情形，发香帅电述二十八问答。

除夕(1月23日) 雨。

那良墟

万山围一市，匹马下孤洲。
江水流华夏，民风间越瓯。
云连古森洞，春度上思州。
新定孙卢乱，惊乌〔鸟〕尚远投。

光绪十三年

岁次丁亥月建壬寅元日己丑吉时乙丑

杨子发笔，大吉大利，申画郊圻，朝天返跸，四海永康，群生畅遂，官秩高迁，湛恩汪濊，百福咸宜，子孙千亿。

正月

丁亥元旦(1月24日) 子刻大雨，雷乃发声。黎明，星使率同人于本馆恭设万岁牌，行朝贺元旦令节礼毕，文武各员弁在馆团拜。爵棠观察生日，赴祝不晤。

初二日(1月25日) 阴。晚接香帅元日三电：一议法不应驻兵；二前商挽清帅来边作罢论；三法议不决，或留瓯脱，或请示朝廷。发香帅一电，询已上各件并同人贺年。五鼓大雨。

初三日(1月26日) 巳刻霁。

初四日(1月27日) 微霁。二点钟星使偕同人赴础街第九次会议，仍约校图立约，请示朝廷。晤其水师提督李尧年，出言夸大，谓中国游勇如有出至伊界者，伊必击之，直追入中国界，不必候本国旨意。又言，倘有游勇，只须四十八点钟即可办到。狄隆又言，此提督是来保护我等勘界者。星使应以汝所言均是地方官的事，与我勘界使臣无涉，尧年等唯唯。

晚，爵棠观察具馔，邀星使及同人同聚，补酧也。香帅电，伦敦除夕路透电，法德将有事云。

初五日(1月28日) 阴。晨，赫政过硭街商条约事。二点钟法使等来东兴第十次会议，商立草约，复校西北一段之图，各执一词。

初六日(1月29日) 阴。发总署电，录陈条约稿请旨。

初七日(1月30日) 阴。

初八日(1月31日) 雨。有江坪绅耆三十余人、五峒绅耆二十余人喊禀言，法人在江平出示，妄称地已辨认归越，迟者枪毙等语，星使据情录原禀电奏。

初九日(1887年2月1日) 阴，晚雨。

初十日(2月2日) 早晴，夜微雨。香帅来电，调萃军四营、方军一营由琼赴东兴，先饬“镇涛”等三兵轮在海口候载。寄广州寓所信。

十一日(2月3日) 早晴。

十二日(2月4日) 庚子巳刻立春。阴。

十三日(2月5日) 阴。接杨次麟琼州来信。

十四日(2月6日) 阴。昨日遣翻译、绘图委员赴硭街参绘请旨小图，李翻译归，述法图大略由江平之东北截至龙门湾交界地为线，我白龙尾全在未定界之中。治谓翻译，白龙乃我汛辖，如何可作未定之界？翻译言，未定之界尚有朝廷作主。余言，请旨作主只有江平耳。翻译言，江平固不待言，忆法使初尚以龙门湾为越界，何论白龙？后经星使辨驳，狄隆始有将白龙尾劈分为界之语，然此是定界，非请旨也。既请旨，则法图应画至龙门湾止，今只画入到白龙尾，已属便宜。余以条约并无龙门湾，何能以彼不画龙门湾为人情乎？江平本华旧界，志图、英法图诸证确然，而狄狡狠坚执，使我不能不稍迁就，作为未定，犹得曰此处本有越民，也有越土目也。潘土目累世不肖，背华向越已久也，法又已驻兵也。我姑含之忍之，以待朝廷作主耳。至白龙属龙门协汛巡船会哨，汛弁所居，妇孺无不知之。若此亦入未定界，则疆臣必首揭参朝廷，以使臣朦混请旨，边民指摘，天下笑骂矣，乌乎可？余乃执条约请于星使曰：此条约意第一条北市至竹山意见相合，由竹山至白龙尾意见不合。盖举地名为起止之限，言此中之合与不合也。举地名者三，惟北市属越，人所共知，竹山、白龙尾为我界，亦人所共知。故举此为限，此三地者无所谓合与不合，均不在未定界之中也，持约以辩狄之妄画白龙尾，必俯首无词。明日会议责以图约不符，我只画约文之押，不画界图之押，狄不得谓我为翻约矣。星使深以为然，义形于色，言我们定如此办，丝毫不改，可速照此拟一电陈总署。余拟电呈阅，未发。

晚间，星使令商赫政译函致狄，言如伊图线段不能画押。余与赫言，赫色变，谓此信我不能写，信去就是打仗的事。余曰打仗是后事，钦差叫你写信是此刻事，钦差带你办事三年，何须以小事违令？我等都不怕死，你何惧乎！勉林观察在坐，闻赫言亦勃然怒曰：中国不言打仗者，边衅不可自我而开，彼若出言打仗是大快事，现在边民日日预备打仗，我们苦心劝禁，正恐终不能阻耳。赫和颜曰：我是为好了事之意。李翻译又从旁曲为之解，各散归。

十四晨，星使召余商，或令李翻译致函与狄，或令其面告狄。余言，翻译人微言轻，函固不理，晤亦空谈，宜专派爵堂往，则慎重矣。星使虑爵堂坚于行，且事当费唇舌，亦难强之独任其难。甫与之商，而爵堂即毅然自任，谓香帅连日有电切责也。先是数日前，星使与爵堂议他事不合，香帅复有电梗议，星使颇不直爵堂。至是爵堂行赴硭街，星使谓余曰：爵堂今日之行甚壮，前日之心可表矣。星使立令拟电香帅云：约文由竹山至白龙尾，意见不合，不合本指中间而言，竹山、白龙皆我界，语意明晰。昨校图，狄妄欲将白龙尾画入未定之界，与约不符，当力争不能画押。修愿云，四点钟爵棠归自硭，言晤狄，责以图约不符之罪，狄强词谓，不但如此画，并且要在白龙尾驻兵。告以此是我界，汝何敢驻兵？我正当驻兵耳。反覆辩论至数百言，几至决裂，告以如此断不能画押，乃归。余因谓爵棠，问答如此，我不派兵往，彼必占先着矣。爵棠深以为然，商之星使，星使韪之。爵棠遂电香帅请扎王镇军孝祺，调白龙尾就近二十里防城之琼军二百人驻白龙。余尚恐迟延，复商爵棠，饬民团先驻该处，盖数日前民团夜劫江平法营，法退避，知其怯也。今使法未往则民团先住为得势，法即往而民团可与之抗，我兵并可以镇抚为词，爵棠喜即照行。

是日，议白龙尾事宜，力争者首枢仙，次经郛，均义忼愤，发誓置利害于不顾，郁结之气为之一伸。三鼓后接香帅复电云：公守定白龙尾为我界，执约驳图，钦佩万分，顷接北洋电，署正与恭使议白龙尾事，公持于外，署助于内，必能折法。公电已转署，庶内外不致参差。洞。愿。又接转总署电云，本署新得法海部辛巳所刊越图，白龙尾属华界，倘有争论，可据此图与辩愿云云。据此则粤督、北洋、总署、使臣万里一心，不谋而合，又皆发论于一日，并皆用愿字码。符节不爽，人事之穷，天机感应矣。

余按：白龙南北亘长二十余里，东西横长首九里，中五六里，尾入海长三四里。脊通防城，枕思勒，左龙门巉峭绝迹，右江平湾抱入怀，为钦海门户第一形胜，真中外阨塞最要之区也。今岁今月十五日为亲裁大政典礼，先期涣汗，中外同心，足征棱威远震自海邦始矣。

是日午后，复有失业百姓数百人围聚使馆，拥入踶号惨诉，谕遣不去。星使命据情拟电，由粤督转署来云，查询流离，填布山谷，不止万人，饥寒无归，愈聚愈多，虑生事变，非兵勇所能弹压，请署会恭使议办云云。又闻离东兴数里，法兵轮奸两幼女，裂毙投尸中流，行者忿很，令人发指。

十五日(2月7日) 霁。据邸钞，是日皇上亲裁大政，皇太后仍训政，薄海臣民同欣作睹，祇承燕翼，引领隆平。勘界正使臣邓随带司员臣杨等恭设香案，向阙叩首，用申庆幸。晚间，爵、勉二公来馆同聚。颇寒，御重裘。

十六日(2月8日) 阴。昨星使录旨照会狄隆，未定之界不应驻兵出示，现在百姓流离，因此之故云云。狄复以尚未奉本国谕旨，无撤兵之权，百姓近况同一不忍之心。但亦为游勇所累，惟愿界事早完，两国同办游勇云云。

李燕伯招饮同人，同坐张亮臣，湖南人。三鼓接总署转咸电谕旨，煌煌千言，有速勘速结，一律校图画押，无庸请示，邓承〈修〉与彼条约未便更改之语。接袁锡臣信。

十七日(2月9日) 微晴。辰，星使电香帅请主稿会覆电奏，适香帅亦有电来询也。晚间，香帅寄电奏稿，用单名各一，大略皆遵旨照办之意。午间，有失业难民千余来馆呼嗥，惨不可言，已电香帅设法。随星使偕枢仙过勉翁晚饭，经郛感冒未行，爵翁在座。夜大明，月色如画。

十八日(2月10日)　阴。接香帅电云，耆民恳求安置，情殊可悯，从前镇南关外华民求附，经桂抚安插沿边一带，此事着王道酌量准其请领经费，先给钱米，处之沿边各处。琼州十道已开沃土甚多，耕夫甚少，可晓谕愿往者徙之，有业者勿往。自古立国必以民心为本，此举上宣圣恩，下固边圉，得民尤胜得地，虽费巨万，洞当力筹云云。星使命拟覆电云，宣圣恩、固边圉，所谓真疆臣、真儒者，公学道爱人，称闻海内，于此益征，不待故人颂美。汉王翁孺活万余人，信其子孙当封，公德不求报，天道岂爽？民事公任其重，界事修敢不任其难？本日与狄议白龙尾，虽未转圜，当力争，冀无碍于约，免致诿难于署云云。

本日两点钟星使偕同人赴硭街与法使第十一次会议，令于约后添白龙尾系中国会哨之地，法国不驻兵及官员，非未定之界数语。狄尚未肯云。复杨次麟信。商爵棠电香帅派数营驻白龙尾占先着，香帅覆电派龙门营兵十数人足矣。

十九日(2月11日)　日色微烘。狄隆等来东兴第十一次会议。狄请将白龙尾另绘一色，驻兵不驻兵，彼此不问，仍请示两国朝廷。告以白龙尾确系中国会哨之地，会哨即是驻兵，我已奉旨，断无丝毫活动，非照昨日所说不能画押，亦不能再请示。有绅民数千人聚会议处所，该使往来，甚费调护。

二十日(2月12日)　阴。有钦州义民、义士贴长红于大道，述法虐及失业无救之苦，胪列十害，娓娓数千言，甚惨切。

二十一日己酉(2月13日)　阴。香帅来电询星使争嘉隆事，意嘉隆不得，即作为未定之界，与换分茆岭。复以《通志》载分茆岭在州西南三百六十里，自宋时已沦入夷界。又按郝《通志》，崇祯九年，张国经访铜柱，仅得老叟黄朝会云：曾自贴浪峒行十六日，方见此岭。据此，则距州治甚远，《通志》三百六十里之说恐不足据云云。此次各绘员遵嘱往探，凿险缒幽，临濒九死，往返五十余日，逐询土人，无从指点云。

二十二日(2月14日) 晨暖日，微烘。北风起，复阴。

二十三日辛亥(2月15日) 阴。同乡魏庆廷来辞行，接冯萃亭宫保电调赴琼州，带土勇二营。

二十四日(2月16日) 晨后微烘，晴。爵翁、勉翁为星使预祝寿辰，设寿堂、燃巨烛、炸鞭爆，招经郛、枢仙、余作陪。

二十五日(2月17日) 晴。星使四十八寿辰，不见客。晚间经郛、枢仙、余治馔称祝，请爵、勉两公陪。冯萃亭宫保来函述办琼匪事，略云前在岭门，督饬各军攻破什密坚巢，陈逆忠明授首，旌头东指，移驻万州。随又进移陵水，将马岭、廖二弓十村、哮黎、廖二岩等三十余处巢穴，次第削平，毙贼千计，阵斩匪首胡那肥，生擒逆酋陈那闪、丁须生，砲毙逆首陈文忠、琶公娘等。计两月内，中右前左四军及各属绅团陆续擒馘首要伙党又不下五六百人，剩匪零星在逃无几。万陵两属办竣，其余更易肃清。目下黎峒已通，或不至再烦兵力，现派各属绅练招募黎夫，开通十字大路，定于本月十七日在五指山致祭，动土开工，大约来年春夏间必能竣事。其中，开辟之土可添设一府六县，业已函商制府，酌量可否，详晰奏明。至黎中族类，虽系异言异服，并有花面之黎，然皆具有人性。现饬令改装薙发，编户纳粮，或尚不难化导云云。此去腊月初旬所发之信。

二十六日(2 月 18 日) 晴。法照会,大抵言江平不能撤兵,约已书即存留之事。

卯时交节**二十七日乙卯(2 月 19 日)** 雨水节。晴。复法照会,大略言白龙尾归我,尚可画押,余两国请示之意。离此东去二十五里,近江平、竹山之间名马路墺有空地一段,宽广二十里,现由潘慎初孝廉、李燕伯刺史往查,为安插失业流民之计。

二十八日(2 月 20 日) 晴。法使有函来,愿先校北市以西之图,令翻译复允之。

二十九日(2 月 21 日) 阴。

三十日(2 月 22 日) 阴。赴李勉翁处小饮。

二月

卯时交雨水节下元。**初一日己未(2 月 23 日)** 阴。午后微雨,法使覆我照会,大抵言白龙尾未曾驻兵,即是和好办理之意,至履勘现亦无益云云。

初二日(2 月 24 日) 阴。翻译等过砝街,校钦西及广西东界图。

初三日(2 月 25 日) 阴雨,午后晴。晚接署电询近日议论。五鼓大雨。

初四日(2 月 26 日) 大雨。饭后覆总署电。

初五日(2 月 27 日) 大雨。王福臣镇军招饮。接龙门探报,有法船三只,载兵勇、妇女,泊珍珠墩。初一日,兵勇数百人在白龙尾一带筑炮台住扎,百姓老弱纷纷逃窜云。十日前,有人为江平百姓致书法使,词气尚壮透,因录之。

江平长山一带边民公同致书于狄大臣阁下：

窃思有地无人，得地何用？贪利忘害，为害无穷。天下之大，万国之众，未有不顺人心、不明利害而能为国家保卫地方，建功立绩，传美名于后世者。何也？人心失，则大害随之，如火燎原，如潮奔海，虽大力大智，无能遏之，此情势之所必然也。请为贵大臣言之。

中外立约，越南归贵国保护，所谓保护者何则？民人是；立约者何则？信实是。今从下垓至江平，纵横数百里，焚烧房庐、抢掳耕牛、淫辱妇女、杀人父兄子弟，使数万人民流离失所，上逆天理，下贼民生，保护何在？条约中外未定之界，彼此不得驻兵，意见不合者请示朝廷，今两国勘界大臣未经议明，即先驻兵江平，且出示有射毙我民人语，信实何在？姑无论我等之必不降心俯首以从也，即使别觅处所，有地可容，而贵国得此数百里无人之地，田园不治，烟火荒凉，行路叹息，自视何堪？况我数万人之多，数百年之久，祖宗庐墓，誓难抛弃；田业所在，性命依之，誓必同期争回故土也明矣，贵大臣将顺我乎，亦阻我乎？且贵大臣纵不为我等计，亦当为国家计，为一己计。试思贵大臣必欲与我百姓为仇，势不得不用兵防守沿边数百里之远，果能有此兵力处处防之、时时防之乎？不能时时处处防之，则我随时随处皆可与贵大臣为难。人谓兵不厌诈，我则堂堂正正。不妨明言，现我等按田出银，广备军火，合数万人之智力，益以越南义民。凡贵国屯兵处，定期举事，或处处围攻，使贵国之兵首尾难顾；或埋伏半路截杀，使贵国之兵不敢往来；或重出花红买服贵国越南之兵、贵大臣左右之人为我内应，并联络四处游勇为我声援；或日攻夜击，使贵国之兵刻不能安；或风雨劫营，使贵国之兵昏黑不辨；或暗掷药包，烧贵国之营房；或虚意袭击，耗贵国之军火；或埋伏水雷，断绝船道；或塞绝山路，遍置疑兵，战则尔合我散，使贵国之炮，无所施守，则旷日持久，使贵国之粮无所继。声东击西，明来暗往，虚实不定，隐见无常，使贵国防不胜防，守不胜守。兵家所谓极肄〔肆〕以罢，多方以误，此我之长技。火器而外，贵国无长技矣！况论劳逸，则我可以数十人牵制贵国无数之兵，论众寡则我随处皆兵，一呼即来。贵国远隔重洋，调兵不易。又况山重水复、深箐丛林，贵国之兵不谙地势，不通言语，行不十里，四方颠倒，如鸟兽之入机槛无出路矣。主客之敌，此贵大臣之所知也。而且用兵难，筹饷尤难。贵国饷项支绌，人所共知，越南之役，耗兵折饷，得不偿失，贵国议院诸公平心任事，方追咎于前此倡事之人，必不一误再误。又听贵大臣一人之言，遽筹无数之兵、无数之饷，以与我民人争此无利可图、无险可守之闲土，即使勉强从事，我有奋不顾身之勇，贵国无操必胜之权，举事不成，示弱中外，仍必归过于贵大臣一人之身，徒受恶名，无益国事，彼时何地自容。然犹事之小也，贵大臣独不思前与贵国兵戎从事，诸邦皆欲乘机起事，深愿贵国穷兵于外，彼得逞志于内，祸生肘腋，事何堪言？所谓贵大臣不为国家计，并不为一己计者，此也。总之，不顺人心，中国尚不足以治天下，况外国乎？贵大臣且不可施之本国之民，况华民乎？然果势处万难，转圜不易，贵大臣不从，尤可言也。今但于江平一带未定之界不必驻兵，先任百姓归农，立约必不残害华民一人，而后议界，此一策也。再江平一带作为不华不越之地，各不驻兵，先任百姓归农，后再补议，此又一策也。再则两国俱请驻兵，毋论华民越民，归两国之兵同心保护，外防游勇滋扰，内安百姓农业，此又一策也。再则，两国俱不驻兵，先任百姓归农，然后请示朝廷，此又一策也。似此四策，事非难行，贵大臣能从其一，百姓即可相安，岂惟我等赞美贵大臣于无穷，即各国知之，亦以贵大臣能息事宁民相颂矣。无募兵筹饷、互相争斗之危，有物阜民康、共乐升平之福。贵大臣亦何乐而不为？何所疑虑而不决？如过春耕之期，使我无归田之望，是不得不拼死以求生，则后害有不堪言者。请贵大臣验人心之从违，计利害之大小，示我周行，拭目以待。

十二庚午寅时惊蛰，本日用上一局**初六日（2月28日）** 甲子。大雨。刘汝奇移营思勒五子岭，来辞行。午刻奉总署电，略云恭斯当向署言，界务久延，恐生边衅，请将白龙尾、江平、黄竹从缓议，令中法界使先速校钦西及全桂之图，合者即定，不合者由恭与署商办。恭现已得全权，署告以白龙尾本系华界，决无游移，江、黄留作后议，经奏奉俞〔谕〕旨电达，希晤询狄使云云。

初七日（1887年3月1日） 雨住，阴。复署电。

初八日（3月2日） 早晴，午阴，晚微雨。王爵棠观察赴硭街询恭寄狄三电之意，狄所述与我署电意同。又与覆校北市以西及至隘店隘之图，狄愿将北市直上由北而西之河直抵峒中三里为界，峒中至隘店隘两国只差派迁山一处，各遣人往查。据此，则十万大山、三不要地、分茆领俱在其中。爵棠答以北市一段，须以嘉隆支河至峒中为界方合，狄允再商云。晚偕曾、廖在李燕伯处小饮闲谈。

初九日(3月3日) 晨起日色微烘。发总署电，述狄已接恭电之意。晚雨。接总署电云，恭接狄电，江、黄一带有华兵。当覆电略云，据李州牧云，江、黄流民春耕无望，势将蠢动，恐招外匪，禀商大宪，移勇三哨，驻思勒界山顶弹压，并先照会法官云云。

初十日(3月4日) 雨淅沥连绵。夜爵棠兄接省电，同乡陈汉章丁忧。汉章连平州本任升补南雄州，前年绾琼山，官声好而私累太重。去年五月到番禺县署任，未及一年也。

十一日(3月5日) 雨。勉林观察小恙，往视之，并过爵翁闲谈。晚接鉴堂、护帅电商应更正数处。

十二日庚午(3月6日) 寅时惊蛰节。大雨。

十三日(3月7日) 雨。香帅电询法在白龙尾驻兵事，约星使同电署。翻译往校平而以西之图，大半相合，余约缓数日。

十四日(3月8日) 雨渐住。复香帅电，请主稿电署。岑秀卿代买桂。

十五日(3月9日) 雨住。

十六日(3月10日) 阴。

十七日(3月11日) 晴。

十八日(3月12日) 晴。午后，赴西灶观新筑基围工程。西灶沙田径十余里，围计〇〇里，可下种万六千斗。上田每种一斗，获稻三石，石百斤，岁二熟，秋获六百斤，麦八十斤。

先围基围，捍潮高低丈至数尺，底坝宽四五丈，上宽二三丈不等，量须七百余丈。水门五道，或石或木，暂估款五千两，期其工易就，而人先安插，后再加倍招工。方丈高尺之土，筑平为一井，每井工钱二百，四十二人日筑一井。①堤高土远人倍，期价增。筑分三围：一马路墺，一西灶，一南木岭地，皆沮洳，人马难行，丁男妇女通力合作，百堵皆兴，亦一快事。

十九日(3月13日) 阴。接总署电，恭使请定议后于江平等处立标。星使覆电，陈窒碍情形、《分茆岭铜柱考》电香帅。

按：郡志载，马援既平交趾，立铜柱以表汉界，在钦州西贴浪都古森洞，治查此出《通志》。又查《后汉书·马援传》注引《广州记》曰："援到交趾，立铜柱为汉之极界。"又查江阴六氏《历代史地志沿革图》，东汉地尽合浦；《郡志沿革表》，汉时钦州为合浦余地。又载，古森洞有唐节度马总立铜柱，旧误为伏波古迹，铜柱条下亦引此。查《旧唐书·马总传》，充岭南都护，本管经略使，敦崇儒学，长于政术。于汉所立铜柱之处，以铜一千五百斤特铸二柱，刻书唐德，以继伏波之迹，志皆未详及，反疑为在安南。及查《安南新志》广安省管下分茆山，只引《大清一统志》为证，余无纪。至旧志载，分茆岭在州西南三百六十里，古森河在州西三百四十里，源出十万山，那良江在州西南三百六十里。那良江，治曾亲至，未穷其源。志载此江源出大勉山，经大清湾达那良墟，会古森河，由东兴入海。据此，则分茆在十万山、那良江发源左右无疑。法使现有距峒中北

---

① 此处标点存疑。

三里为界之议，我使尚与力争嘉隆、八庄，纵将来两处作为未定，而十万山、三不要已在其中，即分茆亦在其中矣。顷狄约稿，亦有十万山都归华之(下缺)。

二十日(3月14日) 阴。香帅委县丞崇君贵，字知希。解饷来东兴，并寄书、馈食物，星使电香帅请筹赈钦防一带入境饥民。

二十一日(3月15日) 雨。

清泉操为湖南清泉王贞女题

匪丹匪黟，匪瑱匪璧，女子有心，砻凿不亏其完，而冰霜不渝其色。一解。五色不粲，孰为文章？白玉不毁，孰为圭璋？緊抱璞以守素，何慕乎昭昭与晶莹。二解。抱璞伊何，匪天则那，守素伊何，之死靡他。三解。粲粲邓子，委禽在始，女有所天，惟父命是视。四解。东越之东，南淮之南，父从王事，女奉母甘，旨婿来止琼峤之间，壻有疾，女弗闻，婿死，女闻泣涕涟涟。五解。女涕告母，儿身未嫁，已许为邓家妇，儿请缟裳，出奠于渚，儿梦恶心下悸，恐不得为阿母女。六解。母闻之悲，洁之不得自投，媪觉苏之，缳不得搤其喉，女始不食亦不言，而神诶诒而形痀偻。七解。母泣女亦泣，母劝女勿泣，女志母知，女死贞，天人知之。父最怜女，女死父更怜，谁女不恋母，女忍弃而父为。八解。女展转辍泣与母语，儿死不孝父母，儿为王氏女，儿誓终身不嫁，明许为邓氏妇。九解。吁嗟兮湘江竹，泪如雨，清泉水，清可数。古有烈妇兮今有贞女，吁嗟王氏兮乃有此女。

二十二日(3月16日) 阴，午大雨。星使及同人赴碰街与狄使第十二次会议。狄许归我钦界嘉隆河、八庄、七十二村①、王光、十万大山、分茆岭、三不要地，沧桂界自峒中派迁山至云南各隘外交错诸村，久沧越南地，立草约画押。接总署电言，白龙尾决无游移，江黄等处拟设法划归，候外间校图完竣覆电，立即与恭使开议。三年榛棘，今日始一大转机也。初，余于十九日见署电，因用奇门课占界事，用惊蛰下四局，丁丑日丁未时其巽宫芮星修门，丙加甲子戌，法为鸟跌穴，余宫皆吉，断为事机顺手，不久赐环，似有左验。星使请香帅、吴清帅会衔电奏云：桂界早已校竣，稍有展拓，惟钦界南自嘉隆河北抵北仑、十万山、分茆岭，西至峒中两河包络，土泉沃美，纵横数百里，村墟鳞接，我若弃之，百姓逃归，是又江黄之续，以故争持日久。本日，修与王、李两道、司员、翻译等，在芒街会议，自午至戌，狄见我终不能夺，始允归我。现由竹山起至滇界，即晚已立草约，彼此画押云云。

二十三日（3月17日） 雨，雷。电局来报钦州线断。

二十四日（3月18日） 阴。

二十五日（3月19日） 阴。黄燮臣奉星使命赴东路查灾来禀，述思勒难民困苦情形。

二十六日（3月20日） 晴。爵棠观察、李刺史赴思勒散赈，夜半电线始通，养电今日始达署，香帅覆号电，分茆即在十万山之内，考据详明，佩服云云。诱奖过甚。

二十七日乙酉（3月21日） 卯时春分节。中九局。是日阴。爵棠观察自思勒归。

---

① 或作“八庄七十二村”。

二十八日(3 月 22 日) 晨大雨。

二十九日(3 月 23 日) 晴。发家信。

三十日(3 月 24 日) 阴。发廉甫兄、瑶兄署信，津海、江海、长芦公信。

三月

初一日(3 月 25 日) 阴。星使遣马铁崖鹾令赍江平舆图进京投呈总理衙门并信件，辰刻起程。星使接京电，蒙恩诏开复原官。

初二日(3 月 26 日) 晴。宴法使狄隆、倪思、副总理领事柏。

初三日(3 月 27 日) 晴。偕曾经郛、廖枢仙、李燕伯刺史踏青，循江岸过冲璞，憩平林，信步而返。

初四日(3 月 28 日) 雨。

初五日(3 月 29 日) 晴。星使偕同人赴芒街会法使，立清约、校清图、画押。法使宴星使及同人，法兵官各执事同座者十四人。晚发总署电两广界，分四图：第一图起竹山至隘店隘口。嘉隆河、八庄、分茅岭、十万山、三不要地、派迁山均归我界。第二图起平而关至水口关外。至八里外越之那通关为界。第三图起水口关外至那岭岜赖之西南。第四图起岜赖外至各达村外止，与滇界接。

初六日(3 月 30 日) 晴。星使发合肥傅相、广西李护院、苏督办、琼州冯督办电。香帅来电，请与法使争九头山、亚婆岭地。按《志图》，岭在龙门岛洋面西南，有亚婆庙、九头山，法图在竹山西南七十余里，越先安州口外东南百余里，孤悬海中，素为盗薮。光绪十二年正月十五日，冯督办电我师船追捕至九头山，获匪十八人而还。十九日，香帅电奏，大致云我兵捕盗，法人误会，疑我踞地。昨奉电饬速撤兵等因，查此兵船已于十二日撤回矣。冯电又有此岛之旁有青燐、老鼠等山均应归我云云。

初七日(3月31日) 晴。九点钟法使狄隆、倪思来东兴第十四次会议，商定洋面诸岛归华越，星使因与议九头山事，并议更正，仍申去年保乐、文渊、海宁三城应归中国之约。

初八日(1887年4月1日) 晴。星使赴芒街第十五次会议，议更正之界。狄隆阅我三处之图，尚不了晰，请我更将各隘界限均立详明图说，以便商议云。半夜有风。吴清帅有电致狄隆商九头山事。

初九日(4月2日) 晴。

初十日(4月3日) 晴。接二月初二都中家信，眷宅平安，洪和甫内弟现就川东道刑席，洪慎甫内弟在京，张丞瑞内侄去年十月入都，均住宅中。洪兰楫太丈公亏已有着，将到京。同日，又接去年九月十七日瀛海三弟宜瀚自塔尔巴哈台额敉尔河行营来书。盖前在金和帅幕，和帅已出缺，继入猷帅幕，今又入春少山参赞幕也。前驿寄来两函收到。闻四叔衰多病，瀛弟将谋归省云。

十一日(4月4日) 晴。晚接总署电，曾经郛兄奉其尊甫太翁讳。

十二日庚子(4月5日) 巳正交清明节。晴。

十三日(4月6日) 晴。九点钟法使狄隆来东兴第十六次会议。狄欲我先将九头山归安南，再言更正。星使恐其狡诈，勒以必先更正，则九头一岛我方有词以谢督抚。狄请三点钟过芒街议更正，星使以事未赴。冯督办来电议，钦州流丁皆由界使将其地方田园、卢〔庐〕墓送与法人，故至于此，事已坏，纵材归亦无益云云。星使及同人阅之，均深愤懑。此事办理三年，艰难万状，上遵朝旨，下恤舆情，内辑有司，外联与国，争则全局无补，不争则责有攸归，轻之则诮为无能，重恐贻忧君父。故甘瘴疠、乐穷荒，九死一生，尚且虚与委蛇，以求稍有所得，以奠流民。但令边塞少匪亡，即国家多一良善，此中委婉曲折，上不可显陈奏牍，下不可明喻官民。办理之难，盖无过于此事者矣。

今虽略将嘉隆等处划归，江平等处归入未定，而华人之由越界下垓、潭河一带逃归者，觖望尤众，尚千百家，安插开垦则不愿，明受赈抚则不屑，盖此皆同治年间蒋中丞安置边外之客民也。此辈强而有力，当土客相斗，益以官兵、楚勇之力，客不卒挠，蒋公权宜置此。此辈一人数妇，生齿最繁，二十年来丁壮日众，向不安分，越人苦其涂毒，其人可华可越，可流民可游勇，昔以之祸越者，今以之祸华矣。冯州人不识字，所闻疑即此辈谣言。远不详察，又其幕中人鲜通材，宜其承冯意而为此妄言也。先是初九日，冯来电请星使向狄述材言，争九头岛，如狄不允，朝廷又不发兵，材即起东西两省民团三十万，直取西贡云云。星使覆以此地流民游勇甚多，谣言日起，将无统帅，兵少而骄。公宜固根本，勿务远略，故冯复电如此。次日，并将往来电电香帅。香帅来电，引蔺、廉劝慰星使。冯复来电自悔。遂各释然。

十四日(4 月 7 日)　晴。挽曾琼林封翁联云“大椿八千岁为春秋，听故人风木生悲，绝岛归帆，三月烟波迷楚望；分茆十万山限南北，是孝子皇华未竟，他年誓墓，再传天语下佗城。”

十五日(4月8日) 晴。星使偕同人赴芒街第十七次会议。星使允以九头岛、亚婆办清立约。狄使亦出图，允更正，惟欲勒我先画海岛界之押，始议更正，辩论至再，遂各罢议。

十六日(4月9日) 阴。送经郛起程，回湖南原籍。邵阳县籍，信件由县门口药铺转交。

十七日(4月10日) 微雨。自东兴早发十万山，寻分茆铜柱古迹。向导黄守备辅文，字成章，本州人。是日微雨，宿那良山。花缀锦谷鸟成韵，江水半涨，岚翠扑衣。距去岁来游，瞬逾三月光景，仿佛犹能记忆。暮宿那良墟。去年冬月，探法人消息，率绘图人员曾至此借宿。

十八日(4月11日) 阴。循嘉隆河西北行，自竹围过小河，经尖山岭望东北，有危峰峭耸，半在云雾，土人曰即北仑隘也。十点钟过那巴长岭，横亘由西北绕流向北仑。十点钟至高龙，有鸾姓具鸡酒焉，高龙北山曰官品领〔岭〕，次越板蒙，北有高山，曰鸡笼岭，与广西接。下有小溪出，与河水合。再过板捧，下丘振岭，有两大山对峙，西北里罗东后有墟曰南碑。相传旧有碑纪汉唐立柱刻铭事，今剥失无考。南曰考新，有水出焉。考新之南，即里火隘。再过利合那敏，宿板拔项姓炳兰宅。北山高者曰平坦山，再西曰捻碑山，图讹为淰捷。沿途登高涉下，水则南北随流，易向山，亦杂沓，随地更名，殊难考测。是日因登山足疲，晚履阶石跌扑，伤骭骨，流血病筋，向主人以熊胆涂之，痛止。

十九日(4月12日) 寅刻行。山雾霏微。至板蒙一竹围中早饭。山路奇险,加以时时涉水,舆马并困。午刻至栲梆岭,四山高峻,而此岭独只依子午向癸为馗力。有瀑布流泉,亦曰深沟。壬亥为埝湾岭,乾戌为博都山,高稍远。博都第二重博亦作补戌辛上为丈二岭,岭脊分水,左曰里宜,直流大勉山,至北仑东三十里,与王光扶龙相接,经北仑隘下,汇大勉山。来水为那良江,达东兴古森河口入海。脊右曰峒水,渐西行,汇南来之坤浪山水,北来之补都岭水、北岩水,同注峒中,出越之平寮,经先安入海。丈二分水源,独长应为经水,右支纬水已见前明。其左支纬水,南出黑山,北经那蒙,入经水曰黑水。又南出白鸽岭,北经那贡,入经水为坤浪内流水。又南由马鞍山分脊,其北源一支由西而北,过那涯入经水,曰那涯水。八庄中干山,出文达利合者曰文利水,出其那者曰其水,出招蒙岭者曰蒙水,出利兰沟曰利兰水,若埝湾水、元枢岭水、那扣岭水、里楞水悉北来,皆入经水。里楞尤长,马鞍山南源一支,向东经里火隘、高蒙村至加隆,与经水汇曰加隆河水,合那良江出古森口。由考邦西南行二里许,即丈二岭,山势稍平,中脉蜿蜒,而字大开平旷,依辛山乙向,对面朝山,下脉如眠木,体正在乙字,盖即马鞍之背也。黑山尖峰高耸,在巳丙上,坤琅星峰特起,在午丁上。隆然层铺而下,背西面东,大开平麓,面前横一山,蜿蜒数十里,即马鞍山之阴。东南则黑山,峭拔云表,正南为坤琅,高横峙,扆然加屏。土人拟在丈二之麓重建伏波庙,志分茆古迹。盖考邦岭旧有伏波庙址,移此取其阳也。近山肉葱厚,独山腹有石二。一形方,高丈许,阔倍之,可作勒铭摩崖之用。时有村女数百人,沿山络岭自南北去，皆青衣、白缘领、红绫裤。盖是日为峒中墟歌会初散，峒俗如此。

南行过坳为板兴，田畴平衍，丈二水东北来，自此始见。又南为板典，遂步至峒中墟侧而返。宿板典黄文厚家，室虚无人，良久主人始到。文厚曾为安南乡董。北岩头人梁正忠来见，板心卢姓、鸾姓、板拔向姓送至此。余仍不良于行，屡起屡跌。夕间，卢姓携有蚺蛇胆涂之，甚效。询其购自安南，因以原价鬻得之。蚺蛇胆按月随首中尾周流，蛇长十数丈，胆仅如胡桃，治跌损，散淤明目，增胆力。

二十日（4月13日） 微雨。卯刻仍宿板拔项，主人刲羊烹伏雌，犒从者。

二十一日（4月14日） 晴。寅刻起行，复经板蒙那巴，各茶饮，因至北仑墟，观丈二水合处，后步自白鸡扶龙之麓，观北市河来源。北仑墟在岭麓，坐西向东；白鸡扶龙在西北，闻大勉山尚在诸山之东南，与牛滚岭接，牛滚为北市、那良两水分处也。古森峒长梁文忠来迎，那巴诸村峒长闭胜源、韦长明、周方智，及鸾姓、项姓咸送至此。余沿河东南行，至板心东岸，再观嘉隆合水处，循径至那良，已暝烟在树矣。晚八庄耆绅黄立赋至东兴返，来见。立赋，年七十余，发皓，以朴信为八庄人望也。

二十二日（4月15日） 晴。偕黄立赋入山。东北行，树木晻溘，流泉漪曲，湍者若奔雷。约三十里许，至大勉山，山势面南，中峰尖耸，高五百丈。两翼平开，各有峦头十数。右翼另起圆峰，名定六。其后五尖峰，相连为伏龙隘。又右数峰蜿蜒为白鸡隘，与大勉脉络相连，故众璧之。水皆经白鸡隘而落于北仑墟，前土人以为发源北仑也。大勉西南有瀑布流泉，秋冬不涸，故汇诸溪涧水渚，而注于那良。居民节节为沟，引激筒车灌溉田畴亿万，则泽庇者多矣。山右为贴浪峒界，山左为澌凛峒界，山后为如昔峒界。登高四望，那梭、防城在东北，江平、白龙、海口在东，皆历历可数。惜余足病，未登绝顶。晚住那良中约路西许义和间壁黄三名德华店内。闻附近二十里许，有地名凿字岭，有古碑字如碗口。土人不能尽识，亟遣人访榻之。四鼓得报，有游勇数十人劫那蒙村团商，遣民团及华军防勇往捕。

二十三日(4 月 16 日) 晴。陈春山学博、字华狱。林芳穗茂才、字万春。林绅朝珠、字润元。郑绅子坚、字贞甫。黄绅、欣臣。萃军哨官陈某、陆绅寄湘字金波各来见。巳刻起程，宿江那宋子涛宅。钟镇海来见。送法绘海界图一副。

附记：峒中由界外行三十里至平寮，三十里至银珠沟，三十里至板桂，三十里至思陵，三十里至隘店隘。由界同那怀行三十里至北店隘三峒地方，三十里至思陵，三十里至隘店隘。

补记：大勉山之下见猺人妇女，大领衣、红裹胸、蓬首，言语不与土人通。此路通广西。在康王庙歇肩，适有上思州勇二人过此，闻刘渊亭镇军将由此道来那良，盖渊亭即白鸡隘人也。

二十四日(4 月 17 日) 辰刻返东兴。微雨。连日接总署三电，询图何时到京，以便开议并改正，系何地名，又岛线津约所无，应如何办理等语。星使复三电，陈近日情形，并请商恭使电狄，与我速议更正。又海界之押不画，及九头、亚婆湾之案均系为江平作抵地步云云。

嘉隆八咏·嘉隆江

嘉隆江水照鞭丝，乱石连江策马迟。
绝界难寻唐代柱，殊方容睹汉官仪。
家登黄兰春成市，地接乌雷雨易施。
万古南荒归化始，好栽花鸟入清时。

黄　峰

黄峰山势郁嵯峨，天外青苍入望多。
云起三都连墨抹，江流一线绕红河。
危桥自古迷人迹，绝磴盘空碍鸟过。
淮海黄山知似否，欲辞簪组访烟萝。墨抹山在时罗峒，千里江在先安州。墨抹又名青云，见《舆地纪胜》。

仗仪岭

飞泉十里走奔雷，直上危岑旷宇开。
孤笠影承红日下，万松涛卷黑山来。
南碑风雨无完字，北越河山感霸才。
东去龙门西作浪，岭头谁剖水如杯。黑山在岭东南最高，特南碑在岭北。涂湾山后相传旧有碑记汉唐立柱刻铭事，今剥失无考。以在夷地，故旧志无从访载。

峒中墟

三十茅檐两市攒，平寮西去入先安。
马流到处愁鸥久，犵语从人辨鸟官。
村避虎狼编栅箔，屋栖牛豕架琅玕。
荒墟落月还高枕，新是逃亡劫火残。

鸡笼隘

白鸡飞去有鸡笼，夜夜天鸡叫碧空。

终古神仙携眷宅，几人王霸得雌雄。

山迷金马新愁外，关度青牛未唱中。

连者不栖仍设险，荒唐得失叹争虫。白鸡隘在鸡笼之西，近北仑隘。

北仑山

群山十万赴沧瀛，天柱尊严傍斗衡。

三不要留千古隙，四无凭处一峰撑。

双江雨合蛟龙气，绝巘春腾虎豹声。

墟散踏波乘月去，直疑星宿海中行。三不要地起北仑，沿古森河尽，嘉隆古森河即那良河。

铜鼓岭

相传土人尝于此岭得铜鼓，非他岭之以形以声得名者比。

传闻遗鼓色斑斓，神物销沉片岭间。

刻石早藏周庙寝，奏公犹志汉河山。

亡人翠羽无消息，上将灵鼍自往还。

听尽边笳斑尽发，不须金革话征蛮。

大勉山

那良辟径访灵源，大勉山高不可扪。

上界三千朝帝子，群峰四百拜儿孙。

西通桂管扶龙隘，尽东蓬溟陆虎村。

二十五堆巅顶望，手回青翠向中原。

春会歌

峒童和节，山女拍歌，春时大会，千百相联。杂迷成韵，南土旧俗。余值斯期，采其腔态，补风谣尔。

青丝龙蟠照磅礴，乌绡抹额朱绳缚。

文席碧茵笠青篛，玉趺践葺步跮踱。
笠上宝珠垂双络，项前白肉太素襮。
动唇呈齿出歌咢，四旁观者神怡愕。
东村稚齿西村弱，十百连袂呼相遻。
十三四五年相若，今年春发去年花。
去年人订今年约，短袖白领青绫裳。
缝袴宽绰风飘扬，金珠压领玛瑙光。
千百次第含宫商，谁家少年坐我旁。
一唱一击相和鸣，飞英前坠鸟下翔。
催花鼓回鸾舞，不识节拍音正古。
低徊顾郎不得语，青蒟叶子桄榔搽。
有意寻媒向若耶，侬住何村第几家。
正月鸣山扈，二月鸣仓庶，催耕布谷不得停。
四月罢蚕获五六，既芟既播岁两熟。
七八九十驱青犊，稻麦之余蔗薯菽。
十一十二农事闲，贫者籔刈无闲田。
不纳天朝税，还输乡正钱。
四时惟有三月好，木棉花开红豆小。
一年一度歌会早，出入作苦烦阿嫂。
嫂苦劳，兄苦暇，男女颠倒胡勿嫁。
今年歌罢喜勿喜，明岁劳从嫁时起。

重过那良江

四月前经路，江深掩石窠。
新廛三户满，远塞五原多。
山果留猿喜，蛮讴熟扈那。扈那，雍羌乐名，见《唐书·

南蛮传》。

攀云寻古迹，此道往来过。

三至那良

十万登临后，东寻大勉源。

大清湾上水，三度枕潺湲。

二十五日(4月18日) 晴。

二十六日(4月19日) 晴。接京师二月家信及洪慎甫弟信。

二十七日乙卯(4月20日) 酉时谷雨节。晴。

二十八日(4月21日) 晴。李勉翁感瘴湿，左股麻木。

二十九日(4月22日) 雨。午后晴，大风。

四月

初一日戊午(4月23日) 雨，寒甚。

初二日(4月24日) 雨。

初三日(4月25日) 霁。

初四日(4月26日) 晴。

初五日(4月27日) 阴雨。

初六日(4月28日) 晴。

初七日(4月29日) 阴。

初八日(4月30日) 阴。

初九日(1887年5月1日) 阴。电线断上海、天津。

初十日(5月2日) 晴。

十一日(5月3日) 晴。

十二日(5月4日) 雨，晚晴。

十三日(5月5日) 风雨。

十四日辛未(5月6日) 寅时立夏节,微雨。郁,衣单布。

十五日(5月7日) 微雨。

十六日(5月8日) 阴,午大雨至晚。

十七日(5月9日) 阴,午骤雨,旋住。大水没桥,土人以东风,则大勉山、北仑山云起,而雨水源所在蛟龙之窟,岂异事哉!

十八日(5月10日) 阴晴不定。电报通,法使有电往来。

十九日(5月11日) 微雾。晓寒,衣薄棉。

二十日(5月12日) 晴。

二十一日(5月13日) 晴。

二十二日(5月14日) 晨大风雨。

二十三日(5月15日) 早阴。

二十四日(5月16日) 晴。有人传琼州电信,杨次麟观察卒于军,闻之竟夕不能寐。

二十五日(5月17日) 晴。

二十六日甲申(5月18日) 晴。

二十七日乙酉(5月19日) 黎明骤雨,片刻旋晴。

二十八日丙戌(5月20日) 晴。

二十九日(5月21日) 风,午后大雨。田禾甚茂。

三十日(5月22日) 晴,大风。发总署电,询邓堂奉恩诏宽免处分应否具摺谢恩。

闰四月

初一日乙丑(5 月 23 日) 晚,接二十九日总署电照会,谓我禁华人返芒街,令查复。又界务将定云。

初二日(5 月 24 日) 晨起阴。江水涨没桥梁。

初三日(5 月 25 日) 晴,风。接广局沈小园转陈汉章兄电,高文藻来广州。

初四日(5 月 26 日) 晴。覆电饬高归,赠川资。

初五日(5 月 27 日) 晴。

初六日(5 月 28 日) 晨阴。

初七日(5 月 29 日) 晴。署廉州营左哨千总湛心溥来函,禀到任。心溥,字镜波。

初八日(5 月 30 日) 晨大雨。

初九日(5 月 31 日) 晴。

初十日(1887 年 6 月 1 日) 晴,傍晚大雨。

十一日(6 月 2 日) 阴。

十二日(6 月 3 日) 晴。

十三日(6 月 4 日) 晴,晚雨。

十四日(6 月 5 日) 黎明大雨。

十五日壬寅(6 月 6 日) 巳初芒种节,阴。

十六日(6 月 7 日) 晴。时疫流行,芒街尤甚。闻近五日内已死五十余人,皆法郎西人也。

十七日(6 月 8 日) 晨起大雷雨,复晴。

十八日(6 月 9 日) 晴。星使感冒。发总署电陈李勉林观察、李翻译寿田病状,并言从官兵役皆多病,请代奏恳恩暂移钦廉养病云云。

十九日(6月10日) 五鼓后大雷雨。竟日阴,时雨,夜大雨。

二十日(6月11日) 大风雨。

二十一日(6月12日) 晴。

二十二日(6月13日) 晴,大风雨。香帅来电询星使、勉翁、爵翁、李叔芸翻译病,以余独无恙,欣慰云云。接总署电,奉旨界事将竣,即日立约,邓承修等准其暂回钦州候旨。李兴锐病如就愈,着即来京豫备召见。钦此。

二十三日(6月14日) 晴。电复总署,李兴锐赴沪调治,俟痊北上。

二十四日(6月15日) 晴。

二十五日(6月16日) 晴,风。

二十六日(6月17日) 晴。送李勉翁赴沪,李叔芸回闽。至竹山看基围,由楠木岭至马脑坳,一律告成。宽者二丈余,高者数尺、丈余不等。石坚土厚,稳固异常,襄其役者琼军柏总戎正才、邱总戎显铭、勤军王参戎孝春、陈协戎兆兴、刘守戎步高、钟千戎。始终督理者,潘部郎志学、黎游戎中配也。用银八千有奇,而所值盖抵数万。旋由竹山之东看白龙尾全势及溝尾沙,复绕马脑坳而北,看思勒高山华营,及一琅法营炮台。

二十八日(6月19日) 大雷雨。

二十九日(6月20日) 雨。星使起程,赴钦州。

五月

初一日丁巳(6月21日) 晴。起程赴钦州。萃军右营统领冯君绍珠、琼军分统邱君显铭、柏军(君)正才、勤军分统王君孝春、陈君兆兴率各队伍，八庄绅士黄君立富等，东兴街董何文富等均于昨日送星使后留，送行于郊外。晚住那梭。

初二日戊午(6 月 22 日) 丑正夏至节。晴。午后三点钟到涌仑上船，五点半钟开行，西南风，乘潮夜驶。

初三日(6 月 23 日) 晴。辰刻八点钟到钦州，星使住天涯亭，余住尊经阁，在学宫后。地志颇高爽，有州人冯敏昌雨三手书额。

初四日(6 月 24 日) 晴。晚偕廖、黄两君饮麦雅林参戎署。

端午日(6 月 25 日) 晴。午后芍翁观察至钦。

初六日(6 月 26 日) 辰大雷雨，霁。

初七日(6 月 27 日) 晴。

初八日(6 月 28 日) 晴。星使奉电旨，界务、商务续立条约，已派王大臣与法使画押，所有照绘钦界图、照录条约，由总理衙门发交委员赍回。应行设立界碑事宜，由地方会同驻越法员办理。邓承修着即驰驿回京。钦此。

初九日(6 月 29 日) 晴。

初十日(6 月 30 日) 晴。星使电奏十二日起程，由南宁水驿赴广州，会同督抚汇齐东西两界图约，详校妥商，再行具折驰奏。

十一日(1887 年 7 月 1 日) 晴。

十二日(7 月 2 日) 自钦州起程，由陆路赴南宁，爵棠观察、潘慎初、王济夫、罗仲和、吴次梅、麦参戎、李判送于郊，赖守戎闻讣未至。冯萃亭宫保送星使，余觌面，未接谈。冯身不甚丰伟，目长秀而神温朴。为州北人，新第在郊外五里路侧。行三十五里至稔子坪，十五里至大岗墟，十五里至高坳，十五里至小董，宿三婆庙。沿路田禾秀颖，风翻浪卷，碧若毡茵。又荔子正熟，绿叶扶疏。朱实离披，下垂匝地，承以木架，多傍溪塘，流水掩映，五十成林，鬻而食，甘酸入妙，沁脾裹腹。是夕大雨。

十三日(7月3日) 五鼓起程，三十里至大滩。交灵山界，无候吏，仍以钦州役为导，三十里至新塘，住益和押店，才巳正初刻。是日早雨晚霁。或沿溪行道，幽僻而商贩颇多，以其无厘局也。地足虎，夜辄至，有老叟请勿露坐，以避之。盖是日热甚，余方与廖、高诸君息墟顶大树下也。墟东南有高山，黑而短，有缺如冠笄形，曰岳山。东北长岭绵亘，曰茶岭。

十四日(7月4日) 大雨。度茶岭，狭而峻，三十里至百济。墟落数百家，一带多产米，三十里至长利，三十里至新墟。灵山仍无迎候者，土人不纳，同人合栖破庙。终夜雨，帐、枕、衣、箧皆湿。然田禾当含苞吐穗之际，天久不雨，田陇枯坼，墟民祈泽正殷。行旅虽苦，地方欢惬何如也！荔支大肥，逾南海产。核小而甜，最美，灵山荔支，本著名，新墟尤佳。

十五日(7月5日) 大雷雨。行三十里至那连墟。甚洁，整家有机杼产布，街悉甃石而宽，屋宇多高宏，与同人烹茗。张姓宅憩片时，给银肆分。十五里至良庆，趁小艇逆水十里过私盐塘，十五里过大明河亭子墟，抵南宁府。晚晤何玉林太守，于是南宁盖往还三过矣。余则故我依然，玉林虽卓异而亦不迁。相与咎，蜀运不佳，以自解云。

十六日(7月6日) 晴。权左江道何玉林太守昭然、张兰陔镇军春发、李少南司马孔珖、萧子斌大令宪章、厘局乔秀岩太守培因、电局潘仲瑜大令伟琛公饯同人、星使于道署。

十七日(7月7日) 早晴。午初解缆东下,镇府以下送至亭子墟。行六十里,泊剪刀墟。

十八日(7月8日) 晴。午过长塘墟。晚泊卢井墟。

十九日(7月9日) 晴。卯刻过永淯县。午后过明朗墟、火油河。晚泊平墟。

二十日(7月10日) 卯刻过南乡,此处有便道通灵山、陆屋、钦州。辰后风雨,行三十里,过长滩,晤州牧文君星照。晚泊横州下小墟。

二十一日(7月11日) 时有风雨。行六十里,泊大塘寺。

二十二日(7月12日) 卯刻过伏波滩,甚平静。午后时有风雨。晚泊贵县。

二十三日(7月13日) 晴。巳刻过龙井墟。泊下湾。

二十四日(7月14日) 晴。未刻过浔州,柳河水甚涨。晚泊大湟江。

二十五日(7月15日) 晴。辰初过平南县,巳刻过白马墟,未初过猛江墟,申刻过藤江。晤同乡李次卿少尹炳。

二十六日(7月16日) 晴。巳刻过梧州。晤同乡张君士彦,字硕甫,时权经历。申刻过封川县。微雨,晚泊。董大令汝砺相候,余以足疾未见。

二十七日(7月17日) 晴。早过都城,晚泊龙母庙。同人至庙拈香,余随同瞻眺。庙占地广阔十数亩,庙后群山拥簇,前临大江,有小江从左来汇,隔江华表双撑,前朝明秀,广肇数百里，此庙最灵。五月帆樯叙集，士女如云，箫鼓酹神，金钱亿万，盖地灵使之然也。庙左有墓，书秦龙母墓。前有碑亭，刻洪武年敕书，略言龙母温氏豢五子，皆成龙。明初大军南征，迴风助顺，以是加“昭灵显应”等封号。又封五子为侯，姊妹六人皆封夫人。国朝乾隆年，又由地方官请加封号，准入祀典。

二十八日(7月18日) 辰刻过六步，约行五十里。制府派“广元”“广贞”两火轮迎至此。十一点钟至肇庆府，一点钟开船。

二十九日(7月19日) 雨。三点钟到广州，住皇华馆。

三十日(7月20日) 晴。陈汉章兄见过。余因舟中受热，邻舟小孩指伤右脚，臁胫成疮，数日不愈，艰于步履，不能应酬。设榻东厅，客来促席，翘足以应，不恭甚矣。

六月

初一日(7月21日) 高子琼、许润律兄见过。接都中家信，老幼均吉。同乡英俊美才同时改外者三人：李铁船、高东垣、余继斋。

初二日(7月22日) 晴。王中之引外科张应全先生来视疮。

初三日(7月23日) 阴。许少衢年丈见过。晚，潘孺初比部来访星使，余因得拜见之。孺翁年七十，貌清古人，亦峭厉。论书法，平易近人，能发古人之秘。

初四日(7月24日) 雨。

初五日(7月25日) 晴。

初六日(7月26日) 雨。

初七日(7月27日) 阴。

初八日(7月28日) 晴。接京电,家中均吉,已知余将返矣。

初九日(7月29日) 阴,夜雨。赴豪贤街陈汉章兄处坐谈。

初十日(7月30日) 晴。移住陈汉章处,养疮避暑。

十一日(7月31日) 晴。偕汉章赴西关外枫洲岗看新置茔地,坤龙末脉,庚山甲向,前朝白云山,后托正气冈,俱隔江。前江来艮去巽,后江来乾去坤,穴后起顶有鬼,前面有塘。惟前江之水微反弓,杨厚余堪舆所卜地也。厚余名福春,江西庐陵县儒林乡人,精青乌雌雄之术。

十二日(1887年8月1日) 晴。王爵棠观察由高州至省,晚间见过。

十三日(8月2日) 晴。汉章兄赴钦州。

十四日(8月3日) 晴,热。

十五日(8月4日) 晴,月食,热。

十六日(8月5日) 晴,热。赴袖海楼见星使。

十七日(8月6日) 晴,热。

十八日(8月7日) 晴,热。司道公请,腿疾未赴。

十九日(8月8日) 晴。谒香涛制府,询东兴事。

二十日(8月9日) 晴。谒吴清卿抚军,未晤。访刘吉六于西来初地华林寺,晤寺僧懒云。寺为东晋达摩渡江入中土住锡初地,甚宏雅。

二十一日(8月10日) 晴。回拜各司道府厅县。

二十二日(8月11日) 晴。

二十三日(8月12日) 晴。晤同乡杨耀廷,戊辰都中旧友。

二十四日(8月13日) 晴。夜大风。

二十五日(8月14日) 晴,风。星使招饮于袖海楼。

二十六日(8月15日) 雨。香涛制府、清卿中丞见过。

二十七日(8月16日) 大雨。复谒清卿中丞。

二十八日(8月17日) 阴。署南海郭寿农大令树榕见过,天气渐凉。

二十九日(8月18日) 晴。邓葵臣兄招饮于袖海楼。

七月

初一日(8月19日) 晴。梁节盦招饮于袖海楼,晤陈昆山参戎。

初二日(8月20日) 雨。王爵翁招饮于袖海楼品宜舫。

初三日(8月21日) 雨。赴袖海楼送星使,旋惠。

初四日(8月22日) 雨。偕杨厚余、陈薰南汉章之二少君泛棹,观城西山水,因至崇洲岗,循河绕增步而返,惟晚雨过大,未尽登临之兴。徒步入城南门,已将下钥矣。

初五日(8月23日) 偕杨厚余至观音山五层楼,观全城形势。

初六日(8月24日) 晴。二鼓后大雷雨。

初七日(8月25日) 阴。吴清卿抚军招饮于后乐园,香涛制府在座。园在抚署内东厅,地广数亩,古木阴翳,抚军手辟草莱莳花,种瓜豆,编篱栅,曲折成蹊,小径旁通。旧有向南高厅三楹，厅后有池，方十余丈，池上红棉十余株，龙目离披拂水，右有微坡，古榕数株，殆百年物。厅座设古鼎六七，皆东汉物，铜色斑斓，款识清楚。厅左甃白石，为小池引水导之，抚军手题“洌泉”二字，盖用韦苏州句“堦前洌泉冷”意。左竖太湖石为峰，环以石磴，峰旁有石像小碑，为南齐造像石刻。磴中有方石如桌，为造像石座，四旁有字书“天统年”，亦南齐物，字俱古质，抚军云得自秦中者。又出藏帖明榻石鼓文，甚明显，第二鼓较世本多数字，为清仪阁张未未家藏物；又琅琊台帖之字亦显；又开母石阙、嵩山碑榻本俱旧。抚军之嗜古如此。

初八日(8月26日) 阴雨。

初九日(8月27日) 阴雨。

初十日(8月28日) 早晴。偕杨厚余赴河南宝冈，绕至石村，观蒙、赵坟，伍、许、戴、梁各坟，至乌村观吴万隆置地。大雨。

十一日(8月29日) 晴。陈孝直兄招饮于烟浒楼，同坐容青田水部，凌莀臣、余鼎三两太史，余元眉、许少衢两太守，王雪澄兄。

十二日(8月30日) 晴。张香涛制军招饮于学海堂，同座秦佩鹤太史受章、秦韶臣太史夔扬、冯雨人太史芳泽、格绍溪太史呼鉴额、徐太史受廉、沈太学赞清。文肃之孙。

十三日(8月31日) 晴。偕杨厚余、彭小芙、彭召南出东关观梅花冈、鹧鸪岭各茔地。

十四日(1887年9月1日) 晴，午后雨。东兴岑毓岐寄来白石牙山桂一对，回信由广州省城太平市泰兴山货铺转寄。容青田比部招饮，同座元眉、夔臣、少衢、孝直昆季。

十五日(9月2日) 晴。孝直兄馈四肴,厚余、星齐、高子琼、顾七芗留寓便酌。

十六日(9月3日) 晴。晤王汝香廉访,郭寿农、危帅臣两大令。

十七日(9月4日) 晤孙彦臣司马、杨冠峰贰尹。夜半大雷雨异常,五鼓始息。

题吴清卿中丞吉林铜柱铭

谁标一柱振坤维,三辅东邻漠北垂。
大夏胡笳弹敕勒,浑春汉节过条支。
图收乌底河前远,铭比燕然石上奇。
我亦交南清界吏,待公来撰百蛮碑。

铭序云:

光绪十二年四月,都察院左副都御史吴大澂、珲春副都统伊克唐阿奉命会勘中俄边界,既竣事,立此铜柱。铭曰:

疆域有界国有维,此柱可立不可移。字阔二寸许,小篆四行,中丞自书,笔力浑古。

附陈君宝琛〔箴〕作一首号右铭

鹑首何年醉赐秦,华离画界仗儒臣。
珠槃读誓戎心戢,玉斧披图帝命申。
已见东胡捨瓯脱,倘凭西译算由旬。
汉铜蚀尽分茆岭,不遣提师下九真。

十八日(9月5日) 晴。

十九日(9月6日) 午后雨。

二十日(9月7日) 赴许少衢处观鹤。鹤二,高三尺许,白羽黑尻，短尾，顶微红，盖皆雏也。西人得自海上云。午后雨。

二十一日(9月8日) 晴。危帅臣招饮，同座易兰池部郎、黎弼侯太史、王葵生茂才、廖廷相孝廉、易松圃。汉章兄自钦州归，李铁船同年由刑部改官，部选河源，自都下来把晤，话十年别事。

二十二日(9月9日) 晴。偕张韶九、张亮臣乔梓，彭晓芙、彭召南、彭福山昆季重游白云山。

二十三日(9月10日) 阴。邹星石饯于菊坡精舍。

二十四日(9月11日) 晴。黎璧侯约游罗浮，不果。星使自惠州回广州。

二十五日(9月12日) 大风。

二十六日(9月13日) 张制军饯星使及治于彭园。大风雨。

二十七日(9月14日) 阴。王雪澄饯于菊坡精舍。

二十八日(9月15日) 晴。

二十九日(9月16日) 晴。各处辞行，汉章设饯。

八月

初一日(9月17日) 晴。

初二日(9月18日) 晴。

初三日(9月19日) 晴。张香涛制军寿辰，闻朝廷有赐寿之典，并御书"筹边锡福"，匾额尚未至。制军是日亦未见客。

初四日(9月20日) 晴。张制军来送行，阖城文武并来递帖送行。

初五日(9月21日) 晴。早乘“蓬州海”随星使赴香港。大风。晚泊急水门。

初六日(9月22日) 晴。黎明到香港,登岸,住新酒店。张制军遣候吏来此供给。王爵棠观察,许少衢太守,邓葵臣、植卿、虞琴昆仲,何子伦暨皇华馆各委员咸送至此。

夜坐小轮至天后庙,观外国马戏。地极宏敞,设大布蓬,燃煤油,灯光明澈。地中筑土,圈广十余丈,观戏者环圈坐。初入门,见铁笼三,一柙狮三,狮白灰色,头项有毛,而长吼则声震屋瓦;一柙黄斑虎三,一大而二小,皆瘦甚;一柙黑熊二,大者倍虎狮,状类马。又木柜水盛介鱼四,长者三尺许,类鼍而头方,人云是鳄鱼也。又有二象,以绳界之。入此门则戏园,以银饼购小票,始得入,观者以千计。

始吹金筒,如螺鼓,格格有声。东北角厰园门,四马并出,三女子盛妆骑马上,一男子骑马追逐,先后之,左右之,极诸驰骋,或跃马而握其腰,撮其颐手,持五彩槌,一击则散花漫空坠地,诸马并捉之。观者神眩目骇,鼓骤停,人马截然而返。一于思者持二长鞭,驱一马出,意态极闲。观者鼓掌为迓。于思者敛容谢询之,人云此一班主也,外洋最有名者。马随鞭起止,行如飞,止如壁,使二人架木,马超而过,将毕,起立,并双蹄作揖客状。每出完,则此老必出一次,由一马增至四马。或超架,或跃圈,或并行,或参行,或向而退行,或跨背而行。随鞭所指,悉中鼓节,王良造父不过如是。又有东洋童子卧,以双足舞伞,舞八尺牌,承接作诸巧状。又以足承木箱,箱上立一小童,呈封侯印拜、观音大士升莲、悟空斤斗诸戏。自一木箱，增至七木箱，高不可梯，小童砉然而落，如叶如燕。出毕，少停，十五分钟鼓复作，则始之。四男女驰马者，各赤体罩纱，服裲裆相继而出，各逞所长，马背起立跳舞，急如旋风，人马似二似一，其最巧者为越圈纵布。盖马逸不止之际，而以人持籐圈迎马首，赤身娘由圈上过，马由圈下过，一转睫而赤身娘仍立于马背也。纵布亦然，布长者亦八九尺也。如是者数数，以示矫捷。诸戏毕，则数人辇虎柙而止，虎嗥啸有声。一人短绣衣，执铁棍入虎柙中，背一虎，而头承虎上腭，示能入虎口也。继驱三虎狂而奔，以铁圈燃火油，逼一虎往复连跃，如赤身娘越圈状。两虎穷迫，爬搔触柙，欲逸者数数，人竞愕然。继驱双象出，鼓声隆隆，一象蹒跚而步，点额摇耳，疾徐如鼓声。一象旁行，逊避之，此舞则彼退，彼舞则此退也。舞毕，以巨鼓二使登之，蹄束以铃，番童拍歌，番伶奏乐。象则以蹄击鼓，鼻应节，兼效其歌舞之态，又以铜管承其鼻孔，象宛转吹气，咸叶宫商，观者鼓掌千百，象点首并蹄谢之。

初七日(9月23日) 晴，有风。

初八日(9月24日) 晴。随星使搭“广利”轮船，晨八点钟开椗，有微风。

初九日(9月25日) 风雨。舟颇簸荡，同舟人多不能起。

初十日(9月26日) 晴，有风。晚少住。

十一日(9月27日) 微风雨，时开霁。晚五点钟到吴淞口。

十二日(9月28日) 微雨。十点钟到上海，住外洋行街潮州会馆，晤郭子清兄、许以一七兄、陈雁初、周云阁、翁清阁。

十三日(9月29日) 雨。访李勉林观察于城东隅,足少能步,神气尚爽。

十四日(9月30日) 晴。随星使游静安寺,观第六泉。

十五日(1887年10月1日) 晴。买广百宋斋《九朝东华录》股分票一张,积山书局《资治通鉴》股分票一张,均点石斋号伙陆姓经手。

十六日(10月2日) 晴。

十七日(10月3日) 晴,微有风。广东折差由都回道沪,星使奉七月二十八日廷寄内开:本日军机大臣面奉谕旨:邓承修等另片奏出关勘界各员请加奖励等语,王之春着交军机处存记,杨宜治着以户、刑二部员外郎升用,廖锡恩着以知县选用。其余出力员弁,准其择尤酌保,毋得冒滥。钦此。宜治随同恭读之余,感惧悚惶,不觉一时交集。是晚,随星使搭"海晏"船,四点钟展轮。秋月波光,澄清一色。来时光景,仿佛如斯。

十八日(10月4日) 晴。卯刻西北风甚涨,海波撼山轮,舟簸甚。舟中人多不能起食,余幸无恙。

十九日(10月5日) 晴,风少住。是日为先君忌辰,指顾京江,凄然无诉。夜十二点钟到烟台,停四刻。四鼓大风雨,良久住。

二十日(10月6日) 晴。早微东北风。晚泊大沽口门起货。

二十一日(10月7日) 寅刻乘潮进口,十点钟到紫竹林。晤贺幼甫都转、刘献夫观察、柯太守、郑总戎国魁、黄花农、朱伯华、伍秩庸各观察,闻廉甫兄现署永平守未归。袁友章、吴芷蕃相继没，痛乎，痛乎！晚晤范子华、杨旭东、范子彭、范一齐诸兄，饮蕙德园。

二十二日(10月8日) 巳刻傅相师宴星使于署，余与枢仙、为介、于惠若驾部同座。惠若，傅相幕府也。午刻晤徐剑农军门，托寄廉甫兄粤物，代致友章赙。申刻开船，泊丁字沽。是日晴，夜有月色。

忆午座间，傅相言及河南决郑州，盖陕州上游水势建瓴所致，言下甚有忧色。河患多在东北，近更起于西南，一变也。治因举洪亨九之论，谓“治河不若因之”之一法，被灾者赈之。宁费于赈，不费于工，盖工愈兴，则患愈甚。禹之行水也，顺水之性也，行其所无事也，皆不与水争地耳。近年直隶水患及目下黄河之患，议者多归咎于山东，盖山东缕堤、遥堤，筑坝减水，纷纷之论，无非束之驱之，水固不任趋束也。傅相言，顺水之性，禹时人少地旷，可以利导。今则动辄窒碍，行所无事，听其自然最妙，但恐百姓不答应耳。治曰，东堤兴而西怨起，西堤始而东讼兴，岂百姓之答应乎？傅相辗然。治又曰，《禹贡》全经无堤防字，只有陂字，盖泽始用陂耳。贾让治河之策，亦以疏浚为首务，余皆末也。傅相首肯者再。晤塔梅亭观察。

二十三日(10月9日) 晴。未正到杨村，晚泊蔡村。

二十四日(10月10日) 晴。午后风甚。涨水，浅舟多滞，仅行五六十里。

二十五日(10月11日) 黎明微雨，辰后晴。河水甚浅，泊马头。

二十六日(10月12日) 晴，东南风。沙渚有腐尸，狗吮啜其旁，遣人瘗之。抵通州，州牧张葆华，字朴君。延秋前辈之弟也。郑生兆兰来接，询寓中近年事，如梦如寤。友人中衰病久不通问者，辄不敢遽问。又述某某语，偶含糊，辄滋疑。旧时还蜀还都，曾不若此之情切，其渐入老境耶，抑此行实从死生生死中来也？

二十七日(10月13日) 晴，无风。辰刻弃舟登陆，巳刻至双桥，偕郑生早尖。未刻入东便门，崇文门监督额中堂、锡家宰已遣人照料行李矣。三点钟至总署，晤各同人，各相慰劳，次第酬答。有问三而答一，有三问而一答，或竟所答非所问。非山阴道中应接不暇，实亦文山口中十七史不知从何说起也。五点钟到家。

二十八日(10月14日) 五鼓邓星使至宫门请安，辰刻召见，巳正出乾清门。述及皇太后垂询关外情形及界事甚详，温纶抚慰，至于再三。

二十九日(10月15日)

三十日(10月16日)

惩斋日记

光绪十三年九月(1887 年 10 月)——
光绪十五年十二月(1890 年 1 月)

光绪十三年

九月

初一日(1887年10月17日) 自粤越勘界归，赴起居注署销差。是日晴，谒见麟大司寇。

初二日(10月18日) 晴。李仲约师招饮。

初三日(10月19日) 晴。总署英俄股同人招饮。

初四日(10月20日)

初五日(10月21日) 谒起居注满堂麟公、汉堂徐公。

初六日(10月22日)

初七日(10月23日)

初八日(10月24日)

初九日(10月25日) 风。吴柚农兄、缪小珊同年招饮于陶然亭。步至城阙，登高四望。

初十日(10月26日)

十一日(10月27日) 阴。李少东兄招饮于观善堂。

十二日(10月28日)

十三日(10月29日) 李虹若弟招饮，同座曾怡庄、舒敏之、钱孟昂。谭问梁兄招饮，同座陈丹九及同乡诸辈。

十四日(10月30日) 方勉甫前辈招饮,同座总署同人。

十五日(10月31日) 于伯生兄招饮。陈瑞三兄招饮。

十六日(1887年11月1日) 晴。赴椿树头巷李太夫人处祝寿。王抡三兄招饮,何云帆兄招饮。

十七日(11月2日) 晴。同署松鹤龄、常月川、联星五、玉清轩、松健乔、良星垣、魏柏岩、吴季卿、梁经伯诸兄招饮于乐椿园。

十八日(11月3日) 阴。陈次亮兄名炽,改号用絜,招饮。

十九日(11月4日) 阴。斋戒。晚间赵寅臣兄招,至永光寺龚园观菊。

二十日(11月5日) 晴。曾怡庄兄招饮,同座赵、李。徐季和兄招饮,同座沈挈斋观察、杨子赓大令、程子青毕君、郑子彦侍御、李小燕吏部。

二十一日(11月6日) 晴。锡闰生、张畹九、何云帆、魏柏岩诸兄招饮。

二十二日(11月7日) 阴。戴毅甫同年招饮,同座施静山、庄竖伯、王诵宣、刘雅宾、刘映棻、邹咏春诸君子。

二十三日(11月8日) 晴。

二十四日(11月9日) 晴。吏部知会签掣刑部。

二十五日(11月10日) 阴。

二十六日(11月11日) 晴。童瑶圃兄招饮。

二十七日(11月12日) 晴。曾寅生兄招饮。

二十八日(11月13日) 晴。曾仲芳兄招饮。

二十九日(11月14日) 晴。河南水灾,据两江督呈奏图，流入洪泽湖分为两支，一趋东南，经扬州，历高邮、宝应入江，一由东北入黄河故道云梯开〔关〕入海。顷复见倪抚军奏报云，此黄河漫溢，由石桥口奔腾泛滥，直注东南，经过开封、陈州两府属，旁及归德属鹿邑县境，郑州则由东北两乡、东姚等堡流入中牟县市王庄出境，被水者一百一二十村庄。中牟县城被水围绕，漫水所及三百余村庄。由中牟而入祥符县境，大溜趋向朱仙镇南之闹店，及于西南之赵店、正南之井腰铺、东南之西市等保。水趋尉氏，围绕县城，由正北歇马营折向正东，直趋扶沟县境，计长一百余里，城垣四面皆水，漫水及于鄢陵县之部村等处，共淹浸四十余村庄。其通许之吴台、邸阁等处数十村庄亦有漫水，深至七八尺不等。而太康县境水由雀桥至长茔挟河出槽，直趋东南，入于鹿境。其西善县惟沙河以南三十余庄不受水害，西善与淮宁、商水两县接壤之周家口北寨为淮宁地面，亦被水淹。淮宁县境水由柳林集会贾鲁河、大沙河之水，散漫靡常，致淹一千五百数十村庄，南流入于项城县，由李村等牌流赴沈邱县纸店等处，遂从槐店出境，至归德府属之鹿邑一县，亦经黄水漫及，由西南乡囚塚集等处，流入洺河、黄沟河，东流入于安徽太和县境云。又摺言，鄢、杞、通许、太、鹿水深三四尺及六七尺，毙人不多，大溜经行，有深至一二丈者。房屋人口，无从查悉，各处难民赴赈所，有一二万及数千不等云云。现已钦派礼部尚书李鸿藻往查赈工，并改简前河南巡抚李鹤年署理河督。

十月

初一日(11 月 15 日)　晴，大风。在译署见川督刘仲良制军函查覆英公使请查藏番在隆吐山西金设卡事。英使原函以为恐妨印廓往来之道，刘制军覆函以为成都踞〔距〕藏八千余里，无由阻遏。又密启云，查据色友石将军言，卡设于藏之属帕克哩界外百余里，系哲孟雄北境，哲不阻者，以哲固藏之属部也。廓尔喀在哲孟雄西，印度在哲孟雄南，以方向计，则英人所言，似属夸大之词。又云，哲已阴附于英，故藏商有劝番人往独脊领通商之举。查此岭属英已二十余年，建有洋房，宛然西洋景象，近年渐占，而北去岭百二十里噶南铺亦立有市廛。再北百里为日纳河，系印哲分界之所。

初二日(11月16日) 风。

初三日(11月17日) 晴。

初四日(11月18日) 晴。王季廉兄招饮，同座万君奎生、周君子玙，仲廉、幼廉昆仲。晚接邓铁香先生送来爵棠兄电，云香帅命勘界各员准保旨意何月由部录发。

初五日(11月19日) 晴。李荟坪兄招饮。闻驻藏使臣文公硕有函来京，廓尔喀现集万人以拒英，英欲入藏通商不果，因托其酋暴亡撤兵，或言酋死属实云。

初六日(11月20日) 晴。范子华自津来，使寄送食物。余友子彦至。

初七日(11月21日) 晴。胡和笙兄招饮。

初八日(11月22日) 晴。李荟坪兄招饮。许少衢寄来代购沉香朝珠四串。

初九日(11月23日) 晴。

初十日(11月24日) 晴。复少衢信，兑还朝珠银两，并致粤中王爵棠观察、陈汉章直牧、陈孝直孝坚昆仲、张亮丞、邓葵伯诸君信。

十一日(11 月 25 日) 晴。晏诚卿招饮,同座彭丈瑟轩、黄绩庭付御、詹希云杨心谷两太史、鲍印亭赵仲固两舍人、陈述斋同年。

十二日(11 月 26 日) 晴。

十三日(11 月 27 日) 风。

十四日(11 月 28 日) 风。缮澳门约,接洪士安弟电询河防捐事。

十五日(11 月 29 日) 晴。自总署归,有贺君荣先遣人来言,明日返永宁,致九叔特峰信一封,送中州南馆托带去。买《金石粹编》一部,《亭林先生十种》一部,集成斋裱《钱梅溪汉碑》三十四种,每页六分,《滋惠堂帖》一部,价二两,《嘉隆江图》一册,每开七分,后每开三分五厘,《光孝寺》每开二分,《颜碑》每开一分,七言对每对二钱八分,八言对每对四钱五分。晚间刘同义招饮。

十六日(11 月 30 日) 晨起甚寒,有凌。回拜卫鹏秋,名杰,直隶候补道,去岁在广东因与刘总兵永福借贷事为刘幕妄人所揭,余曾与王雪澄、杨次麟设法消弭。又回拜杨原钦十一兄,名光埭,璧生兄堂弟也。午间徐铸巷兄家鼎招饮。铸巷为桐阁同年,家豫之兄,礼部员外郎,同考总署,住烂面胡同。是日,同坐明谦九、杨子义、〇允孚、胡雪舫、鲍印亭。彭瑟轩丈寄《长亭怨慢词》一阕,述与先观察公酬倡事。

十七日(1887 年 12 月 1 日) 辰初赴译署。是日为澳门约成画押之期,钦派庆郡王及工部侍郎孙与葡使会同画押。按:是议始乙酉夏,赫德言洋药税项漏口过多,改为厘税并征,惟漏至中国，有稽查之权；漏在香港澳门，则地虽华而华无由查诘，遂于丙戌之秋由署奏派邵小村观察偕赫赴港，商及英官。复于本年夏间，由赫遣金登干在西洋葡国理尼[①]地方定约四条，大旨我允葡人永住澳门，但不得让与他国。葡人允我襄助盘查偷漏洋药之税也。

十八日（12月2日） 晴。彭瑟轩丈招饮，同座万伟生、万雨生、万夔生。未至，黄虎臣、丁卯。王子敬。

十九日（12月3日） 风。到刑部署贵州司，晤掌印希君、名贤，宝臣。主稿沈君名曾植子培。同司吴君佩葱、名品珩。端君子明，名诚。见署左堂徐小云先生。

二十日（12月4日） 晴。赴西署，即刑部。晤帮印朴君，翰臣，名兴文。谒署大堂绍公祺，满左堂桂公，满右堂续公昌，满〔汉〕右堂周公德润。又晤范君久也名树恒。晚临《琅琊碑》，有得用笔意处。

二十一日（12月5日） 晴。辰赴内城，出后门，谒东城各堂及西署同年。午赴总署。英公使华尔身来照会，以藏番在后藏界外哲孟雄英言西金属之隆吐山设卡驻兵事，藏官久不撤去，该国王、印度节度欲自行办理，中国切勿见责云云。按：此即欲开边衅之言，所谓"哀的美敦书"也。午后复拜城东周宅、续宅、崇君勋、徐宅，过邓公宅坐谈。邓公欲去之志已决。邹君履和自川来，云有桐云姻丈信未送来。住文德店。

二十二日（12月6日） 晴。庆邸、曾侯到署，会英国使臣华尔身，言藏事反覆再三，我允再催驻藏大臣速撤隆吐番

---

① 疑为里斯本。

兵,退回旧住日纳之界。华允我电印度节度言番兵不速裁撤者,以前驻藏大臣办理未妥,今中国又派一个驻藏大臣前住〔往〕,已到四川,即日起程赴藏,必然能办妥,切勿妄动云。

二十三日(12月7日) 黄雾塞空竟日,午后有风。辰刻由崇文门赴打磨厂东兴居,应王质斋之召。饭后赴天乐观剧,有唱生脚之小伶人,年约十三,名十三红,唱《五雷阵》甚佳。叶若臣来函催瀛海及张炳华部费,语甚犀利。

二十四日(12月8日) 风。

二十五日(12月9日) 晴。邓铁香鸿胪续假二十日。皇太后、皇上临醇王府视疾。

二十六日(12月10日) 晴。华尔身来署,庆邸暨各大臣与论西藏驻兵事,反覆再三,翻译不甚详细。曾侯接谈英语数刻,华始允电印度大臣言新任驻藏大臣升泰不日可到前藏,必能办好,嘱其勿得称兵妄动云。

二十七日(12月11日) 晴。

二十八日(12月12日) 晴。

二十九日(12月13日) 晴。在署。刘芝田星使自伦敦来电云,藏事已告英外部,请电印度大臣从容办理,外部已允云云。是日余有感冒,多痰。

三十日(12月14日) 晴。总署同人随各堂官赴蚕池口收法国教堂。蚕池口发堂者,咸丰十[三]年英酋犯顺踞京城,法人乘机所立也,私购民地扩充,盖地为先朝所赐。今因其地在内西掖南海子墙外,高瞰禁垣几三十年,去年因修南海,始商法人,以三十万金赎得云。北洋大臣来电,洪泽湖水已落数寸。

十一月

初一日(12月15日) 晴。云帆来闲谈,复过王侍卫、刘连卿处谭。午后许济川来诊脉,言余脉甚实长,惟命门脉稍弱,现有湿,用枳术汤并钞给鱼鳔种子丸方。接彭召南信。

初二日(12月16日) 晴。云帆来。晚回拜吴镜江前辈、叶若臣、潮州馆张君,访抡三、少轩不遇。晤彭星海。晚偕云帆至义胜居小饮。

初三日(12月17日) 晴。辰随若农师在东兴居小集。

初四日(12月18日) 阴。李荟坪兄闻讣,吊之。名萃吉,山东进士。

初五日(12月19日) 阴。偕成端甫、沈立三兄、袁爽秋前辈、吕镜宇同年、奉宸苑长承二君随张中堂、额中堂、福中堂、锡大冢宰、孙司空、续少司寇、廖大司马阅蚕池口,收回法国教堂。堂基宏阔,楼阁峻壮,房屋曲折百余间,树木荫密,有高楼历旋螺而上,台列风琴,白铁为管数十,长丈许,各有孔,前案排列各筝,消息互通,以两人从旁足踏其板,一人手奏,乌乌作声。又有百鸟堂,类外洋博物院,中以玻璃柜置羽、毛、麟、介、昆、虫形质,翔踞如生,多不可名。大略毛之类,有狮、豹、狈、狐狸、熊罴、野犴、蟠羊、黄狼、狙。羽之类,有鹍、鹓、鹭丝、青装、鸿鹄、燕、鹅、鸭、绶带、仙鹤。麟之类,有象鱼,鼻骨长数尺,各种蛇以药酒玻璃罂贮之。介之类,有螺、蛑、蚬、蜃、蛤。昆虫之类,有蝶数百种,有蛣蜣、有蝉、有蜩、有蜇、有牵牛、有蝙蝠如车轮。

孟志青索赠宁君碑,吴镜江来问嘉穆巴图多普事。普原名棍嗒札拉参,字华盖。甘肃巩昌府人,尝剃发从番僧历青海、西藏、新疆额〔塔〕尔巴哈台诸境,得众心,与俄人为难,然或踰轨度,朝廷授以呼图克图名号,召入都,译署闻其勇,欲荐用以捍边,因清安有奏案而止。

初六日(12月20日) 微晴。李梦九同年招饮,同座杜云帆、杨砚珊两比部,赵仲莹殿撰、赵季宣舍人两昆仲,罗质庵仪部、陈筱石兵部,俱贵州人;鹿乔笙庶常,直隶定兴人。

初七日(12月21日) 风。皇上斋宿天坛。总署无事,晚返内寓。贯之王生之弟方对,字选青,将其尊人馥恒先生意,持土物来探视,手复一函。惜贯之已于去岁早夭,临低怅然。贯之名方一,直隶昌平州廪生[住],上年曾在都从游,文字优而好学,拔萃、乡闱皆不第,以疾卒。馥恒名廷兰,岁贡生,贯之之伯父。

初八日辛酉(12月22日) 午初二刻。冬至节。晴。

初九日(12月23日) 晴。蔡蓉生弟招饮,同座詹希伯太史、陈述斋同年、晏榖庵、徐莱臣。

初十日(12月24日) 晴。制丸药。王俊三侍卫招饮。

十一日(12月25日) 晴。广安陈滋事,议遣之。

十二日(12月26日) 晴。接和甫信,其妻没,仪子在渝。接兰揖太丈信,五姑太、召臣太丈之夫人、兰揖太丈之妾均殁,兰老冬月初启程北上。接慎甫之子马生名子骧信,托安其父之柩,伊舅徐湘与郑生信。彭瑟轩丈放南宁府知府,道喜。代何云帆与刘沅卿借市平高银一百两。近日阅陈兰浦先生《东塾读书记》,卷十第廿四篇阙,应寄信孝直十三兄。

十三日(12月27日) 晴。

十四日(12月28日)　晴。答拜蒋君茂璧,邹君履和字元辨,成都诸生,洪雨琴之戚,和甫托其寄信。谒邓堂,谒李仲约师,赐观伍氏藏小玲珑山馆本《华山庙碑》,海内第四本也,精神浑静,墨色匀古,真宋拓也。又宋拓《孔庙礼器碑》《鲁峻碑》,明拓《张迁表颂》,皆佳,从借归,即日还三种,留《华碑》三日。

十五日(12月29日)　晴。

十六日(12月30日)　晴。临《华山碑》。

十七日(12月31日)　陈嵩小峰、恒岳亭招饮于新开张之会元堂。晚归,临《华山庙碑》。

十八日(1888年1月1日)　晴。临《华山碑》。

十九日(1月2日)　晴。还若农师《华山碑帖》,赴锦什坊英凤冈宅道喜。至署,晚赴瑶圃处道喜,少君定媳。

二十日(1月3日)　晴。

二十一日(1月4日)　晴。李虹若令媛下定,招饮。

二十二日(1月5日)　晴。乔茂轩自川来过谈。聂六泉两次来电,催与幼涪弟垫捐教谕,力不能也。

二十三日(1月6日)　晴。川督刘制军转驻藏文大臣电云:驻兵之隆吐山,隔哲界之独脊岭尚百余里,中隔草场,与英印度全不相属,请勿信诡词耸听云。华尔身有照会来,请委派员兵护伊商轮由宜昌上驶重庆,并严饬地方保护,已文行川湖两督矣。徐少司空言,当复华使,以烟台之约甚活动,非一定允许轮船赴彼,且阻者系百姓,虽地方官亦无之何。宜治按:徐公此意,我川人当同深感激。

二十四日(1月7日)　晴。有电旨饬文俶南大臣,大旨须劝令藏番与印通商，速撤卡兵，此并不关界内界外之事。

赴李荟坪兄处陪吊。

二十五日（1月8日） 晴。译署同人公宴周至山馥、塔梅亭奇魁、裕竹山昆三观察于南横街粤东新馆。晚赴德盛号便酌，同座吴君在陶、昌坤，举人。陈君明初昆弟、主人姚柳阁、姚湘舟、范炤丹、方君湘舟，明日回津，以上皆潮属人。

二十六日（1月9日） 晴。闻廖枢仙选四川崇宁县。蔡海珊兄招饮于龙源楼，同座李季卿、吏。李穆堂、刑。郑海山、张紫皋、廖枢仙。致于蕙若信。

二十七日（1月10日） 晴。

二十八日（1月11日） 晴。英人欲驶轮船赴渝一事，徐、廖二堂意皆主止之，已行照会矣。同人赴庆邸府贺嫁妹之喜。

二十九日（1月12日） 晴。

十二月

初一日癸未（1月13日） 晴。九叔专〔遣〕曾兴来取寿文，赐百金，七弟金波中书字有腕力。

初二日甲申（1月14日） 雪始见。住班。皇上祈雪。

初三日乙酉（1月15日） 雪。锡席卿大宗伯奉其母太夫人神牌入节孝祠，同人毕贺。乌少云拉布侍郎同日奉祖太夫人神牌入节孝祠，两家同官及门生故吏如云，观者羡叹，又皆少年巍科，黑头显宦，论者以为天彰苦节之报。

初四日（1月16日） 雪霁。五鼓偕吕镜宇同年入景运门，递官事，遇裕竹村引见，曾怡庄得一等。

初五日(1 月 17 日) 阴,微雪。书陈太夫人寿屏。李兰生相国奉督办郑工之命。有卖人参者计五十金,同人分之。杨世昌号槐庭,成都人,松潘游击,以戍黑龙江四年释,得续燕甫少司寇荐于定将军,初八启行。王爵棠兄来函,伊弟惠棠来拜。

初六日(1 月 18 日) 上班。若农师招饮,同座黎弼侯编修、荣翰,丁卯同年。缪小珊同年荃孙、汪子常比部。阖署同人公送庶祖母陈太夫人寿幛。

初七日(1 月 19 日) 晴。写陈太夫人寿叙。

初八日(1 月 20 日) 晴。廖枢仙来谈,晚邓公谈。

初九日(1 月 21 日) 晴。赴刑部,京察过堂。向来京察,候补者不过堂,自己卯、庚辰,堂存不告假而潜回籍者,怨过堂为稿核也。然六部惟吏部自今不过堂。拜彭丈瑟轩贺喜。瑟轩,先大夫之至好,新选南宁府。成端甫兄招饮于聚宝堂,酬贺迁居之礼也。晚过陈瑞三处,晤同乡魏子仁、蔡霞轩两孝廉。

初十日(1 月 22 日) 大雪厚六寸许。

十一日(1 月 23 日) 雪。回拜杨克焘号染卿、杨原钦、冯君。

十二日(1 月 24 日) 霁。洞秋招饮,回拜刘少峰、锡庚。徐君莱臣淮安馆。夜月明,雪住。过李少轩谈穿透之理,以虎为寅、龙为辰、镇为月,得此三者为"金水月相逢",又言期法用时出于《尧典》者,盖宵旦中昏,即子午卯酉,于七政皆同一气,但用一时,生我则三宫皆同气相适,其八时亦然,即赖公所谓"太阳若得当日马,丁柳丙张贵无价"也。又云纪慎斋有补杨筠松原本经语一段曰："甲庚壬丙四龙神，俱属阳干行乾坤。艮巽山水到，富贵足兴荣。辰戌丑未为，骤富振家声"云云。为蒋公节去，此即赖公九星及辜托"生、旺、奴、泄、煞"之旨，论甚有理。

十三日(1月25日)

十四日(1月26日) 晴。赴玉清轩宅，奠其嫂丧。拜赖赞平未晤。范久也招饮，辞未赴。夜半进内，至神武门。高丽来电，前议遵照电旨钦遵云云。查前议三端，一遣使。今韩使赴各邦，不先谒我出使大臣，而径递国书，故十一日电旨诘责之。国王尚知悔罪云。

十五日(1月27日) 晴。在署，寅生、笙阶招饮，未赴。

十六日(1月28日) 晴。廷之及樊君招饮，未赴。

十七日己亥(1月29日) 晴。先王考讳日。

十八日(1月30日) 晴。同文馆考试学生。

十九日(1月31日) 晴。

二十日(1888年2月1日) 晴。遣曾兴赍庶祖母陈太夫人寿屏回永宁。周静轩招饮。

二十一日(2月2日) 晴。约余易斋、沈子培、邹元辨、蔡蓉生便聚。接聂六泉兄弟来信云，收到八月初三日广东寄还银一千两，查旧券，系金叶一百七十三两八钱、白金一百两，二厘行息，现欲金照时价，并为幼涪捐教职，反为冰，如查办捐事云。[1]殊为不谅人只也。

二十二日(2月3日) 晴。

---

① 原文如此。

二十三日乙巳(2月4日) 申初立春节。晴。

二十四日(2月5日) 晴。

二十五日(2月6日) 大风。

二十六日(2月7日) 风寒,感冒。

二十七日(2月8日) 晴,寒甚。未愈。随庆邸、许少宰、徐少司寇、曾彻侯赴英公使华尔身署,议西藏撤兵事。各王大臣争之甚力。华允电政府请缓至明年五月。王大臣苦心,我川人当同深感激。是夜,病不能进内,托吕镜宇同年代。

二十八日(2月9日) 晴。少愈,赴南兵马司宝佩师处拜寿。

二十九日(2月10日) 晴。仍咳嗽。

三十日壬子(2月11日) 晴。接洪桐云信。慎甫、莱师事。

光绪十四年

正月

光绪十四年戊子岁正月甲寅元旦癸丑立

初一日癸丑(2月12日) 晴。风从巽起,物阜民康。

初二日(2月13日) 晴。阖署旧同人相约在文昌馆团拜,观剧。余子云、贾九龄所演《战蒲关》,徐处所演《打金枝》,其余陈子芳、魏耀庭、十三红、阿六、洪聚华诸人所演诸杂剧皆佳,灯戏亦佳。欧阳节吾通古乐,系浏阳邱穀似先生再传弟子,此秦子质所言也。

初三日(2月14日) 微雪。

初四日(2月15日) 延李新圃为太太诊脉。住刘鹤庄嵩龄舍人宅。

初五日(2月16日) 晴。

初六日(2月17日) 阴。接聂冰如表弟来信。李虹若、星若昆王送帖。

初七日(2月18日) 阴。余星斋世德来信。昨日饮陈丈至庄处,席间论郑州决口事,廖洞秋农部云,去岁七月十九夜三鼓,亲见黑物蜿蜒天半,状若龙蛇,身有金点,自北而南,吾遂得郑州决口之信云。

初八日(2月19日) 晴。皇上宿天坛斋宫。

初九日(2月20日) 雪。未明进内,皇上上章祈谷,卯刻还宫,辰刻看版。

初十日(2月21日) 雪霁。皇上祀太庙毕,御紫光阁见蒙古王公大臣。

十一日(2月22日) 雪深三寸许。访欧阳节吾,询古乐。邓铁翁来信四件,○带署长存,英股李交伯岩,其二交端甫。①

十二日(2月23日) 晴。各国公使来署拜年。

十三日(2月24日) 大雪竟日,深四五寸。云帆招饮。

十四日(2月25日) 晴。发苏子熙军门信。

王船山先生史论议天子七庙,亲尽则祧,云祧议始于汉儒,盖以七世九世之后代祀未必如此之长耳。若果传至十世,而中斩一二代,转使远祖绝其血食,三代以上必无此理。今若酌中定制,当以同堂异食为宜。余读陈兰浦先生文武世室之论,谓亲尽者祧其主于世室,以昭穆为次,亦与此同。本朝穆宗大事升祔,取王船山之说是也。又有人问,本身为王而世子入继大统,皇帝遇本生之丧当如何?余谓庶人尚有本生考妣服期年之礼,岂可天子而无之?当天子闻丧,求于宫中,始服斩衰,终丧期年,二十七日后,遇郊庙、明堂、临雍大典,从吉服

---

① 原文如此。英股李可能为李萃吉,字荟坪,山东宁海人,光绪十三年十一月丁忧。伯岩,即魏晋桢,又作柏岩,吉林伊通人,时任俄国股章京。端甫,总理衙门总办章京成章,正黄旗汉军人,后曾任安徽徽宁池太广道、都察院左副都御史、正白旗汉军都统。

朝冠，平时玄冠缁衣墨绖一年；远近之亲王公侯从其本服，大臣素服二十七日，平时常服一年，典礼吉服；百官常服二十七日，平时吉服；庶人无服。后阅王船山议宋明大礼事终，云此皆加隆于死者，不难酌中定制，设后世有所生尚存，当如何？此当以人情定制，生前处之宫中，享天下之奉，既后典礼如余说，船山先见及今日矣。

至言韩邱教〔縠〕似先生《乐名律音通考》四本板在浏阳，其说以能制器为首。盖自古乐失传，后儒专论其理而不能制器。圣祖仁皇帝天亶聪明，御制《律吕正义》，谓半太簇合黄钟之宫，宫中也，亦半也。黄钟本九寸，而竹管之四寸五，则不合，故以半太簇三寸九合之。及仲吕之笛，应仲吕诸要旨，发千古未发之秘，因而得演以成器。形上形下，朝野一原，奉皇王之律吕，正累代之宫悬，昌汉元音，躬传绝学，可谓有功圣道者矣。近年地方以书进呈大臣，无通晓者，遂置之。

十五日(2月26日)

十六日(2月27日)　王可庄为其太夫人寿延宾，托节吾为甲戌同人集公分，送大红库缎帐。每人分金十五吊七百。

十七日(2月28日)　译署团拜。

十八日(2月29日)　雪。

十九日(1888年3月1日)　曾怡庄、王抡三兄招饮。

二十日(3月2日)　晴。署中议西藏事。致曾经孚、张子瓛信。文俶南因坚持藏事，有旨来京候旨，另派长庚去。

二十一日(3月3日)　沈子培、熊再卿兄招饮于福隆堂。欧阳伯春招饮于万福居。张少达善胡琴，住小马神庙静思堂。

二十二日(3月4日)　进内，邸枢堂本日往英馆。又嘱法股办信，问北洋广西西江可行轮船否？午后云帆过谈，云邸枢堂前往英馆，华使已允缓五月云。晚间，少轩来诊内子病，用小柴胡加减，未愈。

二十三日(3月5日) 晴。邓铁香鸿胪属查前谢恩摺何时递，坐间晤伦孟臣五常，新选云南昭通府。

二十四日(3月6日) 阴。辰起，宿酲未醒，盖昨夜为枢仙招饮，张紫皋又约，至复饮过多也。内子服北柳巷李姓方，得大便，病愈。

二十五日(3月7日) 与枢仙公祝邓铁香鸿胪于惠州馆，同坐潘柳初、张紫皋、李晏平、蔡海珊。是日，偕镜宇赴英馆商交照会印度缓期事，英使已将照会接下。接杨达斋来函及张学道函、雍子荆函。达斋汇来十二年尾欠二百十两，又云十三年为九扐六云。

二十六日(3月8日) 晴。

二十七日(3月9日) 晴。

二十八日(3月10日) 晴。

二十九日(3月11日) 晴。署接到刘芝田自伦敦来电，言西藏二月初三之期已商外务电印度总督，印督不允展缓云。晚赴彭丈瑟轩坐谈，彭丈二月初七必出都赴南宁任。

三十日(3月12日)

二月

二月初一日(3月13日) 子成兄令媛适曾氏者来都配，知子成兄已故，怅甚。

初二日(3月14日)

初三日(3月15日) 阴。惠州馆公请,陪邓铁翁。

初四日(3月16日) 云司同事英、范、沈、吴、海、端、徐、欧公请于粤东馆。晚同孔斐轩、薛小云饯彭瑟轩丈于福兴居。

初五日(3月17日)

初六日(3月18日)

初七日(3月19日)

初八日(3月20日) 王质斋招饮,未赴。云司同人李、何、锦、陈、陶、夏公请于福隆堂。杨廷弼子良招饮于东丰楼。晚饯枢仙于福兴居。

初九日(3月21日) 晴。邓仲岷物故。

初十日(3月22日) 晴。新馆团拜。

十一日(3月23日) 晴。

十二日(3月24日) 晴,暖。

十三日(3月25日) 晴。署中接华尔身照会,印度兵已逼退隆吐山藏番,初八日事,毁其炮台。

十四日(3月26日) 晴。

十五日(3月27日) 晴。署中接刘芝田电,与英使华尔身照会同。华使来递该国主维克利亚谢书,询轮船上驶事,堂宪一再阻止之,并诘以不候升大臣抵藏,遽尔用兵,殊负我朝廷撤文大臣及屡次严旨促办之意。华有惭色,言此事我本不能为政,只有速电印度节使,令先安辑。

是日访爽秋前辈,观所藏《鲁公广陵碑》《郭家庙》《郑文公碑》《礼器碑》《同州圣教序》,王梦楼、铁治亭、刘融斋熙载、吴让之、吴璜、徐元礼、莫之偲诸墨迹,又张廉卿裕能〔钊〕书[亦]。

十六日(3月28日) 晴。吊薛小云内艰。内子病甚。

十七日(3月29日) 晴。送缪小珊年伯母太夫人帐分〇金。爽秋过谈。

十八日(3月30日) 晴。送张巨川之夫人奠分公帐,风。

十九日(3月31日) 风,晴。甚寒,仍衣重裘,有冰。斋戒。拟英主维多利亚谢书奏底,谢书为维亲押,首相萨理斯〇书。

二十日(1888年4月1日) 晴。同门人郑兆兰检邓仲岷遗笥,得其诗又遗稿数十卷。因赵寅臣嘱为之审定,馀书籍字画全归其内弟〇封存,丝毫无取。

二十一日(4月2日) 晴。若师召饮,陪邓铁香先生,张延秋太史同坐。

二十二日(4月3日) 晴。莱师召饮,甲子北闱、丙戌会榜、福建学政众及门,四川丁卯惟余一人在京,盖百九十六人之一,吴佩葱兄以为硕果也。俄而演海屋添筹剧,有仙人献巨桃一,大若五石之瓠。佩葱、李梦九、褚伯雅诸君指之,有嘲余者曰:此即硕果,虞兄当之。

二十三日乙巳(4月4日) 晴。清明节出沙窝门粮食市、关帝庙,为洪慎甫弟殡宫奠醊。午后大风,内子病仍未愈,延张紫皋兄诊视。

二十四日(4月5日) 晴。瑶圃兄过谈,晚过云帆。紫皋来诊。

二十五日(4月6日) 晴。裴韵珊世兄山东归,见过〇〇。三鼓后大栅栏不戒于火,焚广德楼至鼎和居十数间,德盛几危。

二十六日(4月7日) 大风。

二十七日(4月8日) 五鼓进内，邸堂六点二刻钟到，盖与伯王分书房班。伯王柔日，而庆邸刚日，本日辛亥，柔日，邸堂非班，故稍迟也。

二十八日(4月9日) 晴。赴庆邸投大帖拜寿后，巳刻赴天桥先农坛观三王六卿演耤田礼。耤田大典自文宗举行后，至去年丁亥今上亲政，始再举行。就先农坛之南为田十三区，中为帝耤之田，左右为三王及六部、都、通、大从耕之田。皇上躬祀先农用牺牲，乐用鏄钟、编钟、玉磬、瑟、琴、笙、敔、悬鼓。礼毕，至受成宫用膳，毕，乘乘舆升黄屋，王大臣请行耕耤礼。皇上绒结冠龙蟒袍，去外褂，褂珍珠、碧犀，记珠裳曳右幅之半，引对大臣，府尹、农官执事前导。苍犊被黄锦，顶角结金红球，犁以黄木，刻金龙于耜。太常乐工奏笙、竽、箫、篴，唱农歌，随阡陌左右为导，司农率保介黄笠蓑衣播种，鸿胪鸣赞用国语。皇上扶犁，自北而南躬推者三，升坛上黄屋。府尹及地方官就墀右下，望北尼首。皇上视三王五推，九卿九推，毕，礼成，入换服还宫，告成于皇太后。洵乎亥吉之上仪，授时之钜典也。无职事小臣某谨得于先期一日肃观礼意云。

闻督办东三省练军事宜定将军覆人停操练事，书云：此事已入告，乃停练抽操之西丹①，非停原定练军之额也。西丹多不敷挑，愈操愈弱，一旦有事，入营者尚未熟习，撤换回旗者反觉生疏，是有名无实也云云。此论甚确，非老于兵事者不能道。

---

① 满语，未成丁。

二十九日(4月10日) 晴。

三月

初一日(4月11日) 晴。洪宜人冥诞。徐公小云、廖公仲山两先生饯邓铁香先生,命治作陪。李仲约师、潘奕琴先生、吴心农比部在座。是日,薛云生少司寇为其夫人设奠。

初二日(4月12日) 晴。邓仲岷兄出殡。顾康民为其太夫人,良心垣为其乃叔故开奠。余得王禹吾集《遁甲锦囊》手钞数页。

初三日(4月13日) 风。黄沙着衣,不褪。赴安福胡同吊良心垣大鸿胪之乃叔。午后微雨,半夜子丑间雨。

初四日乙卯(4月14日) 大雨。治母陆太恭人忌日。

初五日(4月15日) 晴。

初六日(4月16日)

初七日(4月17日) 晴。接陈汉章信,闻王文泉兄病故,不禁怆然。文泉名宗渠,成都人,与治同泮宫,丁卯以优行贡明经,援系通判,签掣广东。辛未愚曾托李仲远先生荐于广州守冯公,公延课其子弟,甚重,委以谳问。乙酉余至粤,冀得晤言,文泉适以闱差。隔丙戌、丁亥余再至粤,则文泉权乳源县篆矣。半世知交,无由再觌,悲夫!

初八日(4月18日) 晴。借文友钞本《奇门》,乘夜录之。

初九日(4月19日) 晴。室人服许济川旋覆代赭汤方,病日减。

初十日(4月20日) 晴。热极,鼻血出。

十一日(4 月 21 日) 晴。购得原榻《曹全碑》,惜短七页,又《圣教序》高阳县字全,又《实际寺碑》甚劲。服许济川解热剂。

十二日(4 月 22 日) 覆汉章、诗舫、张亮丞书,致王雪澄书,临《圣教序》。

十三日(4 月 23 日) 雨。赴西署,偕同人至麟堂处贺赐寿。

十四日(4 月 24 日) 阴。

十五日(4 月 25 日) 晴。偕西署同人公饯朴兄翰臣,并请希兄宝丞、熊兄再卿。

十六日(4 月 26 日) 换戴凉帽,重庆守恒芝圃龄兄来拜。

十七日(4 月 27 日) 阴。此后凡总署书东署,凡刑部书西署。是日,在东署观日本工人试槌井机器。其器平地起,两梯相接,梯脚用横木嵌稳,高五十余丈,梯颠接竹筒,又高二丈,预置铁竿十余条,长丈二,公母相衔,以次升三牟于上,首竿入巅,上木筒筒中。于是附梯五六尺,许置大铁钩三及〇木,十余人压之,轧轧作声,或升或降。升至七尺,则下落二三尺或四五尺。此器预掘孔时以水〇之,以便易下。其机之巅又锐长,连三竿又重,故易入也。许润律有信来。

十八日(4 月 28 日) 阴。张小莪招饮。九太爷有信来。是干.

十九日(4 月 29 日) 阴,微雨。饯邓铁香先生十陶然亭,陪座张延秋、黎弼侯、张紫皋、张小莪、蔡海珊。闻河南省城有小警。

二十日(4 月 30 日) 雨。总署王大臣专摺请奖章京供事,宜治列保,以本部员外郎无论题选咨留遇缺即补,盖行走四年之第一次也。赵寅臣同年、笙阶兄招饮。

二十一日(1888 年 5 月 1 日) 风,拜谢各堂。

二十二日(5 月 2 日) 晴。进内拜谢邸堂、枢堂。巳刻至署。午刻复至各宪府宅递片。未刻至陶然亭公请邓铁香堂宪,署中成、方、吕、俞、陈也。是日在内廷并晤谈丰兄玉甫、乌少云先生、荣公禄、容公山。宁古副都统。

二十三日(5 月 3 日) 晴。

二十四日(5 月 4 日) 晴。唁张子卿丁内艰。

二十五日(5 月 5 日) 雨。巳刻立夏。赴曾彻侯宅贺女公子于归喜。

二十六日(5 月 6 日) 阴。接罗云五大令来都,来洪桐云姻丈函,并赠《石笥山房集》。

二十七日(5 月 7 日) 晴。嘉穆大师邀集于十岔海庆和楼上,同座吴镜江、志玉山、瑞君肃、瑞心如、周六皆、方啸岩。归,为邓太夫人书屏,晚读胡稚威徵君名天游《石笥山房诗文》。

二十八日(5 月 8 日) 晴。延李〇〇为室人诊视。又延周先生香泉,不至。

二十九日(5 月 9 日) 晴。方勉甫前辈授荆宀施[①]观察。

三十日(5 月 10 日) 晴。灵雪堂邀在聚宝堂,交会馆账。本年接首事者四人,赵笙阶、胡和笙、施和松及余,议笙阶

---

① 当作“荆宜施”。

管理银钱。

四月

四月初一日(5月11日)　晴。欧节吾同年约在刘艮生水部、王铁珊中书宅内聚,演雅乐,同集老手三人,节吾、艮生外又得黎岷江孝廉,皆浏阳人,邱教〔縠〕似先生之高足。馀毛石君及袁君、张君皆来观而愿学者也。又有童子三四人,皆毛袁两君子弟,或已能歌诗一二章,或初学者。乐有凤箫,以木形各凤左右各排十二管为十二律,及变律、半律长短以象凤翼;有篪似笛而短;有埙以陶器为之;有箫有节,音鼓皆非世俗之制,配以俗或〇二,以合其音。琴惟用下七徽,不用上徽,指法惟七,盖指法多及兼上徽,则声或激或〇,而不得中和,不合雅乐矣。艮生言:正乐只十二调,多至十四调,言六十调、八十四调者,无非从此出也。其实十余调已是宫音最难,定得宫音为准,则十二律皆可为宫。因出教〔縠〕似先生《律音汇考》四卷,观者大概,盖用宏于汉代诸儒之说,而同律于仁庙《律吕正义》之书,而独得其精旨,其大要即在角音之阴阳通一路云云。

于时,岷江奏篪,艮生抚琴,铁珊品箫,节吾执鼓,袁君引诸童子按节而歌《鱼丽》之三章,节吾又歌孔庙丁祭之五章。雍雍沨沨,既和且平,使人如游盛世而听钧天,洵乎雅颂之正声矣。

初二日(5月12日)　晴。晨起,因用人不力生恼。午后送邓铁香先生,尚未行,余所书屏十六大幅已见,甚欣欢,谓笔意入古,功候已深,而仍具华贵气象。凡写碑版者往往入于枯寒,华秀最不易,此得之〇事也。余谦谢,谓此皆先生之教,他日违教，不识尚能进功否？赴崇效寺看牡丹，应黎○侯同年招也。首座约师，以次冯寿山、杏坨、许贡丞同年、李勉香，余甚醉。寺在城之极西南。晚过沈子培兄处阅其藏帖《雁塔同州圣教》暨明人拓本数种。观吴让之正书大字屏四幅，临《郑文公碑》。是夕有事入城，会○至二○子，倦甚。

初三日（5 月 13 日） 上班。与吴季卿兄易班。是夜进内城署中，因勉公外放，大有翻腾。主文料者颇不谓然。

初四日（5 月 14 日） 晴。皇上祀天坛。卯刻还宫。余随谒见，伺邸堂枢堂画稿，阅公件毕回署已巳刻。四点钟后出城，前门岔车一时许，至家上祭先王母刘太慕人，并与李梦九、王迪安饯行。

初五日（5 月 15 日） 晴，甚热。张君和笙名式良，崇庆人，新选山西沁水，来拜。夜致廉甫四兄信寄桂。

初六日（5 月 16 日） 晴。覆徐见农信，其少君投○事取结。覆王爵棠廉访信，除浙臬。李勉林观察信，索《声律汇考》。覆许润律信，代托爵公。致广东诸君候○，致贵州吴潜甫信。朴翰臣选绥阳令。夜阅吴清卿中丞所赠《说文古籀补》。袁爽秋前辈见过，言明晨署中接班，不及送铁翁，嘱转致。

初七日（5 月 17 日） 晴。辰出东便门送邓铁香大的○〔鸿胪〕解组还惠州。

初八日（5 月 18 日） 晴。徐大冢宰荫轩先生七旬，蒙恩寿○○，具衔帖往祝嘏。冢宰为○署堂官，又其太公梅桥制府与治先祖宜黄公庚辰会试同榜也。午后朴翰臣兄招饮于天福堂。

初九日（5 月 19 日） 晴。冷孟千来拜，以其姪媛次姑守贞节，略属余为文。次姑，余族姊所自出，族姊适华阳茂才冷君梦九，即孟千之伯兄，未三十，卒，余族姊守义，抚二子二女。次姑字胡氏，未嫁而胡病没，次姑既奔其丧，成服，随母守贞。先成服之数日，胡有兄诗舲，进士，闻而义之，曰予妻方娠，若男也，当付若为予季后。是夕遂生男，闻者叹天人感召之速云。接郭志青信，乃姪絿如名之骥来应京兆试。

初十日(5月20日) 晴。皇上奉皇太后驻跸南海。

十一日(5月21日) 晴。

十二日(5月22日) 晴。唐蓬洲兄招饮于万福居。

十三日(5月23日) 晴。廖洞秋兄招饮于陶然亭。

十四日(5月24日) 晴。廖晓东兄溥明见过。晓东，富顺人，前官甘肃知府。

十五日(5月25日) 晴。有电旨发河南，责成任事者，以江淮数百万生灵悬之待命，苟有万分之一尚可为力，断无停工之理云云。是夕，偕孔斐轩前辈入南海之西苑门内。

十六日(5月26日) 午后骤风雨雹，片刻止。王焕堂兄招饮，同座景〇王〇。汪朗斋兄招饮本宅，皆同乡，惟朱君仲芳浙人，云南鹾令。

十七日(5月27日) 午后骤雨，片刻止。晤周香泉兄，延为内子治病，袁爽秋前辈所介绍也。

十八日(5月28日) 风。撰甥女冷篪姑守久屯。

十九日(5月29日) 晴。与译署同人集陶然亭，为勉甫前辈送行，暨成端甫、梁经伯、吴季卿、沈立山诸兄、余子骏前辈公祝生日。晚归，内子是日生辰，敬神，忽发厥，良久始甦。

二十日(5月30日) 王仲莲、季莲、李虹若、星若、王岱云诸名在宅少集。闻萧廉甫四兄病剧，悒悒不乐。

二十一日(5月31日) 风，夜雨寸许。枯麦少苏。

二十二日(1888年6月1日) 夜雨。日前署〇刘芝田星使自伦敦来电，藏番攻隆吐山英兵营，互有伤亡。河南倪、李〇联衔请停工。梁经伯兄病复发。同乡林仲三大令名鼎臣，故于四川营老馆。仲三，华阳人，报籍大兴，贵州保举留黔知县，与余向无一面之识。闻系前年来京，资斧为人掣去大半，纳一少妾，携有微资并一数月孩，无何，仲三并其妾资亦罄，乡人或周给之，贫病数月不起，余亦因人给钱与之，而仍未与一面。本日辰，看馆人来报，郑生言仲三已垂危，余始往视，瘀骨支床，一身外无长物。见其子已岁余，亦病甚，问其妾，日辗转寄食人家，已一二日矣。问何不携其子与俱，馆人语〇支吾，余立令馆人妇送其子于母所，余遂拜客他往。午后再过馆门，则仲三已逝，余为购棺殓之。晚间其妾归出见，年甚少。余饬看馆司禀知同乡官莱园赵宅、旌德馆王宅各等处。又传语其妾，凡同乡人来者，汝自行请示如何安置汝，盖余事烦，可殓死者，断无暇理汝生者之事也。有电信传萧廉甫兄归道山，余失一匡正之友矣。

二十三日(6月2日) 晴。陈姬病数月，更数医不愈，近延瞧香归毕姓治之，稍效。

二十四日(6月3日) 晴。陈兰秋荐冯姓媪为内人治病，汤药每瓶二付钱十九吊。王抡三、赵笙阶两君过我，商林仲三事，同至老馆，令看馆人于二十六日晚将仲三柩葬于馆外邱子园，坐甲向庚。又分咐其妾于葬尔主后听汝移住汝同郡姻眷家，自行托人觅主，惟觅定后须告知我们众同乡方好，盖恐尔为人愚骗，误落贱地也。其妾唯唯叩头而去。闻其子亦于本日辰刻殇去，可惨也。

二十五日(6月4日) 晴。招乡人饮于聚宝堂。接瀛海弟二月十八日成都来信，为四叔卜地姚家渡、文书堰、白庙子。陈小蝶来信。陈伯祥来拜，小蝶姻丈长君。问悉邓润斋六丈及其七弟、其子、其寡嫂、其孀侄女均先后死，可怜可怜。陆季农之少君名邦纯来拜，问以灌县今年缺水事，言之甚悉，盖季农曾署水利通判，伊在署二年之○。大略谓灌堰所溉十数州县中，惟内江连年每苦水少，由来已久。从前何○○署成绵道，因为木商所愚，误凿三道口石峡，利其木筏之行，而仍无济于内江之请。后知县陆某好事，禀请丁前督大兴工役，筑成鱼尾坝一处、人字堤一处，皆易竹龙为石隄，以为永远之基。人字隄甫成，即毁于水，鱼尾坝去年大水毁其一角，今仍以竹龙补之。然自鱼尾成后，而内江不缺水者十年，不为无益。至离堆、石门亦尚未损伤云云。灌口隄堰，余于庚辰年曾亲至其地，又得灌口全图，考证数回，陆君所言尚明晰平见。晚间闻林仲三之妇于二十三日有信来，将为林仲三兑款来京，斗起群小觊觎之念。余因商成都馆傅彤臣、曾奂如、陈瑞山诸君寄电伊家止之，电云贵州城尚家巷林宅，仲三贫病死，已公殓，成都馆，养，云云。

二十六日(6月5日) 由陈瑞三转请同乡陈信甫兄为内子治病，诊后云症系肝虚血寒，风袭经络，痰积心包络，大便秘、小便短，为水谷不化。先用稻草灰，碗盛滚水淋令紧，少人豨膏，取润灰出碗外后，以布包之，用二碗频频换熨背脊，以现青紫块为度，则痰出气通而病解矣。方用僵蚕、蝉退之类，言蝉有溺窍而无便窍，蚕有便窍而无溺窍，二者合用，通大小便最效。内子近日患脑痛欲裂，时发时止，痛则汗出，汗后畏寒，食辙呕痛不得眠，近更眼花耳闭神恍惚，服信甫方后病大减。

二十七日(6月6日) 晴。

二十八日(6月7日) 晴。有工部候补主事孙庆○、○科中书张庆贤、候选知县王子复、毕井田、州吏目吴萱、监生孙兆谷、附生宋淇联名递禀海军衙门，请大开铁○，以济郑工。醇邸以交庆邸，庆邸因商枢垣，派署中议汥，预议者，孔、袁、吕、俞之外，又有张畹九、徐铸庵两君子。余是晚偕舒青时兄入直西苑门。

二十九日(6月8日) 晴。晨自西苑门回寓，内子病复发，夜痛不能卧。

三十日(6月9日) 晴。杨子良兄荐王文杰先生住中州南馆用针法为内子治病，针顶门、太阳、手太指等穴，针后稍愈。嘉穆巴图多普送舍利子二粒。

五月

初一日(6月10日) 雨，凉极。姬病剧。

初二日(6月11日) 微霁，仍凉。华尔身来署，告知藏番攻英印兵营，堂事云，此事甚大，须凭伊国家，伊不能管，又催小轮上驶准单，经邸堂、枢堂、徐堂力驳拒之。内子病危甚，已三昼夜痛不安枕，精神亦迷，而声尚壮实。

初三日(6月12日) 延卢雪堂、周香泉、未至。连聪肃、陈信甫先后为内子诊视，参汇众论，以连君方意与陈信甫合，商之信甫，服连君方，盖昨夜服信甫方，而今晨午稍清爽也。

晚服聪肃方，竟夜安帖。日闻有大竹李家惕、陈君恪及弟锡恩来拜，又潮人陈雁初自沪来拜。晚间童六〇来，亦劝服连陈方。

初四日(6月13日) 晴。开销各账共去银二百一十余两。陈信甫教余服枸杞，日三钱，毋间断。午后三点钟地震，始自西南，未成灾。

端午日(6月14日) 辰刻甫到署，旋有家人来促归，云内子已不语矣。亟驰归，幸已平服，仍用陈连方。午后曹泮馨来诊，议亦略同，惟云〇姬秋后恐不保。洪士安有信来言云，兰丈及子仪、子先、马生均于四月北上。

初六日(6月15日) 在署。李高阳有电章云，郑决口现余不及百丈，惟料款两缺，进占固难，保险尤不易云云。有旨饬令事机万难延缓，赶紧扌〔措〕手办理等语。嘉穆呼图克图赴爽秋同年处言，印藏近廿年私交借贷被诱滋衅事，娓娓数百言，爽秋代禀各堂。愚按：〇朝定鼎之初，首怀卫藏。崇德七年，达赖、班禅浇塞外数万里，自蒙古以达于盛京。顺治九年，遂敕达赖为黄教主，以镇红教，盖蒙古素畏红教，而红又服于黄教也。固知徕卫藏者，即所以辑蒙也。乾隆五十七年，用兵廓〔廓〕尔喀，庶期宾服，若非防黩武之弊，五印度且传〈檄〉而定矣。达赖世既久，其徒那门汗、阿旺扎布、巴勒楚勒齐木渐多不法，事败又从而祖庇之，且借班禅以成〇狱，始失番人心。同治初年，印人遂得结番人，而且以利诱达赖以下矣。其潜通廓〔廓〕、哲，踞独吉岭而招藏番也，盖二十余年，藏官今日始不忍其询〔恂〕，从而逐逐禁禁，其可得乎？呜呼！安南者，琉球之续；缅甸者，安南之续；卫藏今日且复为缅滇矣，嘉穆多普其奚能为?

初七日(6月16日) 晴。赵孔昭来拜,谈粤中近事。内子病渐愈,而目仍不明。晚致渠城张晋珰、杨达斋信。

初八日(6月17日) 晴,风,午微雨。回拜赵孔昭。晤马乐琴、王献夫。能画山水。

初九日(6月18日) 晴。夜寅刻大雨,片刻住。皇上还宫,致斋三日。

初十日(6月19日) 进内。〇廷问台湾樟脑案水底蓁地方是否有不准洋商采买明文?台湾樟脑向由洋商在附近海口一带地方采买煎熬,近来附近各处熬运已空。光绪九年间渐来入后山番地采买,有奸民彭才引洋商瑞兴行至水底蓁采熬,经番民忿恨,彼此仇〇,连毙二命。十年,刘巡抚到后,收回利权,与各领事及新关商立三联报单,刊明不准洋商自行前往迫近生番地方采买,以免滋事云云。已经奉行,惟未经先行咨呈总理衙门酌定,无从照会各国公使立案,作为永定章程明文。〇系海关领事外间议立,故十二年冬间,德国公使巴兰德即以瑞兴洋行累赔甚苦,请箇赔偿,并将新订樟脑章程改归旧办。又言,水底蓁并非生番地面各等语,经总署行查,台抚复称,水底蓁归新化县辖,〇系毗连番境,与现行三联报单不准洋商自行前往迫近生番地面采买之议相符等语。十三年五月初九日,总署据此照会德公使巴兰德,已于是年十二月十三日复来照会,台抚咨文所称水底蓁之说,与伊奏摺大不相同,奏中所称水底蓁等处,均已就抚,商民互通等语,则此钞录来咨云云,无非贵大臣称心乐道。总署复驳后之十四年正月,复纠合各国公使一再照会总署辩论。五月,竟开列多款来署索偿,故徐堂驳以水底蓁底地方本非该商所应往，无由议偿云云，严驳斥之云。

晚间张和笙招饮，同座王君荫甫、蔡君〇之暨都郡馆诸君。王玉如招饮，同座曾、吴、胡诸君，乃弟远如〇。内子病减，鞭结下。〇〇人不愈，闻甚怨。闻近日有彗星见。

十一日(6月20日) 晴。约陆雅季、陈伯祥、陈雁初、赵孔昭、冷梦千、陈信甫、未到。郭练如未到饮于聚宝堂。

十二日癸亥(6月21日) 辰刻夏至节。晴，热。回拜刘君国瑾、合江举人，湖南候补令。廖晓东兄。延聪肃来诊内子疾，据之脉已平服，重用熟地滋水。

十三日甲子(6月22日) 晴，热。午后小雨，顷刻住。内子脑痛吐食，病复发。刘乌合荐东城王医官为〇人治病，已三易方矣。据云，肝脾之疾成劳，恐难效，暂用健脾之剂云云。而〇人情性异常，颇难听信。

十四日(6月23日) 晴。内子病甚，头痛，汗濈濈然出，不寐，谵语，延许济川诊视，用镇阴枣剂。端甫兄见过。

十五日(6月24日) 晴。偕立轩、慎五、青云、崑圃饮德源楼。徒行至吕祖阁求方。经伯兄见过。

十六日(6月25日) 晴。内子病仍不减，延李锡田北柳巷医士诊，用滋阴解热剂。

十七日(6月26日) 晴。延许济川复诊，用镇阴解热重剂，内子夜得眠。

十八日(6月27日) 晴。赴齐化门外东岳庙赙宝五世叔，遇吴聚垣，同观道教碑石刻，碑在东岳庙大殿院中之西，高几二丈，两面并书字，大如钟口，绵密流转，大似北海，盖赵文敏晚年得意之作。昔人谓观拓不如观石，信然。

十九日(6月28日) 晴。辰刻归。吴季兄见过。卫廉平招饮。晤故交刘横臣及杨廷之之弟炳青、傅彤臣之弟冰清。许济川用犀角地黄汤。

二十日(6月29日) 晴。内子病仍不愈。致洪桐云，复倪桂山、郭子清、陈少蝶各处信。购得旧《张迁碑》《刁君碑》，吴锡《九成宫圈〔图〕》《皇甫碑》，小西天百四十六块唐人写经，诸河南《伊阙佛龛碑》。阅《孔庙碑》旧拓及《李仲璇碑》。

二十一日(6月30日) 晴。

二十二日(1888年7月1日) 郑工来电，溜势危急。

二十三日(7月2日) 晴。偕乔茂护、王范堂、吴幼农、陈瑞山、傅彤臣、杨廷之、赵孔昭、邹元办、周伯、曾蜀章，曾奂如合饯张和笙、卫廉平于彰仪门外天宁寺，观隋塔及铜佛像。有纯庙御制碑云，寺建于隋，有异僧藏舍利于塔中，旧名弘业寺，至前明始改天宁。云游南河泊，在寺南五里许。泛舟观红莲花。

二十四日(7月3日) 晴。内子病剧。

二十五日(7月4日) 晴。

二十六日丁丑(7月5日) 晴。内子张宜人病剧逝。宜人，蜀渠县人也，初，渠明经张先生鹏飞晚年乏嗣，务为善，六十余，夫人卢氏连举一女一子，女即宜人。先生没，卢夫人慎择壻，因邑耆宿余先生胜蛟之夫人属余先生相攸。余先生弟子连数县，鲜合者。宜治，余先生之旧足也。同治戊辰，罢春官试，悼亡，又闻先君凶耗，匍匐自绥定首途赴江淮，应道渠，余先生首以书来招，至〇不〇不入谒，先生嘱其夫人引卢夫人于屏风后相之，指为可妻，宜治不知也。遵先生令，委禽而去，辗转淮扬燕赵，与〇阻隔音闻者三年。余先生又没，里中豪姓多劝卢夫人再选壻，宜人闻之，伸陈大义，议始息。宜治负先人骸归，贫无以葬，夫人于归后，为延地师置高原，奁镪为罄。逾年举一子，是为壬申冬。宜人弟慎于财，宜人所处绝不以告母。宜治益窘，徒步出门谒大梁王介卿师于成都任所，给资令赴春官，宜治遂挈宜人以行，是为癸酉冬。宜治以官省郎，卢夫人遣仆告子丧，日来子妇濒危，无孙无族人可继，家事岌岌，〇朽骨在床蓐，贤夫妇将焉置此。宜人得书泣，以听宜治，宜治复请假送宜人归宁，是为乙亥五月。时壬申，子早殇，宜人孕复逾六月，盛暑西行，幸抵家，〇得男。卢夫人病良愈，至是宜人与母誓不暂离，善体之私，无微不至，积数年如一日，里中称孝。宜治虽一再往还京〇，初不忍强之以偕至。光绪甲申，卢夫人逝，宜人毕美事，抚侄已成立生子，始单舸东下，就宜治于京师，距去京时盖十年之久矣。呜呼！宜人之笃所生而缓所天，其有万不得已者乎？惟是乙亥生子又不存。相聚甫一年，宜治有越南履勘之役，又三年，丁亥秋末还都，而宜人病矣。今年春兼以呕吐之疾，胁常痛，久之移痛于脑，热甚，又久之目失明、神瞀乱，至于不起。痛哉！痛哉！明知生死难齐，不能强自抑，盖彼我今昔颠连睽隔之境。人之为夫妇者，同也。痛哉！痛哉！

宜人道光丁未四月十九日生，光绪戊子五月殁，四十二岁，数产，今存一女，年十一。宜人性廉介，好施予，敦信义，治家尚严肃，处事有断制。尝随宜治过宜昌，有旧馆人附舟挟私漏厘，为逻者〇送关，司权者高聚卿，宜治故人，往晤，按章罚释回。宜治旧曾贷高金十两，而川资适罄，因借诸馆人以还高，宜人闻之，立搜箧匣而令却馆人金，曰子心无他而迹近于赂，彼不为德而转悔其财也。呜呼，妇人女子见及此者有几人哉？宜治至此失所匡矣。是夕，〇人拣福姬病逝。姬为张宜人所鬻婢，稍长，不得主母欢，甲申举一子，未弥月，繇是辄病，移居在外，病复五阅月，百药不效，是日闻张宜人逝，姬益歉歉，中夜卒。余至二十七之辰始知之。

二十七日(7月6日) 晴。同人来唁，为张宜人购棺银五百金，殓衣百余金及金玉器。

二十八日(7月7日) 为张宜人接三道场，亲友咸集，完〔皖〕人报〔赵〕姬、粤人陈姬赴张宜人丧，成服，哭尽哀，赵姬尤有旧恩之感。

二十九日(7月8日) 晴。

六月

初一日(7月9日) 晴。亲友来吊。

初二日(7月10日) 晴。为曾祖天晓公冥诞设供，为张宜人设供。

初三日(7月11日) 为张宜人修一七醮。三点钟，大雨如德，人庆来苏，惜不甚久。

初四日(7月12日) 晴。

初五日(7月13日) 晴。大竹、陈锡恩回家，托寄渠县张府信、杨达斋信并讣文。此信至今未发，真〇姬。

初六日(7月14日) 晴。赵姬复还，回外城宅，陈姬偕。

初七日(7月15日)

初八日(7月16日) 未申间大雨。

初九日(7月17日) 夜大雨。

初十日(7月18日) 为张恭人展奠，亲友至者二百余位，仲约师题主。是夜，大雨异常。

十一日(7月19日) 晴。出张恭人殡柩，停南横街东南口外三圣庵甲山庚向，姬并附停庵中南院。

十二日(7月20日) 晴。

十三日(7月21日) 晴。

十四日(7月22日) 晴。接王也樵信。

十五日(7月23日) 晴。接余星斋信。

十六日(7月24日) 晴。刘栢友来拜。璧礽长子。接洪榴生信。

十七日(7月25日) 晴。偕王直斋、刘慎五凌晨出永定门看阴地。有马家庄一处，艮龙起顶，巽脉横过，结甲庚向，水口交坤，尚可。用价每亩三十五金，未定。

十八日(7月26日) 晴。先妣冥诞。童瑶圃因闻郑生迁移来劝，仍令其归，其如生不欲归何？任供事先成来送吏部驳勘界案摺，拟致信邓公。

十九日(7月27日) 晴。阅邸钞。恭读慈禧皇太后懿旨，有明年正月皇帝大婚礼成，应即亲裁大政，着钦天监于明年二月内选择吉期等谕。伏读上谕，有敢不祗遵慈训，尽心于一切几务，尽心经理各等因。钦此。仰见深宫以天下为心，授受之间大公无间，和〇之贤，光献之明所不逮矣。

二十日(7月28日) 晴。秦芃生大令家槭由川起复来京，过谭旧事，述桐云近况、李月楼消息。张海楼太令祖陶见过。彭晓芙自粤至。晚再唁李虹若昆弟。郑生现匿李府，为人作效忠之举。夜大雨。

二十一日(7月29日) 晴。复看马家庄墓地。

二十二日(7月30日) 晴。

二十三日(7月31日) 晴。赴东城各处谢步，因至总署闻各电。黄溜深九丈，两岸占埽已将刷尽。西藏因调防兵，印度疑为生衅，又将用武。小轮上驶重庆，川督已照东湖出示谕禁百姓阻止矣。复往无量大胡同拜董健秋比部，请为家人治疮。又往象房请外科梁君，旋出城以视由科治病者。是日，为先观察公诞辰设供，因前日送殡诸同乡惟郑生不至。四点钟大雨雹，湿雾喷薄，狂飙怒号，二刻许霁。晚间大雨复作数阵。洪麟士应召至，言动大似不经，似真有疾症者。

二十四日(1888年8月1日) 霁后赴总署，出崇文门绕拜各宅谢唁。雷〇大木本街石宅榆，东交民巷路南〇馆槐，崇文门大街关帝庙桅桂。

二十五日(8月2日) 晴。上午赴各处谢步。

二十六日(8月3日)

二十七日(8月4日) 晴。

二十八日(8月5日) 晴。公请李仲约师江南正考官于陶亭〔然〕亭，同局熊君余波、亦奇。萧君皡农、熙。张兄翰卿，皆江右人。

吴柚农、杨廷之、王范堂诸人为乔茂薖公生亦在此处。晚接王也樵信及《聊园诗》，第七卷中有《怀虞裳诗》五律二首、七律一首，又题叶云书长古结处亦念虞裳，数诗甚真挚。馀亦多杰制。

二十九日(8月6日) 晴。赴署,郑生归来。夜子丑大雨异常。是日,河南有电奏请停工。

三十日庚戌(8月7日) 午立秋。

七月

初一日(8月8日) 晴。为张宜人茔斋奠。晚,洪子先六弟及第吉山来京。接兰楫太丈及和甫、士安弟信,门人旷吉云信。

初二日(8月9日) 阴。晤薛次申兄,话桐云姻丈近年被抑事。

初三日(8月10日) 晴。祭张○○先生及○夫人。秦芃生兄、第吉山、洪子先弟、彭晓芙、孙彦臣在宅小聚。

初四日(8月11日) 晤季和兄、张翰卿兄。

初五日(8月12日) 雨。赴刑部署,十一钟返宅。晚大雨倾盖,竟夕达旦,街衢水溢漫车箱。

初六日(8月13日) 雨。赴总署,见新金小〔山〕华人公白商务〈刍〉言,驳新拟《中美禁止华工约》六条,洒洒万言,沉痛详尽,不得谓之无人。

初七日(8月14日) 微霁。赴总署,复至国子监瞻学宫,观周石鼓,阅题名碑,摩挲古柏。至太学观纯庙《钦定石经》,观圜桥璧水。晤于君梓荣、岳君林宗、黄君。

初八日(8月15日) 陈瑞山兄招饮,同座张植三、洪雅拔。冯秀三。成都馆。

初九日(8月16日) 阴。赴西署,后出城拜东城客。

初十日(8月17日) 霁。有旨遣开河工在事诸大员。

和王也樵见忆之作钦元歆〔韵〕

一仆都门忆送程，韩城一马果廉明。
三秦地瘠官箴重，百越人稀客舸轻。
思戢边氓求贾父，谁纾何患失刘平。
终南卜宅君应记，何日金丹九转成。

附原唱

交厘归来肯计程，端应簪笔入承明。
故人天上文章贵，末吏关中去就轻。
标柱可能追马援，乘槎几欲问君平。
穷山坐守翻增感，有志多君事竟成。

十一日(8月18日)

十二日(8月19日) 晴。进西苑门。皇上恭谒建福宫，谨于道旁跪瞻天颜。绕景山、陟山、北海园墙夹道，至西署。

十三日(8月20日) 至西署。归，方达源号一泉来拜。照翁侄。晤张敬庵、汤少君、冯君。

十四日(8月21日)

十五日(8月22日) 晴。晚大雨，旋住。据魏柏岩云，初五夜琉璃河俗为清河山水暴发，直冲西南房山县界，淹没村庄二十余处，居民三余万丁口尽殉，波臣积尸遍野，此彭游击亲查如此云云。又读十四日邸钞，上谕：李鸿〈章〉奏永定河堤工漫口自请议处一摺，七月初六日，芦沟汛南岸三号石堤及南二工十七号北上凤〔汛〕等处大堤，均被漫溢，刷宽口门四五十丈不等，所有被灾村户，着查明妥筹抚恤，钦此等因。哀此黎民，何辜于天！只有流涕长叹息而已。夜雨。

十六日(8月23日) 晴。赴粤东馆祝沈子培兄之母太夫人良〇寿。夜寄渠城张府及杨达斋讣，辞张宜人所受奁田。又致李裕泰、隆溪铭兄函止帮项。又托张海楼带川信，致讣于瀛海弟，并带黠〔黔〕信给敬云书中表。

十七日(8月24日)　阴。回拜杜培庵同年绍棠，化州知州。及周君莹。

十八日(8月25日)　晴，热甚。赴成都郡馆公祭奎星，为诸君子饯元，同郡应京兆试者殆五十余人，从来所未有也。

十九日(8月26日)　雨。李良轩武同年侍卫以选授惠来营游击招饮。

二十日(8月27日)　晴。杨麟雏廷骧自川来。接〈瀛〉海弟信。

二十一日(8月28日)　李宗沛落晚以书来。住西河沿聚魁店。

二十二日(8月29日)

二十三日(8月30日)　拜杨麟士、范玉珊、李箴浦未遇。赴陈瑞山谈。

二十四日(8月31日)　阴。赴唁联星五兄丁内艰。

二十五日(1888年9月1日)　晴。苏福臣招饮，同座潘翰芬驾部、程榴生比部、江浩然。接倪桂山弟自汉阳来信，嘱以馆事托季和兄、申甫弟。夜二鼓后雨。

二十六日(9月2日)　霁。江淅〔浙〕好义诸君子携数千金往房一带收敛浮尸，存养荒黎，盛举也。

二十七日(9月3日)　晴。王爵棠廉使至都晤谈。得陈汉章信、杨厚余信。俄亲王请赴天坛游历，因门者不得入。

二十八日(9月4日)　晴。

二十九日(9月5日) 接渠县杨达斋兄信,〇租账入,托代办耆民杨映鳌百岁五世同堂,请礼部行查咨题援何建坊事,已托云帆兄矣。

八月

初一日(9月6日) 晴。饯苏辅臣、李良轩。并约傅寿山、范玉珊、李贞浦、刘璞臣饮。

初二日(9月7日) 晴。彭晓芙招饮,同座蔡小洲、麟洲先生之三郎。蔡麟孙、麟洲先生文孙。江〇生、工部,浙人。张博文。

初三日(9月8日) 晴。约王爵堂廉诂〔访〕少集于嵩云草堂,同座赵翼之、万县人,新简湖北学政。刘星阶。〈丰〉都人,总署同事,起复来都。

初四日(9月9日) 晴。送缪小珊同年之太夫人柩,同善者吴柚农、胡念孙、孙彦臣、江树畇。余拟迁居新定房一所,在西交民巷,房主延庆堂高住细瓦厂,乃印号耀庭。洪桐云姻丈有信来,训伊子并嘱〇余接济旅黄〔费〕。

初五日(9月10日) 晴。

初六日(9月11日) 晴。少司空徐小云先生用仪,复署刑部右侍郎。

初七日(9月12日) 晴。赴方巾巷探陆〈穉〉季、陈伯祥。

初八日(9月13日) 晴。送乡人入闱。

初九日(9月14日) 晨,赴苏州胡同谒徐少司寇邸。大雨,顷刻住。

初十日(9月15日) 得戊子《顺天闱墨》,题“是以大学始教”六句，二题“齐一变”四句，三题“始条理者”四句，诗题“杨柳读书堂”。殿板唐诗，深一作杨。

十一日(9月16日) 晴。

十二日(9月17日) 晴。瑶圃、云帆二兄来斋少集。

十三日(9月18日) 阴，微雨。上张香涛制府顾事覆近况，代经郛、供〔任〕克成①议覆吏部保案并彭生思桂、陈生廖飏劳绩，又论钦州设官分汛覆疏宜专重治盗贼一事。致渠杨达斋兄信，述杨映鳌百龄五世同堂请旌事已办矣。

十四日(9月19日) 晴。接洪士安弟信。

十五日(9月20日) 晴。

十六日(9月21日) 晴。

十七日(9月22日) 申刻大风，雨雹。

十八日(9月23日) 复洪士安、洪丈桐云、〈瀛〉海弟信。

十九日(9月24日) 晴。先观察公忌辰。赴西署奉正堂张公、麟公，左右堂桂公、绫公、徐公郙、徐公用仪点出，以宜治拟补江西司员外郎缺。

二十日(9月25日) 微雨。杜培庵招饮。王爵棠观察招饮。早间赴潮州馆送郭君之豫、郭之骏、廖君梦江，成都馆送赵孔昭、冯秀三，四川老馆送李良轩、孔恭可。莲花寺访彭晓芙、曹滋田、朗川之世兄。许苓西。少衢之世兄。刑部定于二十五日朝审，〇〇皆坐中。晤陈〇石编修、王尊农太守，均楚人。

---

① 经郛，即曾丙熙，总理衙门章京，此前参与过中越勘界。任克成，总理衙门供事。

二十一日(9月26日) 雨。邝容皆〔阶〕通守自广东寄来新金山港澳华民公禀商务刍言、商务绩言，嘱代呈堂宪。

二十二日(9月27日) 阴。覆邝容阶信，并复杨厚余、陈孝坚信，托杜培庵，为培庵送行。刘伯鸿来拜。

二十三日(9月28日) 晴。观审革员秀芬斗杀厨子案。晚在汇源楼饯杜培庵同年，曹滋田、许苓西、彭晓芙、刘伯鸿、陆稺季、杨鸿荃同坐，薛次申未至。寄许润律、李铁船、敖云樵信。

二十四日(9月29日) 晴。

二十五日(9月30日) 晴。五点钟赴西长安门内观朝审，新旧共二十四起，人犯二十五名。

二十六日(1888年10月1日) 晴。寄九叔信。讣文、事略各一。胡翰卿名福英持邝容阶信来总署事务厅见，信探询华二事。

二十七日(10月2日) 晴。晤张书龄。

二十八日(10月3日) 夜大雨。

二十九日(10月4日) 晴。刘芝田星使有电书卫藏复有战事，藏兵已退入毕微。藏边境。俄人来署议电线约，大略言，中国电线若到爱珲，即可与俄海兰泡接，中只隔黑龙江一水，约三四里宽。若到珲春，可与俄之海参威接，旱程只十里。彼言，各国电会从前系在德之柏林立约，丹国承办，原议本不准和爱珲附水线，幸相去尚远，可以照行。彼又欲我水旱线价同一律，我言，水线易而旱线难，若一律办理，各国均愿就水线便易，旱线岂不虚设？俄拟再商云。又接新报言，华工在新金山之西持聂所议，大抵以本地人相待，无非亥坡克里西云云。

此语译系假善人之意。

九月

初一日(10月5日) 晴。早寒甚。五鼓进内,德人有与我巨官书者,大约欲致巴黎人行教之权,果尔幸甚。

初二日(10月6日) 晴。吴仲麟来信,托转嘱李磻莘办理伊兄起服之事,来银六十两,由协同发兑。即刻将原函送即升店磻新处,令其自取,余早本未干预,且亦无暇也。郑生逐日外宿,仍不悛改,示以乃祖乃父催归之信,置若罔闻。余教此无良之人,良深自愧。爵棠来谈,将行矣。

初三日(10月7日) 风。五鼓大泻,因受寒积食,服桂少许,贴衍泽堂珍膏愈。约爵棠兄小聚饯行。观宋省斋闱稿,决其当中。

初四日(10月8日) 晴。晚拜久也、再卿两兄。九点钟到东署,代人拟二寿诗。

初五日(10月9日) 阴,甚寒。拜奎章五太常,送乌少云司空。晚吊张延秋,晤志伯遇〔愚〕、温仲韬。延秋名鼎华,南海人,丁丑庶常,官编修,善记诵、清谈,卒年四十有三,与乃兄南编修轩[1]没岁及甲第名次、记名御史名次无一不同,没时告人,将投生都中东四牌楼京官李姓家,皆奇事也。

晚,何挚斋、周煦生、余绍文招饮。观英使来文,上年"万年青"被"你泊尔"碰沉案,定英公司依断赔银十万两。闻初二日高阳相国回都请安,君见面奏河工情形甚悉,数百丈口门实

---

① 张清华,字兰轩,张鼎华兄。南编修轩,应为兰轩编修。

只留三十余丈，东西两坝一律平稳。宸衷悦豫，言事者之妄，不辨而明矣。洪文卿阁学有函条陈中俄合保韩邦不为无益等语，文未深悉。晤谢励堂、杜诗舲。

初六日（10月10日） 晴。端甫兄招饮，晤如鹤侪、军机①。汪紫霞、皖人，德周随员。张恭人百期，设奠建醮。

初七日（10月11日） 晴。范子华兄、范培之自津来。

初八日（10月12日） 晴。译署同人赴莱师处封贺。

初九日（10月13日） 风，微雨。赴西城〈衍〉圣公府致贺。晤袭衍圣公孔君燕庭，名令贻，年十七岁。爵翁送兰谱，辞行。晚送爵棠。托润六、[律]孔昭、孝坚馆事。②又徐闻令赵事，彭晓芙所托也。

初十日（10月14日） 曾劼侯署刑部汉右堂。

十一日（10月15日） 勉甫观察启程，托倪桂山弟事。

十二日（10月16日） 风。松少宰溎署刑部满右堂。予卯刻赴总署，辰初赴史家胡同莱师宅致贺。辰正赴刑部谒松堂宪。巳正赴〈衍〉圣公府致贺陪宾，遇钱子泌先生、吕镜宇同年、又彭君，主人之中表，同升堂拜见孔太夫人，年四十许，令人导宜治等观新房陈设。太夫人，彭文公之孙也。

十三日（10月17日） 晴，暖。华使前日来言，藏事已听升竹珊节使与印度官和平商办，不用兵事。惟轮船上驶川江一节，定要先给立德准单方可办，如办不成，此单作为废纸等语。锡席卿大冢宰于此事甚欲维持，令同人赴曾侯、孙宪各宅

---

① 如松，字鹤侪，正白旗满洲人，同治十二年九月，以内阁中书入直军机章京。

② 许润六；赵孔昭，疑为赵濬，四川人；陈宗颖，字孝坚，陈兰彬次子。

持稿商议，中夜始归。接盛杏村观察电，论俄约接线事，有云第二条与我五佛郎半云云，而滅〔减〕邪〔我〕一佛郎，是欲剥我，第十三与他国议章程须先商俄，是我剥我云云。不如先定德约，彼意必沮等语。闻有人劾徐福[①]数年前入倭事，玉旨查办。

十四日（10月18日） 五点钟三刻进东华门谒锡堂、曾堂，回昨夜官事。谒西署麟堂、桂堂、松堂、曾堂、张中堂。晤宝臣、久也兄。见西署同人张显庭前辈、鹿邃斋、张麟阁、李慕皋念兹同年，又琇卿带牌，八点半钟入西苑门，沿荷地而北而西。是夜先大雨，衣几湿，复加大风，旋霁。九点钟引见，准其补授。十钟与宝丞、邃斋、显庭、久也小聚于后门外海丰居。饭毕，赴希宅，并绕东边各堂宅投大帖，周堂令书名戳。

十五日（10月19日） 风甚寒。拜谒许堂、松署堂、薛堂。见长师母，晤志伯愚世兄。名锐，行四，现官讲学。

十六日（10月20日） 风。拜谒廖堂、福堂、锡堂、麟堂。贺孙三世兄榕中式喜。

十七日（10月21日） 晴。曾堂见召。

十八日（10月22日） 晴。赴后门、阜成门晤端甫兄、凤冈兄。锦什坊见饼铺一对云："曾与桓元作寒具，偶从坡老乞诗钩"，尚工雅。《金石经眼录》，褚千峰集也。电线为丹国人专做，各国电会曾立约于德柏林。

闻十七日有津要复署信，大略云，洪议韩事"两端三〈利〉四要"之说。查此事前于光绪十二年九月曾与俄使拉得仁在

---

① 徐福，疑为驻日公使徐承祖。

津会议，中俄永不得占韩地。拉称，须载明两国不改朝鲜现在情形等语，意见未合，遂止，然仍盼续商也。现在韩王为韦贝、德尼二人所惑，俄亦极欲定议，况其所谓现在情形，即包有韩与中国。此层俄不肯明载条约往来典礼在内。今宜趁嘎尔斯感激特赏宝星之会，令彼赴俄与商，当可有成。至洪"四要"内第二谓，韩有内乱，归中国自认戡定，第三中韩应行典礼，第四中国助其经理内政，皆与他国无涉，均应于约内声明等语。窃恐彼只能口许，未肯载诸文牍。如能办到，实为大妙云。

又查，闻人言，十二年九月之议，即俄请中国撤退英巨文岛，①而与我共保韩，而英复以巨文岛非不能撤，诚虑一撤之后，他人即据之，与英船往来不利，欲我先取俄人永不占此岛凭据。拉使复言，英俄皆自主之国，俄何能卑下如此？故只能说不占韩国土地，而不能专指巨文岛，而不占此岛之意已括其中云云。此论归宿尚未查明。〇张晋庆人也。

十九日(10 月 23 日) 晴。闻升驻藏帮办大臣泰字竹珊有疏云，印藏构衅，由于边界之不明，边界之不明，由于文卷之失考。爰将数百年来卷宗调齐，穷三十余昼夜检出档案，有乾隆五十九年前大臣工部尚书和琳、内阁学士和瑛奏立鄂博，藏南界址系在距帕克哩三站之雅纳、支木两山，设有鄂博。又有春丕、日纳宗两处，上年虽系藏界，因乾隆五十三年廓番用兵，将哲孟雄追过藏曲大河，藏番穷蹙，经达赖喇嘛将日纳宗地方赏给哲孟雄管理，原派委员游击张志林即声叙日纳宗不作为藏界，所立雅纳两山鄂博高下尺寸甚详，惜原图已失。又云，

① 原文如此，实际应为俄国请中国要求英国从巨文岛撤退。

于工房得旧图一张，注明纳荡地方系是哲孟雄，雅纳山系藏地极南之界，旧图无隆吐之名，以新图考之，雅纳实在隆吐之北。以英人所云，日纳宗在隆吐之北数十里，而藏番新图则日纳宗又在隆吐之南，藏人多绘此一段，饰称藏界，实难逃圣明洞鉴云云。十四年八月初五日、九月十八日到。

晚与仲梁论电线条约事，始知大略，如中国与俄接线，线由恰克图达外洋。旧例，中寄俄出洋电，洋文每字贰元半，华文每字五元，接线后中国减为四元、二元，并议上海福州香港两公司出洋报费每年贴还电局十分之一，我可派人稽查。中国若与法国接线，则在开化、东兴两处由西贡达外洋。价尚未定。两公司无权，俄人无利，但照料不易，法亦无贴我报费之说。北洋之意重俄线，前年起议，去年已允准立约盖印，为署议格不行，故内边知洋务大臣必欲成法线。

二十日(10 月 24 日)　晴。

二十一日(10 月 25 日)　晴。曾怡庄兄荐陈丽中为我看前铁厂新租宅。晚访陈丽中。晤冯星槎比部。

二十二日(10 月 26 日)　晴。早偕丽中看房，所论培改数事极平易而有理。丽中精天文算学，新刻《天文算学纂要》，详明简当，便于初学。赴西署观审鄂三胞妹失水淹毙、张二狗砍伤人，又有三命不一家数案。晚晤子泌先生、颜伯琴，与子培兄论书法。

二十三日(10 月 27 日)　晴。赴西署归，作应酬字。邹元办来辞行。余子安、余子厚兄弟过谈。欧阳节吾同年过谈。

二十四日(10 月 28 日)　晴。闻河帅来电，荥汛抢险，十堡新堤又决三十余丈云。

二十五日(10 月 29 日) 晴。闻烟台电,俄库使拟恰线分六年造,所索一法郎允减,烟台官复谓恰线不难一年造成,但须沪福厦三口海线十分与我一分者,改为五分与我一分。库无复,烟台冀我先定法线,候恒宁生病好来烟,即可会议云。

甲戌同年嘱余赴宝太傅佩蘅师相处请订公宴之期。是日至师宅,师传见,精神矍铄,论诗文津津而道,因示定十月十一花衣期内在东园聚会。复赐诗稿一部,各体雄丽,出使一集尤足为东藩路程语音之证。又见景东甫三世兄,并请大世兄月汀,盖月君新简江苏储使也。

二十六日(10 月 30 日) 西署贵州司同人公宴同事宝臣兄之仲兄赞侯将军于嵩云草堂。[①]将军年甫五十,英姿飒爽,议论赅稳,昔辖吉林,兹权闽关云。名元,字赞臣。[②]李虹若弟言有胡铁龛大理家有旧藏宋刻《庙堂碑》,王虚舟所跋,拟售百金外,尚未见。铁龛生平最佩服李春湖先生宗瀚,所藏《庙堂碑》云是唐榻,余亦未见。又仲约师亦曾言此碑人间罕有其匹。爽秋同年言,顷见李眉翁所临《崔敬邕碑》风格无伦,不禁倾倒。沈子培兄言崔碑翻刻见于《玉虹鉴真集》内,原拓不可见矣。桐云丈寄我章书大屏字八幅,行书中屏四幅,精神周匝,杰作也。又其夫人手绘绢条一幅,洵称赵管二妙。

二十七日(10 月 31 日) 晴。早为出都者作书。晚临杨孟文《石门颂》。

二十八日(1888 年 11 月 1 日) 雨。周生霖司寇嘱招岳

---

① 希贤,字宝臣,正黄旗蒙古人,时任刑部员外郎。

② 希元,字赞臣,正黄旗蒙古人,时任福州将军、闽海关监督。

林寄〔宗〕、明经森襄阅顺天学政试卷。晚访陈丽中松[1]讲北极出地距度及测量开方之法。读《天文算学汇纂》。

二十九日(11月2日) 阴。晚与陈丽中讲算法并送其行。

三十日(11月3日) 晴。孙彦成兄辞行赴粤。

十月

初一日(11月4日) 晴。移居西河沿前铁厂迤东陆姓宅。接合肥相师覆函。接马铁岩致任克成电。

初二日(11月5日) 晴。

初三日(11月6日) 晴。接河南永宁署来讣,惊悉九婶母王恭人于六月十二日在九叔任所病逝。婶母为达县王筱全廉访第四女,王公风节冠一时。咸丰中五宇钞票案起,权势者要以显倾公泄宿怨。公时官户部郎中,刚毅不挠,然卒下诏狱。权党祸平,公起为豫臬。未几,乞病归,卒于家。予婶能体公训归予叔,相佐成名业,未五十殁,可悲已。

初四日壬午(11月7日) 立冬。晴。

初五日(11月8日) 晴。依陈丽中择辰正初刻动土作灶。夜雨。

初六日(11月9日) 大雨,午刻住。未初初刻安神。贺王抡三兄、植青兄迁居,王幼莲中式,吴君朝桀分发,唁欧阳节吾丁母艰。晤劳君凯臣、黎帆江兄、刘艮生同年。晚入城住班。尹高卿庶常见过。

---

① 陈松,字丽中,江西永新人,光绪年间数学家,著有《天文算学精蕴》。

初七日(11月10日) 晴。下班谒生霖先生，谈聘岳林宗事。

初八日(11月11日) 缮寄九叔禀件。王幼云来拜。幼云，云卿之长君，钟泽生同年之姻家子，因得泽生信，临《三公山碑》。

初九日(11月12日) 晴。徐见农兄之喆嗣秀亭名国俊来见。临杨君孟文《石门颂》。

初十日(11月13日) 晴，有霜。万寿圣节。

十一日(11月14日) 晴。甲戌同谱刘次芳、纶襄。金元直、星桂。杨定甫、晨。傅答泉、潽。陈述斋、寿彭。蔡蓉生、宗翰。黄古愚、儒荃。黄满畹、文树。王越江朝瀚请宝佩衡师相于师宅之东院，并饯大世兄月汀观察之苏州粮道任，景东甫三世兄代办一切甚周。园中菊花盛开，师时年八十有二，谈宴终日，精神无少倦，真清福人也。是日在局有事未到者，孟志青、邵伯英、傅答泉、欧阳节吾。

十二日(11月15日) 晴。接许润律信，言汉章自琼归，病。

十三日(11月16日) 晴。致彭瑟轩、志伯时、王雪澄信。

十四日(11月17日) 晴。唁欧阳节吾同年，致爵棠信。

十五日(11月18日) 晴。杨挺之汤饼招饮。接游济生自伊犁来信二函。

十六日(11月19日) 晴。

十七日(11月20日) 阴，有雪意。孔幼山庆镶见过。幼山，斐轩之族弟，需次粤东二十年矣。怡庄过访，抡三招饮，同座倪、恩麟。李、玉舟。李小山、王植青，道桐云事。

十八日(11月21日)

十九日(11月22日) 阴。新馆乐楼正厅及耳厢被焚。

二十日(11月23日) 晴。进内。

二十一日(11月24日) 同司、同股、同乡有数君子来宅小集。

二十二日(11月25日) 阴。徐堂差旋到署。

二十三日(11月26日) 晴。赴和笙处谈。

二十四日(11月27日) 晴。薛堂之夫人柩回秦，同司赴九天庙奠送。归访季卿、少轩、彭晓芙不遇。过芃生、受之、若虹、星若、止安、子厚各处谈。

二十五日(11月28日) 晴。临《华山碑》玲珑山馆本全部。

二十六日(11月29日) 雪。王季莲昆仲招饮，刘星阶招饮。

二十七日(11月30日) 晴。徐岫亭招饮，得见农兄信。

二十八日(1888年12月1日) 赴西署。晚少轩过谈，李慕皋见过。

二十九日(12月2日) 赴西署。晚笙阶过谈。

十一月

初一日(12月3日) 晴。洪〇生来信，致内人赙四两。

初二日(12月4日) 晴。曾侯五十正寿，致祝归。

初三日(12月5日) 晴。赴西署。火轮车来自外洋，进顺治门，志始也。闻系备南北海至万寿山之用，机器车一、铁车四，车各四轮，车路如梯，轮凹而路凸，衔而进，先置梯路于道，车行前复以后梯移于前，尚未用火，以人力推运也。

初四日(12月6日) 录《华山庙》细字。

初五日(12月7日) 晴。晚过王季莲，后访陈瑞山对酌，餐菊英。

初六日(12月8日) 晴。下班甚迟，晚赴王俊三召。偕陈孟甫过抡三、植青谈。

初七日(12月9日) 阴。晓偕王直斋出永定门，周历十数里许，复详看马家庄地。少轩过谭，钟泽生同年体志由幼云馈来瓷器四小种，并嘱代呈莱师信。

初八日(12月10日) 晴。

初九日(12月11日) 晴。德使巴兰德因奥国布尔伯讷请瞻天坛，携有妇女，为衙门人阻止一事，至今来署饶舌，情形凶悍。邸堂、孙堂反复辩诘切责之。晚住署。

初十日(12月12日) 晴。归，接西署知会，张中堂单派余总办秋审处行走。余到署年余，公事毫未历练，资浅才疏，得差惶悚。此盖佩老师相揄扬之力，而南皮即借此以鼓励枢总两署兼差之员也。夜晤高舍人，文钦。知鉴帅现住完县。

十一日(12月13日) 晴。赴张中堂宅谢差，晤其侄孙达生孝廉。达生尊人，予丁卯同年也。复谒佩师，坐间晤殷君李尧字厚培，新典鄂试。[1]归，过台基厂贺子川补缺喜。晤朱伯平舍人谈食许归。作四幅字，意甚不惬。

---

① 殷李尧，湖北乡试副考官。

十二日(12 月 14 日) 晴。

十三日(12 月 15 日) 晴。晤茅谦斋。高唐人,癸酉选拔。接洪兰楫太丈信及慎甫子仲云信,托将慎甫柩包送山东,并寄来银二十两。余近日正为慎甫营客厝事,迟数日已入殡宫矣,慎甫其有知哉!兰丈有《病起述怀诗》二首,嘱和。晚谒李仲约师,留小饮。晤温叔通,顺德人。本科闱墨都下盛传,江南为最入彀者,多积学知名士,衡鉴信有凭也。

闻粤人梁殿撰病故山东。去年余在羊城,与杨厚馀谈青乌术,因绕城之四围二十里外山水,据形势,粤省城应由五层楼观音山入首,厚馀独以龙气从西北方来,坚执不移。余未深信,厚馀曰:"请验之,来脉为机器局凿伤太甚,平龙略伤无碍,太甚则不堪耳。今又有大工数,置五黄之年,咎徵不远。"今年粤贵人何小宋制军、谭叔玉观察、姚柽甫、张延秋编修皆相继逝,岂其验也?

十四日(12 月 16 日) 阴。偕王直斋详定马家庄地。地本无正结,取其离城近,又近人家,且平衍勉裁得一穴外,左右又附二棺,内人、〇姬、张承瑞。皆客厝。十五卯刻,破土砌砖椁。

十五日(12 月 17 日) 晴。到西署,闻主曹者白,汉左堂以贱名尚未描黄,屡派秋审,于例不合。左堂云:"此差有行走十余年未得者,须再禀中堂也。"是夜大月,高舍人来谈,送出门,见月华。

十六日(12 月 18 日) 晴。晚访少轩、云帆不遇,过瑶圃谈。

十七日(12 月 19 日) 晴。上佩师书。

述怀用洪兰楫太丈病起述怀见寄韵

援琴休唱扊扅炊，并蒂难求九畹滋。

醉忆文姜桑下语，尘对苏惠锦中丝。

已忧一续难齐胫，等负偏怜未展眉。治前室为公家女眷，今继室张氏尝住公家，挚爱无异所出。

书到婿乡还强慰，白头人悔见孙迟。

疏孙蝉蜕委嚣埃，大柳襟怀郁不开。公侄孙慎甫鹾令去年殁于京师，公书嘱遣其榇赴齐。

幸有石麟三世种，嬉偕竹马万家来。慎甫有子来依公所。

广轮惭未搜穷海，河岱重劳障累埃。

恋逐朝班离索久，夜寒飞梦绕青莱。

附原唱

蔗糖麦饭饱晨炊，病后容颜少润滋。

脩发除扫双鬓雪，梳头扑落满身丝。

衰翁自信能知足，老妇从新又画眉。

惭愧酬恩无尺寸，君亲未报死须迟。

西风猎猎逐尘埃，马首东瞻倦眼开。

海上蜃楼随气结，天边雁字代秋来。

鱼龙出没依三岛，雕鹗盘空下九垓。

闻道神仙有灵药，齐呼仙侣到蓬莱。

十八日(12 月 20 日)　晴。

十九日(12 月 21 日)　晴。

二十日(12 月 22 日)　晴。

二十一日(12 月 23 日)

二十二日(12 月 24 日)　晴。陈述斋同年招饮，饯蔡蓉生、徐莱臣也。徐君花农同坐。晚归，岳林宗见访，夜谈甚畅。林宗专攻汉学，诗文朴厚可诵，本科拟中，因两场邱字从《字林》作丘，主司疑为圣讳不避置之，士论甚惜。潘大司空极赏其文，举为太学第一，教习镶蓝旗云。孙仲笙之太夫人来舍云，仲笙长女已许字，遣嫁期迫无奁资云。

二十三日(12月25日) 晴。永定门视张夫人殡基工程。

二十四日(12月26日) 晴。李良轩由新泰厚来函，托照料其家属，现住永光中街，信件由海北寺街西头路北太医院郭霞林手转寄。陈汉章兄由南海受瘴，十月十六日病故，可胜悲叹！发周侍郎生霖先生信。岳林宗送教习，不能赴阅卷馆事。发邓铁香鸿胪信。问起居兼寄字课。到刑部，知二十三日派本司帮稿。石崑泉陈丽中弟子，本京人。来讲授算学。

二十五日(12月27日) 晴。到东署，闻升竹珊副帅于十月十六日由藏启程，十九日到徽毕，抵印界。

二十六日(12月28日) 晴。寅初进内，辰正到署，午正返宅。至三圣庙、广惠寺两处讽经，王植青兄、曾叔章、王岱云姻好俱到。城外殡宫工程已就，拟迁张恭人、张承瑞二柩，浅殡葬。○姬因月犯五黄，暂缓。

二十七日(12月29日) 晴。西署观审聂顺，无口供，今六日矣。

二十八日(12月30日) 晴。秦芃生选保定唐县令，拜贺。[1]访李少轩、黄吉裳不遇。双平字有章，原名李宗沛，投书

[1] 秦家棫(1847—1921)，字芃生，保定府唐县知县。

求助旅费，自称从配所释回，又前数日有江北厅水沟李宅寄伊一书，由余宅转交，似即其家书也。

二十九日(12月31日) 阴，微雪如霰。闻各堂宪议公事甚密，一系定边将军杜嘎尔摺陈云，俄人自同治八年荣全定界后，近年复在乌里雅苏台之东、唐努及乌梁海所辖之大木克里河之南一带地方挖金建房游牧，请饬总署办理。一前出使倭国某被台谏举劾十六条。一使俄洪大臣条陈请派庶吉士出洋及总署章京派参随事。一赫德举伊弟赫政赴印藏充汉文通事。

三十日(1889年1月1日) 阴，寒。偕温叔通、陈述斋、陈岚秋诸君子小集，为蔡蓉生祖饯，不至。温颇通西学。

十二月

光绪戊子十二月初一日(1月2日) 阴。王旭庄兄见过，饭后赴西署。晚访王季莲、吴聚垣，见郑生于道，衣服甚都〔鄙〕。闻升副使于西历十月初三日自拉萨起程赴界。又闻副使实于中历十月十六由藏带印起程，十九日抵纳东，与英官保尔相会。又闻刘星使自伦敦来件，传西历一千八百六十一年，西金王昔冈古酥与印督爱阿德立约，述其不睦之故皆由西金前王戴瓦南桂所致。故今愿归英保护，悉改前王之政，迁都于近印之处，每年驻扎九个月，并愿赔付德箕林之英官兵费银七千卢比，每卢比即英洋半员差弱。三年交清。如不清，即以地作抵。又闻前月廿三鄂省宪电云，文已接阅，现派员同额领事会议章程，准单拟暂缓给，仍催川员来宜云云。

初二日(1月3日) 少轩来谈食许。申刻大雪，以风不能聚，惜哉！

初三日(1月4日) 大风自五鼓起，至夜二鼓后止。是日，各署堂官集总署，同赴各国公使署贺年，亦旧例也。闻上班有署中同人误，未发会晤函，致总办已禀请邸堂各堂到署久侯〔候〕，而外国公使比国维利用未至。邸堂赫然震怒，严谕以后值班者不许迟到，违者参处云。

又闻法使李梅来请，言有商人欲由克什米尔前往喀什噶尔装运羊毛，本署查无定案，却之。且前英国欧使亦曾说过，未准。又闻俄商欲由汉口运茶由陆路到嘉峪关，本署以该商每好影射，恐其在蒙古地方偷售，不允。且俄人在该处运，亦不由此处发护照，尽可推之地方官也。

初四日(1月5日) 夜半风住，晓起晴。赴太和殿敬瞻大徵典礼，用龙亭一百卅具，上用黄云缎为幂罩之[内]，每亭内皆有盘，盘第一亭第壹盘至第三盘，各□黄金壹百两。自第四盘至第十四盘，各银壹千两。余金茶桶、银盆、彩缎、布匹、弓箭以次盛列。宜治因总署值班，未及恭睹宣制授节遣使之典也。

初五日(1月6日) 晴。

初六日(1月7日) 晴。赴西署。

初七日(1月8日) 辰刻交巳初，自三圣庵移张恭人柩、窦姬柩，遣人在广惠寺移张承瑞柩，均绕西南方出永定门南五里马房庄新置茔地。午正刻，安厝张恭人，卯山西向兼甲庚。未刻，厝张承瑞乙山辛向。此二圹均用双砖，四围甃砌，坑深八尺。下棺后，上用五寸厚、丈六长、尺二宽松方四块盖齐，然后盖土成坟，以备迁移归里。惟窦姬竞葬，从其遗嘱也。是日大晴，敬云书名宝翰中表自黔解乡试卷箱来京，寓吾宅述四姑母遗事，不禁泫然，宜治幼时受教育之恩最深，未能酬报万一，为终身憾事。

初八日(1月9日) 晴。陈云皆招饮，座间晤王惠棠，知爵棠兄已权藩篆。又晤郑庶常，潮州人。晚赴东署住班，接洪和甫信允寄子。

初九日(1月10日) 阴。四鼓进内，巳初散直回宅。午刻偕云书赴马房庄。微雪，大风。

初十日(1月11日) 风。赴西署。晚间云帆来谈。致苑秋舫兄信，谈郑君际隆事，范唐嘱也。

十一日(1月12日) 晴，寒。接洪子先信，嘱送慎甫柩事。接周生霖侍郎信，嘱林宗改经古卷事。宝兴隆来催取九叔信。吴柚农招饮，同坐白崑山、黄楚枏。晚谒仲约师，讲论书法，以汉人用笔方而反折笔锋在中，观碑帖须悟其执刀之势，皆卧势也。隶由篆变，多有篆法。自唐以来，古法全失，世传右军、钟繇书皆伪刻失真。钟、王，晋人书其体，如《二爨碑》是矣。二爨，晋人不失汉法，最难学。《石门颂》隶之尤近篆者，尤不易学。近人如包慎伯、吴让之，熙载。皆心知其意，间出古法而不能驯。板桥、子贞辈只是好怪，而不入古人之室耳。子贞晚年悟道，然既博虚名，惮于自改，且有积重难返之势。铁翁、孺翁自谓得诀正宗，殊不尽是尔。

十二日(1月13日) 微雪。读兰浦《读书记》，节《朱子语录》数页，岳林宗来作竟夕谈。林宗精于训诂之学，能得其要而制事制心，复能以程朱相违表里，有志之士也。接九叔信。属在渠置产事。

十三日(1月14日) 大雪。石崑泉兄来谈勾股开方九数之法。

十四日(1月15日) 雪住。石崑泉侵晓来谈开方之法。饭后谒仲约师看作逾寸字。师教以八分小篆,古人用笔之法,并留晚饭。谕以凡肉不宜过熟,食微生,能养血也。又云,昨日送来岳林宗课卷,此人经学已到七八层工夫矣。先学《张迁》《曹真》《王〇》,《石门颂》最不易。又言,能知《天发神谶》用笔之意,则篆隶汉魏六朝□过半矣。

十五日(1月16日) 晴。闻卫藏使者至纳东营,与印官土兰议不合,各离开,大约因印人欲专保护哲孟雄一曰西金之权,不许藏人干预其事,而又欲哲年致贺于达赖喇嘛,仍用向来顶戴。又印随时致文函于藏,不许藏番不理各节,藏使不敢轻允也。

十六日(1月17日) 晴。大内太和门灾,自夜丑正起至未正止,焚贞度门、太和门、昭德门、查库、毡库。有传言河督十四来电,门占已成,十六挂缆祭河,十七金门下占,两昼夜可合龙云云。

十七日(1月18日) 晴。立云公忌辰上供。晚间吴柚农、杨廷之、傅彤臣、宋耘籽、黄楚柟、白崑山在舍小集。

十八日(1月19日)

十九日丙申(1月20日) 大寒。接瀛海信。

二十日(1月21日) 王岱云之夫人前二日逝,今日出殡,余始知之,往吊。复赴东署,闻署河督吴、豫抚倪来电,十七八两日合龙,十九金门闭气全河东下云。爽秋同年言,眉生先生诗稿现经黎莼斋刻成。

二十一日(1月22日) 晴。致张香涛制军、李鉴堂护抚、王鲁香方伯函,又代发玉清轩之兄名书公致木兰总管色立亭楞额函,托蔡蓉生弟事。闻奎公润及各朝官,翁公同和及朝官递封事。发寄洪兰楫太丈函,和诗二首,慎甫当票一纸□六纸。

二十二日(1月23日) 晴。厚轩四伯母生日,王季莲、幼莲、李虹若、星若、曾蜀章诸君子来宅小集。致陆孙瑜表弟函。由蔚廷兄寄。

二十三日(1月24日) 晴,颇暖。

二十四日(1月25日) 晴。印藏之事,赫德请派其弟赫政前往。轮船上驶一事,赫德又属英公使华尔身函,请派税务司与议,邸堂坚持不允。

二十五日(1月26日) 晴。仲约师招饮,同座文芸阁孝廉、曹彝卿大令。湖北枝江人,曾□新□随员,著有《东三省地图考》,曹名廷杰,新选山西和顺。闻李金镛之办漠河金厂,甚□俄人之心,而黑龙江将军以来未先禀承,且督理之名、会办之目,几□抗衡,不甚愿,故事多阻格。又李金镛曾于未划入之界得还三百余里,亦武弁所不欲也。晚间,曾蜀章之母太夫人生日,留饮,同座汪笙叔同年及乃郎济臣乔梓、恽君厚存、张君幼和,见石刻邓完伯楷书,甚遒,皆中锋也。

二十六日(1月27日) 大风。遣人赴马公庄。

二十七日(1月28日) 晴。佩师生日。闻河督电,中河、下南两厅新筑砖石坝十四道,涂灌洋土、挑溜,均甚得力,正溜由中泓直下,河心沙滩,刷去不少,又闻山东电,黄水廿一至上游寿张,廿二至濮州,廿四至东阿,廿五过历城境东,下游甚畅。

二十八日(1月29日) 晴。由宣武门西南绕老墙根入城,绕后门、安定门、齐化门、崇文门出前门,至南大街各堂宪、老师处叩年节毕,回宅。陈瑞山兄在舍小集。

二十九日(1月30日) 风。

光绪十五年

正月

光绪十五年己丑月建丙寅朔日丁未诹取己丑时出行向西南方得丙奇休门任星太阴转向正南得生门心星

元日(1月31日) 晴。和风从艮起。是日，为高阳相国今仪部尚书李公七十揽揆之辰。先期一日，黄河合龙，捷奏至，相国奉特恩开复原衔处分，是日钦派礼部侍郎文公恭赍福寿字、铜佛、玉如意、彩缎，太常乐部为导，就第赐予，朝官咸集贺，治获躬瞻盛典事。

初二日(1889年2月1日) 寅初至景运门，瞻彩结太和门并昭德、贞度二门。先是三门被焚，值元旦受贺、大婚、归政诸典礼在即，赶修不及，职司者请用黄布、五彩绸结成权用，事毕再议修理。至是十日，遂成三轩重阶、承檐、斗栱、鸱吻、兽面，无一不具，宛然逼真。闻此工程仅用一二万金，涓滴归公，毫无侵蚀，为自来工程所未有云。

初三日(2月2日) 寅正至景运门，辰正赴后门、安定门，至南学访岳林宗、周伯显。巳刻入东署。

初四日(2月3日) 晴。曹彝卿来晤，赠东三省舆地图甚详。大略以为俄罗斯西起马鲁修河、额尔思齐河、鄂尔河、博克讷付克河、额尔格河北绕而来，自淘斯河、卓伦河、阿穆尔省旧爱珲河至松花江下游与乌苏里河合处，自库尔布新河折绕而南，由松阿察河再折而北，过兴凯湖、白棱河、瑚布图河再折而南向西，至图们江口内沿海三十里止，其西复由黑龙江东霍尔浑池曲折而南，至和尔和齐河迤逦而东，至雅尔河，在在与中国接壤。近彼国又与韩订约庆兴通商，且经营海参崴，其水陆之道，俱通朝夕，肘腋之虞，不可不备云。其详复见诸《吉林外说》。有侦探俄界地。

初五日(2月4日) 晴。闻升竹珊卫使有十一月十八日所发疏稿云，十月廿三行抵江孜，闻印人修路直至咱里山，距仁进冈三十里，即取道南行。民户寥寥，地险山荒，乱山中有噶朗措海，气候湿寒，沿海而行，怪风竟日，沙气迷天。夜则插帐海边，汉兵连夜冻毙三人，行者面无人色，雪花如掌，深辄丈余，雪峰遥望，势若连城，即泰西所谓天下第一高峰喜玛来山之枝干也。换马稍迟，于十一月初十日巳刻驰出帕克哩隘外之仁进冈，藏兵尚有万人驻此，谕令先撤行营，即驻此冈，与英官保尔约十九日在纳荡相会。有传言印兵增灶及巨象驮炮者。内阁团拜，去岁补缺十二人。

初六日(2月5日) 晴。九叔专丁胡升至，云与洛守不合，现调省，眷口驻府城。

初七日(2月6日) 云气五彩绕日为环，两旁有耳，耳出二气，曲转相交。晴。购石印《华山庙碑》、《顾南原隶辨》、薛尚功《钟鼎款识》。

初八日(2月7日) 晴。接和甫弟自渝来电云，俨于初六日解缆。巳初，五色云现日下。

初九日（2月8日） 风雪。厂店购《魏鞠彦云墓志》、《魏王偃碑》、齐明空七人造像。此碑后有覃谿跋云，观此可悟刘仲宝笔法。隋张景略碑，唐郑恒暨崔夫人碑。

初十日（2月9日） 吴季卿兄因误服甘遂，大委顿，未及上班。镇江洋捕与华人滋事，华众焚折英美领事署五处。初七日，英使来署云云，兹闻南洋及镇江查复，系初六日因洋捕踢伤华人康麻子，故人心不服，现已安集云。

十一日（2月10日） 晴。晚间王惠棠兄招饮，同座陈孙石、冯雨人、彭相卿。

十二日（2月11日） 晴，风。陈小陔招饮。

十三日（2月12日） 风。琉璃厂购得明搨《韩仁铭》，又《白石神君碑》有碑阴。近拓皆无。

十四日（2月13日） 晴。夜住东署。公余，偕锐、柏、鼎、佑四君子赴工部署观灯，甚灿烂喧阗。四鼓入值神武门。

十五日（2月14日） 卯正二刻皇上至大高殿拈香，时应宫行礼。辰正二刻御保和殿，赐功臣宴，蒙古王公台吉咸与。奏古乐及满洲歌舞、七德舞，循旧典也。各门阙宫殿均以大婚在即，预行结彩，锦绣绚然，巨观也。南皮张子青协揆大拜，孙莱师拜刑部尚书。

十六日（2月15日） 舒五哥招饮，同署人咸在。夜观演泰西影戏，戏以玻璃，绘日月、山河、人物、宫阙、舟车、鸟兽、草木于上，张布幄蒙之，灯光从小孔中出，反映于粉壁，壁以白布为之。呈各变态，颜色须毛，栩栩欲活，惟妙惟肖，而天光水光日光月光，尤逼真云。阅邸抄，九叔竟以人地八字开缺另补，可叹！

十七日(2月16日) 风。彤丞约乡人集。

十八日(2月17日) 晴。延订韦君次瞻来馆教读书启，月脩贰金，彤丞所荐。

十九日(2月18日) 晴。惇邸卯刻薨，晚间读谕旨，称为肫诚谨厚，天下臣民当无间然。

二十日(2月19日) 晴，蔡海珊招饮，晤祝盛甫、程乐菴两水部，余晋珊前辈，余石孙、陶浦孙两农部。

二十一日(2月20日) 晴。赴刑部开篆，晤文达斋、左幼存两兄，旧贵州司也。晚发致汴中倪、吴、刘三公函，暨九叔禀。刘觐宸方伯函，斐翁所致也，刘□□斐翁之旧西宾也。①

二十二日(2月21日) 雪。有懿旨：归政在迩，特恩奖中兴以来亲王将相枢机封疆各大臣暨军机章京有差，总署不与。

二十三日(2月22日) 霁，寒。得傅相师覆函。

二十四日(2月23日) 大雪。至太和殿恭看演礼。

二十五日(2月24日) 雪。卯刻进景运门，恭看过嫁妆。午后贺李仲约师升少詹之喜，呈近日所临《天发神谶碑》大字。师谓已得用笔之意，从此写去，能如古铜鼎上所铸者然，则得之矣。余近日于肆中见一《韩敕造孔庙礼器碑》，甚旧，水通□注，缺一字。吴山夫玉搢《金石存》引恭寿先生据陈古白旧搨本，谓是"周"字，细验不错，则此搨之早可知。近日都下颇有人知此帖者争留阅购予，连日增至卌金。行复请仲

---

① 刘瑞祺，字伯符，号景臣、谨丞，江西德化人，同治元年进士，时任河南布政使。斐翁，孔庆辅，字斐轩，同治三年举人，时任刑部郎中、总理衙门总办章京。从身份和时间先后来看，孔庆辅曾做过刘瑞祺西席的可能性比较大。

约师鉴定真伪，并求旧藏礼器碑校对，先生未展卷，即云此碑现有翻刻甚佳，难辨。继复详校前三页内改字、生字、是字笔意均有不同，并此碑非一石，然约师所藏，乃冯阁老铨象物，金冬心、郭兰石题印但存，而予携此本则无题无印，岂有数百年之物，无一经眼者乎？因携访斐轩前辈，斐则以为虽伪，亦自佳，欲购之云。西席韦次瞻先生到馆，名○，重庆人。姚柳阁之子来附学。夜九点钟天黯赤色闪烁，东西靡定，不知此何祥也。

二十六日(2月25日) 风。未刻恭诣太和殿瞻授节颁册宝礼，皇上升座，百官云集，九叩首。闻署中接川电，轮船上驶川江事，已经委员与英商人立德议止，并议以十三万购其船及栈，俟七年再察看情形云。

二十七日(2月26日) 风，寒甚。子初进景运门值班，寅正恭瞻皇后凤舆入宫典礼。

二十八日(2月27日) 风。赴临庆宫祝许世伯母五十寿。归，买一明磁古罂，因其缺损，只费钞三缗云。

二十九日(2月28日) 晴。赴西署。

三十日(1889年3月1日) 晴。接洪兰丈信。

二月

初一日(3月2日) 晴。吴仲麟自山东来。

初二日(3月3日) 晴。龙鹤生自江西来。

初三日(3月4日) 晴。四川新馆乡人公祀文昌，集观善堂饮福。御史屠仁守前以言事，请中外摺仍恭书○○○皇太后字样。奉严旨议处，兹经吏议覆奏。本日又奉懿旨，有该部徇庇欺朦〔蒙〕，交都察院议处，承审司员严议云云。又皇太后懿旨，吴大澂奏请议尊崇醇亲王典礼一摺，光绪元年正月初八日醇亲王即有《预杜妄论》一奏，内称历代继统之君推崇本生父母者，以宋孝宗不改子偁秀王之封为至当。虑皇帝亲政后，佥壬幸进，援引治平、嘉靖之说，豫具封章，请俟亲政时，宣示天下，深宫嘉许，勉从其请，将醇亲王原奏发钞，通谕中外等因，钦此。臣治谨按：嘉靖之议，持正者杨廷和，倡议者张璁、桂萼，然张璁后官大学士，颇守正，又能罢太监公费钱，民间亦德之；治平之议，持正者王珪，驳之者韩琦、欧阳修，而吕诲、范纯仁、吕公著等力争，坐贬州县，赵鼎等请与同贬，英宗又系明主。奇矣！恭读本日两旨，诚千古所未有也。

初四日(3 月 5 日)　晴。锡五告病开缺，成端甫放徽宁池太道，斐轩得钥匙。

初五日(3 月 6 日)　晴。上圣躬违和，撤太和殿筵宴。

初六日(3 月 7 日)　晴。东署各堂宪遵旨设宴款待各国公使于署之西厅。参赞、翻译陪从。宜治先祖宜黄公冥诞。晚约黄公度、曹彝卿、余元眉、龙鹤生、吴仲麟在舍便聚。

初七日(3 月 8 日)　聂幼涪表弟来京，接六姑母手谕，冰如表弟函。午后黄公度招饮。同座唐春卿同年，温叔通、爽秋同年，文芸阁、王君苐卿名颂蔚。晚间陆蔚廷表兄招饮。同座殷秋樵、殷厚培两侍御，许鹤巢、吴慎生、叶茂如三同阁，戴艺郛同年，肴甚清洁白治者。大风雪。[1]

初八日(3 月 9 日)　雪积二三寸，寒。早至东署，饭毕赴西署，孙宪到任。晚接聂季玉表弟信。

---

① 许玉瑑，字鹤巢，江苏吴县人，举人，时任内阁中书。

初九日(3月10日) 阴,寒。住东署,夜三点钟入直。晤高紫峰抚军,前广东藩台,今桂抚。[①]

初十日(3月11日) 阴寒。拜高中丞,贺成端甫,访志伯愚。午后三点钟应梁辑五招饮。同座吴时斋、张伯莪、吴秋农、候场□□□。黄○、合肥人,户部。胡、粉房,琉璃街。崔春江工部。原名锦忠,现改国霖,丁卯辛未,前内阁。

十一日(3月12日)

十二日(3月13日)

十三日(3月14日) 晴,寒甚。李少东兄招饮,同座冯莲堂侍讲、黄慎之修撰、傅子莼驾部、陈松山庶常、高寿农仪部。晚又赴白崑山消寒约。

十四日(3月15日) 晴,寒。子俨自渝州来。子俨为余前室洪宜人胞弟和甫名尔诚中子。今和甫遵母命遣归,余为子易姓杨,俗所谓"押长",稽之古人,亦有周紫之事。初岁丁卯,和甫长子子仪始生,余领乡荐刊试卷,岳丈信侯名钟公令于子女字下刊子仪名,曰即以为汝子。盖其时公亦以子视余也。嗣是,余连娶屡产皆不育,诸昆弟亦无先余举子者。庚辰,余挈眷旋里,继室张宜人见子仪而喜,欲携之来,未果。子俨尚幼,前岁仪俨生母殁,宜人益三书促子仪。去年五月,宜人殂谢,余遂以子仪名入讣电,书令成服来京。至是,和甫书来,以子仪兼大宗承重,且不若子俨能读书,余喜,即召俨,易名继慈,盖谓洪宜人之亲,而张宜人之所爱也。

---

① 高崇基(?—1889),直隶静海人,字仲峦,号紫峰,道光年进士。先后任山西寿阳知县、忻州同知、广东布政使、广西巡抚。

十五日(3月16日) 晴,风。

十六日(3月17日) 晴,风。

十七日(3月18日) 晴。拜董璧生、廖紫峰,晚间久也、仲贤、季长、紫舫同聚。

十八日(3月19日) 风。携继慈扫其母墓,晤董、廖两君,又马云浦、吴会云来拜。

十九日(3月20日) 晴。赵鲁之、张松如来京,接到何子璋同年送赠《中西纪事》。

二十日(3月21日) 莱师断弦,晨吊。

二十一日(3月22日) 晴。东署同年在粤东馆团拜,余与斐翁前辈公请西署同司诸公。

二十二日(3月23日) 阴。宋耘籽招饮。

二十三日(3月24日) 雪。丁卯团拜。晚吊刘子潜。闻董仲默前辈病故。仲默丙午直隶举人,由中书考补总署章京又廿年矣,总办记名海关,而无所得,郁郁以殁,悲夫!

二十四日(3月25日) 晴,寒。闻余子静前辈同年病故。子静丁卯浙江举人,戊辰进士、中书,亦总署同人,无所得而贫病以终,何署中之多故也?送洪慎甫枢起程赴山东。

二十五日(3月26日) 晴。吊仲默、子静。

二十六日(3月27日) 晴。陆孙瑜表弟自太仓来,应春官试。

二十七日(3月28日) 晴。

二十八日(3月29日) 晴。孙瑜表弟、陈玉庄世丈、张星垣同年在舍小集。

二十九日(3月30日)

三月

初一日(3 月 31 日) 晚,微雨。冉伯敬、王道生在舍小集。接兰楫太岳电询慎甫柩。

初二日(1889 年 4 月 1 日) 晴。东署同人公祭孙府汪夫人。

初三日(4 月 2 日) 雨,寒甚。临《曹真碑》。

初四日(4 月 3 日) 风,寒。寅初入直西苑门。先慈忌日。

初五日庚戌(4 月 4 日) 清明节。风。晚晤少轩兄。

初六日(4 月 5 日) 遣散张福、白瑞。晚晤王云澄兄,新自粤中来。

初七日(4 月 6 日) 风。孙府开奠,往吊,归。

初八日(4 月 7 日) 风。

初九日(4 月 8 日) 晴。赴绳匠胡同送殡。晚过雪澄谭。

初十日(4 月 9 日) 晴。升竹珊康使奏请布鲁巴克向化请封,升意哲孟雄失之,于布鲁不可踵之于后,请收归藩属,以为屏蔽云云。奉旨:该衙门议奏。钦此。查《会典》外藩部喇嘛门载:雍正十二年覆准封布鲁克巴呼毕勒罕喇嘛札尔西里布鲁克顾济为掌管布鲁克巴黄教札尔西里呼毕勒罕,诺颜林心〔沁〕齐雷喇卜济为额尔德尼,第巴噶毕冬鲁卜为掌管地噶毕冬鲁卜喇嘛,各给与敕印。又《皇朝外藩纪要》亦载雍正九年布鲁克巴款贡事,官职、人名小异,林作琳,雷作垒。

十一日(4 月 10 日) 风。晚谒李仲约师校近日所呈隶书字课。师云，横笔之起，须先直作月牙形，《天玺纪功碑》最显。走之末笔，宜上撇，横笔微卧，由左至右，到此欲折者，须将笔竖起，锋微向左对怀而下，口字方阔，下截即是一直连下一横法。总之，每字用笔，如画鸟丝格法，道在是矣。又如府、石、少等字，撇往左者，均用左钩法，先将笔力送到，曳满，趯上去。是夜，雨，发寄伦敦刘公信、顺天周公信。

十二日(4月11日) 吊董仲默。许星宪在署询中越钦州交界法照会及两广制军电，内辩驳那沙横模社事，予据亲历者以对。

十三日(4月12日) 雨。

十四日(4月13日) 晴。胡保之来拜。保之名成章，湖乡湘乡人，前四川提督元廷军门中和之次子，来京承荫，兼托蜀人为军门请建专祠。保之后生老成，气宇不俗，军门可谓有子。

十五日(4月14日) 晴。

十六日(4月15日) 晴。丑刻入直东华门。寅刻随班至太和殿敬瞻恭上皇太后钦献徽号颁诏典礼，并至天安门观礼节、捧诏礼节毕。黎明赴南池子拜文达斋兄。康，贵州司新掌印。送孙仲申夫人殡至永安门外丁家坑，赴马角庄看张恭人殡宫。晚幼涪过谈。

十七日(4月16日) 晴。韦次瞻兄辞馆，移川东馆。

十八日(4月17日) 晴。拜杨子纯，碧荪兄长君也，访萧次屏。

十九日(4月18日) 晴，大风。探雪澄、寅臣、笙阶、筱村不遇，晤杨叔乔。

二十日(4 月 19 日) 晴,风。晤董璧生、廖子辉、潘慎初,访廖洞秋,已移居。吊余子骏同年。孙榆老表移来同住,有棠棣之乐。

二十一日(4 月 20 日) 晴。

二十二日(4 月 21 日) 雨,雷乃发声。

二十三日(4 月 22 日) 发廖枢仙大令、方勉甫观察、瀛海三弟信。

二十四日(4 月 23 日) 晴。李少轩兄招饮,午刻散班,晚不及赴。

二十五日(4 月 24 日) 晴。林宗赠廖季平原号旭斋说经各种,共五卷,并呈仲约师。

二十六日(4 月 25 日) 有人以旧刻《天玺纪功碑》求售,价秦关之数,余留临一过。

二十七日(4 月 26 日) 晴。临《天玺纪功碑》。

二十八日(4 月 27 日) 唁汪彤叔。

二十九日(4 月 28 日) 入直东华门。午后君实招饮总署同人。夜半大风拔木,震撼异常,余竟熟眠达旦,志气昏惰矣。

三十日(4 月 29 日) 晴。成端甫、胡宝之、唐寿山、严耀卿、家骥。王雪澄、杨叔乔、杨子纯、萧次屏、金稚仙、金芃生、唐惠之、潘慎初来舍小集。

四月

初一日(4 月 30 日) 晨起雨,巳正晴。在东署。午后赴吴佩葱召,在财盛馆陪其房师张显庭前辈。晚赴曾仲芳召。

初二日(1889 年 5 月 1 日)

初三日(5月2日) 晴。甲戌同人公请宝佩蘅师于财盛馆,外宾到四位,景东甫[1]、毛〇两世兄,邵季英、王旭庄两同年,主人到者金元直、王可庄、吴爽丞、孟志青、罗兴尔、陶筱堂、黄滋畹、王越茳、杨晨定甫,未到者傅答泉、黄古愚、刘次方、邵伯英、陈述斋也。戏与福建戊子、乙酉合办,提调何肖雅,定座者旭庄。灯戏甚佳,子芳演《祭塔》,耀庭演《得意缘》,桂凤演《打樱桃》。

初四日(5月3日) 微雨。傅寿之、维祜,新选宁朔县。焦佩箴、鼎铭。龚剑荞、维佶。周润民、道洽。夏溥泉、河清。董璧生、玉璋。廖子辉、映旭。曾漱之、沛霖。田芹生、荣藻。吴惠云、兴治。马云浦、桢。吴仲霖、兆鏻。丁卯同年蒲念初、绍衣。彭云五、钟骏。杨先之、朝魁。林仲云、人龙。祥伯山、清。熊舜卿、祥谦,原名卢堂。王尚之、崇文。王辅臣、文炳。张星垣、冣,原名美枢。吴奎楼克英,原名煊。在舍小集。未到者云南蔡怡园、芳春。范秀章、宗莹。[郑]聂洞秋、培湖。浙江陈孝兰,陔。同乡赵鲁之、增绂。张松岑、如翰。吴筱村、德潚。冉伯骏、之简。王道生、本立。马少相,长卿。同年王虚竹、建中。方〇、起庸。冯〇、炳奎,原名宗翰。何〇。晋谦。

初五日(5月4日) 微雨,寒。晤蔡怡园,询知崇菴兄住太和城内万寿亭对过顺兴号。

初六日(5月5日) 阴。立夏节。皇上宿天坛斋宫,东署无甚要公。晚赴云南馆晤杨荫远。家槭,己卯。

初七日(5月6日) 晴。丁卯同人宴仲约师于陶然亭。

---

① 景沣,字敦甫,宝鋆之子。

初八日(5 月 7 日) 风。徐迓陶、俞君实约在陶然亭放雀。

初九日(5 月 8 日) 晴。在总署。家人辈送报录傅彤丞兄、世炜。曾蜀章姻世光岷获隽，蜀章尊人寅村太守泳任江西吉安府，殉难，母左夫人亲教诸子手绘事以赡家，馀事作诗，哀然成帙。又第四名李君滋然，素通小学，其尊人亦以校官殉难。陈君钟信者，陈赤文农部之孙也。赤文谦厚，好善年高，为后起所重，今泽及其孙后。又泸州高氏昆季四孝廉今登甲科者二，闻其母以苦节著然，则天道曷尝爽哉！至廖君平者，经学为吾蜀首屈一指，榜发中式，朝官额手，士论翕然，盖将望其倡绝学而补许郑之所未逮，匪但寻常科第报施已也，名下落第者，焦佩珍、杨叔乔、张子馥、刘子雄、乔茂谖，其余尚不能悉数云。

初十日(5 月 9 日) 晴。辰刻下直，出后门，访岳林宗于红庙镶蓝官学。

十一日(5 月 10 日) 晴。送表弟陆孙瑜归太仓。晚晤焦佩箴，谈及主考潘、房考[考]张君预三场前后批季平卷，以为章句、训诂、目录、校刊之学，一扫而空，的是奇才，足绍先圣微言绝学云云。国朝自有科目二百余年，未闻有试卷有如是之批者。吾蜀经学盛于东汉季汉之间，如李譔著古文《易》《尚书》《毛诗》《三礼》《左氏传》《太元指归》依准马贾，异于康成。及儒林校尉周群、典学校尉来敏、劝学从事尹默、博士许慈、胡潜并昭烈所署，尹默通诸经史，专精左氏春秋，来敏擅左氏春秋，尤精仓雅训诂，杜琼著《韩诗章句》十余万言，许慈治《易》《尚书》《三礼》《毛诗》《论语》，虽著作因丧乱失传而名载史乘可考也。呜呼！两川文献销歇久矣，郁积必彰，其在诸君子乎？借李仲约师曹真碑数月，今日始觅得二榻本，一有碑阴，其第八行于贼字下又多捶去“诸葛亮称兵上邽公拜”九字，贼字上捶去一“蜀”字。一本与李本无丝毫别，为初搨可知。惜无碑阴为撼。汉碑无如此之明显者，故古法失传，盖千余年矣。

十二日（5月11日） 赴西署。杨兆代借曾彦《天玺记功碑》一本。

十三日（5月12日） 晴。赴东署。申刻下直，访张子馥、文小坡、廖季平。

十四日（5月13日） 晴。晚间廖季平、张子馥、岳林宗、焦佩箴聚于慜斋，商约人治经之举。夜半，张、廖、焦归，岳复谈古达曙。

十五日（5月14日） 晴。西署改早班。辰刻至署，免外褂上堂。季平覆试四等。季平邃经学而不能诗，四等者，诗之误也。侵误写浸。例停科。

十六日（5月15日） 晴。杨达斋来函，述夌田局已开办，罗□太函商老龙场地。裕泰隆函言，郑生经手，收项不实。各情均由蔚泰厚寄复。彤臣借九朝圣训六函。已还来。

十七日（5月16日） 晴。唁景东甫兄断弦。徐小云少司马取观越界图二册，日记一本。

十八日（5月17日） 晴。下班出崇文门晤立轩。

十九日（5月18日） 晴。携归崇文门添办随节津道与德邦樊署领事辩论稿件，交瑶圃兄带署。巳刻赴西署。熊再卿审释为盗诬之李荣一名。晤粤人高君步瀛销假。

二十日（5月19日） 晴。

二十一日(5月20日) 晴。洪桐云之夫人自鄂来,住植青处。得桐云函赠鄂刻《中外一统舆图》。

二十二日(5月21日) 晴。接陈云笙世叔函赠近人荣城孙葆田撰《孟志编略》一卷,《岁余偶录》三种,内《汉人经解辑存序目》一卷,盖病历城马国翰所辑佚书之抵牾而作也。《汉儒传经记》一卷,盖病习汉学者源流不辨而作也。又《国朝经学师承记》尚未刻云。晚住东署,夜半两点钟赴直。

二十三日(5月22日) 晴。入直西苑门。辰刻散直,赴西署。午后偕季卿游土地庙,买花六株,遇佩箴、诗舫。夜子馥过谭,商开经局事。

二十四日(5月23日) 微雨。关咏琴招饮,晤树三谈滇界事。是日小传胪,状元张建勋广西,榜眼李盛铎江西,探花刘世安广东驻防。

二十五日(5月24日) 辰微雨。赴大佛寺后送白分,至晾谷厂访廖张不遇。至东署,英朱迩典来办贺其国主生辰名片事。下午谒仲约师,访曾蜀章、张子馥。子馥已入城,张直菴移来。

二十七日(5月26日) 晴。余云眉招饮,同座仲约师、沈笔香、区鹤渊吏部、陈香轮户部、区海峰工部、潘仲瑜新贵、俞秀山、姜云波。

二十八日(5月27日) 晴。晚间左诗舫约季平、佩箴、王、汪两君便聚。

二十九日(5月28日) 晴。

三十日(5月29日) 风。接吴和莽信,和莽,金堂人,小笠六叔之姻家也。

五月

初一日(5 月 30 日) 极微雨。至西署。

初二日(5 月 31 日) 晴。

初三日(1889 年 6 月 1 日) 卯刻由西署赴东署。

初四日(6 月 2 日) 晴。赴各师门拜节。

初五日(6 月 3 日) 晴。连月不雨,旱甚。申刻见南方黑烟涨天,询系后孙公园张宅及安徽会馆失慎云。

初六日(6 月 4 日) 晴。洪兰楫太丈来函,赠潍县旧拓若干种,盖陈祜曾部郎名阜早年拓也。有三代陶器钟鼎、秦汉晋魏各碑,古香溢座,欢惬异常。兰丈谓,此次查办潍巨案数月之久,所获仅此,甫旋省而余托购潍陈氏全拓之函适至,因以寄与余,此行迨为余云,物聚所好,用此至多。函中又言,九兰先生多病,祜曾以事烦,竟难再搨矣,此可宝也。

初七日(6 月 5 日) 晴,风燥。唁郭孟毓丁外忧。

初八日(6 月 6 日) 晴。

初九日(6 月 7 日) 风,微雨。

初十日(6 月 8 日) 晴。接香帅覆函,兼询那沙事。

十一日(6 月 9 日) 晴。覆香帅信,商京师创建经舍书局事。

十二日(6 月 10 日) 晴。胡保之比部成章招饮,晤仓仲先、王受田、贺咏平、曹心农。晚致晋□方伯信、彭召南信。闻季和兄放福建试差,可庄同年放粤试差,一喜。甲戌直年,已交刘次方同年矣。存银十六两。夜雨。发粤帅府函、粤署藩函。经舍事。

十三日(6月11日) 霁爽。晨赴西署,出宣武门贺季和、可庄。至土地庙买茉莉、蜀葵、金银花、五月菊。夜雨二寸。

十四日(6月12日) 雨。东便门城楼有人击伤过路之英、德国人各一。

十五日(6月13日) 阴,凉甚。有寄赫税司节略言,藏事正月议七条,第二条以哲孟雄之吉莫山为印藏界,我升使未允云。英轮请试驶渝事,闻仲良制军来电,以彼既不允每月二日之议,惟有碰破民船全赔一法。查全赔一节,彼未必允,即胁之暂允,至事变时终亦狡赖。上年宁波万年青被你泊尔碰沉一案可鉴也。有人拟章程以两日分程之说,准彼轮每月上下各一次,譬如其轮一日至夔,二日至忠,三日至渝,令夔忠渝之船各于其所过时,让停一日,如有两轮,即令此上彼下,同在此三日之中,每月可准伊行两次,共六日,民船实在渝夔者每次避两日,在忠者亦只避一日耳。又拟以江海行轮,不分日夜。令彼轮夜行晓泊,可多与数日无碍。盖川江民船无夜行者,俟此议既定,再议免碰及禁拖带、禁包揽、禁私载、禁打滩诸章程可也。德峻峰兄隆赠伊令戚刚子良中丞辑《律例总纂》一部,此书体例精详,汇分简括,秋曹之要典也。中丞尚有《秋谳辑要》一部,拟购求之。瀛海弟自彝陵来信,现随周观察、马太守办轮船上驶章程,春初议有十二条,彼多不从。

十六日(6月14日) 微雨,甚凉。张星垣同年晸,原名美枢。赴苏候补,托寄傅允甫兄函,余奉派本署会典协修。

十七日(6月15日) 晴。唐容川宗海,同郡人,新进士分部。过谈,傅彤丞世炜,华阳人,新庶常。过谈,曾蜀章、光岷,寅村先生喆嗣，新进士分部。聂幼湉表弟均过谈，幼湉言按川信，泸州近失慎，焚二万七千余家，奇灾也。

十八日(6月16日) 晴。赴西署。庶常散馆，陆君寿臣、盛君、渠君纶阁以散馆到部。范久也选仓差，陈君树勋补选会典馆差，高晴岚、枬，泸州人，庶常。冉伯隽过谈。

十九日甲子(6月17日) 晴。哲孟雄在卫藏西南，国小而弱，东西百里，南北百五十里，《会典》载：乾隆五十八年，理藩院奏，西藏地方与廓尔喀、布鲁克巴、哲孟雄、宗木等处部落接壤，请稽查边境等语。盖五十七年，纯庙授方略，简大臣经理藏边，廓始内附，而哲又廓之附也。光绪戊子九月，升竹珊藏使泰咨钞西藏乾隆五十九年旧档内称，帕克里藏南界河边界之外，有丈结、纳金、洛纳三山，与雅纳山、支木山接连，为藏哲之交界。山左名日纳宗，右名春丕，北即藏之定结营，定结属藏之撒尔地方，有田亩一处，达赖喇嘛以哲王母为藏人，遂以其地界哲，地离定结二百三十里。十一月据出使英法大臣刘芝田星使函云，查洋图及西人记载，藏界皆高山，有要隘数处，曰竹拉岭，曰那部拉岭，曰热勒巴拉岭，皆高一万七千三百余尺。热勒路稍平坦，藏印商货于此往来，英印人以此为藏界，岭外为西金，即哲孟雄。西历一千八百十七年，英以所得廓部梅子江之地，饵西金立约十款。一千八〈百〉六十一年，即我咸丰十一年，哲印交恶，逐哲王南桂，立桂子昔岗古苏，废前约，重立条约二十三款，其约钞存本廨，此哲部兴废离附之大略也。近我康使与印议通商，印请以雪岭为界，康使升竹珊不敢允，赫总税司因居间出小图，绘雪岭，岭南起吉莫，吉山有五要隘口，第一口曰吉利纳，即咱利山口，第二曰括地由纳，第三曰雅纳，第四曰竹纳，第五曰坦加纳，与升、刘所采地名略同云。

接特峰九叔信，述离任后苦况，拟秋后奉庶祖母回渠暂住云。顾友篪又号洛生来访，金波弟之妻兄而舍象先生之姪孙也。

二十日（6月18日） 晴。赫德图贴说进呈，闻升竹珊康使来电，印人欲入春丕通商。曾蜀章分刑部。接爵棠兄函，谢君彭发委长差。

二十一日（6月19日） 志伯愚宫詹招饮，同座仲约师、黄公度、文芸阁、陈次亮、铁西屏、余君〇〇。伯愚为长慎甫师长子，次仲鲁，皆以翰林起家。仲鲁出继乐初将军。慎甫师昔守渝州绥定，有廉惠，爱才若渴，泽福及子孙有以夫！大风，夜雷雨。

二十二日（6月20日） 大雨。

二十三日戊辰（6月21日） 夏至节未正三刻交。晨起雨，晚大雨。接陆孙瑜表弟信、金芃生信。孙瑜有女，余欲聘为媳。芃生信言余舅母已允云。邯郸县离城二十里龙母庙建于元时，庙侧有井，祷雨最灵，求雨者请其井中铁牌，牌至而雨。前有旨遣官请牌，廿日牌至，果雨。

二十四日（6月22日） 雨。夜二点半钟入直西苑门。

二十五日（6月23日） 晴。张宜人周年，在三圣庵营斋奠，亲眷毕集，枨触旧事，盍禁惘然！是日，考试中书入闱。接苏子溪军门自龙州连城来函，沿边新增碉堡七十余处。

二十六日（6月24日） 晴。祭张宜人并上墓。

二十七日（6月25日） 赴总署。

二十八日（6月26日） 晴。若农师召陪薛叔芸星使，黄公度观察同座，爽秋前辈、费杞怀庶常。三点钟复赴蜀章庆和堂之约，雨余气爽，荷风袭人，廖季平、文小坡、杨叔乔同在，归已晚矣。西四牌楼至单牌楼骡行九百步，单牌楼至宣武门口骡行五百步。

二十九日(6月27日) 口腹太过生灾，腹洞泻。

六月

初一日(6月28日) 腹洞泄〔泻〕。

初二日(6月29日) 先曾祖天晓公冥诞。余贱辰。腹泄〔泻〕六七次，告假未上班。顾华原、舍象先生文孙。能诗。顾洛生金波弟之妇兄。昆季，杨琴生、麟雏昆季，王植青、岱云昆弟来舍小集。

初三日(6月30日) 腹泻稍止，服傅彤丞兄方。

初四日(1889年7月1日) 腹泻大愈。午睡起居不慎，几蹈险，非孝也。早间赴总署、赴西署，赴文达斋、熊再卿两兄之召，陪蔡贞石。

初五日(7月2日) 贺志伯愚升正詹之喜，晤新贵刘君安世于座。徐季和兄升副宪。

初六日(7月3日) 赴西署、东署。琉璃〔球〕陪臣向有德复来署递禀求援。朝鲜与俄人前数年立约，于庆兴通商，又画土们江之界，有请饬韩与俄注明离土们江二十韩里为华界者，署禁之，虑其转自成死着也。韩又欲借法人款百万，许与法暂收三口税若干年，赫总税司请照会各国禁之。韩拟向上国借债，赫谓不妨许之，司马徐公作函商北洋大臣，大致谓各国已与韩盟，许其为自主之国，韩尚未向我公然揭破，今无端先发照会，各国若与韩沆瀣一气，奈何？我禁韩贷法而我先自贷之，韩负而不感，犹后也，焉知各国不借口而群贷以争饵之乎云云。是日复苏子熙信、复洪和甫信，覆吴和莽信，收到癸未年股分，购定上海点石斋《古今图书集成》，共三大箱，计一千六百卷，系由龚仰蘧观察寄津交黄花农兄招商局转寄交投署中者。数日多夜雨，今午后亦有雨意。

初七日(7月4日) 晴。卯刻赴西署，巳初赴东署。五点钟归。发覆黄花翁、龚仰翁信，谢代购书。何次兰信。寄李溪铭、杨达斋信，郑账项事。

初八日(7月5日) 大雨。

初九日(7月6日) 晴。

初十日(7月7日) 雨。考中书记名四十人，同乡六人：周兴谟、李之实、秦渐和、杨锐、李植、刘子雄同乡，取而未邀圈出者九人：张祥麟、吴德潚、罗意辰、简燊尤为可惜。晚由署往访张子馥祥麟及姻家曾季硕，季硕工小篆、汉晋六朝书法，善工细人物禽兽花草。又晤少轩兄代诊，云利愈而清浊气尚未升降，服补中益气汤。

十一日(7月8日) 偕宋耘籽饯子馥、旭斋。

十二日(7月9日) 晚晤陈孝坚，自粤来，优贡朝考。夜大雨。

十三日(7月10日) 子馥伉俪来辞行，赴苏。季平来订书局之约，谓诂经宜先撰凡例，礼经以三统为主，立表以分之云。李岑秋、焦佩箴、曾蜀章、杨琴生同留夜谈。琴生送算学草稿。贺若农师得浙江、陆蔚廷得江西试差。李星若弟自怀庆归，偕二弟子许苓西、炳榛。曹芝田来。又许炳耀芝仙以粤来。接少衢丈信、彭召南信、邓玉笙。太平沙人，行九。寄紫垣信。闻署得驻韩委员电禀，述韩廷照会，以土们江一事与俄立约，系自中国所立界牌以南牌为勘界使臣所立之三十里至海口止，允俄行船，而于上游以西吉林朝鲜旧界不致有碍云云。余因忆及曩年在粤，晤吴清卿中丞，言中俄定界一役，惟土们江一段甚费唇笔，惜匆匆其就图指示就系河段耳。按：俄既得在韩庆兴通商，将由土们上溯，近复屡请在松花江上游行船，以窥吉林省，其用心亦深矣哉！

十五日(7月12日) 闻竹珊康使自仁进冈来电，印议五条，康使拟改定，大约西金宜两国保护，仍修禀礼，藏每年例给西金之米一千数百石应停止，印只准在亚东通商，不许窥探别口。印兵不得过日纳云云。按：即能照此办结，而西金已属他人，后藏门户已失，何况印人未必遽满其愿也。

俄股乌梁海命案，商伙被害始于光绪二年，外间延缓不决，四年始呈请本署办理，六年结档六本。俄商运无票茶叶五百余包在恰克图被获事，迁延十年未决，俄初索赔二万，后罢，又以未领茶十八包味变索赔几二千两，后自减一半。我则责其照英商〇〇年在〇〇之例令照正税加两倍议罚，味变之茶无妨酌加赏恤云。德商在台湾无三联单，自入后山水底寮一带与华商勾结，私采私熬樟脑，被获不只一次，狡赖五年之久，昨经署电饬台湾将后一起之十三石发还，该商以樟脑霉变，不领，反索赔价，可谓得步进步矣。四点钟，大雨倾盆连数阵，归车甚苦。

十六日(7月13日) 寅初月食。

十七日(7月14日) 公饯何象山廉访于财盛馆，乡人咸集，在官九十余人。

十八日(7月15日) 晴。辰刻，英国驻京使臣华尔身来署会晤，邸堂枢堂接见，华请速饬宜昌委员等妥订轮船上驶章程，一面先将准单给与商人立德，邸堂应以章程未定，准单不能给与。华云：单虽先给，如章不妥，仍作废纸。孙堂问以章程要如何方妥？华言：外间永议不妥。因将领事现议十六条而委员驳其第九条各节略呈阅。孙堂因指其章内云：第一条是民船让轮船，第二条是轮船让民船，而第八条即言不论彼此相碰，均归轮船陪〔赔〕偿云云。缘川江险窄陡峻，只有轮船让民，无民船能避轮船之理。华云：章程内说有轮船预先张旗示号等语。孙堂云：这是未到川江的人之话。川江山高水曲，民船下濑，急于流驶，岂张旗所能望见？及其既见，断难猝避。民船脆薄，轮船坚厚，水经只有一条，无不碰沉之理。华展转进辩，孙堂、许堂逐层难诘，华意沮色变，云：外边梗阻日久，贵署又一力坚持，明明内外均不愿，此事显与条约相背。现在商人已经回国，我今再将此情告我国便了。各堂云：即请电罢。

十二点钟，赫德来署言西藏事，印人欲藏内好几处地方通商，升大臣只准亚东一处，势难合龙，便问轮船试驶川江，现议如何。告以今日与华议各节。赫云：华大人适在我处，已将此情告我，我劝他须好好从缓商量。我窃想一法子，英人不过是要重庆通商而已，若竟允其通商，轮船便可不行。告以此事关系甚大，总须外省察看民情，非署中所能主也。一点钟回宅，饯李若农师、崔玉候观察。又陆蔚廷表兄、何象山廉访未至，陈孝坚谈至夜分始归。

十九日(7月16日) 晴。闻刘芝田中丞来电云，轮船上驶川江事，与外部及公司反覆再三譬喻，令其停止。外部委之公司，公司但云，该船守候太久，赔偿过多，并请缓覆云云。李岑秋兄之实，新繁，戊子。移来。晤胡和笙借秦刻《达生编》一本。即《大生要旨》，唐桐园原本，马接三增补，姜鲁瞻重刊。晚过童瑶圃兄谈。归，以家人不服训责，致郁怒，竟夕不能寝。夜半大雨如注。

二十日(7月17日)　晨起不爽，赴绳匠胡同孙府拜寿，潘家河沿看杨子绳病，聚魁店送崔玉侯观察，托寄瀛海弟信。

二十一日(7月18日)　晴。清理《图书集成》部目，此书列为汇编者六，曰历象、方舆、明伦、博物、理学、经济，析为典者三十有二，曰乾象、岁功、历法、庶徵、隶历象。坤舆、职方、山川、边裔、隶方舆。皇极、宫闱、官常、家范、交谊、氏族、人事、闺媛、隶明伦。艺术、神异、禽虫、草木、隶博物。经籍、学行、文学、字学、隶理学。选举、铨衡、食货、礼仪、乐律、戎政、祥刑、考工隶经济，其部六千有余，其卷一万，今总一千六百本，于仁庙集其成、睿庙竟其绪，总裁者蒋廷锡也。雍正三年，用武英殿铜活字板印，颁廷臣在事及有学问者。光绪癸未，上海点石斋购得殿本，续为石印。有人寄余《驳商务刍言辩》一册。熊余波承办公请若师于谢公馆，余以事未赴。

二十二日(7月19日)　晴。卯刻赴西署，新散馆暨新进士带见孙堂毕。九点钟赴东署，五点钟周堂，生霖。六点钟赴松筠庵孝坚、寿山邀陪若师，同座陈朴孙、沈凤楼、李少园。寄唁吴澹如丁外忧，兼询逵秋。

二十三日(7月20日)　早雨。曹芝田、许芝轩、袁仲青、刘沅卿、邱春荪在舍晚集。刘星使有电，外部仍议免碰章程，刘制军有电请商购船。

二十四日(7月21日)　晴。赴西署。午谒佩蘅师相，访少轩，答拜李直绳。名木，铁船之子。

二十五日(7月22日)　晴，阴。临《爨宁州碑》。

二十六日(7月23日)　阴，雨。

二十七日(7月24日)　阴。晨由西署赴东署，住班。藏印分界通商一事，升康使嘱赫政议五条，意重印兵不过日纳宗。藏南与哲旧界。赫德来署，请致电赫政，大略谓此等地方皆不必先题明云。

二十八日(7月25日)　丑正三刻入值隆宗门。邸堂阅赫政电，谓日纳句必须提明方妥。卯刻赴西署。午后回拜周宝清、刘介卿、黄季度、唐容川、秦仪鸿、焦佩箴、龚剑安、陈蓉生、陈奂如、顾华原、顾洛生、梁经伯、凌东府，除周、刘二人，余俱晤面。

二十九日(7月26日)　大雨倾盆，竟日不住。晚赴杜云帆处，拜其太夫人寿。夜，西后院墙坍。九叔来信，秋后回渠。

三十日(7月27日)　大雨。张学飏字相赓、曾昭颖字梦轩、戴永铨托投算学文。

七月

初一日(7月28日)　雨。赴西署、东署。午后至虎坊桥祝王季莲之太夫人寿。夜覆九叔信，致杨达斋信。

初二日(7月29日)　雨。

初三日(7月30日)　晴。回拜胡海容大令瀛涛，曾子健大令汝材。三点钟赴恒岳亭兄召于福隆堂，东署同人同在。

醉酒。

初四日(7月31日) 晴。赴东署。

初五日(1889年8月1日) 堂宪召赫税司来署,询朝鲜贷款事,又询川江上驶事。赫云,宜通商而不行轮。堂宪告以通商须外边愿意。赫谓,不过是商量,若果窒碍,岂非避一难又添一难乎?赫又谓,立德今日亦知轮船难以上驶,并各国亦知其难以上驶,所以此事各国不来附和,不然岂有两年之久仅立德只轮在宜昌邪?本日早阴,夜归,焦佩箴来谈。大雨如注。

初六日(8月2日) 晴。冉伯敬接电回渠,托寄家信。

初七日(8月3日) 晴。赴粉子胡同长宅致奠,便访薛次申于西四牌楼李。

初八日(8月4日) 晴。由西署至东署。归,接杨冠峰信,少君光煦应京兆试。

初九日(8月5日) 接九叔信,痛悉六婶母吴太孺人于五月底病逝。

初十日(8月6日) 晴。吴仲麟来信,荐法帖,李姓买新拓古碑数种,《北齐感孝颂》《唐王府君□墓志》。

十一日乙卯(8月7日) 酉刻立秋。微雨。接九叔信,又暂留豫意。

十二日(8月8日) 半夜大雨,张香涛先生得旨,移节两湖。

十三日(8月9日) 谒临桂司寇,请商合肥,在京师创建首善书院兼书局聘请海内经师为群望所归者为学长,额以十人渐推广之,事仍综于筦学大臣,临桂深以为然,盖司寇时督学畿辅也。

十四日(8月10日) 回拜杨光煦易象,贺王植青得千金喜。午后唐容川集乡人于粤东新馆。晚间陈孝坚、因之、俞寿山过谈,寿山赠手刻胡伯□访苏本陶诗。孝坚言,近来工古诗者,以孙琴西衣言、高碧湄心夔为最。

十五日(8月11日) 午后大雨至夜。

十六日(8月12日) 雨。

十七日(8月13日) 晴。洪子先改号蕃仲六弟由山东至京,应顺天乡试。

十八日(8月14日) 雨。

十九日(8月15日) 晴。

二十日(8月16日) 晴。本月十三日台湾巡抚奏请招英国商人集股开挖煤矿,兼取煤油。该商岁输我十余万金,八斗、鸡笼煤利全归英商,售卖以二十年为限,若限未满,准其招别国商人顶接。请敕下总理衙门议奏。十九日。

上召见本署大臣,面谕云:昨见刘铭传所奏,利少害多,且首夺华民生计,事不可行。近年云南铜矿、直隶开平煤矿均由地方自办,盖地利日辟,则考求益精。民业有资,则人心不涣。中外交涉事事当体此意。钦此。仰见圣人以百姓之心为心,郅治保邦,宸虑至深且远云。

二十一日(8月17日) 晴。

二十二日(8月18日) 雨。

二十三日(8月19日) 晴。约陈因之、陈孝坚、李直绳、易端临、赖伯容、洪子先小集。

二十四日(8月20日) 李岑秋招饮。晚间岳林宗来舍论经学源流至曙。

二十五日(8月21日) 送同乡张君学飏、叶君先甲、曾君昭颖、戴君永铨赴总署考算学录科。微雨。

二十六日(8月22日) 杨廷之补消寒八局。

二十七日(8月23日) 晴。刘元卿来舍谈,晚过孝坚谈。

二十八日(8月24日) 晴。英国华公使尔身函催川江轮船上驶事。赫总税司德述赫政电言:印督欲藏中还其哲孟雄即西金旧界,印藏即不立约,就此罢议。德使克林德来催结台湾樟脑案,云自光绪十二年起至今,瑞兴洋行之案均久悬搁。阅《申报》,读张孝达制军之洞覆奏铁路全稿,请暂缓津通德州,先由芦沟桥至汉口筑干路,以通腹地土货,省九省粮运征调之劳,议论卓绝。

二十九日(8月25日) 晴。夜三点钟入直西苑门。

八月

初一日(8月26日) 晴。英国华公使尔身来东署,催发轮船入川准单,不得已准咨湖广给予。惟注明如章程未妥,及行有窒碍,单仍撤销等字。赫总税司来言,英廷主持权在宰相,请拟照会由华大臣咨英相,庶可允商藏界之约。

初二日(8月27日) 晴。逐日读孙渊如《今古文尚书注疏》,初毕《咎繇谟》第二下。又临《天玺纪功碑》,久久忽悟古人转笔之法。秦汉晋南北朝隋〔隋〕同源异派,初唐诸家尚有合者,师言于此益信愚谓由晚唐至宋,惟苏文忠间用古法,余贤多出新意尔。午后,宋耘子兄来议同人分类集经事,经费无出,奈何!

初三日(8 月 28 日) 晴,暖甚。接九叔信。

初四日(8 月 29 日) 晴,暖。总署会典开馆。同事孔斐轩、袁爽秋两前辈,吕镜宇同年、童瑶圃、俞君实、宋养初、张畹九诸兄。午后唁王裕如式曾丁内艰,答拜黄子清士廉。

初五日(8 月 30 日) 晴。接洪和甫信,裱《裴镜民碑》,殷令名书。令名,鲁公之外曾祖。

初六日(8 月 31 日) 晴。临《天玺纪功碑》,发寄粤中张香涛制军、苏子熙督办、王爵棠廉访信。

初七日(1889 年 9 月 1 日) 晴。阅海署兴办铁路文,恭录懿旨,有各直省督抚议复,如刘铭传、黄彭年各有所见,惟张之洞颇为详尽等谕。又钞北洋大臣驳张疏,略云:由卢沟桥至汉口,路三千余里,张略作二千里;轨路须洋铁坚钢,张请用晋铁,质脆费巨,不能备急;造轨机炉每副需银一百八十万两,张请在清化一带开设数厂,未易举行,不如暂用外洋刚〔钢〕轨,俟轨路既成然后因轮运机制造华铁为钢之便。约计造路经费,购买民地每亩二十四两有奇,三千里计十八万亩,需银四百六十余万,连轨价工程每里需银七千三百十二两有奇。张云每里不过三四千两,自系约略之辞。大川在直境者十五,曰琉璃河、拒马河、北河、电〔雹〕河、漕河、府河、唐河、滱河、新乐沙河、磁河、滹沱河、赵州沙河、〈沙河县之沙河〉、洺河、滏阳;在豫境者九,曰漳河、卫河、淇河、黄河、贾鲁河、颍河、沙河、汝河、淮河;在鄂境者二,曰德安两河、孝感河,凡二十六水,小河支港不在此内。所需大铁桥或十余万两,或五六万两,总计购买工程非三千万两不能竣工云云。海署议开办各节大略,曰展限郑工改海防捐,曰筹解官帑,曰息借洋款,曰提招商局款,曰购外洋钢轨，曰北洋鄂督会办，曰首尾兴工。

初八日(9月2日) 晴。临《熹平残碑》。

初九日(9月3日) 晴。临《曹子丹碑》。闻议给英轮入川准单。李星若弟送观粤海堂陈刻题为俞鳞士刻《天玺纪功碑》，焦佩箴来言在馆被窃。

初十日(9月4日) 晴。临油素本《天玺纪功碑》。北闱首题“有若对曰‘盍彻乎？’”诗题“自强不息，得乾字”。仰见皇上躬行心法、孜孜求治之至意。

十一日(9月5日) 晴。余四伯母吐血，三十年不愈，近日得刘元卿枕中方，服之有效，因钞给梁经伯兄。盖经伯有此夙疾，现当患发也。九叔来信责余五函不复，余七月初一日曾寄书数千言，托顾友篪转寄，至今未到，真憾人也。

十二日(9月6日) 晴。赴西署、东署。上济宁师启事，请商英轮入川办法，大抵谓坚持二年，准单固有不能不给之势，而知其彼不能行，则用华船通商，断不可允。缘各口通商，以轮船为限制，使通商可用华船，则将来必由重庆而上溯，由川江而推之湘赣粤之内河矣。又准单原议填明“如章程未妥，行有窒碍，此单撤销”之语，须取英照会为据，并须填明“专给英商立德固陵轮船”字样，以杜他轮通用。再，烟台条款内轮船上驶及藏界通商为一事，似须两者并议，有所抵制云云。晚间，王植青约便聚，同乡熟人外，有邹吉甫孝廉，威远人，能医。

十三日(9月7日) 晴。回拜杨染卿①、李翠坡、吴仲容、徐肯堂。大风，微雨。

---

① 杨克焘。

十四日(9月8日) 大风。东署同仁公宴邵小村中丞、友濂。盛杏荪观察宣怀于陶然亭。晚间，唐容川兄过谈，论地理当分清孟、仲、季，以格龙，用互卦以收水。假如未、坤、申三山，坤为孟，申为仲，未为季，坤卦䷁，用申山则变初爻为震，用坤山则变二爻为兑，应作坎，用未山则变三爻为乾，应作艮。今专用申山，则三阴变为一阳二阴之震☳，即依震之䷲，内外卦为互以寻门户水口，以坎为水，震之内互为艮☶，即从艮位，依乾、坎、艮、震、巽、离、坤、兑次序数至坎为水口，水左来则顺排，水右来则逆排。震之外互为坎，则从坎，依左右顺逆数到巽位为水口，盖诸山皆用坎，而惟坎则用巽，巽为风也，此每一山皆有天然四大水口之说也，每见生成之地多是如此。亦有只□得三个水口者，卦象所限，勿拘也。此外尚有换星九运详图及坐度气线精微之诀不易传云。

十五日(9月9日) 晴。赴东署。夜丑正二刻入直西苑门他坦。南海澄波，中天璧月，仰视广寒同兹清澈。甫四点钟摺奏已发下，军机处须臾叫起矣。上听朝之早如此。

十六日(9月10日) 晴。枢堂挈盛杏荪观察与俄国库公使满议海线、旱线事。电线兴于丹国，俄为保护。光绪十二年，丹大北公司恒宁生、英大东公司某与我电局议彼此交通海线，其上海、福州、香港三处出洋报费，每年贴还我电局十分之一。约十万元。俄人卜尔生因说我某大臣与恰克图接线达外洋，减我电费向例二元半一字之洋文为二元，五元一字之华文为四元，以败两公司之利，两公司惧。又自中法订约后，法欲与华在开化东兴接线，我可由西贡以达外洋。虽议未定，亦无贴我报费之说，而北洋大臣颇韪其议。于是两公司与俄交惧。

丹，俄后戚也，因嗾俄政府责库，故今允我议，改恰线于珲春、爱珲。恰费多，珲费省。减费如前约。两公司之议，仍照柏林电会章程及烟台合同稍加改润。又增总署电出洋不取报费一条，均俟赴津定议云。闻此事缓画押二年，我电局少收回二十万元，而外间亦颇议内署中梗为若有意见云。旁见十四年九月十九日记。新嘉坡洋人华商捐助山东赈款十万余元，修函致谢。

十七日(9月11日) 晴。瑶圃兄过谈。晚赴陈孝坚兄处谈，聆其闱作甚佳。粤城《天玺纪功》旧本，孝坚兄代购云。

十八日(9月12日) 晴。

十九日(9月13日) 晴。先君子忌日。晚间薛次申、凌东府、陈孝坚、宋灵石、范玉珊、范遇宾、岳林宗来舍集，林宗留宿，谈达曙。

二十日(9月14日) 晴。浼陈子虞浦一，号伯申。刻印章。子虞者，子京之胞兄也。子京，余故人，殂谢已二年矣。晚林宗饯子虞、玉珊、遇宾、顾印伯、焦佩箴、刘璞臣，林宗仍宿余斋。出闱，艺首作中段碻凿，次春秋诂题，尊师说出手眼可以不磨，因为余讲春秋义例，乃知圣学精微在此不在彼也。天明就枕，大雷雨。

二十一日(9月15日) 霁。林宗留住。余赙陈子京常。子京，酉阳人，己卯举于乡，王湘潭高弟，光绪癸未场屋订交，嗣游津，卒于真定守萧廉甫四兄署。

二十二日(9月16日) 晴。尹皋卿殿飏来辞行，赴山东○○县任。

二十三日(9月17日) 晴。托盛杏荪观察查《图书集成》短本。译署会典开馆。谒周司寇督学，再议畿辅经舍事，近商之高阳、南皮二老，后再商合肥，欲其必成，嘱觅学海堂、广雅书院、尊经书院章程。五鼓大雷雨。

二十四日(9月18日) 午间倾盆大雨。五点钟天坛灾。二鼓送孝坚、俞秀山行，秀山允觅古拓。

二十五日(9月19日) 晴。在沈子培家见人卖明拓城武本虞永兴书《庙堂碑》，有翁覃谿两跋，索价二千金。东庙堂为宋人重刻，明时出土，此最初拓也。子培藏包慎伯章草书联屏，颇佳，《刁君碑》《云麾碑》俱旧，云麾窦氏字全。

二十六日(9月20日) 晴。

二十七日(9月21日) 晴。送顾印伯、洛生兄弟。交瀛海弟寄九妹信。

二十八日(9月22日) 晴。东署同人公宴广乐三都转于聚丰堂。西署同司锦莲峰御史记名，彭少白、德峻峰、端子明补缺，召饮。

二十九日(9月23日) 晴，同司王兰畦召饮。同司公饯希宝丞太守贤于嵩云草堂，晚谈湘潭王氏《春秋例表》兼《公羊》何邵公注。

三十日(9月24日) 晴。拜德俊峰，隆。获惠刚子良中丞毅纂《秋谳辑要》《审看拟式》。俊峰留心制造、测算之学。又访岳林宗，讲王氏《春秋例》，遇乔茂萱、杜诗笠。晚读《公羊注》，竟《隐公》。是日辰刻后，有小鸟亿万，群飞蔽日，自北而南，不识何祥。

九月

初一日(9月25日) 晴。拜左辅卿,绍佐,应山人,比署同司。谢介绍张廉卿裕钊,曾文正幕。作书。廉卿长古文,以音节为主,谓古之文无无音节者,孔子尤音节之至,如"逝者如斯夫,不舍昼夜"九字声满太空,孟"天下之生久矣,一治一乱"十字悲壮苍凉是也,字写北魏,得张神图碑之转跃。托胡魁章号伙林凤山回湖州定制羊毫。

初二日(9月26日) 阴。晤少轩,诊予脉,谓气郁湿盛。乞佩师书祝希宝丞生日。沈子培述李星吾驾部言,榕树根洗痔疮三五次可除根,星吾之尊人亲试验也,已托关泳琴函致。

初三日(9月27日) 丑刻入直西苑门,恭闻传旨罢初四日颐和园预备,警天坛灾也。晚间李润村刺史霈春奉节人,广西东兰州卓异引见。来拜,述李良轩、何玉林、曾远如消息。润村人结实。

初四日(9月28日) 晴。购得《受禅表》,较新榻模糊本多数十字。《西狭颂》前幅,黄龙、嘉禾、甘露、连理木、白鹿诸画甚古,有小签题"五瑞图呈李大人"字样。

初五日(9月29日) 晴。托赵辅臣购尊经书院王氏学各种。

初六日(9月30日) 晴。由西署至东署。

初七日(1889年10月1日) 晴。

初八日(10月2日) 晴。两日拟闭门习书而为客扰,夜半竟课,苦甚。接陆子健至浙来信,馈食物,现代理兰豀。回拜李润村。

初九日(10 月 3 日) 晴。贺兰秋千金出阁。

初十日(10 月 4 日) 午后阴。送殡、贺人婚娶共数处。有一事加礼长者而迹邻趋势,致允摈斯役,良足怍悔,知进退存亡而不失其正,岂易言哉!闻锡大冢宰珍初八日薨于位。冢宰谦厚守正,未四十位三公,泊如也。薨年四十三,时论甚为惋惜。高蔚然、卓如、晴岚招乡人饮,逐事兼温公笔。

十一日(10 月 5 日) 晴。

十二日(10 月 6 日) 晴。顺天试报罢,蜀人中式十一人,副车一人,又北籍一人,岳林宗落第,厄哉!

十三日(10 月 7 日) 吊锡大冢宰。

十四日(10 月 8 日) 晴。

十五日(10 月 9 日) 晴。赴西署。

十六日(10 月 10 日) 晴。出永定门至马房庄归。谨随勘工大臣后瞻仰天坛祈年殿旧址。余无差事。

十七日(10 月 11 日) 晴。住班,未进内。

十八日(10 月 12 日) 晴。

十九日(10 月 13 日) 阴。偕同人赴醇亲王府致祝五十千秋,王爷以惇邸期服不纳贺。午后访岳林宗。

二十日(10 月 14 日) 阴。黎笔侯同年荣翰招饮于□□馆,同座冯寿珊、区海峰、吴秋舫、梁少海、李艾南、何心卿、关杏垞、关咏琴。黎同年嘱写名戳。午间吊俞笏东,唁赵笙阶,贺周澹于、甘少兰、尹小园,访王润仓。□芬。

二十一日(10 月 15 日) 洪子先来辞行,勖以回川静修勿骛外,刘伯友来辞行,寄璧仁信。岳林宗送学海堂、尊经书院章程。郑兆兰托王媪、李星若来索川费,凌东府过谈五刻。

二十二日(10月16日) 晴。曾蜀章招饮,晤眉生先生令嗣李远辰贵猷。

二十三日(10月17日) 晴。李远辰过舍,观眉翁书及余庚午赠眉翁四律。

二十四日(10月18日) 回看李远辰,观眉翁旧藏,有右军真迹《千文手卷》,晋唐以来名人印章、题跋殆遍,又南唐刻澄清堂祖本,眉翁有校勘六纸,余录于重摹本之后,又赵吴兴墨迹《道德经》小楷,用笔如疾风骤雨,画画平横,锋颖逼露,又坡书《温公碑》中楷,最初之拓纸墨古厚,点画新显,皆绝品也。酉刻闻雷,夜雨不大。寄孙瑜表弟唁信,赙舅母三十金。

二十五日(10月19日) 微雨,晚大雨檐溜,几竟夕。京师秋尽所无也。

二十六日(10月20日) 微雨。

二十七日(10月21日) 晴。至西便门外莲花池看美利坚人赛马。偕同署返至天林寺小饮。

二十八日(10月22日) 晴。李润村属书六尺格言屏幅,隶书集宋语录长联,馈银八金。

二十九日(10月23日) 晴。住东署。

十月

初一日(10月24日) 寅西赴东治门送锡大人殡,十二点钟至西署,未正后赴薛云翁侍郎宅,祝七十正寿。便过爽秋前辈,再观其所藏新旧榻本。

初二日(10月25日) 晴。饯李润村、王俊三、陈因之、黄季度、白崑山、赵子先。

初三日(10 月 26 日) 有榻工以拓高句骊《好太王墓志》十二大幅来售，字大逾五寸，隶体初变，识者谓义熙四年石。按：晋史义熙九年方征高句丽，此碑不知中国何年所书，特奇伟可爱。夙闻黄草岭有高句丽碑，未知即此否，书法类汉开通褒斜磨崖大字，文不可谈，审其意，多纪太王平倭寇功也，斩馘作斩敮，文有国烟、晋烟一等语，费解。二十年己酉、十八年丁未、十年庚子，字尚明。

初四日(10 月 27 日) 晨，大湿雾如浆作臭。皇上在御箭亭校武进士弓刀石，蜀人徐海波一甲第二。晚关咏琴约吃鱼生，同座刘香轮、余韡楼、縻□生、邹叶笙。夜半大风异常，达旦不息。

初五日(10 月 28 日) 夜，寅初入直景运门，寒甚。吊联星五奎，午过属章谈。闻浙江玉环厅、海盐、宁波、绍兴、嘉兴、湖州、天台，上自处州、金、衢，下至杭州、严州，十一府同时□患，又苏州之常熟、昭文、无锡、金匮亦遭水灾。

初六日(10 月 29 日) 晴，风。

初七日(10 月 30 日) 晴。班期第一日通融，未赴署。

初八日(10 月 31 日) 晴。

初九日(1889 年 11 月 1 日) 晴。

初十日(11 月 2 日) 晴。偕宋芸耔往新馆劝黄恕传诸人息事，盖时因卢雷同小寓租银不清，致卢宅家人顶撞，而恕传同馆之杨子舟、陈宜之及馆中诸人呵击之，卢宅复以伤仆讦黄等于坊，黄等又首卢仆于城也。夜雨。

十一日(11 月 3 日) 大雪厚尺许。临《元太仆姬夫人碑》。

十二日(11 月 4 日) 寒。祝邵太夫人伯英之母寿。贺陈星三、王植青移居。送周生霖先生视学天津河间等郡，林宗同行。午赴东署，散直，过官帽胡同，晤周慕陔、周伯𣄀、龚健庵、李楷臣。

十三日(11月5日) 阴。赫税司来署议藏事，以咱利山口为界，亚东通商。川江行轮事，仍议买回其轮，而以华船在重庆通商。又闻本月初九日，北洋转东关道电禀复署函，略云美使欲在太平洋设线，将来可议，但旱线万不能行，从前英造九龙旱线，丹造吴淞旱线，电局均令拆去。田使函内无论水路字样，请留意。又美田使谓，电费过重一节，查英丹报费十九年前海线到港沪，即订此价，先系廿字起，码价卅元之外，每一字即算加倍，后减作两元一字。十四年或涨至十法郎克，即每字两元二角，从未过二元之内，不闻各国嫌贵，现照旧二元，系万国公会所定，何言贵邪？此事关英、俄、丹三国交涉，恒宁生、直卜生现允除去十三款下半节，已去其垄断，北、东于此约更无益处，迟恐生变。美使乘机搅局，太平洋线断难允许，电报局可保其不致生事云云，不知确否。又闻初十日，前粤督复海署铁路议，大要云，储铁宜急，勘路宜缓，开工宜迟，竣工宜速。前六七年积铁，后三四年兴工。晋铁不能用用楚铁，楚铁不能用用黔铁，黔铁曾运至粤试过，又机炉拆卸，可以运载，每炉不过数十万，筹款至艰，每年二百万当不难。年有此数，则廿年可成。款能多筹，则成功愈速云云。以上皆系传闻摘录，前后详略不无差错。晚过隶古斋观宋刻《戏鱼堂》套帖十本、明刻《星凤楼》套帖十二本，二帖与《淳化阁》相似。

十四日(11月6日) 晴。

十五日(11月7日) 晴。王抡三兄为伊子续弦，约代陪媒。

十六日(11月8日) 风。李岑秋丁其祖母承重,偕周澹于南旋。

十七日(11月9日) 风。金芃生来函言孙榆胞弟之妇不愿所生女远适,余即日[日]覆函,以事出至情,不必勉强。

十八日(11月10日) 晴。贺升吉甫娶妇,王抡三聚〔娶〕媳。王玉如托岚秋致刘献夫函,未允。

十九日(11月11日) 风。

二十日(11月12日) 晴。晤故人林柳溪于抡三座。

二十一日(11月13日) 晴。

二十二日(11月14日) 晴。

二十三日(11月15日) 晴。王俊三来谈,郑兆兰负债潜逃出京。午后关树三兄过谈。

二十四日(11月16日) 晴。

二十五日(11月17日) 晴。送王玉如不及,阅邸报,卢雪堂出守粤中。

二十六日(11月18日) 晴。徐小帆同年大昌自渝函寄,出土汉□款三纸,延光等字尚可辨。代呈仲约师一分。

二十七日(11月19日) 晴。钟泽生同年体志自赣来函,馈仪物。和甫弟自渝来函。

二十八日(11月20日) 阴。大侄女来为继慈执伐,议豫令袁君之女,俟商。

二十九日(11月21日) 阴。洪士安来信。

三十日(11月22日) 阴。

十一月

初一日癸卯(11月23日) 雨。

初二日(11月24日) 阴。赴东署住。酉戌之交,西南方有光屑然乍开乍合,俗名天笑。

初三日(11月25日) 寅刻由署诣保和殿恭应御试御史,辰正读钦命题"居敬行简论""同律度量衡策"。大风扬沙振廷,异常寒冽,墨冻手皲,不能成字。

初四日(11月26日) 晴。有人传阅卷名次,云翰林院、部属合校,拟定余名在第八,考者六十三人,刑部十四人,最多,不识能邀记名否也。廖季平有信来,寄新撰《左传凡例》数千言,二伯、九州仍旧说,三统亦夙论,大旨在调停三家云。

初五日(11月27日) 晴。王惠棠赴粤,蜀章、东府、镜宇、星若见过。刘仲帅复同乡信,寄银五千金,为培修新馆费云。

初六日(11月28日) 晴。林凤三由杭寄来代制羊毫数种,尚健。

初七日(11月29日) 阴。住班。

初八日(11月30日) 晴。

初九日(1889年12月1日) 晴。傅楙元自古巴、日本归,赠所著《日本图经》《古巴图经》《纪程》《诗稿》若干卷,以《日本图经》为最富,随答以诗云:

昔闻北地傅介子,今作中朝第一人。

亲历图经三十卷,笑他斗室辨紘殥。

初十日(12月2日) 晴。

十一日(12月3日) 大风。

十二日(12月4日) 卯刻翰林院、部属考取御史在乾清宫引见,记名三十八人。王懿荣、李慈铭、杨崇伊、庞鸿书、吴同甲、詹鸿谟、袁昶、杨宜治、钟德祥、陈邦瑞、裴维侒、王培佑、黄桂鋆、叶庆增、管廷献、王濂、俞钟颖、高蔚光、郑思贺、易俊、陈芾棠、王联璧、蒋式芬、熙麟、张仲炘、胡蕙馨、曾树椿、郝同篪、曹榕、冯锡仁、王恩溎、杨福臻、张赓飏、丁之栻、王鹏运、王敬、曹志清、王汝济。以上谨按钦定甲乙名次,至十三日述旨则以衙门及级俸为次第也。

十三日(12月5日) 晴。

十四日(12月6日) 晴。麟雏交来聂冰如信。

十五日(12月7日) 晴。德国献贺大婚宝瓶二,高三尺许,一绘博德斯都城,一绘古勒巴口,均白瓷地,由东署进呈。

十六日(12月8日) 晴。汪荣洲、傅熙之、汪绩堂、刘星階召陪雪堂,因乞雪堂方治嗽。

十七日(12月9日) 晴。志伯愚世兄见过。

十八日(12月10日) 晴。瀛海来信嘱探傅孝廉,盖冰如为议婚事也。致瀛海、冰如、和甫、兰楫、太岳、森榆、郭子清、翁惠亭、郭雨田、王介卿师信。寅臣、少东约勘新馆,补修乐台地址。

十九日(12月11日) 风。星三、竹林约陪雪堂。

二十日(12月12日) 风。祝德俊峰太夫人寿,祝关虞臣令嫂寿。回拜各处,晤岳林宗、王直卿、余晋珊前辈少东。

二十一日(12月13日) 风。

二十二日(12月14日) 夜入直景运门。购石印《皇甫诞碑》旧拓，有成邸题跋，盖吴荷屋故物也，归取厂肆。夏初所见明拓本，较之字数无异而劲显神气过之，又以贱价，见之可喜也。

二十三日(12月15日) 晴。子培过余，观所藏帖，叹赏《皇甫碑》不置。

二十四日(12月16日) 晴。乡人公饯雪堂于观善堂，更昼始散。

二十五日(12月17日) 晴。读李仲约师所取浙墨，二名、六名甚博，余佳制甚多，殿榜三艺风格亦佳。晚见仲约师，谓余近临隶书甚好，复赐观新购《云麾将军》及《岳麓寺碑》，均宋拓，《皇甫》《九成》亦明拓也。细谈浙闱得士之乐，座中晤苏器甫孝廉，师谓此君是能读古书者。

二十六日(12月18日) 晴。闻伦敦电印藏事将以四条议结，西金即哲孟雄归印，余俱无损，藏人出界游牧亦可商云。

二十七日(12月19日) 晴。升吉甫约同署四蜀人陪其房师卢雪堂。

二十八日(12月20日) 晴。李仲壶招饮。

二十九日辛未(12月21日) 冬至。晴。廖洞秋先生、何雪帆兄及余公饯雪堂、张亮丞、光裕。罗云卿，名琼章，新选如皋县。未至者钟君光耀。丁卯乡榜同年，浙江知县。微寒。

十二月

初一日壬申(12月22日) 晴。

初二日(12月23日) 晴。贺文达斋续弦。

初三日(12月24日) 晴，爽。晨赴长师母宅祝寿，见师母，自云衰多病矣。晤世兄伯愚、仲鲁及六世兄，座上晤谟心泉，主人伯愚诵主人自题《小圆石》诗云：

太璞完全未凿开，女娲曾用补天来。

外圆不碍坚钢骨，敛尽锋铓是大才。

雅健得体。午后登冯申府堂祝其母太夫人寿。

初四日(12月25日) 晴。

初五日(12月26日) 晴。曾仲芳招饮乡人四五辈。

初六日(12月27日) 晴。张亮丞赠吴清卿摹刻《郭有道碑》旧刻，较济宁出土旧石，探综图纬误"深"字。按：是石本在介休，窃疑济石已非原石。

初七日(12月28日) 晴。购得《云峰山》全榻，尚完好。接九叔信，知余记名，甚喜。季和副宪赠闱墨甚佳，元墨总作，题系"务民之义"二句。

初八日(12月29日) 晴。临魏《上尊号》《受禅表》二本。

初九日(12月30日) 晴。贺畹九娶媳。晤李星吾、汪范卿。晚在子培处见人寄售宋拓《麻姑壇碑》，题跋甚精，子培谓似停云馆祖本，又见《安刻书谱》一册。子先自山东寄来马生赠《玉函山房》全部，此书原失八卷。

初十日(12月31日) 晴。纂总署会典事例，初竟咸丰十年、十一年。读爽翁拟议复志詹事整顿商务摺稿及堂宪徐小云先生撰议复摺稿，一赅博，一灵透，有佐证，均可诵也。夜半偕总办孔斐轩入直景运门。

西藏定界通商近委总税务赫德介绍两间。赫遣其母弟政前往印藏间任舌人，职往还传电，即乙酉年邓鸿胪携往粤界充翻译之人也。英官保尔住大吉岭，升竹珊康使住纳东，相距约二百余里。隆冬山峻，须四五日程。德初言，据政电，英官欲在藏界与升大臣定议，继又言欲升大臣赴大吉岭会议，今复来言，欲升大臣至孟加拉会议。孟加拉者，印度都城，总督在焉。总督之尊与英君等，不可轻出，故往彼则面结速，候此则文结迟。藏例，腊月底大雪封山，须二月后方通行人，迟则升大臣不能归藏，藏人又将生疑云云。斐轩奉堂谕与德往返商酌，德意甚坚。窃谓此事行止关系中国体制甚大，幸各堂宪意均不谓然，爰赞斐轩剀陈邸堂枢堂谓：关系甚重，宜勿许。各宪深韪其言，今速函止。斐轩可谓尽心公事矣。

十一日（1890年1月1日） 晴。观鲁工所售邹县葛山、冈山、尖山、铁山四大磨崖，皆周齐人所书，巨石大字约一千三百余幅，已买。

十二日（1月2日） 晴。季和大理为乃弟设奠。

十三日（1月3日） 晴。

十四日（1月4日） 晴。皇上祈雪。晚爽秋同年招陪曾经郛。

十五日（1月5日） 晴。同人为曾经郛洗尘。

十六日（1月6日） 晴。

十七日（1月7日） 晴。饯范玉珊、石辉山，陪者陈蓉生、陈奂甫、秦仪鸿。接杨达斋十月十九日来信述郑兆兰侵款事，劝余含容，并托查杨春荣、张桢瑞名所考供事真伪。奁田善举，收成大歉，新谷价贱未售，雍子经已去，罗姨岳馈咸菜三罂，存和甫处。又接郭生步洲、熊生纶、戴生宗冕秋间函，郭生询龙经解义。

十八日(1月8日) 同文馆连试两日，夜大风。

十九日(1月9日) 晴。西署黔司封篆后同人早聚，午刻赴观善堂，同乡人寿坡公。

二十日(1月10日) 寒，有雪意。

二十一日(1月11日) 晴。接爵棠兄十月晦函，云孝帅调鄂初不怿，后得余笺乃知腹地之重，余贡直言甚欣纳，熙帅未及得余书，已赴桂边。

二十二日(1月12日) 晴。四伯母生日，二三亲友来饮。

二十三日(1月13日) 寒。书春帖楹联。

二十四日(1月14日) 晴。晤施均甫观察补华。

二十五日(1月15日) 晴。祝曾叔章母太夫人寿。夜撰茶末稿，接王云卿太守自赣来函，李铁船同年自粤来函。

二十六日(1月16日) 晴。赴西署，至东署，夜进内。

二十七日(1月17日) 晴。辰赴祝吉林师相寿，师八旬有三，神清极。归，购旧拓《岳麓碑》《云麾将军碑》，价颇不廉，年关乌得此款。

二十八日(1月18日) 岁暮祭祀。寒，有雪意。接刘璧仁自赣临州来函。林宗出城，谭一夕。

二十九日(1月19日) 晴，大寒节。诸债麕集，一岁入不敷出甚钜，亡内在日不知此味数年，令人思良佐不置。

三十日(1月20日) 晴。赴长官及受知师宅投贺年大帖。

俄程日记

光绪二十年十月(1894 年 11 月)——
光绪二十一年六月(1895 年 8 月)

光绪二十年

光绪二十年冬十月　总理各国事务衙门奉旨:“着派湖北布政使王之春赍书前往俄国唁贺。钦此。”于是王星使具奏请旨,派令宜治同往襄赞,钦奉俞允。摺内有宜治“前充中越勘界司员,得与昕夕共事,因深悉其为人”之语,录稿见示,宜治谊不能辞。时东氛甚恶,海疆戒严。星使字爵棠,湖南清泉人。光绪十一年以广东粮道同办中越勘界事宜。今年恭逢皇太后六旬万寿庆典,奉廷旨来京祝嘏。

二十六日(1894 年 11 月 23 日)　晴。赴各堂宪宅辞行。

二十七日(11 月 24 日)　晴。清理应带档案,交科房钞写。

二十八日(11 月 25 日)　晴。住总署。闻旅顺失守之信。按:日本在孝明时已骎骎有武灵胡服之意,洎明治初乃力排群议,锐志改从西法,遣使出洋,结交英法德美诸国,而于德国奉承尤笃。其武备战图,悉师其所长。西报载:数年前倭主置酒,高会各国使臣,宾客有请观制造者,倭皇以得律风号令将弁,演其技勇,陈其器械,无不精熟,众西宾鼓掌赞叹。私语谓倭之为此,殆非欲炫示于西方诸国也。时我使者亦在座目击云。[①]

---

① 原稿页眉处注:“我使者亦在座,似仍当作各国”。

二十九日(11月26日) 夜微雪。忆倭事初起,有英国文士与余言,倭孝明时倾心西向,惟与一耆旧图之,其人视茫耳聩,画灰借箸之策,外间秘不得闻。明治嗣位以来,出洋学生卒业,游士归国陈图,经西人巴夏礼为之指画,乃筹侵取之计。山川险堑、进退机宜及止战条约,半皆预定,藏于内府,西士已有得窥其条款者,大概以普法战局为张本,其蓄谋殆不自今日始矣。

十一月

初一日(11月27日) 雪。

初二日(11月28日) 晴。午初王星使来知会启程。余亦于是时出都,三弟宜瀚送至东便门。申初大风,马上颇寒。酉初抵通州,与王星使会住恒裕栈。

初三日(11月29日) 晴。辰刻上船,午后解缆。河冰争桨,舟行有声,寒气袭人。夜半后三点钟过河西务。

初四日(11月30日) 晴。日有晕,颇寒。午正过蔡村,戌刻过杨村。夜行,大雪。

初五日(1894年12月1日) 雪止。辰刻到丁字沽,河冰已合,陆运行李至紫竹林。便道访李勉林观察。

初六日(12月2日) 晴。谒傅相师,未见。旋遣价来述:事烦,有微疾,不及接谈之故。午后过方勉甫前辈谈,过李勉林观察小饮。勉林为中越勘界旧侣,追述乙酉、丙戌瘴边艰难情事,又念邓铁香钦使归道山已久,言之憯怅。

初七日(12月3日) 晴。晨偕王星使乘火车至大沽口看炮台,晤罗耀廷镇军、史光甫协戎。炮台仿西式,形式甚壮,而侧近口门颇多，综计勇额尚不敷守御。罗、史皆曾文正公旧部。

初八日(12月4日) 晴。晤何心如军门永盛、郑幼新太守业敦、王勉斋大令，谈金州、旅顺相继失守事甚详。夜搭礼定轮船候潮。

初九日(12月5日) 晴。巳刻启椗，过唐沽、大沽。

初十日(12月6日) 晴。晚出大沽。

十一日(12月7日) 大雪节，晴。寅正至烟台。巳刻东抚李鉴堂中丞遣人致讯，余以展轮在即，未及往谒。前勘中越界时，中丞驻节镇南关，聚晤最久。

十二日(12月8日) 风。过黑水洋，呕哕、呻吟之声不绝于耳。

十三日(12月9日) 晴。晚十点钟抵沪，登岸，住天后宫。

十四日(12月10日) 阴。

十五日(12月11日) 晴。郑陶斋观察来晤，赠《盛世危言》四卷。陶斋，香山人，见充招商沪局总办。巳刻回拜署上海道刘康侯观察、上海县黄爱棠大令，随谒邵小村中丞，谈最久。中丞曾充译署章京，论事切当，因告余过巴黎时可约庆霭堂为助，必于使事有益。

十六日(12月12日) 晴。郑陶斋约聚，座中有谈近日边事者，以日本昔之贫小、今之富强，其得力在选材就学、学成重用耳，如伊藤博文、朋榎辈，皆廿年前出洋学生，今或柄国、或典军矣。其制国用，武备既精，于是毅然改商政，减轻土货出口税，重征洋货入口税。中国仓卒无备，诚不能敌。又兼宿将凋谢，暮气徒存，弁卒疲惰。湘中子弟皆战士之孤，纨绮者惮于远役，应募者率皆馁窭，北旅乌合，悉无袴之公，月饷三数两，骤集数百营，闻战先溃，溃复应募，其能制敌耶？噫！言者无罪，因亟录之，其痛切与《盛世危言》大旨相同。

十七日(12月13日) 风。晚抵镇江，吕镜宇观察海寰来寓畅谈。镜宇为余丁卯同年，在总署共事，极相能。

十八日(12月14日) 晴。展谒先中宪公衣冠墓，辛未年赵粹甫先生所题墓道碑已残缺。镜宇观察旋到拈香，郭雨田参军继至。晚晤孙秋潭大令、余德甫茂才。

十九日(12月15日) 阴。赴镜宇观察招，道署园亭楼阁颇宏丽，有曲折幽邃之致。主人以帅檄频繁，转输军械，殊难整暇；客亦行李仓皇，不及倡酬，负此嘉会。申刻渡江，至扬州已二鼓，径诣藏经院拈香，还宿信源栈。昔年求先中宪公殡所，曾假馆于此，主人李某物化，其子贸易远方，惟一老妪存，年七十余，聋聩甚，询以二十六年前事，茫然不解，感慨久之。夜分，微雪如霰。

二十日(12月16日) 卯刻行，渡江。登怡和行之元和轮船赴武昌。王星使已先在船，云译署有电催放洋，故亟亟上溯，料理未竟也。

二十一日(12月17日) 晴。巳刻过江宁，王星使登岸。申刻过芜湖。

二十二日(12月18日) 晴。午刻过九江。

二十三日(12月19日) 晴。巳刻抵汉口，访志仲鲁观察钧，于淮盐局畅谈。仲鲁为宜治业师长慎甫先生中子，出嗣乐初将军，由编修改官江宁，奉檄驻鄂。余饭毕过武昌，谒洪桐云叔岳锡爵及叔驷内弟。桐丈为余丁卯同榜，少共场屋，交忘行辈，晨夕不离，今别二十年矣。晚拜晤彭实庵观察，应薛次申观察华培招，表弟聂幼涪孝廉培新、聂石甫明经炳麟竹林同座。住洪宅。

二十四日(12月20日) 晴。拜晤朱少桐观察其煊、施鹤笙太守纪云、钟凤喈大令桐生、杨秉衡大令钧。凤喈、秉衡皆余同年。

二十五日(12月21日) 晴。午后偕桐丈观两湖书院及织布局，规模宏阔，惜匆匆不及详览。晡时过江，志仲鲁观察设饯江滨，倪桂山孝廉同座。戌正二刻，启轮东下，仍元和船。

二十六日(12月22日) 晴。未刻过九江，晚过安庆。

二十七日(12月23日) 雨。午刻过金陵，制府张香涛先生已出巡，因未登岸。申刻抵镇江，住三益栈。

二十八日(12月24日) 晴。辰刻赴象山，候迎张香帅，未至。过吕镜宇观察舟谈。

二十九日(12月25日) 晚风。谒见张公于轮舟之次。公尊人与余祖同年至交，世谊最早。余越南之役，公与邓公承修、李公秉衡会衔疏其劳勚，余因请执弟子礼，公谦甚，谈次垂询都中情形甚至。退晤彦咏之太守、余绍香观察、江蓉舫都转。

二十日(12月26日) 风。辰刻至关文桥，再展先中宪公墓，遂至阳彭山僧舍，盖廿余年前栖止之所也。访老僧，已圆寂十年矣，枨触久之。戌刻登鄱阳轮船，适王星使亦自鄂返，滇帅王夔石制军应召入都，并乘是船，因得谒见夔帅。

十二月

初一日(12月27日) 阴。未刻抵上海。翻译官李叔耘太守寿田奉王星使咨调,由闽来,盖中越勘界时旧侣也。翻译联渥轩恩亦到。

初二日(12月28日) 晴。附小火轮拖船往苏州,以与李少梅约,兼欲晤谢张星垣培护先茔之劳,并访朱修庭、敖季和、傅允甫也。

初三日(12月29日) 风。夜三鼓到阊门,入城,住船舱巷,即善长巷吉星公客寓。为小火轮所迟误,不及晤少梅诸君。

初四日(12月30日) 晴。留函与少梅诸君作别,趁木轮而返,盖距放洋期已近,不敢再延也。

初五日(12月31日) 阴。未刻抵上海,李少梅复来沪晤谈。

初六日(1895年1月1日) 晴。李少梅约聚。晚接家信,平安。

初七日(1月2日) 晴。郭仁山约聚。午后林青溪、郑陶斋招饮。

初八日(1月3日) 晴,颇寒。许竹筼星使电王星使,以此次专使赴俄,俄廷已预备照头等公使优待云。王星使因电告总署,述俄厚意。

初九日(1月4日) 晴。

初十日(1月5日) 晴。辰刻随王星使乘小火轮出吴淞口,登法公司船。从行者:潘慎初司马乃光、徐尧阶广文启书、冯蔚农贰尹泽霖、蒋寿霖刺史金生、魏伯琴贰尹业篪、李叔耘太守寿田、联渥轩员外恩。申正展轮，船名撒拉济，长法密达一百三十迈当零八十四桑的，宽十二迈当零六十六桑的。重载前吃水五迈当零六十桑的，船底七迈当。船舱容货三千零四十五立方寸。每点钟行十三海里。马力六百匹。吨数五千九百零八头。二、三等舱二百零四间。船主保勒，总办名光米塞勒。

十一日(1月6日) 晴，无风。早过崇明沙，沙有东、西，唐武德中始涌出，明宏治中属太仓州。又南过马鞍、柳根拿、渔人各岛及定海舟山，为春秋时吴王所居甬东地，宋高宗为金人所迫，曾航海至此，明时屡被日本患者也。又西南行，过黑山之东，经台州各岛。中间水深至百尺，可寄椗，有淡水，明时尝为日本所据。椒江口外潮退时，水仅八尺，口内深三十尺，可至台州城下。日午，高弧测为赤道北二十八度十六分，京师偏东五度四十八分，寒暑表六十七度。自上海至此，行二百八十一海里。

十二日(1月7日) 晴。入闽海，过福瑶山之东，西南行，过闽江口。口外群岛横列，北曰长岐山，南曰马祖山。闻入口处湾曲甚，碍舟行，既易防守，而节节关阑。又有琵琶嘴、金牌角、长门、闽安镇以为门户。十年，马江之役竟听法船入泊罗星塔下，大肆其虐，捆载而去，不可解也。益西南行，过崇武所，为明代备日本处。再过泉州、晋江。午正行三百二十九海里。

十三日(1月8日) 晴。辰初至香港。自昨午至此，计行二百六十海里。门人张亮丞光裕、彭召南思桂来见。许少丈应锵，萧文峰太守炳堃，黎荩臣都司中配，李子华大令祖荣，许仙芝孝廉炳耀，许苓西公子炳榛，刘吉六大令光廉，曾俊臣大令瑞祺，刘瑞初大令厚桐公宴王星使于山顶，余陪座。山去海一百五十余丈，上有机炉，以铁索绞轮，上下一瞥可至。山有洋人酒店，轩窗开朗，下视四面，小岑浦溆人家舟楫，宛然图画。诸山如城海如池，阛阓高低数十，层叠滨澨，平铺如掌，视大铁舰裁尺许。心胸开拓，宾主尽欢，归已日暝。

香港本广州新安县南海中岛，旧属红炉汛。英埠在岛之偏西北，对九龙汛南之尖沙嘴，东即鲤鱼门。两山夹峙，中通水道仅里许。门内广阔，至尖沙南而复隘。其西为大屿山，广袤一百六十余里。东北曰急水门，为自港西北达省之道。自港西南出口曰老万山。港中海道四达，高山环绕，颇擅形胜。溯办理洋务始末，自道光十七年后，鸦片案起，旋因疆臣议以香港在广州五百里外，为荒僻小岛，准英立埠事，盖成于二十二年。当林文忠公持节办事时，曾于沙尖嘴及官涌地方设炮台。又以虎门为中路扼要之区，西则香山，东则大鹏，形成两翼。因请改澄海协副将移驻大鹏所辖之九龙山，于原额一营外，增额兵五百名，防备不可谓不预已。香港近为盗贼逋逃薮，不可穷诘。设立领事之议，发于曾惠敏公，为英所格。近薛叔耘廷尉奉使英都，颇以保全商务为急，余遂援惠敏前议与之函商，以华民所居各口，多宜设立领事，而尤以香港为先着，反覆数万言。薛公以余曾至粤，洞悉情形，深然之，商之英廷，已画诺矣。适英人有在喀什噶尔暂设侦员之请，我甫拒之。又领事例须试设一年，再定长设。译署堂宪虑其抵制游移，稍稍迟回，而薛公意在速定新嘉坡总领事之议，不欲再与署宪争，港议遂阁。嗣闻在港富商亦以领事不便于己，百计造言尼阻，不可解也。

十四日(1月9日)　午刻展轮。微风。南行过零丁岛，傍老万山之南，出大洋，经澳门境。澳门在香山县南一百三十余里，三面环海，惟北与陆接，细如胃管，长七里，广二里。明万历间，法人筑城室以居，旋弃去。明末，葡萄牙人以历法著闻，尚书徐光启因请居之于澳，岁纳征租，国朝因之。近年以代稽洋药，已立约允其常住矣。

十五日(1月10日)　晴。舟行偏西三十度，晚过琼州、七星洋。琼州孤悬海面，方七八百里，古为雕题、离耳二国地。汉置珠崖、儋耳郡。黎人所居曰五指山，亦曰黎山，产香木，多瘴毒。明人请开十道，不果行。近年粤帅南皮张公屡筹垦抚，亦无成效。盖以炎毒异常，军士中之辄死也。午正行三百二十六海里。寒暑表七十八度，在赤道北十七度二十五分，北京西五度二十四分。水缁色，有风。夜微雨。

十六日(1月11日)　晴。过越南顺化境。偏南行，过广南境。舟右诸山蜿蜒不断。水微黄，有风，舟微荡。从人多有不食者，蒋寿林因热患衄不止，西医以药水入鼻频治，饮以冰水，渐效。午正行三百三十海里。

十七日(1月12日)　晴。寅正二刻至西贡口外三塞克山下候潮。自昨午起，行二百五十九海里。自香港至此，统计九百十五海里。

旧闻法人占据越南，其谋启于咸丰初年，代还荷兰亦曰义国之债，以税关作抵。同治初，借杀教士案为名，遂以兵船入西贡，索六省地。光绪八九年间，遂兼南、北圻。十年，法人与我有马江、谅山、台湾之战。十一年，我与法勘定中越边界。朝廷以阁学周公德润为云南勘界大臣，大鸿胪邓公为两广勘界大臣，今星使王公及直隶候补道李公兴锐为邓公同办。宜治以译署司员奉邓公奏派随行，与法员浦理燮即桑沙法埃及狄隆等先后研商，以钦州界外之白龙尾、八庄、十万大山、分茆岭、板兴、峒中，龙州界外之岭怀七隘地划归于我。盖至十三年夏间，始克蒇事。十九年冬，乃立牌博。今经行越境，而邓公早归道山，能不怅然！

十一点钟进口，曲折行，两岸芳塍醮水，晚稻新熟，野花争发，杂树连洲，大似苏常风景。未正抵西贡马头。此江即澜沧江之口，上通湄江。法人上年争暹罗界之湄江岸，盖欲由此直达也。酉刻偕同人从星使周览堤岸及大花园。土人呼堤岸本音为柴棍，即粤人之旧街也。元周达观《真腊风土记》谓之“雉棍”，又名西贡，在马头西七里，马车、火车往来均便。按：《宋书》有区粟城。《水经注》云“林邑兵器战具，悉在区粟。”或言即此，是否不可考。花园有桄榔、蒲葵、槟榔、频婆果、木棉、梅奈各木，蕉、竹、海棠、万年青、凤尾、蔷薇、蒟、菊、刺梅、山茶各花草，亦有番种而不能名者。以铁槛虎、豹、豺、象、兕、山狶、熊诸兽，铁丝网屋中为池，养鸹、鸧、鹳、鹭、凫雁、鹤、雕、隼、鹧鸪、鹰、鹌鹑、鹦鹉、鸥鸮诸鸟，穿山甲、鼍龟、鳄、鼋、鲋、鲎、鳐各鳞介之类。嵌沙细布，浅草如茵，颇可怡悦。戌初天尚未暝，西照逼人，凉衫透汗，比京师五月。晚间市饮于落红楼，遥闻弦索声。星月当天，感怀无已。

越南疆域兼古占城、真腊之地。占城即今之广和城，亦曰“衙庄”。秦为林邑，属象林郡。汉改象林县。汉季，其民区连杀邑令，称林邑国。晋初，区氏嗣绝，外孙范熊继立。隋仁寿末，遣刘方攻破林邑，诏分其地为荡、农、冲三州，寻改为比景、海阴、林邑三郡。隋乱，故王范梵志复王其地。唐贞观中，范氏绝。至德中，国人立其戚诸葛地，称环王。元和初，入寇驩、爱等州，安南都护张丹击破之，葛氏遂徙于占城，仍称国。今为平顺城，亦即阮福映所封之农耐是也。五代及宋，常遣使入贡。淳熙中，袭破真腊。庆元中，真腊大举复仇，俘杀几尽，更自立为王。至元间内附，寻复叛去，怵以重兵，终无顺志。明初，遣使入贡，诏封占城国王。明末，黎维潭复国，恃其胜兵，并占城兼而有之，置四道。真腊在占城西南，今为西贡等城及柬浦寨地。隋大业中，通中国。《唐书》名吉篾国。神龙以后，国分为二，近海多陂泽，曰“水真腊”，北多山阜，曰“陆真腊”。宋宣和初，册封王。庆元中，破占城，以真腊人王其地，为属国，于是有占腊之名。宋元之间，扶南故地立暹、罗斛二国，而占城亦自立，真腊之境土复旧，终明之世入贡不绝。《明史》言其国自称“甘孛智”，后讹为“甘破蔗”。万历后，改为柬浦寨，近或译为干波底亚。国朝乾隆中，阮光平起广南，既据安南，复并柬浦寨南境，置六道，合占城十道为南圻四道。

十八日(1 月 13 日) 晴。未刻启椗，六点钟出口。有风。

十九日(1 月 14 日) 晴，有风。午正行二百八十二海里。北京西十二度十二分。寒暑针法表二十六度，英表七十八度，法度当英度之三。在赤道北四度二十九分。镇日舟行平稳，两岸远有微山，水正碧色。历过暹罗湾口，北岸为暹罗境，东岸为柬浦寨地，西岸为巫来由境。海面约方千里。《晋书》言“扶南西去林邑三千余里，在海大湾中”。《梁书》言扶南在“日南郡之南，海西大湾中”是也。

二十日(1月15日) 晴。至午正行三百三十三海里。微雨。未正至新嘉坡外之白石口门，广约四十里。南岸为本定岛，北岸为罗马尼亚嘴，属柔佛东南境。西行，过柔佛河，河出琛门东山。又西北行，三点钟至新嘉坡，计二十二海里。岛屿葱翠，廛市殷埠，树木阴翳，诚巨埠也。在赤道北一度十八分，北京西十二度三十九分。颜斯综《南洋蠡》载：华人墓碣有梁朝年号及宋淳熙年号。是旅居实始于六朝。我朝嘉庆二十四年，英始以赀赁于柔佛国，为鸠居地。有华民十八万，皆效巫来由及柔佛语。柔佛见于《明史》，巫来由及苏门答腊岛隔海夹。其东南群岛环列，有本定、巴丹二岛为大，中间为里俄海夹。巴丹西南为布林岛，其间曰狭夹。新嘉坡初为印度、南洋通道，自苏彝士河通行之后，泰西商船多北由此道，不复迂道于巽他夹，而坡埠遂为英垄断。有人言：若自暹罗湾之西开道，径达于昂大忙岛，可省海道四日程。英人甚不愿，恐损坡埠利权也。中国初无领事，郭筠仙侍郎秉节时，商人胡璇泽以甲必丹兼其职，就地筹费为俸。曾惠敏以左君秉隆易之，始另给俸薪，而未兼辖各岛。光绪十八年，薛叔耘星使始奏设总领事，领槟榔屿、麻喇甲及芙蓉、石兰峨、新山群岛。未奏之先，余曾有函，与薛公熟商。又详陈堂宪数次，始定摺稿，可谓难矣。

附录与薛使函云：各岛华人百万有余，弱者为人所凌，不法者为人所恶，加之禁逐，我欲保全，必先约束。领事之设，所以慑华民，非助华焰争主权也。然保全之中，大利在焉。盖今日之势，人用七雄之强，我但当用老氏之柔与弱，使所在之岛，华洋相安，动人怜恤，久久往来蕃息，而变服而姻娅。所谓问中国之富，当数人以对矣。夫百足之虫，死而不僵，未有数百万人经营于外，而堂堂之国坐困中庭者也。特当令知朝廷，并未我弃，华人并未我贱且恶，则内向之心始坚。此生聚教训，固非领事不可耳。查南洋各岛添设领事之议，十四年，粤帅奏请之。十六年，北洋大臣函请之。香港之议，则曾惠敏倡之，事皆未成。近年吉帅又有海参崴华民二万，为人所虐，亟宜筹设领事之议。领事之重如此。坡议若成，即可推之广南；港议若定，又可援商于崴。若虑喀事牵掣，恐得不偿失，则喀议在先，港议在后，使者并未言两事相抵，外部近亦未提喀事，彼若未忘情于喀，我今即不收港，难禁彼不议喀，俟其议而以喀港互易，不若乘其未议而先收港。及其议喀，我又得求他端以互易也。若以应喀为开门揖盗，则喀本有俄员，即英游历之员，久已驻彼，设员不过更一名目；若因其商请而坚拒以我并不冀港为言，设英用威妥玛烟台约之故智，借他衅以相胁，又将何以谢乎？若虑将来难以谢俄，则议始于英也；若虑俄不允，难以谢英，则咎在俄也。英俄皆利喀，与其与俄专，不如分俄势也，则将来喀议即万不能罢，我亦未必全失计也，况尚可以笔舌争持乎？喀事英分俄利，坡港之事，我专英利，推而放之各岛而皆准，且有不言之大利，两事相权，其轻重各判然也。

坡民闻星使至，皆欢欣踊跃，趋走来观，街衢为满。余召父老询其利弊，咸言薛星使活我。闻薛使已归道山，莫不咨嗟叹息，有流涕者。盖光绪十九年薛有疏，请豁除海禁，奉恩旨允准也。

土产燕窝、锡、白铁、胡椒、甘蜜儿、茶、香茅油、蔗糖，甘蜜可染紫绛葛绸。槟榔屿在埠西北三百八十英里，英船常泊，而法船不至焉，有华民十八万。槟榔至西郎，英语曰“高林保”，约五日可到。槟榔至噶罗巴，亦五日。噶为荷兰属，有四十余埠，华民六十万，产蔗糖、加非、茶、大尼，近接暹罗，有四十余埠，华民二百余万。新山距坡一百里，华人十四万。

署总领事候选道张君振勋号弼士，偕翻译候选府那君三号华祝、候选直隶州刘君玉麟号葆生、随员刑部主政王君树善号杉绿、拔萃陈君国经号锄圃、笔政沈君铭号鼎三、候选县丞金君维楙号石声、供事叶君卓林号吾庄来见王星使。张君备马车迎星使及同人便聚，遂偕往。署本粤商公所，昨日新移居，皆弼士捐廉葺治，甚闳廓。茶毕，导游洋街，观博物院。凡中外奇异之物，如鸟兽、水族、皮革、羽毛或俨然如生，或但存骨质①。农工织妇之器，五金矿产之属，靡不设备。又游大花园花木基地，种植皆倍于西贡，鸟兽种类有郭筠仙侍郎所未纪者。晚饮总领事署。九点钟张弼士及署员同送至船。十二点钟二刻启椗，向南行，转西，过巴尼岛。又南，见灯塔。转西北行，过老港西口。又西，过柔佛南境。

二十一日(1 月 16 日)　晴。过满拉加西南。满拉加，顾亭林谓：“即古哥罗窝沙，汉通中国，后属邓逊。复役于暹罗。明永乐中，入贡来朝，命郑和册封为王。”成化后，为佛郎机所灭。商舶乃直诣苏门答腊。《四裔年表》又言：“嘉靖八年，葡

① “骨质”刻本作“骨制”。

萄牙人立埠于满拉加。”近人邹代钧以佛郎机为葡萄牙之误是也。国朝乾隆中，荷兰人夺满拉加。道光五年，英人以所据之苏门答腊邦古连、门多克二岛与荷互易，故满拉加今属英，即麻剌甲岛也。地产金沙、白铁、香木、稻，附近有吉陇镇产锡，光绪初，华人聚众开采。吉陇属沙剌我国[①]，国王禁阻相斗，英以华人之胜，遂勒国王及华人，而置官焉。

午正行一百五十一海里。北京西十四度二十分，赤道北二度五十九分。寒暑表八十六度。

二十二日(1 月 17 日) 晴。舟行颇平。西北行，北过沙剌我河口，南属苏门答腊，经卑力国境。卑力多山，产锡及金钢石，近亦属于英。卑力河口之北约十七海里为丁丁河口，河口之北约五十海里曰威尔得岛，岛之西北约三十海里为威斯乃。再西隔二三海里即槟榔屿，乾隆五十年为英所占，物产人民，与新嘉坡等。凡巫来由峡西岸部落及彭亨、柔佛、沙剌我、卑力等国，中倚山东，西南濒海，均上腴地，今皆服属于英矣。又西北行，过德里河口之东北。再西北行，过兰克萨东北境，水元色。午正，行三百二十五海里。赤道北三度三十八分，寒暑表八十五度。

二十三日(1 月 18 日) 晴，有风。西北行，过兰克萨海湾，又过大门得嘴之北，转向西行。大门得为苏门答腊岛之尽处，在赤道北五度五十七分，京师偏西二十度四十一分，寒暑表与昨日同，水仍元色。自此直西行，至午正，入印度洋之孟加拉海面，法语“榜噶剌”，行三百四十六海里。苏门答腊昔

---

① 刻本此处及二十二日条作“沙刺我国”。

为岛中之一国，岛长一千三十余海里，宽二百余里。有三佛齐国者，自梁讫明，皆入贡中土。有罗越国者，见《唐书·地理志》。《明史》有须文达那，亦即苏门答腊。《续文献通考》又有花面国、那哈国、阿鲁国、黎代国、南浡里国，皆在此岛之内，岛南跨海入爪哇境，诸国在明时皆入贡者也。印度即汉之身毒，西人纪载以周景王二十五年属于波斯，亦名巴尔的，即《汉书》之安息。又谓：显王时欧罗巴马基顿王曰亚力山德者，统希腊、土耳其、埃及、阿剌伯、阿富汗、俾路芝等国。东北兼塔什干、回部，东逾印度河。布哈尔即《汉书》之大夏，大月氏灭大夏，印度又属月氏。汉魏六朝，常入贡中国。唐元宗时，赐南天竺为怀德军。天竺即身毒，唐季役于大食。五季至宋，土耳其人据之。绍熙间归阿富汗。元宪宗以后，屡征降之，然未尽役属也。明宏治十一年，欧洲人复通印度。十七年，葡萄牙人始立埠于南印度之哥陈。嘉靖五年，蒙古巴卑尔人据印都于特里，并孟加拉。巴卑尔者，撒马尔汗帖木儿五世孙。特里为阿富汗据印时旧城，《瀛寰志略》所谓德列者也。十四年，英始通商于孟加拉。万历后，国分。明季暨国初，荷兰人亦先后立埠，颇为英夺。乾隆二十五年，英兵取孟加拉，渐掠印南。道光二十五年，英取印北之塞哥。二十八年，取克什米尔，印度全入于英。

二十四日(1月19日)　晴，微风。向西南行印度洋面。西人谓：印度洋南北七千余海里，东西三千余海里。按：云南怒江、缅甸之大金沙江皆出此洋。怒江一名萨尔温江，源出卫藏北山。北山盖希玛纳雅山分支，即雪山，为天下第一高山。怒江东南流过喀木境，又南过宣慰司境，又南为暹罗、缅甸之界，又南流过悉林部，至马尔达般城之西南入大洋，计行四千余中里。大金沙江，即厄勒瓦谛江，出缅甸、西藏交界山中，西南流经孟养土司境至八募之西北，汇云龙江。八募亦名蛮暮，译言造瓦器之地也。八募之东有旧城遗址二：一曰旧八募，在大盈江右岸；一曰张巴那嘎，系掸人旧都。又[①]西南汇龙川江，又西南过大公城，南经蛮勒得之西。蛮勒得见《圣武记》，为缅甸新都，《明志》为马来城。又西南过阿瓦城之北，会担拉瓦底河。阿瓦，一作雁瓦，缅甸旧尝都此，后经野番之乱，始南迁。又过蒲甘城，蒲甘见《宋史》。又经普罗美城，会众枝河入海，约行三千余中里。近人邹代钧以大金沙江为雅鲁布藏江，不通伊洛瓦底，与曾惠敏、薛廷尉新订中英图不合。不知所据仰光之东约百余中里，有西丹河出蛮勒得境山中，约行千余中里入海。英人既得印度，近年复并缅甸。曾惠敏初次与英廷议滇缅界地，欲于八募城通商，大金沙江行船，英廷未允。光绪十八九年，薛叔耘廷尉使英，援前议，再与磋磨。滇帅王夔石制军派员详稽旧界。总署王大臣终始坚持，乃收回八关要隘，如大金沙江行船之议，仰光亦设领事经理商务焉。历年辩论往来，余尝经手函牍、疏奏，故略知之。

附录癸巳九月复前昆明知州苏忠廷函云：尊议所谓大金沙江为界一节，曾侯初议首注在此，当时英外部山特生迄未答复。近薛星使细与磋磨，展转数年，笔秃唇焦，彼毫未松动，印度又肆凭陵[②]，此中机椇，难为局外明告，

① “又”刻本作“入”。
② “又肆凭陵”刻本作“又复持权”。

本署乃一面奏请钦派薛公与英廷面议，一面请饬滇帅派员绘具详图，送薛送署。去年八月，滇省寄到图说密函，按图线中厄勒瓦谛江已在野人山外，八募亦在他境。函意谓，曾惠敏原约三端，自是力争上游之策，明知有做不到处，而不能不从此下手，英人现送地图节略，亦是此意。叔耘本曾侯原议，得尺得寸，实于滇事有益。又谓缅甸分界，自前明以来，朝暮更移，未可为据。乾隆中叶，缅甸敉平，始有相沿之界，此图经再三斟酌，言为老本云云，此系续曾侯前稿之议。尊议又谓，野人山宜为屏蔽，红蚌河与万仞紧接，不应任其扰害各节，查滇函有云，除永昌、顺宁、普洱、思茆以外，均系以土司之界为界，将来当无甚轇轕。至红蚌河实在野山中之偏西，惟上年既以此为界，现亦绘入等语，此疆臣实事求是真知其难之语也。原议谓神护、铜壁、巨石、万仞、铁壁、虎踞、天马、汉龙等八关，及南缅、干崖、盏达、户撒、腊撒、陇川、猛卯七土司所辖之猛豹、止那、古永、大塘、滇滩、明光、杉木笼、石婆坡、埧竹等九隘宜早筹定。又谓去年英兵攻打葛干人等语，本年三月间接伦敦使馆电称，滇事磋磨日久，彼坚不认曾侯前议，并以新设威边系卡瓦旧界，与车里、孟连两土司相接，向均入贡于缅，索为两属，又以入贡为耻，外部为印度牵掣，动欲停商。印逼滇疆，势甚叵测①，此次新界若不稍展，难杜后患，赖钧署鼎力终始，伸金江为界之议，彼有所

① 此四字刻本作“势若建瓴”。

惮[1]，渐就范围。顷外部来文，称与印督商定孟定、橄榄坡西边外，让我一地，曰科干，抵潞江左岸七十英方里。又自猛卯边外作一直线，抵潞江麻栗坝之对岸止，悉划归中国，约八百英方里，又久沦于缅之汉龙关可归中国等语。查滇函亦以英人属意似在腾越，盖巨石、万仞、神护各关及古董、明光、大塘等隘以外，皆为通藏要路，由印度以达藏，由藏以达缅，皆其处心积虑者也云云。此各处关隘已预为筹及之大略也。惟四月间复接薛电，以英廷谓汉龙关一处，华名土音各歧，若在猛卯东南，必还中国，否则难定。汉龙土名为宛定金养，近猛卯城，隔丽江，请查滇省云云。五月间，接滇省查复，汉龙在猛卯东南，系猛卯、遮放及缅之南坎交界，距猛卯八十里，距遮放尤近，遮属龙陵厅等语，现在尚与英国辩论。又前因英电有昔董坝与图中昔董大赛字注不合，因查及神护各关及高陇瓦地，四月间并据滇报以昔董大赛，由古勇西北行，经猴腾桥[2]关大河五十里，转向西南高黎贡山三十余里，下坡至濬河野寨三十里，由濬河正南行，绕献子山捷径至普通三十余里至南式埧、昔董大坝，又二十余里，至昔董大寨，中隔昔董河，西昔戛坝，大寨河之东，札有英营，系在神护关西北边外。至所询高陇瓦地，土人不知。土人呼为[3]高黎贡山为高崚贡峻良公，音相近云云。此又一再详查各关塞之情形也。五月初七复接薛电，滇帅前称天马关被

① 此四字刻本作“彼有所利”。
② 今此处有猴桥关。
③ “为”疑衍。

野人占跨，今外部称此关早归缅属木邦土司管辖，请电滇查，若属野人尚可争，若属木邦，势必归英，如有另可争之铁据，请电示云云。旋接滇覆以天马关系猛卯地，此项土人曾否归入木邦未能查悉，猛卯所属旧有抚夷名目，此外并无别项铁据等语，是久沦之地，不克全归矣。尊议又以新街自来为中外互市地，宜为分管，又蛮乃、孟硔宜划归英等语。查滇函以孟硔乃缅甸玉矿著名之区，由新街而上必经我西北边外，惧我梗阻，此其图占金沙江上游及新街迤北之本意，至普洱、思茆以西，潞江以东之掸人地归我，则难控制；归彼，又虑逼处，能作为瓯脱，最属相宜云云。夫孟硔之茹而不吐，固已至瓯脱分管之说，亦经薛使争辩数月而不成，即电中以两属为耻之意也。要之，薛使良工心苦，惟夔帅尚能相喻于无言，故四月间，滇覆伦敦电云，金江初议自是力争上游，既不能行，则就现界亦可稍免逼仄之虞。除永昌、龙陵、腾越各土司均有展拓外，馀既悉照滇图界线，滇省自无异议等语，盖谅之深矣。尊议又谓辛卯年英兵焚掠汉董，据其地以窥陇川、猛卯一节，查滇图及函说，汉董本非滇属，无可与争，而今七月八日忽准薛使来电，已将英前驻兵援边之汉董地方争回云云。历观前电，考证滇图，是曾侯三端，虽未全得，而野山屏蔽，已大半错列其中。惟地悬万里，议隔重洋，仅据一图往还指画，不敢谓竟无舛错。究竟天马应归何属，猛卯之与猛组相去几何，汉厅形势何若，应索归否，昔董大寨与大坝是一是二，相距路数是否经纬之线不差，科干是否即尊议之葛干？滇函云古董、明光、大塘各隘，而尊议以古董为古永，其音又与滇电之昔董、古勇相近，是一是二？又有昔马一处，英人以为昔马而滇电谓别有昔麻关，距昔马百余里，孰是孰非？执事考据精详，胸罗道里，祈一一查示。尊议以三端为归缩，果有良策办得到否，并祈指示。

至午正，行三百六十海里，赤道北五度五十五分，京师偏西三十二度十六分，寒暑表八十二度。按：孟加拉为印度扼要埠头，英设五印度大臣治此。光绪初，云南腾越马嘉理案起，我与英立约于烟台，允藏界通商。近年升竹珊藏使与印度大臣兰士丹在大吉岭议立条款，往来电信汇费皆由孟加拉云。

二十五日(1 月 20 日) 晴。风定浪平，水绿色。辰初见南岸山埠绵亘，近岸小艇往来，有白浮图蘸水矗立，心目一爽，询之舟人，不知其名，但云据锡兰不远，西人乃谓之锡兰山。考郭筠老日记，亦无纪载。惟薛叔耘《四国日记》载有包思得葛拉，谓即印度之东南境，又云见来无塔灯，山峦起伏，障海而西，为锡兰东南境云云，自系指此。巳初见山势渐低，又见一塔，水元色，岸有商埠。西人名攀得冈，曾侯日记曰巴得夹，船主升旗为应。巳正，见塔灯，水色略浅。午正行三百六十三海里。未正抵锡兰之勾隆布，行二十五海里。勾隆布一作噶伦坡，郭日记曰科伦布；曾日记作格仑坡，一作科郎埠；薛日记曰克伦伯，又作格兰坡；邹代钧曰科隆坡。近人日记引《梁书》《新唐书》，以锡兰即古师子国。《明史》称锡兰，昔之德显国亦即其地。又《西域记》附德书释迦牟尼佛化身处名僧伽罗，示寂时留牙兹土。《明史》言郑和西游抵锡兰，破其国，礼佛牙至京师，诏贮修供养。西人近记谓亚当基督实生锡兰。或回教谓之亚当，释氏称为如来。西域各教大抵同源耳。乘马车历览沿途树木阴翳，有蒲葵、婆罗、槟榔之属。无华人，土人皆黧黑、袒臂，以布围腰以下，童稚者见中土衣冠，皆聚观为异。约七八里许至博物院，有出土之铜石各佛像及希腊文旧碑，惜不知年代。余器具、金石、鸟兽、皮革之属，多见近人纪载。惟一鱼长二丈许，类鲢鲕；一鱼丈许，上唇平出，阔于两腮尺许，目睛平唇之两端为异。又二十余里，至佛寺，即薛日记所谓开来南庙，郭日记所谓瓦路喀拉马也。入门，卧佛一。入殿，白石卧佛像一，坐者铜像一。僧云，此中土所谓菩萨，疑即普贤、文殊相也。又一殿，卧佛长二丈余。僧颂贝叶经，喃喃可听，余购数页。佛骨塔在殿后，时已向暮，不再游他寺，与同人饮于饭店，店名英太子。

二十六日(1月21日)　巳初刻启碇，有风浪亦大，向西微偏北行。午正行三十三海里。

二十七日(1月22日)　晴，风定。午正行三百一十六海里，向西微北行。申刻舟右一洲横长树木，葱茏尽处有灯塔。询之舟人，云即新出之弥尼科伊岛也。长十余里，宽二里。岛外复有小洲，视之微茫，远见帆影。地在赤道北八度五十二分，京师偏西四十六度三十八分。

二十八日(1月23日)　风。舟簸荡甚。西人有不食者，华人则多卧晕。余右手近时被风辄麻木，舟中西医赠香水，属常涂洗。午正行三百三十四海里。在阿剌伯海面，有人携缪柚岑所著《俄属游记》者，阅数页，不觉感喟。盖柚岑与余同官译署，极相得，为人有孝行，今夏归道山也。

二十九日(1 月 24 日) 风。舟仍动摇。往西行,在阿刺伯海面。午正行三百三十海里。微凉,衣夹。寒暑表法度二十六,英度七十八。阿刺伯,即《汉书》之条支海。汉章帝时,安息始通中国。和帝永平中,甘英使大秦,至安息,曾至其处,英欲渡海,船人阻之,即其地也。

光绪二十一年

正月

初一日（1895 年 1 月 26 日） 天气晴和，风平浪静。卯刻王星使率同人望阙行礼毕，同人在船中厅祝王星使寿，并贺元旦。巳刻见舟右两山如屏，相距约四十海里。午正行三百一十一海里。北京西六十一度三十二分，赤道北十二度三十六分。寒暑表二十七度。复见一山，蜿蜒而西，小阜连亘。西人统名诸山，为苏哥得拉，薛日记曰沙各脱腊。申初舟右见遥山横长，半在云雾。西人谓之加得法里，属埃及，为亚细亚、阿非利加洲北境，入红海，郭日记曰亚得非。

初二日（1 月 27 日） 晴。王星使约同舟西人二三及舟主光芒暨甲必丹辈宴集众宾，食华菜、饮华酒，极赞美欢畅。午正行三百四十海里。在赤道北十二度五十六分，京师偏西六十八度四十五分。戌刻到亚丁泊，计行九十四海里。

亚丁为阿剌伯也们部南濒海之地。市镇在山之东麓，而停泊皆在山西，以山西之纳斯达珊嘴对哲贝尔珊为口门，广约十里，口内水深阔，可避风涛也。其地少雨，不生草木，凿池贮水，终成枯涸。土人于数十里外以皮囊盛水，车马驮载而来。

英人近用蒸水之法，化海水为淡水，然终不及池水清冽也。土人颜色黧黑，多回族。按：《明史》郑和所使之阿丹国即此。嘉靖时，有通事言阿丹两山对峙，自为雌雄是也，山口狭处俗呼为鬼门关言，枯瘠炎热，人不易到也。道光中，英人辟为屯煤之埠。近立炮台三座，隶于孟买，地当赤道北十二度五十分，在红海湾内，《汉书》所谓赤土及头痛身热之乡，疑即诸岛，地产驼鸟及独峰驼。余按：《汉书·西域传》大月氏与安息同出一封橐驼，音义，封音峰，盖驼皆两峰，此只一峰，为异耳。师古注：封上有一封，隆高若封土状，其说非也。驼鸟毛最贵，可为女人饰。检手钞《后汉书》：和帝十三年，安息献师子及条支大爵。郭义恭《广志》曰：大爵似橐驼，举头高八九尺，翅丈余，食大麦，卵如瓮。又曰：条支临西海，则条支、安息皆在今阿剌伯地。驼鸟高者连首约四五尺，言八九尺者，汉尺当今尺六寸差也。翅丈余，则传闻之误耳。又案：《汉书》载安息国治番兜城，去长安万一千六百里，不属都护。北与康居、东与乌弋山离、西与条支接，土地风气，物类所有，民俗与乌弋、罽宾同。亦以银为钱，文独为王面，幕为夫人面，王死辄更铸钱。有大马爵，其属大小数百城，地方数千里，最大国也。临沩水，商贾车船行旁国。书革，旁行为书记。武帝始遣使至安息，王令将将二万骑迎于东界，去王都数千里。行比至，过数十城，人民相属。因发使随汉使者来观汉地，以大鸟卵及犁靬眩人献于汉，天子大悦。安息东则大月氏云。汉之通路蛮彝，可谓不辞险远。方今时势令人想像雄略为不可企及，必以好勤远略为后王戒者，固知皆乡曲小儒之见也。

初三日(1 月 28 日) 卯初展轮，西北行。大雨，巳正霁。

午正行七十五海里。未正入红海，两山南北夹峙，中仅二里许，名勃白尔门，亦名鬼门关，言最险也，一名哭海颈，一名流泪门。北为右，为阿剌伯海面，属土耳其，辖有炮台、灯塔。南为左，岛曰丕林，薛记作丕立姆，属阿非利加海面。咸丰初年，英人于此建炮台，旋置灯塔。地在赤道北十二度四十分，京师偏西七十二度五十六分。未正寒暑表法二十二度。酉初见北岸微有楼宇，询为回人礼拜寺。夜九点钟时过一峡，极窄，无灯塔，船主有戒心焉。船主一日前云：今晚当有风浪。至此亦甚平稳，惟昏黑中见两岸有山甚近。

初四日(1月29日) 偏北行红海洋面，离岸已远，不见山阜。卯刻波平如镜，天气晴融。寒暑表二十二度。午正行三百三十海里。夜亥刻，见北斗在偏东度，柄下垂，临海际。

初五日卯正(1月30日) 雨，东风。辰正晴。向北兼西行，东岸见小山，为阿剌伯之亚西尔部，西岸为阿非利加之努北阿国，即《万国地理全图》之怒北，《地里备考》之卢比亚也，旧属埃及。午正行三百三十海里。赤道北二十度四十二分，京师偏西七十七度五十四分。寒暑表二十三度。又北行，过苏亚金之东。苏亚金为努北阿属部，距岸二百三十里，东岸距阿剌伯之黑德倭斯一百五十里。其城曰麦加，《明史》作默加国。西人纪载以埃及为最古之国，又名麦西，其开国在西历纪元前三千八百年，第一朝曰美内士，文物颇盛。唐尧时有腓尼司牧人侵入其地，国俗大变，始事畜牧云云。按：中历自黄帝八年大挠造历之甲子起，至光绪二十一年，实四千五百九十三年，西历至今为耶稣降生之一千八百九十六年，再加三千八百年，应有五千六百余年。羌无故实，徒为夸诞不经之语。近有人传埃及古碑，云其文颇近古籀，不可辨识，余求之而未得也。晚间，两岸见微山。

初六日(1月31日) 晴。昨日俄国兵官出观时辰表，链绦色似银，质类铁，而轻如纸，英教士陶君译其语曰阿召密尼，为矾精所化，西人精化学者创制此物，不过二三十年。其质较银为贱，而贵于铜锡。近时有以为炮者，取其轻也，或欲以作船而未果也。余因忆在署中化学馆曾见此种，其名曰钒，盖钒之原质，本含五金尔。又有一种名铂，类铜质，亦曰尼格尔，西人造器皿用之，亦与银色等，而仍铜价。

舟向北微西行，过烟波之西。烟波属黑德倭斯部，小有市埠，而离岸甚远。又西北行，过布勒尼西之东。布勒尼西属埃及之埃斯内部，其北有沙角，伸入海中，可以停泊。又北行，望西岸有山，高者名伊美拉尔得，其峰出海面八十三英尺。又有小平岛二，其一有灯塔，为土耳其人所立。地当赤道北二十五度八分，京师偏西八十度四十九分。又西北行，过科尔西之东，此东岸属埃及之弥的安部。盖埃及本跨江海之东与阿剌伯接也。埃及属土耳其，西历一千八百六十年俄土之战，土败，将请成，俄未许。初，土人求援于英，英谢以公法，至是，英大臣毕士根费尔德力主救土之议，举国多哗然阻之者，毕不为动沮。英兵大集，而俄遂与土立平和之约而还。然土仍不自强，英兵至今犹驻埃及境，托名保护，土人屡求撤，不许，时论比之拒狼进虎。甚矣，国之贵自立也。毕相之名遂闻，邻国、诸大洲人至者，争欲识其面，英廷倚若长城者垂三十年，曾惠敏使英时，尚及见之云。又西北行，过齐尔得部之东，又过亚西乌德部之东。亚西乌德为埃及名镇。埃及所修铁路，北自亚力山德，南达于此。午正行三百二十七海里。寒暑表二十度八分。微有浪。又西北行，过苏彝士海湾。晚，见东岸高山，曰西奈山，秀若千瓣芙蓉，上接云汉，出海面八千四百五十英尺。此山南伸入海，分海为二，东为亚喀巴海湾，西为苏彝士海湾。两岸山皆秀拔，惟无草木，其长皆不过百里。夜半，距山远，两岸见灯塔。

初七日（1895年2月1日） 卯刻起，凉甚，着绵衣。寒暑表法十二度。舟西北行，两岸皆有山。晴。辰刻望见苏彝士河，即新开河。舟右东岸属波罗，有小河，二日程交俄国界。巳初行二百四十六海里，抵苏彝士河埠泊焉。埠在西岸，河属埃及沙克部，出口货以煤油为大宗，地本亚细亚、阿非利加地颈，约三百里。昔人至此，疑为海尽。西舶东来，必越大西洋，绕阿非利加之南入印度洋，经苏门答腊南入巽他夹而至南洋，厥程三万余里。相传周匡王时，埃及国王法老尼谷命工凿此河，岁余，死者十二万人，工遂寝。今中历咸丰十年，法人留瑟又名勒塞拍斯，倡集金钱一千六百万兴工，至同治八年而成。河仅容一舟，今尚日日用机器船挖泥运出，防淤浅也。舟每吨原征十佛朗又二分之一，每客征十佛朗，今稍减矣。巳正启椗，行极缓。两岸白沙平阔，芦苇凋黄，类江淮秋时。俄有岸上电司告知：北头有船来，我船例须停轮候过。未初开行。是日接庆霭堂参赞常自巴黎来函，拟复电。舟夜行，两岸电气灯甚明。河初开，禁夜行，防碰，八年前始备塔灯，旋改电灯，三月一易。本船亦自备电灯于船首，以烛远云。

初八日（2月2日） 寅正抵波赛，市埠颇整齐，留灯待客，呼小舟随王星使散步，街衢多加非馆及市驼鸟毛卵、洋衣、首饰、珊瑚之属。卯初启轮，微雨。旋出口，晴，海面甚阔。巳刻东岸微见树。午正行七十八海里。戌初抵地中海之亚力山德城泊焉。亚力山德即马基顿王名。事绩见甲午十二月二十三日条下。晚餐毕，偕同人唤小舟登岸，雇马车游市埠。楼阁崇闳，街路宽洁，灯火彻宵。康衢中有高台，铸金人骑马像，询之舆人，曰马基顿也。历一二加榧茶馆，有讴者、蹈者、小儿赛马戏飞行铁绳上者，乐器有类筝、笛、胡琴、阮咸、大琵琶、铜鼓、敔板、瑟床之属，其音噌吰镗鞳，时间清越，讴者舞蹈应节，高下随之，有泱泱之风，大率意、法、奥诸国间人也，惟阿剌伯人音乐稍别耳。相传亚力山德建都于此，故市埠最大，为地中海咽喉要镇。地中海，又名太平洋，属埃及，跨三大洲。东岸为亚细亚滨地，国有阿剌伯、西里亚、小亚细亚；北岸为欧罗巴地，国曰土耳其、希腊、奥斯马加、意大里、法兰西、西班牙；南岸为阿非利加地，国曰埃及、的黎波里、突尼斯、阿尔及耳、摩洛哥。三面如环，东西七千里，南北二千里。而西班与摩洛两土中之罗陀海夹，大西洋、土耳其中间之他大尼海夹，埃及之新开河，均为四达之道，土货商贩萃集于此。又尼罗河支流亦至此入海。尼罗源出威克多利亚湖，湖方六百里，高于海面三千八百英尺，水自湖之北流为悬瀑，经阿剌伯境，分数支入海。西人谓地球内大水，以米利坚之密土失必河为最长，行一万一千六百里；中国大江次之，行九千二百里；尼罗江又次之，行八千七百里。薛日记谓：尼罗长三千六百洋里，中国洋子江长三千三百洋里，当中国万一千里，微有不同，俟考。按：地球大洲之说，最古《周礼·职方疏》云"自神农以上有大九州，桂州、迎州、神州之等，至黄帝以来，德不及远，惟于神州之内分为九州。故《括地象》云,昆仑东南万五千里名曰神州是也。"邹衍"大九州"之说与此略同。庄子云:"六合之外,圣人存而不论。"以其隔绝不通,末由质证也。以今之五洲证古之大九州,知非凿空荒诞者比。

午正行八十海里。在赤道北三十二度三十二分,京师偏西八十六度四十一分。英人经营地中海埠头,始于嘉庆年间,近益繁盛。俄之西境虽滨波罗的海,而舟行必绕德、瑞、嗹诸国境,然后出赫尔森哥以达海,不若由黑海、他大尼里夹以达地中海之捷。故道咸以来,俄人亦尝役志于土耳其,英人忌之,乃与德、法、奥、意约从。咸丰六年,诸国与俄立约于巴黎,阻俄兵船,不得径驶黑海,久而渐驰。光绪四年,俄师入土,君士担丁戒严,英兵轮即驶入他大尼里夹、马摩拉海以援土,俄始与土和。于是,土许以地中海东偏之寨浦洛斯岛,屯兵征税以应俄。近年,英又驻兵于新开河及埃及界,名为平苏丹之乱,实争他人先着,并通新开河之道也。俄人海道既滞,乃营铁路,自黑海达里海西岸之巴库,又自里海东南通波斯东北之查查,欲南出侯特勒以通印度。英人预备而与之约以阿富汗北、阿母河上游及西至塞拉阶斯以南,俄兵不得逐越。俄乃注意于东界经营轨道,自查查东北跨开母河,经撒马儿罕以达塔尔巴哈台之西,又东北绕金山之北,东逾外兴安岭,循黑龙江东渡,溯乌苏里江南上,至图们江口,期与西道相接,工已及半。俄轨见已造至阿里克木,按铁路章程,丙申秋即可造至喀萨克木。若其造成,则吾华之北、东、西三面均接俄轨,我之铁路不可不及早兴办。近人邹代钧以若兴铁路,宜从辽沈以达吉林、库伦及乌里雅苏台,又西达科布多,南逾阿尔泰山、布伦托海达塔城，又西南达伊犁，东达乌鲁木齐，又东南逾天山达土鲁番，西南达喀喇沙尔，又西南达库车，又西南达阿克苏，又西南达喀什噶尔，统计万余里。一旦有事，不难以沈阳之劲旅救乌孙之急，用于阗之宝玉犒辽海之师。且新疆及外蒙古各部多产矿石、毡毛，均可运用。富强之策，莫要于此。特附录之以备参考。

初九日(2 月 3 日)　晴。卯初启椗，出口向西行，微北。午正行八十五海里。寒暑表十九度五分，英度六十八度。从来入地中海者皆以风浪为苦，今舟行平稳，同人咸以上戴皇灵，并托星使福芘为庆。晚过开恩特岛，见东岸塔灯荧然。岛属土耳其，在希腊境外。

初十日(2 月 4 日)　立春节。舟西北行。晴。辰刻见两岸多山，为罗得岛西南之班多罗特岛。又西北行，过干地亚岛之南。东望有高峰，曰埃的亚，出海面八千零六十英尺，朝曦晃耀，峰巅积雪未销。西人言岛中气候甚平，春夏草木繁茂，产蒲桃、橄榄之属。干地亚即其会城名，在岛北。再北曰爱琴海，西为希腊，北当土耳其西境，东为小亚细亚。三面环抱，东北有道通黑海，即他大尼里海夹也。东有加福多小岛，在六十里外，当干地亚之南。午正行三百二十七海里。在赤道北十四度四十六分，京师偏西九十二度四十三分。寒暑表十六度。

十一日(2 月 5 日)　阴。晨有风浪。舟偏西傍岸行以避，道稍纡，过希腊之南境。希腊文字最古，开国在周秦时。汉景帝时，为罗马所灭。明景泰时，故地入土耳其。国朝嘉道间，有以一成一旅叛土者，不能成众，乃请援于俄，俄以师十万入土。英法忌而结兵，迫与土和，而令土听希腊立国，事在道光八年。今光绪十年，希腊乘土乱，复兴①兵甲，英、俄、德、奥、意五国不直其所为，会集兵船，封希港口，法不与。初，希恃法为援，至是屏息而退。然亦见土政之日衰矣。午正行三百零四海里。戌刻过米新卡纳尔峡。左为昔昔利岛，市埠曰梅新；右为意大利之南省卡腊勃夹山，埠曰尔爱基，昔周秦时意、罗相争，此为重镇。闻去岁岛民因意重征苛虐倡乱，意以兵力弹压始定。峡两岸皆山，钢轨四达，山巅积雪未消，阛阓层叠，树木阴翳，远望五色电灯灿若火城。昔昔利之南近麻尔太岛，有火山，时腾烟霭，适值微雨，但见薄雾上腾而已。

十二日(2月6日) 晴。午正行三百三十海里。过拿波利岛外，远不见市埠，岛属意大利。意在周平王时为罗马，历秦汉称强国，跨大西洋、日耳曼、小亚细亚、阿非利加地。晋太原后分为东、西罗马。刘宋时日耳曼称意大里王，梁时为东罗马所并。唐时教皇②权盛，法兰西助之，大历间遂辖其地。宋建隆时又为日耳曼所并，咸淳间教皇嫉日，竟割西治里地与法，意遂为欧〔洲〕共争之地。元太德中，亚拉冈人彼得据西治里，迁都拿波里。明宏治间，西班牙又逐而代之。洎国朝康熙季，为亚地利亚所并。嘉庆初，拿破仑复主其国，拿破仑败死，意之北鄙撒丁国王维多尔复联法以拒奥，法、奥兵罢，罗马之中部，又逐教皇以应撒丁。咸丰十一年，撒丁王遂称意大里王。教皇初驻罗马城，被逐后，法人犹代守之。洎法为普禽，意人乃专罗马，召教皇居故宫，使守府焉。日晡，见东岸岛屿

① 刻本作“复与”。
② 刻本作“皇教”。

连亘，为罗马城之西南境，距城只数里。

十三日(2月7日) 有风浪。西北行。晨起日色曚昽，东岸山麓绵亘，积雪如银。西人呼为亚吕白岛，属法国境，即薛日记所谓考息卡岛也。午初刻过岛门。翠巘苍崖，左环右抱，有争赴荆门之概。随处有人家、村落、炮台、塔灯，间有平畴阡陌、麦陇菜畦，大有中华田舍人家风景。午正行三百四十七海里。未刻过都郎岛，市埠颇繁，中有沪港，法国船澳水师学堂在焉。至此，船往西行。舟右一带山多壁削，上饶烟树，下有奔湍，近者葱茏可悦，远望幽窅无际。入口门，见马赛依山为埠，楼榭高低，滨岸多小石岛，法人建屋以禁罪人者。申刻抵马赛时，驻法参赞庆霭堂水部常权使事，奉龚仰蘧星使命，来见王星使，照料一切。遂登岸住乃弗客栈，为历任钦使传舍，楼阁九层，轩窗高朗，铺设华丽，肴馔丰洁，每客每日二十五佛郎。晚间乘车马一游街市，灯光粲烂，铺肆整齐，令人目眩。闻尚不及巴黎十分之一二也。

十四日(2月8日) 晴。

十五日(2月9日) 晴。重检行李，以三分之二寄存客寓，缘火车价太昂，由此至俄，每一斤须四佛郎克也。申刻游隄岸，观博物院，有犀牛、海马、鲸鱼、两头之羔、七足之羊、白孔雀之属，又绘巨象、异兽、巨人，皆掘土所得者，其质骨在巴黎云。是初开辟时，人、物大今五倍也。晚六点钟乘火车赴法，沿途皆雪。

十六日(2月10日) 雪。辰刻抵巴黎都会，为欧洲之冠，街衢园囿无不整洁，住刚卑勒尔客栈。午刻见龚仰蘧星使照瑗，备华馔，并晤钱念劬恂、联文泉湧。按：法国在汉时为塞尔达野番部落，民俗狉榛，略无法纪。罗马大将恺撒力征咸服，旋命大臣镇守，教之树艺，烝民乃粒，遂隶意大里西治。嗣罗马衰乱，南境为北狄维西哥所夺，西境为不尔给农人侵踞，东北境又为日耳曼之佛郎哥人所窃据。齐高帝初，佛郎哥酋长哥罗味沉毅猛鸷，善用兵，纵横扫荡，据其全土，改国号曰佛郎西，传世三百余年。唐天宝中，立国相比比诺为王，比比诺材略英武，虚礼下贤，国内称治。德宗六年，其孙甲利泰甫嗣时，日耳曼之甲利部犯边，泰甫出师御之，以奇兵擒其王，斩首数千级，因略定日耳曼诸部，讨服罗马，罗马教王为加冕。泰甫罢兵，投戈讲艺，招延文学之士，讲论治道，乃创造城郭、宫室、道路，务极闳整，俾各国无以加。泰甫传数世，大权旁落，各部称兵，祸乱相仍。宋太宗雍熙四年，国人立大酋武额加班多为王，敉平僭乱。理宗二年，王路易嗣，讲求吏治，国益强，因帅师伐麦西，战已胜矣，会疾疫流行，三军多死，师熸，乃纳赂罢兵。初，法与英吉利邻，世为姻娅，当宋南渡时，法王嗣绝，英王义都亚尔多为法故王甥，冀得分地，国人不与，遂构兵争战数十年。元顺帝中，卒为英灭，法民间有奇女子曰答克约恩，及笄而孤，请募数百人退英师，竟收余烬，复立国。时英亦虚耗，不复与争矣。明万历中，王显理被弑，显理第四以旁支承统，躬理庶政，上下咸和，惟与教王不睦，中刺客刃死。嗣子柔暗，国复乱，传至路易第十四，刚鸷善斗，吃诟凌人，力服诸国，未几皆叛。乾隆中，路易第十六嗣，时华盛顿据亚墨利加，英人攻之垂克，法以大兵往援，连和而罢。王骄淫失政，国人废而弑之，立领事三人摄国事，拿破仑其首也。拿破仑者，有韬略，善用兵，以征麦西功，国人戴之，即王位，遂灭荷兰、西班牙、葡萄牙，蚕食意大里、瑞士、日耳曼诸属部，割普鲁士之半，围嗹都，当时鞭绥所向，未有能御之者。嘉庆十六年伐俄，俄人坚壁清野，诱之入国，近北冰海地，天骤寒，士卒□□皲瘃，死过半，乃罢兵。诸仇国合，遂乘其敝袭其都，各反侵地，向之俯首屏息者，今磨牙砺角相向矣。明年，英人伐其北鄙，拿破仑愤战丧师，只身走荒岛以死，殆田横、项羽之匹亚欤？

十七日(2月11日)　雪。庆霭堂约聚，晚九点钟乘火车行。

十八日(2月12日)　晴。巳初至郭伦。戌刻至柏林，德国之都城也，一曰木尔林。按：德国东界俄之孤尔兰的亚及波罗尼亚诸部，南接奥之不威迷亚迤东地，西杂日耳曼列国，北距波罗的海，东西二千余里，南北一千余里。古时为北狄所据，沿革世系均无所考。南宋时，日耳曼拓境土，尽逐北狄，立为别部，寻沦入波兰。明万历中，日耳曼之巴郎得不尔厄部，复取其地立国，未有国号，西人因其船旗呼单鹰国，肇域之始，谦谨下人，勤奉日主，日锡之土田。康熙二十九年，乃自王其国号曰普鲁士，其王善会计，躬行节俭，国用以饶。子啡哩特第二，英敏有武略，藉富强之业，观衅用兵，版图愈广。王卒，侄嗣立，淫佚无度，国势骤衰。嘉庆十一年，啡哩特威廉第三初即位，法王拿破仑以大兵来伐，攻节拿，又攻阿五二四，皆破之。普蹙求成，割土几尽，政由法王。普王处残破之余，寝薪饮蘖之志未尝一日忘，然益饰忠信。王夫妇给役法宫，伺后欢，为夫乞骸骨，王遂归国，以毕士麦为相，毛奇为将，练兵讲武，遵养时晦者七年。适拿破仑自俄败归，遂合从诸国攻之，法师溃，尽复故土，名显欧洲。初，节拿之战有铁工尼姑喇得赉赐者，疾武库之顽钝，遂从法匠学制后膛枪，业成归国，秘制新枪。同治五年，普与奥战，奥丧师徒几尽，割一省地以和。日耳曼诸邦推普为盟主，奥虽旧执牛耳，不敢訾謷。同治九年，又与法战，胜之，改国号曰德意志云。今德皇惟廉第二，年三十七岁。晚见许竹筼星使景澄。

十九日(2月13日) 晴。住柏林。王星使奉密旨一道。许竹筼星使款爵公并同人于使馆，饭后观蜡人馆。按：蜡人创于德之老妪，其法范胶泥傅人面体成模，镕蜡于中，肖其容色，内裘皮革，腹以机，眼、口、乳、脐翕张如生。其室夏不燠，冬不寒，盖稍失候则蜡融，或冻裂也。适有宁波人市玩具者在，导以观蜡人。眠、立、倚、坐极各变态，有头生二角者，为太初人象。又一室，德前王威廉第一正坐，毕相、毛奇侍立，有前席坐论状。又一室象，为德王大渐时凭几顾命。又一室，为英女主维多利亚及其三子像，容甚睟穆，有卷阿游衍之意。又有盗马误鞫一案，自缉捕及定谳，并至耶稣前讽经伏刑皆具，盖死者不可复生，断者不可复续，示慎刑也。舍宇邃杳，曲径邅回，檐下潴为池，流泉瀌瀌，树木蓊蔚，杂花散英。又嵌石为洞，岩穴深黝，室旁有瓦注，投之以钱，则内触暗机，电灯自爇。池内三四小舟，荡波逐浪，舟中女乐琤琤，良久始歇。

二十[二]日(2月14日) 晴。游武备院，观历代所铸炮位，列国枪炮，普法战图，故德王弓、衣、御物之属，又有法国地图，皆德君臣力图复仇时所制也。刻镂精工，万象森竖，砺山带河，豆人寸马，城郭宫室之错峙，道路涂径之纵横，扼要则关塞卡伦，细密则陂塘草树，莫不星罗棋布。工逾聚米，测览一过，不啻入其国而巡行周视焉。以此规画韬钤，运筹帷幄，可谓算无遗策。若夫战胜攻取，则又事会之适然，盖自来啮耻阴行者，固无不恢复境宇者也。晚十一点钟赴俄，许星使同行。

二十一日(2月15日) 雪。申刻至威尔波罗窝，入俄国界。俄廷派武官二、外部司员一，陈设酒馔，以御用火车来迎王星使。俄员名罗达诺甫斯基。

二十二日(2月16日) 雪。午刻至森彼得堡都城。俄廷派统禁军大臣花尔、礼部卿廓尔察诺甫斯基、外部总办笃骆斯基及翻译官柏百福以御用大车来迓王星使，四马驾车，四马前导，材官校骑皆红绸绣金衣，车高大，黑漆金饰，白缎裹。从官车稍亚，无马导，以业弗斯街也弗来别斯格邪尼者为行馆。前二语，此街大店名欧罗巴；后一语，中国头等钦差寓馆也。森彼得堡距德境八百三十七俄里，西北临波罗的海，俄皇彼得罗所建。昔经始卜宅时，役民三十万众，伐木以通道，开渠以泄水。约之筑之，规模已立，适海水氾溢，地址坍刷，盛夏疫疠，兵民死者枕藉于道。廷臣皆以停止大役为请，俄皇不纳，督工弥急，讫五阅月落成。雄阔壮丽，过于旧都，郭外四面险要，修筑炮台，重关复隩，号为形胜。遂由木斯科迁都于此，以木斯科为陪京焉。法王拿破仑之役，围攻木斯科急，俄人烧之而走，法兵败退，旋鸠工修复，规制如旧，而巨丽亚于新都。其地近中亚细亚，与欧洲风气隔绝，故当时决意西幸，以为更政利便云。是日，寒暑表七度。

二十三日(2月17日) 雪。许星使奉密旨一道，令赴外部。晚，俄翻译官柏百福以俄廷命，请王星使及同人观剧。戏以意大利、巴黎、比利时、荷兰、阿剌伯诸国人合演，约千余人，园极宏丽。首设国王座位，宾客坐其次。是日，出名《鸿池》。

有某国太子求亲他国，天帝遣仙女为偶，化为鸿雁。侍女五六十人，皆羽衣，为旋风舞。有妖化鹨鸟，欲强偶储君，其从者亦数十人，衣黑衣，极各变态。台上设帐幙，每出终辄易为山林、池沼、城阙之状，恍惚离奇，为真为幻。乐者百余人，其声彻宵拔地。电灯数百，爣朗如昼，殊觉耳聋神眩。

二十四日(2月18日) 雪。未刻王星使赴俄廷，呈唁贺国书，余为介。星使入见俄皇、俄后于太子宫，呈书读颂辞，俄翻译官宣俄皇答辞。俄皇询倭事，神颇悁邑。星使及从官成礼而退。俄皇名尼格赖本第二，生于一千八百六十八年五月，年二十八岁。俄国古称萨尔马西亚，自唐以前为西北散部，受役于匈奴。唐懿宗时，有酋长禄利哥者，以材略服众，耻为人属，潜蓄异志。会匈奴衰乱，遂立国，部族寖盛，匈奴惮之，传嗣乌拉的米尔及讶罗斯讶两世，缔构阛阇宫室，鼃律伊始。周显德中，希腊教始入其国，国人宪宪然。旋有崇天主教者，两党龃龉，国王无所偏袒，调停而和解之。天主寻微，希教独盛，君民崇奉至今不稍替。宋初，诸王子分十二部，争为雄长，日寻干戈，国势散而不聚。理宗时，元太祖西伐，灭阿罗斯、阿钦、阿察三部，立长子术赤为汗，俄祚中绝者百余年。明嘉靖初，故王后裔中有雄黠沉鸷者，逸其名，思复故土，辑和部众，借瑞典兵力，驱逐蒙古，绍兴俄绪，以万嗣位，力征经营，有日辟百里之势，然任喜怒，无矜宥，株僇不可胜计，其下多偪偪叛去。嗣波利斯立，不善抚循，国益顿萃。时波兰强盛，屡以兵压境，割沿边地。康熙二十八年，与中国立黑龙江界约，定盟。四十年，彼得罗立。先是，俄国政俗与中亚洲各部相同，欧西诸国恒易之，彼得罗乃除旧布新，崇尚西法，教士卒习火器，昔之怯弱悉为僄狷。以国无水军，乃微服走荷兰船厂，投舟师执弟子礼，尽得其术以归，遂置战舰与瑞典战，胜之，割瑞之芬兰省，旋又夺其丽芬牙、嘉赖力两省地，疆宇日辟，屹然为欧罗巴强国，变法之效之捷如此。彼得罗殁，其后嗣位踵其成法，国益强。雍正五年，与中国立《恰克图界约》。乾隆二十年，王后他加邻嗣，善于综核名实，招致他国良工，优给廪饩，以教国人，藉收富强之益，遂败土耳其，割其北境，又分割波兰三分之二。后死，嗣王即位，见弑。子亚咧桑德继位，与法构兵数年，互有胜负，自焚木斯科后，佥谓俄将甘心于法，洎俄入法，竟不墟其宗社，以讲息兵。尼古纳时，伐土耳其大捷，会诸国援土，古纳挫而归，波斯乘衅来侵，击退之，割其日尔日等属部。咸丰五年，亚咧桑德第二即位，益求西国善政，踵行之，如立报馆、兴学校、释随夫诸端，皆其创制。同治十年，又采普国军制，人尽为兵，俄之强盛遂冠欧邦，亚咧桑德第三在位十四年，息兵安民，国益富庶，可方汉之文景。

晚，俄翻译复导观剧。

二十五日(2 月 19 日) 雪。许星使言：外部覆俄皇意，关切中事甚肫挚。晚，俄礼官导观马戏。围为圜式，环列四层，中设圆土阶，高二尺许，内以优者驰马角逐，腾踔极轻迅，僄狡之技，中杂小剧，恢诡村俗，能解人颐。

二十六日(2 月 20 日) 雪。过柏百福宅、罗达力斯宅谈，阅俄国欧州〔洲〕舆图。考旧档，康熙时，中国尝遣使图理琛往探冰洋，见冰上有居民穴冰而处，冰鼠大如巨象，重且千斤，以粮尽，不能穷其境而返。盖其地芬兰及波罗的海之西北隅，界瑞典。波罗的海之南有波斯国，介在普奥之间。王后他加邻时与二国约，剖分其地，波兰遂亡。俄所分土为波罗尼亚，西南行至哥罗德诺及窝黎尼亚与奥国接境。又西南行，由波多里亚至诺尼阿，中隔黑海，其西南为地中海，属土耳其。西历一千七百十一年，即康熙五年。土献亚叔夫地，旋又割其克咄开迷哑、卑沙喇笔，俄遂拓地至黑海。洎俄土定盟，黑海以南仍为土有，由南而东为日尔日部，北枕里海，南瞰波斯，正东接本国中亚州治，正北拱冰海如玦环。其部族东北隅为东俄五部，包波罗的海三面，新都森彼得堡在焉。正西为波兰八部，即旧波兰国地。西南隅为南俄五部，黑海以北土耳其及波斯故地。波兰之东有小俄三部、大俄十九部、加偃五部。加偃之东即木斯科旧都。又闻西土各境皆有城堡，其人耐寒，吃诟有力，俄之精华俱萃于此。

晚，许星使约王星使及余便聚。

二十七日（2 月 21 日） 申刻俄翻译官导游俄皇宫殿。凡宫皆悬图，绘历代战阵。太皇太后所居皆璧柱，案几器皆璀璨夺目。有金殿，楹柱陈设皆涂黄金。有银殿，案几、灯、缸、器具皆用银，琢镂精巧。有孔雀殿，凡柱栱皆孔雀石，碧色斑斓。有将军殿，绘功臣像。又列代哑咧桑德及赛阿尼国后燕息之所。储君读书之室，皆陈其御物，俨然如在若殿室。弓衣、剑舄之属，则目不暇给焉。旋归，考俄之中亚细亚舆图，共分七省，设总督二。东北三省，曰阿克摩林士克，曰西米波拉丁士克，曰西米力施亚，统名曰士叠甫。其地北至阿漠士克，与旧都木斯科接，南至撒马儿罕，东至额尔济斯河，西至阿苏士河。东西一千二百五十迈，南北一千一百迈。户口一百五十四万，猎户、牧畜居多。士叠甫总督驻西米波拉丁士克会城。东南四省东北连俄境，西接咸海，南接布哈拉，曰西尔纳林，曰阿母纳林，曰费尔干那，曰萨拉弗山，归土耳其斯丹总督管辖，总督驻塔什干新城。其地沃壤，商旅辐凑，草木甚稀，惟产盐卤之湖随处皆有。东西七千余中里，南北四千余中里。按：阿克摩林士克本俄旧地，在木斯科东南，其人嗜酒。西米波拉丁士克，即昔之鞑靼里、喀支司诸回部旧地。喀支司即黠戛斯，见《唐书·西域传》，额尔齐斯河北流，转西南，入中国界，河滨有库车、瓦罕、厄鲁特诸部落。光绪十年《伊犁约》诸地皆画入俄境。东南行至西米力施亚省，毗连伊犁、新疆，接天山北麓、哈萨克故地。哈萨克三部旧苦厄鲁特苛虐，举族附俄，哈酋阿布都嗣位，复纳款于俄，俄筑炮台为之守御。嘉庆十五年，遂以兵据其地，置行省焉。又东南至西尔纳林省，亦哈萨克故地，会城曰塔什干。昔成吉思汗及铁木真强盛之际，兵至欧洲东边，胁服纳林河滨诸部。寻金部衰乱，俄以兵取之，然叛服不常，控制棘手。道光二十六年，以重兵驻咸海及纳林河干，始定。又东南逾沙拉堪至阿母纳林省，沙拉堪即《元史》之赛蓝，阿母纳林南界布哈拉，西距咸海，有霍占城，即苦盏故地。《元史·西北附录》作忽毡，以地有忽章河名；《使西域记》曰火跕；邱处机《西游记》曰霍阐没辇，皆一地。又东南曰费尔干那省，东界喀什噶尔，东南接帕米尔。费尔干那即浩罕故墟，元铁木真五世孙萨伊亚丁巴白产于此，遂封焉，传十余世，与中、俄、布哈拉屡有战争。光绪二年，俄以重兵取之置省。又东曰萨拉弗山省，西南与布哈拉接，置县三，曰呵特噶干，曰边扎简，曰撒马儿罕。撒马儿罕，唐初名拔汗那国，见《通典》。西人云：一千二百年以前，波斯人据此，后失于希腊，希腊失于中国，改名夕木思堪。元成吉思汗时以重兵破之，杀八万人，至铁木真并吞诸种，寻为乌士必种人袭据，后归布哈拉，卒为俄人所并。极东北隅曰北利亚，与东三省接。《瀛环志略》云：地处穷发之北，限以峻岭崇山，自古轺车所不至，历代行国所不居，在大地别一区宇。自中俄珲春立约，而图们江西北数十部地皆入于俄。地极寒冷，生齿不繁，俄徙罪人以实之，遂渐蕃盛。他加邻后时，遣其臣墨岭东北探寻，知亚墨利加与中亚州祇隔海峡数十里，遂跨据其一隅，名监札加云。

二十八日(2月22日) 雪。再游皇宫。晚，巴雨田、陆子兴、刘子元、李佑轩约游乡景，在涅瓦江南十余里，盖俄人避暑处，冬则入室，为消寒宴集所也。涅瓦江发源于多尔湖，通阿乐梯海。

二十九日(2月23日) 霁。许星使约王星使及同人等会俄官宴集。俄官至者，署外部尚书基斯敬、东方总办格毕尼斯、外部总办柏兰荪，又礼部司员二位。客散，与许星使详校中俄东图，考东三省接境处所，自图们江口起，至额尔古纳河口止。康熙二十八年立约。大臣索额图在尼布朝定《黑龙江界约》。而咸丰八年、十年两次更改。八年，将军奕山在爱珲定。十年，在北京城定。计初约至十年，俄之悉毕尔部拓地数千里。东西极阔处十三度，南北极长处二十六度，每度约二百里。八年之《天津约》、大学士桂良等在天津定。十年之《勘分东界约记》，侍郎成琦在黑龙江定。于地址初无出入，惟《天津约》已启北京争界之端，约云：将从前未经定明边界，由两国派信任大臣秉公查勘。正暗指东疆乌苏里河以东，横至于海之地。故十年约遂划入俄界。实为后日侵占所藉口。盖当时内地多故，不暇与争也。光绪十二年重勘珲春东界。左副都御史吴大澂、副都统伊克唐阿定。说者谓收回黑顶子地方，为从来定界所未有，然亦甚微末矣。按：俄之阿穆尔省会城在海兰泡，与黑龙江副都统所治之城相望，沿江上下皆屯重兵。吉林界外之海参崴、双城子、岩杵河、摩阔崴诸处壁垒蝉联，归西伯利总督控制，声势甚盛。又招屯垦客户为额兵，随时训练，边圉之固屹若长城。珲春一带旧时使犬、使鹿部屯扎之军，近皆移驻界上，另派大臣管辖。其势溯图们江，直压朝鲜北境，行船松花江，即扼三姓上游，奉天、六边门皆可朝发夕至。慎固封守之法，洵属无隙可乘。又兵轮由松花江出口径达南北洋，图们江亦能入海。且西比利亚铁路近年已造至廓拉斯诺尔雅斯克，势将关河堑隘，击柝相闻，能无严更之警？

三十日(2月24日) 游东宫，观哑咧桑德第一自用机器手造钢铁用物，哑咧桑德第三遗物车、马、宝玉之属。哑咧桑德第二在位时，革除弊政十之八九。西都规制虽创于彼得罗，然筚路蓝缕，陋略尚多，至哑咧桑德第二踵武经纶，粲然大备。摩挲遗制，可想见其勇略。哑咧桑德第三绍述前徽，专务治内，亦牧民之令主也。闻薨逝时兆姓哀恸，其驭众殆有术欤！午餐后无事，复译《中俄界图》。其北段自额尔古纳河口起，至沙滨达巴哈止，雍正五年所定。尚书图礼善在恰克图定。乾隆三十三年修改，于地址不相关涉。止修前约第十条，非界约事。计立牌博，恰克图以东至阿巴海图六十有三，恰克图以西至沙滨达巴哈二十有四。按：北段中界即蒙古之乌梁海及土谢图汗、恰克图、车臣汗各地，外兴安岭迤逦断续，横亘北边一带以为屏蔽，山北即俄之义尔古德斯科及疴慕斯科部落。《瀛环志略》云："疴慕斯科在也尼塞之东，地颇丰饶，善酿酒，南抵兴安岭，与乌梁海各部接壤。"治历检近刻舆图，知疴慕在西，也尼塞在东，与内府图托穆、伊聂谢地址合。托穆即疴慕，伊聂谢即也尼塞。《志略》又谓："义尔古德斯科在疴慕之东，出银、铅矿，兼产皮货。其人美丰仪，颇讲文学。南境抵外兴安岭，与喀尔喀、蒙古土谢图汗、车臣汗接。南有甲他城，即内地所称恰克图，中俄人互市于此，库伦办事大臣司其事，彼以皮来，我以茶往。"云云。二部属西伯利亚，明代始隶于俄，其堡垒与我内屯皆望衡对宇。《志略》谓：俄有大酋驻多仆斯科，总理东方，兼督矿务。今合诸图乃知俄督系驻德波斯科也。凡中俄界务，惟北一段百余年来相安无事，亦险堑形势为之。

二月

初一日(2 月 25 日) 霁。林和叔、巴雨田、金惠畴、岳斐卿、金理堂、陆子兴、方明甫、李佑轩、刘紫升诸君请王星使及同人宴集。归，复阅界图。西段自沙滨达巴哈起至浩罕故墟止，同治三年立约，而光绪七年、九年、十年更改者也。其地由沙滨达巴哈至柏郭苏克，同治九年《乌里雅苏台约》。又至乌兰达巴哈之大阿勒泰岭西麓，同治八年《科布多约》。西南行至赛里乌兰，光绪九年《科布多约》。逾阿勒岛之喀拉达巴罕，光绪九年《塔尔巴哈台约》。经那林勒噶，光绪八年《伊犁约》。过喀克善山，光绪八年《喀什噶尔约》。至乌仔别里山口止。按：西段界务三十年来每立约一次，俄地必有展拓。盖西鄙诸回部皆历代所征服，值中国多故，往往乘隙跳梁，或径摽掠俄疆，俄遂翦艾芟除，置为省属。今之中亚洲七省地，北即昔之哈萨克三部，西则机洼、军突、塔什干等地，西南则布哈尔、霍占、浩罕、安集延，皆不能度德量力，与强大争雄，自投虎口者也。诸部陷没，俄境遂与新疆接连，界上之额尔齐斯河、斋桑淖尔、纳林河、阿母河、咸海各处卡伦之外皆驻重兵。喀屯河直达乌里雅苏台南。额尔齐斯河流入斋桑淖尔，又南至哈喇莽泰山麓。纳林河西通咸海，东至葱岭之塞勒库尔。阿母河由咸海发源，直至北印度界，轮艇出没，尤擅利便。余检旧档，边外常有越界挖金、盖房、垦地之事。光绪十四年，唐努乌梁海等挖金者有四十五处之多，盖造坚固房屋在萨拉搭木等十有五处，多伦河岸开垦地亩三处，长一千三百余丈，宽八百二十余丈。同治初年，勘分西界，收还伊犁及塔什干、霍占诸壤，颇烦兵力。乃专使既出，而伊河北岸之境不归大臣会勘，而乌里雅苏台以西之境遂蹙。此一经立约即失先机，又奚怪玛里他巴山口之请，阻于临事，而贸贸以乌仔别里山口定线也。然光绪十八年，不烦笔舌，竟收回巴尔鲁克山全境，边事固在得人欤？又光绪七年约第七条载明：廓里札特村以南，顺同治三年《塔城界约》，而旧界之达喇图河履勘时，乃改在苏木拜河，先后歧异，当系向导谬指地名之误。

初二日（2 月 26 日）　晴。观溜冰厂。归，过许星使谈，详论帕米尔旧档，并校图说，观其新著《帕界凡例》，颇为详晰。按：帕米尔为湖名，其地有七，北为和什库珠克帕米尔，迤东南为郎库里帕米尔，西南为萨雷兹帕米尔，益南行为阿尔楚尔帕米尔，继为大帕米尔，又继为瓦罕帕米尔，偏东为小帕米尔。错落散布如斗星然。其东北之刹衣都拉炮台，即我卡伦旧地。乾隆二十三年讨回逆，布鲁特望风归附为藩属。由喀什噶尔至霍罕、安集延，设卡伦十七处，皆喀大臣所专辖。由英吉沙尔至布鲁特西南，千数百里，又至拔克达山，卡伦十二，属英领队大臣控制，帕米尔皆在其内。

《皇朝西域图》考帕米尔，绘入天山南图，东为哈喇库勒，西为阿喇楚勒。乾隆二十四年，明毅勇公瑞追霍集占曾至于此。北界俄之费尔干省，西界阿富汗，余皆接连新疆。按：《大唐西域记》有"波谜罗川"，《旧唐书·高仙芝传》有"至播密川"之语，皆帕米尔之转音，亦即其地。唐以前为无雷、难兜、盘陀、钵和、识匿等国，东西四百里，南北五百里。

初三日(2月27日) 雪。观博物院、蜡人馆。铁槛中怪兽多不知名，能受部勒，列队为师子舞，步骤中节，殆蝇虎凉州之类欤？蜡人大致与德国同，中有冰室，人式及器具、床、几、衾枕之属，皆镂冰为之，可谓匠心独出。有前代肉刑、车裂、寸磔，未喻其酷。女将像一，戴雉尾、兜鍪，穿铜锁子甲，容华秀曼而英气四溢，惜不详其为何国人。

初四日(2月28日) 晴。观武备院水师学堂各轮船式样，有中国铜炮一，上刻"癸卯年直督额尔精额按察使陆建瀛造"。午正观校阅、驰骋、击刺，桓桓然有貔虎熊罴之概。洋枪队悬鹄命中，如中土习射然。每年大阅，择优异者赏枪式、宝星，罗特别中得此，兵棚名。能令将帅增重，故士卒皆踊跃训练云。

初五日(1895年3月1日) 雪。游藏书院。西国印书之法，创自降生一千五百年前，旧籍收藏阅四百余年矣。其书最古者为腊丁、犹太文，皮革为纸，束以绳，有韦编遗意，文如古籀，士大夫不复辨识。次为麻哈墨特经文，叠成卷轴，相传取黑海滨地时收贮于此。又有中国清文经书、政书、说部书，凡数十种。本国列朝御书典籍及欧州〔洲〕史策，排列数十楹，牙签满架，古香四溢。其制许男女好学者报名注册来观，列坐披览，无咿唔声，开函就案，不轻触指，见珍重意。又有赁书楼，创办时入股金四元者，准常往阅，各处新报附之。借书以两册为限，两礼拜为期，逾期有罚。通国书楼共一百四十五所，藏书凡九十五万三千余册。晚，罗达臣约一外部司员来照相，此君名咯司挪撒也夫。

初六日(3月2日) 雾气四塞，日色如血。午后，观铸纸厂兼造银币、织丝、制金银器厂，用工三千六百名，女工八百口，五洲第一厂也。其金银品色最佳，镂制精细甲诸国，因询炼金之法。先以水去体轻之杂质，再加水银，化为金汞，再炼汞，即腾散，犹虑不纯也。令销于王强水内，煅乾，淋以蒸气水，再加青矾水，牵去养气，即与二金三绿之气合成轻绿强，为棕色粉，洗以轻绿强水，加硼沙及硝融之，成纯品矣。

初七日(3月3日) 阴。过许星使谈，读上电俄、德、英、法旨意。午后，观溜冰场，游廊下，手足皲瘃殊甚。

初八日(3月4日) 阴。随王星使赴礼拜堂俄前皇葬所。中旨致唁，以金银造花卉、树叶作圈式，为赗礼。俄历代君主及后皆葬于此，以白石砌为坟圹数尺，每坟相离二三尺；新旧花圈大小殆以数千计；金、玉、银，翦綵不等。见许星使，传署电令王星使于辞行时照前谕旨之意，向俄外部顺便申说。又闻倭人已允李傅相在长崎就近之马关商讲。

初九日(3月5日) 雪。过许星使谈，即晚留餐。王星使奉俞旨允，照给俄大臣等宝星。

初十日(3月6日) 晴。俄皇遣供奉哑咧桑德诺甫斯基来绘星使及同人像。俄国兵制:男子年二十一至二十七,必令入伍,充额兵六年,期满再充预备兵九年,然后得以自便。额兵七十五万,有战事可增至二百二十余万。又有马兵十四万,名曰可杀克。予田屯垦,优其徭役、租赋,出征裹粮亦私家自给,兵村多在边,徙罪人为奴,执贱役,略不顾惜。

十一日(3月7日) 晴。王星使奉旨:"俄廷所赠宝星,着准其收受佩戴。钦此。"俄随夫弊政,凡佃耕之家即为田主,仆隶纳租之外,恒往役力,鞭笞挞罚,顺受无忤。贫民耕耨之暇,虽有勤劳,不敢掉磬,丰亨莫卜。富室宿卫驺从,僭拟王公。于是,富者益富,贫者长贫,盛衰之理泯焉。哑咧桑德第二在位时,颇颇革除,茅檐耕凿之氓,始有蟋蟀山枢之乐。

十二日(3月8日) 晴。俄俗民人多嗜酒。光绪二年,本国核计销售之酒,与丁口摊派,每人应得二十六盘,每盘约十二两,库储中酒税骤及正供之半,广衢狭巷,帘影麹车相望,有醉国之称。盖地近北冰海,漻俅鞁瘃之徒,非酒不御,式饮庶几,流为沉湎,人人抱一锢疾矣。按:嗜酒之癖,各西国多有之,亦中国鸦片之类,不能禁也。

十三日(3月9日) 阴。送许星使至柏林。传国电。按:俄筹饷皆借民债,如借一千卢布,出息二十分之五,而抽税二百分之五。

十四日(3月10日) 晴。俄帑藏颇富,贵戚巨公皆不知存储数目,惟就每年出入之款核计,大有赢余。出款大宗:兵饷四千万金镑,今华银一百六十兆两。文官俸三万镑,教会费一百七十万镑,其余杂费共一百四十五兆镑。昔新创西法时,制购器械，与各国连兵，债茶累累，所恃钞票流通，仅给空纸，嗣举国空匮，钞票扣程，商涂滞塞。近来休养生息，元气复充。哑咧桑德第三时，出金以偿债茶之数，百姓不愿承领，至今国债虽累数百兆镑，而府库固甚丰。

十五日(3月11日) 晴。俄旧禁民读书，恐学识高远，横生议论，起而争君主之权也。闻创西都时，通都大邑识之无字不过百之一二。波兰素讲文学，五尺童子皆湮没于经籍，谓“挽两石弓不如识一丁字”。波斯旋为俄灭，论者以为尚文不如尚武之证。哑咧桑德第二时，始听民间自立书塾，又令军中识字多者有赏，士卒辈遂于投石超距之暇，投戈讲艺。酉刻俄皇遣礼官赍赠王星使及同人宝星。星使白鹰宝星，嵌金钢石，价万金。余昂那第二宝星，潘慎初斯单尼斯那福第二，联渥轩、李叔耘昂那第三，冯蔚农、徐尧阶斯单尼斯第三。考俄宝星章程，第一为哑咧尔桑德，第二白鹰，第三昂那之一，第四斯单之一，第五昂那之二，第六斯单之二，第七昂那之三，第八斯单之三。哑咧尔桑德、白鹰及昂那、斯单之一皆为一等，则余所得昂那之二即中国二等第一也。

十六日(3月12日) 晴。赴阿雷克塞王殡所会葬，俄皇、俄后及长公主、王妃、王公及各国使臣、各命妇咸集。先数刻，有俄员来迎王星使及从官，往稍憩，俄皇始戎衣舁棺，至教士讽经毕，俄皇、亲王躬操畚锸安窀穸。俄自彼得罗创兴制造，招外国良工，他加邻后挤踵前徽，班倕云集，国人一艺成则优其饩，于是居肆子弟皆踊跃登来，殚精竭虑，以求推陈出新之法。执政随时考核，第其等差，故工匠精良，货宝璀错，以艺事致富者十之八九。然懋迁有无，银行汇兑，则德国人居十之六七，近有喧宾夺主之势，虽俄廷亦无如何也。

十七日(3月13日) 阴。渐次开冻，冰车已停。偕同人游业弗斯街，见俄主、俄后并车北去。西国君后常并辇出游，都市山水清蔚之区，梨园歌舞之地，皆设有御座，或径造勋阀巨家，盘桓宵旦，间延臣庶入宫，茶会宴集，上下欢洽如家人父子。又凡西国王公不设苑囿，其苑囿楼阁、琪花瑶草、珍禽奇兽，皆在都城繁会之区，为国家所置，任人游观，微取其值。此孟子所谓与民同乐也。君臣相亲则壅蔽绝，天道下济，易之义也。西洋开国晚，故尚存中古之风，近人论西法制造多合诸子，余谓西国政教大都合于孟子，此一端也。

十八日(3月14日) 阴。晚过哑咧尔桑德诺甫斯基，谈其家人，奏雅琴以娱宾，舒弦促节，沨沨移人。昔曾惠敏公尝论：中国宫音失传，惟西国之乐尚有黄钟遗响。余按：浏阳邱縠似先生祖述圣祖仁皇帝《律吕正义》，有音律通考之作，番禺陈兰浦先生澧《东塾读书记》论乐各条，论黄钟之生配详矣。邱氏弟子有能制器者，曩曾于京师谱之，惜未推阐尽致耳。俄里之名曰阜斯特，一阜斯特通以二中里，当之其实不足二里。俄量物之度曰阿生，积三阿生为一萨仁，凡五百萨仁为一阜斯特，合一千六十六迈当又八百密里。按：一阿生，合法国度七百十一密里又十之二，千分迈当之一为密里。中国五尺为步，积三百六十步为一里，一迈当合中尺三尺二寸三分四厘又二一二八，则一中里应合五百五十六迈当又五百四十九密里。据此挈算，一俄里当中里一里又千分里之九百十六，是一阜斯特当中二里少一百五十一尺二寸。

十九日(3月15日) 阴。巴雨田、李佑轩来寓便酌。旋偕柏百福购《阙特勤碑》并俄文欧亚全图、俄德字谱。阙特勤诸碑，金石家称为和林残石，盖以元之上京为名也。光绪十八年，俄国驻使以此搨诒译署，余董考释之役，曾有记注，未入行箧。顺德李若农师假观搨本，重加考订，纪以诗章，余以纨扇乞书数首，今录存于此。诗云：

处月穹碑接暮云，眩靁介弟昔能军。

频年饱读双溪集，洗眼今看阙特勤。唐《阙特勤碑》。

宫址榛芜默棘连，大唐祠像旧香烟。

李融文字分书在，鼎峙冰澌叹极妍。唐《突厥苾加可汗碑》。

安史邪氛鼎未移，晚唐回鹘费羁縻。

嗢昆河外真珠水，碎叶城西醉隐知。唐《九姓回鹘可汗碑》。

太平官局惠民方，羲后黄神庙貌庄。

不读天台辍耕录，元医谁悟祖三皇。元彻彻都《三皇庙碑》。

遗爱龙庭刻石存，上行至顺字微刓。

左丞十载迁儒学，此事教人耐讨论。元《和林兵马刘天锡去思碑》。

直疑东汉建宁中，胥相勋名杜伯功。

作手离奇灵恍惚，几人黄绢识文雄。元《三灵侯庙记》。

四世同居义可钦，洛阳门第重和林。

寻思奇沃温家事，一代华风未造深。《四世同居立石》。

丙戌支干至正逢，平章衔上大司农。

别儿怯不花名字，婉约唐贤旧笔踪。元《别大司农保厘刻石记》。

断碣臣名认有壬，大篇磨灭抵千金。

圭唐小稿胜金石，阁记兴元许翰林。元《敕建兴元阁记》残石。

经世今无大典夸，典章通制委流沙。

一朝食货多良法，谁补和中入史家。元《岭北省右丞郎中总管收粮记》。

和林仓在定都年，朔漠元图未化烟。

札古剌仓河旺吉，分明岭北改名前。元《和宁路和林仓题名碑》。

残文八九失名称，胜概渊潜想椝绳。

孛术鲁翀全传在，宗禋院事有旁征。渊潜胜槩等字残石。

卜兆谁从汉俗求，韩陵片石朔方留。

千秋挂剑高情在，禅智山光此首邱。《汉塚记》。

岭北和宁乐石良，牛毛鑱刻入毫芒。

孛罗帖木儿何物，太息元家断送将。《岭北省和宁路题名碑》。

阿尔台山百草肥，万安宫殿旧都畿。

昔年突厥兼回纥，两代王庭化夕晖。

回合山川势不虚，格坚义①罕定都余。

图苏湖畔凉楼地，当日双溪此著书。右二首《题和林故宫图》。

二十日(3月16日) 阴。赴各处辞行。罗达甫告余：俄

① 原诗应为“叉”字。

察吏之法，有官名“微特若尔”，品秩小而员数多，数月一遣，采访各省及各郡县政治得失、风俗浇静、商务盈亏，随时密报，又有专员访察微特若尔所报之虚实，遣派此两等官，外间秘不得闻。以此旦评之臧否，与议局公论之淑忒相钩考，万里在堂阶矣。

二十一日(3月17日) 微雪。观赛马会，俄主临幸校阅。始试单骑马，道中横竖木墙六七，垣高三尺余，神骏追风，超腾而过，有天马籥云之概。次试御元戎十乘，方轨绝尘，观其磬控趫捷，始知泰豆、王良之巧。又次试骈骑，夺马二十匹，人在马上，有直立者，有侧坐者，有横卧者，有跨两马者，有翻身坠地复驰而跃上者，其僄狡殆与中国精捷营之解马。余忆《汉书》载：李广兵败佯死，卧乱尸中，有胡儿驰马过，跃起推堕之，骑而逸。朔方健儿今古岂有殊哉？

二十二日(3月18日) 晴。晚六点钟王星使启行，从官均乘俄廷御用火车，文武数十员来送，许星使率各员话别于车栈。俄自哑咧桑德第二时始听国人立公议局，遴派局董，以通衢投匦书为断，凡朝廷法令、民间疾苦，听其月旦指陈，略无忌讳。分局议成，条上都中总局，询谋佥同，乃候裁决于君主，与民主国之议院及英德国之议院其权有别。

二十三日(3月19日) 晴。十一钟至都郎埠早饭，四点钟过波兰境，五点钟出俄境，俄国御车驺从至此。饭后，登德国睡车，与俄官罗达甫辈揖别。俄廷慎重庶狱，刑官之外立员陪审，恐其偏听生闇也。有大小律师，皆律学生出身，散置各省郡州县，准其为民控诉、代官诘问，正副臬司即由律师升擢。鞫谳时，两造律师驳诘，又选廉正绅士陪听，首曰公民，余曰议长，互相钩距，然后折狱。狱成，申廷定谳，律师、公民辞判附之。

二十四日(3月20日) 雨。晨六点钟至柏林，日出时较俄都早五刻。德民多良工、富商、农家者，流膏壤，宜五穀，公私富饶，税敛甚薄。入其境，草莱辟，田野治，不问而知为新造国。晤使馆洋翻译金楷理，华员赓音泰、金惠畴、李子元。

二十五日(3月21日) 晴。巳刻乘火车赴白雷多。观伏尔铿船厂，见公司头目时鲁托并机器总办、事务总办二人。中国订购鱼雷艇二只、快船一只，均将竣工。其锅炉、气管、排筒、镇动机皆最新之式，此厂为欧州最著，时鲁亦德国最大银行东主也。晡时，仍返柏林。夜十一点钟送许星使赴俄。

二十六日(3月22日) 阴，雨。昨游伏尔铿厂与西友谈飞车制法，因出美国人马克新所制飞车图二幅见赠。日暝，不暇详斠，晨起展玩，其式下如蜀江货船，中后舱搭棚盖覆，连蜷周匝，中腹略宽，为安电机之所，两端斜行而上，阔于地者三分之二，络以钢丝，支以铁柱，周以玻璃之室，屋之脊有穹窿者，有平正者，有斜而下者，望之亭亭若车盖然。其下无轮，以游行在空故也。据云：该厂之车业经制成，每车箱可容十二人，升时离地数丈，行较火轮车至速者加二倍，只用电气，不用煤火，计五年后便可畅行云云。按：《列子》：周穆王时，西极之国有化人来，乘虚不坠，儒者斥为荒诞之说。又云：化人谒王同游，腾而上者中天乃止，暨及化人之宫。又云：所及之处，仰不见日月，俯不见河海，王求还，化人移之，王若殒虚焉。夫《列子》托为神游，曰形奚动哉！亦泠然御风之旨。西人覃思制器以实其言，排空御气，瞬息千里，形神俱往，周流六虚，呜呼神矣！今岂异于古所云耶？

二十七日(3月23日)　阴。观唐儆黑特厂，演试行营炮台，演放开花弹、葡萄子各炮，皆中靶。午刻，至格鲁孙炮厂中膳。总办多士满引观大小新式炮台，又观镕铁之法。以巨炉数丈，上丰下锐，光熊熊烛天，而火势仍自旁牖出，以火色觇候至微绿色，则炭养气已腾去，所含杂质合为一种，如玻璃。未镕者再加他质化之，否则沙土合而成铁砂强矣，不如在矿铁内先加鏀炭强也。戌正，至麻德波克城，晚饭归，火车子刻开行。唐儆黑特厂在柏林西二百五十五中里。麻德保、格鲁孙厂在唐儆西南二百五十中里。

二十八日(3月24日)　阴。辰刻至克鲁伯厂，观造穹甲、钢板及暗炮台。钢板厚者七八寸，台盖大者圆径三丈许，瓜剖为八为六，以笋合之。顶中厚二尺许，边递减至五六寸，旧用铁，继改钢，皆较今加厚。今以钢铁搀入尼格尔，以巨炮弹击试之，能洞七寸厚之钢板者，不能穿五寸之尼格尔也。尼格尔亦金类质，近钒，格致家测得之，化学家炼成之，不及十年，遂为船炮上质。考金之类，有鋏、鍼、鉐、鍾、鐳、镢、鏀、鐸、鐄、銇、鑐、铅、鈖、铜、银、汞、金、铂、鉃、鉷、钯、鑘、錏、锡、钍、鑻、钳、锩、鋖、鐉、铁、锖三十二种，尼格尔似金，非金类也。克鲁伯距格鲁西七百中里，距柏林西南一千二百中里。晚宿克鲁伯家，下雨。

二十九日(3月25日)　晴。巳初观炮厂，有九寸径口大炮，又现造尺二径口炮，未成，中国定购之大小炮及新式快炮均将竣工。又观三次炼钢厂。晚微雨。七点半钟开车，八点半过莱恩河，桥长四里许。九点钟过荷兰东界。六点半钟到昆斯弗勒新。十一点半上轮船，行十尔河，一点半钟之久到海。五点钟到铁木斯河口。又一点半钟之久，六点半到昆斯白落。上火车，南行过昔丁，往西。九点钟到伦敦维多利雅火车栈。俄国之十二点钟为德国之十一点钟，法国之十二点钟为荷兰、英法比之十一点钟，德与奥义之表相同。英国一金榜换二十先令，一先令换十二本士。法国大金钱名卢，一多尔换二十佛郎，每佛郎换一百桑的，五桑的作苏。德国金钱名德布阔落，换二十马克，每马克换一百分尼。二十马克四十分尼合英金一镑。俄国现用钞票一纸卢布分一百戈比，现在之价，一卢布纸钞合德国二马克二十分尼，一金卢布合德国三马克，一银卢布合德国两马克，现在钞比银贵。英一里合中国三里稍强。法一启罗迈当即一千迈当，五百五十迈当合中国一里，中二里比一启罗迈当多十分之一。俄之密斯特合中国二里，一迈当合中国三尺三寸。详二月十八日记下。英国物价重一镑者，合中国十二两，一百十二磅合德、法、比、荷五十启罗，俄名分特，与英镑同重。西国一吨合中国十七石，重一千七百斤，惟英每吨视德减一十六镑。大凡各国皆以一千启罗为一吨。

三月

初一日(3月26日)　晴。巳刻到伦敦，见宋耘子、曾镜漪、朱祝庵、李琴伯、李西平、伍兰荪、查抡先、汪季友、周伯珑、王鹏九、龚仙舟、王省山、刘士熙、孙鹤如、罗星甫、袁孟昂、杨恭甫、章荫棠。饭后，至使馆答拜，见龚仰蘧星使。旧传红毛三岛，一伦敦、一苏格兰、一夜兰，皆曰英吉利。其实苏、夜二岛各为雄长，并不统辖于伦敦也。英女王维多利亚年七十七岁,腊高为西主之冠。未刻,赴鱼雷船局,观新式曲排筒锅炉。

初二日(3月27日) 雨。观英国家鱼雷快炮厂,晤总办安得生及前日本水师聘请提督英格尔斯。大快炮重者二百一十吨,又新式大炮用钢丝绕成,再套熟钢,此炮口径尺二,弹重八百五十十镑,用丝长径合中三百五十里。鱼雷长一丈,重一千六百五十吨,首贮无烟黄棉线药,中用空气压力,尾用机,激之始行而震,用药二百二十镑,每点钟行三十海里,售价英金五百镑,造价四百镑。快炮以机开合,出弹最速,无烟药,如弦线式,余得一束以归。西人言,此法创于一千八百七十五年,成于八十八年。价每镑二先令,售加一倍,此药加黑药价三倍,然力最大,一分可当黑药之三。曾试存于印度、新疆、广东数年,无潮湿、霉变、炕热之虑,又试焚二三吨于屋,燃时瓦椽不毁,户牖不伤,仅黝墙壁而已。药用硝强水、硫磺水制成。又乘火车至马克新机器快炮厂及罗登飞快炮厂,晤总办勒威,留午膳。厂在伦敦东六十里,罗厂现已售于马,中国南洋定炮皆在马厂。机器小炮中用机簧,临放时安上,放毕可藏怀袖。弹子以帆布作帘,于腰孔递入,随放随递,一分钟时可放八百出,以两指拇轻按其机,即连连作响。炮筒再加铜管贮水,以防筒热。快放炮用四十五镑重者,一秒行二千二百中尺,中稍慢,一分钟十二次,行十五华里。

初三日(3月28日) 阴。观议政院。院左为下议院,至者约二百许人,分五行列坐。右为上议院,座有三十余人。马格里为余指沙侯、山特生诸人,惜不皆识其名。余与王星使及同人坐楼上,下听喃喃,不辨何语。有人给洋文一幅,盖即所议事件云。按西制:上院以宗室、勋戚及各部大臣任之,为其近于君也。下院选各省郡州县绅耆士商之才优望重者充之，为其近于民也。凡事必求君民两便，然后施行。如损下以益上或损上以益下，必有从而挠之者。凡议一事，下院议定，达之上院，议定，然后奏请君主画诺。不合者两院重议，同者居左，异者居右，中立者当中横坐，国主亲临裁决，询谋佥同，大众得当而去。往往中旨未出，而阛境已先事预备矣。是以上德若风，民应如草，即征赋过重，罔有怨咨。下院事烦，员数甚多，日日开院聚议，惟礼拜日得告休沐。上院事简，其人以本官兼理，数日一至而已，到时画诺亦颇慎重。议员例得随时觐见，上院特见，下院旅见，以此宣上德、通下情，不啻三代上之谏鼓善旌矣。余按：秦臣由余云："今戎上含纯德御下，下怀忠信事上，一国之政犹如一身。"然则议院殆古四裔之遗俗欤？《史记》戎王使由余于秦。缪公问曰："中国以诗书礼乐法度为治，然尚时乱，今戎夷无此，何以为治，不亦难乎？"由余笑曰："此乃中国所以乱也。夫自上圣黄帝作为礼乐法度，身以先之，仅以小治。及其后世，日以骄淫。阻法度之威，以责督于下，下则以仁义怨望于上，上下交争，怨而相篡弑，至于灭宗，皆以此类也。夫戎夷不然。上含纯德以御其下，下怀忠信以事其上，一国之政犹一身之治，不知所以治，此真圣人之治也。"按：由余后为秦间，降秦。晚归。宋芸子、王省三引美国绅夹阜来谈，盖澳大利商会总也。

初三日(3 月 29 日)　风。九点钟自维多利雅火车栈开行。十钟到奴黑粉海口，开船，大簸荡。三钟到法国地页伯海口。四钟到鲁昂城。九钟到巴黎生拉沙尔火车栈。旋到使馆。

初五日(3 月 30 日)　晴。偕田合通、克劳西、咳尔费尔特游市廛。晚观剧。

法国利源以制造为先着，钢甲厂各地皆有。最著为科鲁苏厂，汽锥力一百吨，北斯迈炉钢坚韧，与德之罐钢相敌，销售各国甚多。船炮子药，各官厂例禁外销，近年武库充牣，始准定购，与民厂同。

初六日（3月31日） 晴，午后微雨。偕联文泉游布阿得布娄，又游安佛里特院。院为拿破仑第一陵寝地，中有武备博物院，藏储甲胄及刀、矛、弓、剑之属甚多。又有本国历代士卒腊像，最初面目与中土仿佛，皮革为服，竹石为兵，渐有弧矢戈鋋各器，枪炮最晚，迄今方二百余年，讲求之精，乃至于此。再进一院，为五洲兵士式，黄、白、紫、红、黑种类悉备。有中国兵四，器械、衣服、神貌毕肖。推之地球，各殊诡形状，知皆因物赋像，非凭虚臆构之比，此亦风气沿革之一端也。

初七日（1895年4月1日） 雨。联文泉来同散步，十二点钟归寓。欧洲学校之制，凡国人七岁至十五为初学，始讲文算，继阅图象志乘，兼学他国语言文字。期满升中学六年，博稽道书国史、富国学、交涉学、算学、格物学、化学、电学、重学、制造学、全体功用书、动植学、地学、金石学、画学、音乐学、农学、商学、体操学。成法粗通，升入上学六年。此六年中，即中学之学，讲求深邃，覃思创物，能成利用新器者。官之仪学堂三万三千余所，师五万余人，生一百七十余万人。

初八日（4月2日） 阴。晚咳尔费尔特、克饶西、田合通公饯。

初九日（4月3日） 晴。接宋芸子、王省山函，初六日代发上总署电，购船招水军事。

法土产货物以时辰表为大宗，其次保朵之葡萄酒及立墉之丝、卢恩之布为著名，惟谷、米、煤炭缺少，恒购于美、比诸国。

初十日(4月4日)　晴。庆蔼堂过谈。

法兵制，国人年二十至四十充营兵五年，战兵五年，留兵五年，戍兵五年。与各国大略相同，惟豁免数条曲体人情之至。一独丁之家例应留养父母者；一寡妇之子或其父远游子须留养者；一父母年老子当留养，或长子、长孙、长曾孙者；一兄弟两人为长兄者，或兄已当兵，弟仅一人者；一兄弟有当兵阵亡者；一入水龙会及外出经商者。又战阵受伤残疾者，官给衣食以终其身。按《史纪·魏公子列传》：公子遂将晋鄙军，下令曰："父子俱在军中者，父归；兄弟俱在军中者，兄归；独子无兄弟，归养。"此盖得其遗意。

十一日(4月5日)　晴。偕王星使晤夹阜，谈维新。宋芸子、王省山晚接赓韶甫电，询行期，已覆。

十二日(4月6日)　阴。芸、省回伦敦。

十三日(4月7日)　雨。香帅来电，以王星使及余条议甚好，嘱详覆。王星使因令再函商芸子、省三。

十四日(4月8日)　晴。游百兽堂，中有一兽，麕身牛尾，一角四趾，不履生草，不食生物，彼国人以为麟。按：《玉篇》："麟，仁兽也。"《诗传》："麟信而应礼。"《笺》云："角末有肉，示有武不用。"《礼运》："麟以为畜，故兽不狱。"皆应德而至。《尔疋》疏"并州界有麟，大如鹿。"《相如赋》："射麋脚麟。"其麟之蠢者欤？《尔疋·释兽》："麠，大麃，牛尾，一角。"此兽类，是盖似麟而非麟者也。有铁浮图，矗立堂外，甚高峻。再游万生院归。覆赓韶甫信。

十五日(4月9日) 晴。游大清公所，在北城外。同治中，法开赛奇会时，华人赴会者醵金建置，会散，遂留以赠法国家，又从而恢拓之，廊榭参回，悉存华式，盘匜间有篆书大清字样，树木阴翳，地势宏厂，旁衢四达，游人如织，多憩息于此。归，移寓非先德里勾街阿维司店。

十六日(4月10日) 晴。法陆军临敌时，侦探轻骑常前驱数百里外探听敌情。两军相见，步军中猎队执短枪在前，次剑枪，次戈枪。象队执长枪为两翼，大队后动。步兵鏖久，出介胄铁骑冲突之。敌军败北，追逐轻骑怒马而驰，变化精骑继进。轻骑陷阵，精骑救之。入覆，则精骑下马步战，结为方阵，久久相持，以待大队援击。又有炮兵以巨炮守城台，余炮随营转运，摧击敌垒。暇则供整顿城垣、炮台、船舰、器械诸役云。

十七日(4月11日) 晴。接宋芸子信。见梅伏、安得罗、夹阜、省三。晚，夹、省回伦敦。

法州县官名“干端”，乡镇官名“甘门”。民有讼，由甘门而上，历衙门二十有七，至总刑司，如中国之臬司，三月一会鞫，有陪审、律师、公员、议长之目。州县刑讼衙门外有钱债衙门，理逋负，员由公举，请简秩如华大理寺。

十八日(4月12日) 晴。晚见德兵官及克饶西，约观剧。剧场、乐技与俄略同。

十九日(4月13日) 晴。午后至茂林散步。

法军机四十三员，议院保送二十八员，伯理玺天德简派十五员，司诏谕、奏牍之事。部署有十，曰内部、曰户部、曰商部、曰农部、曰工部、曰文部、曰兵部、曰海部、曰藩部、曰刑部。又有创例院，司改律、筹饷等事。

晚，送钱念劬、伍兰生回华。

二十日(4 月 14 日) 晴。接宋芸子信，即覆合同，略改王星使发香帅电购船借款，附余名。此电因换佛郎不及，留待明日发。

二十一日(4 月 15 日) 晴。电已发。法人以此日为耶稣复生日，城南大花园士女游集，阗咽塞涂。

二十二日(4 月 16 日) 晴。函复宋芸子。香帅来电，船事缓款借一百万镑。已函致芸子。

二十三日(4 月 17 日) 阴。辰刻巴人李少伯来寓。少伯大足县籍，幼从法教士来巴黎，已二十余年矣。午后微雨。

二十四日(4 月 18 日) 晴。法博物院中有金刚石，大如卵，光采四射，朗曜眩目，五洲第一石也。

二十五日(4 月 19 日) 晴。传闻西历四月八日夜二更许，巴黎各营接武备总督调操令，三更遂整队启行，不短一额，不缺一械。带兵官一浮侯沙依、一万生、一散日曼、一狼蒲依。

二十六日(4 月 20 日) 晴。接芸子信，为省三事，已覆。兼发致龚星使函，并贺寿。

二十七日(4 月 21 日) 微雨。阅日报，马达喀斯加岛人为乱，法廷派杜甘司恩提督总统水陆军征之，已由马赛解缆云。

二十八日(4 月 22 日) 晴。接南洋电，有旨查询船事、琅威理事、停借款事。

二十九日(4 月 23 日) 阴。偕星使赴英国都合尔一作杜伏海口，约宋、王、夹、琅来会。传闻法军在麦尚茄城与屋伐人战，胜之。水陆军由培而薄架河进口，直至带那那利佛，降其萨格拉佛种人，事在三月初四日。又闻屋伐女主夫为首相，年老不睦，女主欲借法力除之，因构衅。法兵至境时，其将士不战而溃，法营声势甚壮云。

三十日(4 月 24 日) 雨。申科宋芸子来晤，夜两点钟返伦敦。琅威理不克至。

四月

初一日(4 月 25 日) 阴，微雨。午刻渡海，戌刻返巴黎。南洋电嘱王星使商法外部，以阻遏东方气焰事。

闻英女王维多利亚及其孙女培阿忒利司公主，由法之即尼赴德地达末斯大德，经行地方，文武员弁、命妇仍送迎如礼云。

初二日(4 月 26 日) 微雨。连日发南洋电，覆船款事、商外部新约宜宕事。

初三日(4 月 27 日) 阴。午刻承王星使嘱，赴伦晤琅威理，并见龚星使，商南洋借款事。晚到伦敦城，住来恩客栈，见芸子、省三。

初四日(4 月 28 日) 晴。见龚星使，并祝寿辰。晚间招饮，容纯甫闳、西人补海斯美士同座。宋芸子赠埃及碑二，其文精劲苍古，行气匀贯，惜不能辨识一字。有二人图，皆赤身，其一戴峩冠，后轩前轾。按：埃及即麦西，西人记载谓开国于夏启七岁，君名迷斯拉应，国号厄日多，始教民耕耨，肇造文字，其地在亚非利加北境，与中国职贡不通，则文字非仓沮蹏迒之遗可知矣。国分四部，曰德巴斯，曰德利，曰门非斯，曰达尼斯。夏帝不降之五十岁，波斯王札的劳摩帅兵入境大掠，国王亚罢郎合锄耰之徒，追还俘虏，于是始部勒其民为卒伍，兵日以强，诸小国皆附之。有夏之末，亚细亚人义纳孤远迹欧州〔洲〕，居希腊，教民牧畜，厄日多人化之。有商祖辛十二祀，西索斯的黎嗣位，力行善政，号为中兴，子孙蒙业者七百余载。周威烈王时，为波斯王冈比斯所并。旋为希腊之马基顿王亚力山德夺去，亚力山德死，其大将伯德罗墨遂据厄日多为王。西汉时，罗马征服之，以为属土。唐初，摩哈麦据阿刺伯地，创兴回教，国渐强盛，伐厄日多，灭之。初，厄日多都城有藏书七十万册，毁于回人，艺林惜之，由是为回回部落。明初属土耳其，嘉庆三年佛朗西取之，旋还土，至今仍为土藩。其地东临红海，北临地中海，纵横一千七百余里，与犹太、阿刺伯、的黎波里、努北诸地接境。

初五日(4月29日)　阴。晨起料理，赴柏来莫弗音废海口，访琅提督威理。十点一刻开火车，三点三刻到海口。到琅家晤面，琅不能法语，余与翻译李叔耘不能开谈而散。住丢刻坳夫客寓。

初六日(4月30日)　阴。琅订十二点钟候晤，余与叔耘值雇通法语土人前往琅家谈。食时许，琅语及中洲时事，潸然泪落，有相助意。两点钟，辞琅启程，由火车回巴黎。九点钟到伦敦，住使馆。

初七日(1895年5月1日)　晴。黎明起往观阿模士厂，运机各器与德厂略同。按：凡吸压之机，有抵力、跃力、扯力、离毗均匀之力、其以机助力，约六种。有杠杆，人力不能移者用之。有斜面，重物装入舟车用之。有轮轴，汲水用之。有滑车，提重用之。有尖劈，劈木起石用之。有螺丝，压尖用之。机类虽多，皆由六者而变。庄子曰："万物皆出于机，入于机。"昔虚言，今征实矣。

九点钟，到车林克纳士火车栈。十点钟一刻开火车。十二点钟到海口。两点一刻钟抵岸，自巴黎布楼海口开火车。六点三刻钟到巴黎，旋至使馆。

初八日（5月2日） 晴。王星使第二次发香帅、台抚电，商保台事。酉刻王星使奉电旨：着照所电各节，切实妥商。又接香帅电，以属望甚殷。

初九日（5月3日） 晴。晚王星使电请庆蔼堂参赞帮办。今日法报言：辽东已由日本让出。

初十日（5月4日） 晴。接署电，热海诋借款事。

十一日（5月5日） 阴。有电旨改派王星使偕同龚星使赴外部密商要事。

十二日（5月6日） 晴。感冒延医。

十三日（5月7日） 晴。

十四日（5月8日） 晴。王星使奉电旨一道，所商一节已由总署告知转电。闻龚星使奉旨仍回伦敦。许竹筼星使来电，总署已照会日本，展缓换约。

十五日（5月9日） 晴。接柏林来电，新约已换。

是日，成童子女皆至礼拜堂呗经受诫，男以白布缠左臂，女衣纯白，礼毕，教师、神甫书名于册，准其婚姻。

十六日（5月10日） 晴。南洋来电，属筹补救之法，有"挥戈填海，古来常有之事"等语。夜间龚星使过谈。

十七日（5月11日） 晴。巳刻送龚星使。

十八日(5月12日) 晴。王星使偕联渥轩往拜热海之母,余病未偕。闻法水师至马达喀斯加岛,与陆军提督梅石然军会,遂进攻麦罗复爱及盎扒利拉发,皆破之,敌军遁,获其辎重。法兵死伤数人而已。

十九日(5月13日) 晴。李叔耘偕法医士来看病。李少伯过谈。

二十日(5月14日) 晴。王星使奉电旨一道,所商一节,据法使告署,外部不愿接见云。南洋电,台民乞德公使保护。申酉间,庆霭堂参赞见王星使,意似转圜,自言当即亲赴外部。

二十一日(5月15日) 晴。庆霭堂来,覆外部以新约已换,台事不便再提云。已电香帅覆奏。

二十二日(5月16日) 晴,午后微雨。

二十三日(5月17日) 阴。龚星使函,分晰外部照会,未与专使晤商事。瑞臣、学庵过谈。今日《新报》言:中国现商三国借大款之法,各国以中国歉债无多,向敦诚信,咸愿代借。惟中国近年入不敷出,将来如何归款,诚不可料。拟劝中国驰地禁、开铁路、通商货、重工匠,一切维新若能次第举行,则比此再加倍之债,亦不难还。又官制亦宜更改,盖中国官场惟鹜蒙蔽于上,网利于下云。

二十四日(5月18日) 阴。《新报》传中国来电,有湘勇在万里长城地方溃变云。庆录送龚三日前所奉电旨,饬再赴外部询商前事。夜半,宋芸子来电,南洋委借奥款约稿中罢,虑涉讼损望云。子正,雨穿溜。

二十五日(5月19日) 阴。王星使奉电旨,饬即回华,星使覆奏，遵于五月初一日起程。本日，俄人于巴黎开厂赛马，余随王星使及同人往观骑御飞控之伎，什伯为群，观者鼓掌喝采。

二十六日(5月20日) 阴。昨见龚电，奏以法与别国议保台事，不令华与闻。今晨又有定台事一节，中法尚有可商，或因法与马大喀加斯岛有战事，台事稍缓云。

二十七日(5月21日) 晴。早覆芸子信。李少伯过谈，代购松胶丸一瓶。

二十八日(5月22日) 晴。接香帅电，奥款一事，中旨甚严，断不能借。无已，酌给津贴。已函致芸子，作星使函致奥。

二十九日(5月23日) 晴。庆霭堂来赠行，李少伯过谈，查抡先索题《泛海图》。致许竹筼星使函。

五月

初一日(5月24日) 晴。晚八点钟随王星使起程回华。二刻到车栈，师恭萨克、李隆芳、庆霭堂及巴黎馆各友来送行。微雨。潘晟初、联渥轩留后。

初二日(5月25日) 微雨。十点到马赛，住司赖夫客栈。滨海间有小岛，上有白屋，为监禁罪人之所。西人监狱最洁，妨罪人疾病。其俗重罚而轻刑，无褫衣裤责朴者，养廉耻也。闻法国前数年，一岁决死囚不过三人，何其省也。中国三代画象为牢，汉时雇山、城旦、白粲之制，令人想像。

发庆霭堂函。晚观剧，皆意大利人，声伎之盛不减法都。所演故事有二神人，一丈夫，一仙姥。丈夫主守旧，蹙然于电学、火车、轮船、开矿诸务，忌成而偾败，成辄沮挠，女神哀其愚，欲启其悟而不得，乃禁之逐之，执而幽诸九地之下，其于自强之国，女神尝牖其灵明，默赞其成事云。

初三日(5月26日) 晴。登法公司轮船，船名“雅哈”，六点钟一刻开。接芸子电，以奥款事托电南洋，舟中无暇及此。巴黎午正，马赛未初。

初四日(5月27日) 辰微雨。舟岸近山，尚有积雪。昨日至今午正，行二百六十三海里。

初五日(5月28日) 晴。午正行三百一十三海里，过墨新，为意大利属岛。舟中遇法翻译兰蒙。时辰表加三分。是日，风浪竟夕。

初六日(5月29日) 早雨。午正行三百一十海里。

初七日(5月30日) 晴。午正行三百一十四海里。

初八日(5月31日) 早六点钟行二百八海里。到亚历山德上岸，游花园，观二千年前石柱。此地离埃及一点钟火车可到，离阿剌伯两点钟火车可到，惜未能往。是日，晴。午正开轮，有风。

初九日(1895年6月1日) 子初二刻到波赛。早五点钟一刻开轮，入苏彝士河。是日，晴。

初十日(6月2日) 丑正出新开河，入红海。是日，晴。

十一日(6月3日) 丑刻雨，巳初晴。午正行三百三十一海里。颇热。按：红海南岸为埃及东地，迆东曰努北。相传其地有野番一种，穴地而居，捕虫豸为食，得野兽食其肉，以兽肠系踊于身，以示服猛。余得埃及碑，有人图，赤身，腰以下系有蹶爪，疑即野番遗像。

十二日(6月4日) 晴。午正行三百四十四海里。午后微有风。

十三日(6月5日) 晴,热甚。午正行三百三十二海里。

十四日(6月6日) 丑刻行一百九十三海里,到亚丁。五点钟进口,热甚。午正行三百三十二海里。

十五日(6月7日) 晴。午正行二百六十四海里。热甚,有浪。

十六日(6月8日) 晴。昨夕风浪达旦。至午正行三百二十二海里。南风,巨浪拍天,至更尽稍定,舟中多有呕吐不能食者。

十七日(6月9日) 甚风浪,阴。舟中多不起者。午正行三百三十九海里。夜半大雨,雷电交作,有飞鳐鼓翼入船,长裁七八寸许,两翼阔如其身,陆续飞至者数十尾,舟人脔以为脍,食之。转北,风浪渐平。

十八日(6月10日) 阴,风浪较减。入印度洋,南风苦热,使人烦闷,晕卧者更多矣。午正,行三百二十海里。

十九日(6月11日) 雨。午正行三百四十九海里。

二十日(6月12日) 晴。午正行三百三十七海里。

二十一日(6月13日) 卯刻抵锡兰岛,大雨,申刻住。上岸闲步,食时许返。舟中装载洋药八九千箱,搬尚未毕,皆运往中土贩售者。八点钟开行,因机器坏,停止,修理。

二十二日(6月14日) 天明大雨,旋晴。未开船。

二十三日(6月15日) 黎明大雨,一刻住。上岸闲步。

二十四日(6月16日) 晴。夜游洋行码头,水滨林木蓊翳,电灯掩映,海风袭襟,夜住粤商广南安店。午后游一佛寺,观藏经阁，瞻佛圆寂处。上有菩提树一株，取数叶而归，译土音当即考脱海拿庙，明郑和取佛牙之所，冢殆即瘗处也。

二十五日(6月17日)　大雨竟日。约同人便聚，晚归舟宿。

二十六日(6月18日)　阴，午后大雨。

二十七日(6月19日)　晨大雨。

二十八日(6月20日)　晴，午后雨，旋住。

二十九日(6月21日)　辰雨，午晴。本轮因开行不慎，致链绕舵机，管驾视为无甚紧要，雇迷水二人修理，致数日不能竟功。或谓此轮旦夕尚难启行，故昨日已有客改搭英轮，今日又有数日本、数吕宋人亦附德公司船去矣。

三十日(6月22日)　晴。午后三点钟展轮。是日夏至节。

闰五月

初一日(6月23日)　晴。午正行二百七十四海里。

初二日(6月24日)　晴，阴。午正行三百四十八海里。

初三日(6月25日)　晴。午正行三百三十八海里。过麻喇甲岛。

初四日(6月26日)　晴。午正行三百二十八海里。

初五日(6月27日)　晴。巳刻行二百八十二海里。到新嘉坡，张弼士偕那华祝、王树善来约，至领事署宴集。阅《申报》，本科大魁骆君成骧，蜀人，为梓乡开风气，可为一喜。赵寅臣太守之公子亦登第馆选。惟雪堂在粤被劾，不解其故。四点半钟展轮。

初六日(6月28日) 晴。午正行二百八十一海里。

初七日(6月29日) 阴。四点钟二刻行三百六十七海里。抵西贡,登岸游览,回舟。

初八日(6月30日) 冯蔚农约早饭。午雨,旋住。王星使约游博物院,余以发京函稍后,旋闻星使中暗枪伤,殊深骇诧。

初九日(1895年7月1日) 晴。卯初一刻展轮。午正行五十海里。

初十日(7月2日) 晴。午正行三百六十六海里。

十一日(7月3日) 晴。午正行二百五十三海里。晚十一点钟半行一百五十海里,抵香港。雨。

十二日(7月4日) 雨,阴。省城湘中诸君及二三文武并乡绅来见王星使,余因晤周小舟、苏伯赓两观察,郭寿农、余吉六、许少衢诸君,陈昆山协戎,黎荩臣都戎,周星伯大令,许苓西茂才,余门人张亮臣、彭召南来见,陈姬之父率其子浚来会,谢尔澈别驾来晤。午后两点钟二刻开船。是日,并晤范云卿、周军门天意。

十三日(7月5日) 晴。午正行三百四十二海里。

十四日(7月6日) 阴。午正行二百六十四海里。夜十点钟行一百三十五海里。到吴淞口换小轮船,十一点半钟到天后宫行馆。

十五日(7月7日) 晴。访德盛范秉初。

十六日(7月8日) 晴。

十七日(7月9日) 晴。

十八日(7月10日) 晴。谒邵筱村中丞谈。

十九日(7月11日) 雨。郑陶斋约聚。晚搭江永轮船赴江宁,一点钟启椗。

二十日(7月12日) 阴。舟中晤许理臣、范伯琴、李德斋、邓纯臣、黄煜斋、金稺青。

二十一日(7月13) 晴。巳刻抵金陵,偕王星使介弟季棠观察乘小舟,至旱西门入城,住季棠宅。

二十二日(7月14日) 谒香帅,晤邹元办、罗少佶、罗丽生、岳凤梧、杨肖严。晚间乡人约聚于东关外郭河厅舫上,无丝竹,大雨不尽游兴,惟叙别悰而已。

二十三日(7月15日) 雨。晨由陆至下开。午刻乘江裕轮船东下。四点钟至镇江,登岸,阅先中宪公墓工程,吕镜宇观察重建墓道碑。晤镜宇观察申谢。晚,晤郭雨田、于伯川、曹韵笙、严子裕。

二十四日(7月16日) 晴。谒先茔。见陈文禄,二十六年前侨寓佛寺时邻右少年也,已苍然矣。又见郭世兄赞成、于世兄德溥、蜀僧印月。

二十五日(7月17日) 雨。郭雨田、于伯川公宴。午后苏伟卿广文自扬州来,过访。

二十六日(7月18日) 雨。曹韵笙约聚。

二十七日(7月19日) 乘江永轮船赴沪,五点钟开行。舟中晤志仲鲁及新任惠潮嘉道陆春江元鼎。

二十八日(7月20日) 雨。晚李木斋太史约聚,晤志仲鲁、张子仪、曾仰陔、朱子咸、孙仲卿。

二十九日(7月21日) 阴。

六月

初一日(7月22日) 晴。

初二日(7月23日) 晴

初三日(7月24日) 晴。晤杨彝卿文骏。彝卿滇人,元末自应天上元入滇,始祖名元应,盖余宗也。发总署电,报将赍国书起程事。

初四日(7月25日) 晴。晨王星使遣差官送来俄国覆书一道。晚王星使设饯于大马路廿七号,同座郑陶斋、王紫诠。

初五日(7月26日) 晴,热甚。杨彝卿设饯,同座于慧若、谭子云、李小山。午后赴郑陶斋观察招,又赴郭仁山招。晚间,潘慎初、蒋寿林、李叔耘、联渥轩、徐尧阶、冯蔚农、魏伯琴、李虞卿、周子升诸君公饯。

初六日(7月27日) 晴。德盛范秉初设饯。杨彝卿约聚,座晤杨子均、杨省斋、志仲鲁。

初七日(7月28日) 晴。刘康侯观察、蔡和甫观察约聚,晤康泉伯、陈养园。

初八日(7月29日) 晴。王星使交下俄皇答中朝国礼五箱,并前交覆书一道,令赍京,又条陈时事正摺一封,奏事处公文一角。早诣王星使辞行,同事来送行,交还联渥轩存款。林青溪约聚,范秉初、萧蔚溪同座。晚乘新济轮船赴津,夜半四点钟开行,同舟学韩夫妇、巴雨田太守,又陈养园观察。是日,热极。

初九日(7月30日) 晴。晤盛葵生。

初十日(7月31日) 晴。晨颇凉爽,微雨。

十一日(1895年8月1日) 阴。早六点钟过烟台,未停泊。午后晴,东北风,浪甚大。晚十点钟到大沽,水浅不能进口,停候拨船。

十二日(8月2日) 晴。搭火车至紫竹林,寓佛照楼。晚访李勉林观察谈。

十三日(8月3日) 晴。晨谒合肥师相久谈,又谒王夔帅谈。食时许,承派小火轮送通州。又拜季士周都转、盛杏孙观察,盛未晤。午间勉林约聚。申刻傅懋原、晏城卿过谈。夜移住小艇,雨甚大。

十四日(8月4日) 晴。托勉林兄另换船。午刻移泊三岔河口洋行门首。寄总署函及家信。

十五日(8月5日) 晴。卯刻小轮启碇,坐船系轮尾,开行。晚泊蔡村。

十六日(8月6日) 晴。水多滩浅,夜泊香河。

十七日(8月7日) 晴。

十八日(8月8日) 晴。至张家湾搁浅,添纤解轮,以单舸上溯。申刻抵通州,戌初抵岸。夜半,通永道饬县派手车来,收拾达旦。

十九日(8月9日) 阴。通永道张小传观察绍华派勇丁四名,护送国礼箱支。辰初刻起程,未刻到东便门,吟海弟宜瀚及总署差弁已来迎候。余躬赍国书、国礼、摺匣、文件,诣总署销差。

附录

总理衙门章京的日常生活与仕宦生涯

——《惩斋日记》与杨宜治其人

李文杰

咸丰十年(1860)“庚申之变”后,总理各国事务衙门的设立是清朝政治史上的一件大事。该机构自设立时起,一直负责清朝外交事务及其他洋务事业,在晚清国家运作及政治经济发展中起着重要作用。从“庚申之变”后晚清外交运作的实践来看,清朝办理外交者大致可分为三群人:在京总办外交,负责与驻京外国公使进行交涉的总理衙门官员;在各省办理涉外事务,与各国领事进行交涉的海关道;派驻国外,与各国外交部交涉,负责保护华侨、购买军械等事务的驻外使团。其中,海关道多由各省原有的道台兼任,仅部分职责涉及外交,[①]总理衙门、驻外使团则纯属外交机构。与六部、理藩院

① 海关道一般由开放口岸新关所在地区的分巡、分守道担任,天津海关道是个例外。该道并非由原天津道兼任,而是于1870年新设的专缺,专司“洋务”,即管理津海关税务,担负通商、交涉之任。参见梁元生:《清末的天津道与津海关道》,《“中研院”近史所集刊》第25期(1996年6月),第117—140页。海关道与外交事务的关系,可参见梁元生著,陈同译:《上海道台研究——转变社会中之联系人物(1843—1890)》,上海古籍出版社2003年版。

相同，总理衙门官员也分为堂官、司官/员两层，分别称总理衙门大臣、章京。该机构与驻外使团虽同办外交，但两者的组成人员有较大差异：总理衙门大臣、章京多出身正途（科举），驻外使团除部分公使外，其他公使及翻译、参赞、随员多出杂途（捐纳等项）。总理衙门与驻外使团在人事上也不能相通：从比例上看，总理衙门大臣、章京少有出洋任公使、参赞者；而使团成员在任满回国后，从比例上而言，也较少能进入总理衙门。①对于清朝驻外使团成员的养成、使团在外的交涉表现，学术界已多有关注。②但因文献不足，既往研究对总理衙门内部设置、机构运作、人员组成等缺乏充分的认识。③

---

① 此处仅从比例上言。直至辛丑前，总理衙门堂、司官员共有近 300 人，驻外使团成员也有数百人之多。而总理衙门大臣、章京被任命为驻外公使、参赞者，仅有崇厚（曾任总理衙门大臣，驻俄公使）、邵友濂（总理衙门章京、驻俄参赞署理公使）、张荫桓（总理衙门大臣、驻美公使）、陈钦铭（曾任总理衙门总办章京，光绪十五年被任命为驻英公使，未到任）、吕海寰（曾任总理衙门总办章京，驻德公使）、舒文（总理衙门章京，驻法参赞）、升允（总理衙门章京，驻俄参赞）、桂春（总理衙门大臣，光绪二十六年被任命为驻俄公使，未到任）等数人；驻外公使任总理衙门大臣者，仅曾纪泽（驻英公使，归国后任总理衙门大臣）、洪钧（驻俄公使，归国后任总理衙门大臣）、许景澄（驻俄公使，归国后任总理衙门大臣）。

② 参见戴东阳：《晚清驻外使臣与政治派系》，《史林》2004 年第 6 期，第 23—29 页；箱田惠子：《清朝驻外使馆的设立——以考虑清朝决策派遣驻外使节的过程及其目的为中心》，《台湾师大历史学报》第 33 期（2005 年 6 月），第 169—193 页；任天豪：《清季使臣群体的变迁及其历史意义》、箱田惠子：《晚清外交人才的培养——以从设立驻外公馆至甲午战争时期为中心》，两文收入王建朗、栾景河编：《近代中国、东亚与世界》下卷，社会科学文献出版社 2008 年版，第 569—599 页；箱田惠子：《清末领事派遣论——一八六〇、一八七〇年代を中心に》，《东洋史研究》第 60 卷 4 号（2002 年 3 月），第 39—71 页。

③ 现有的关于总理衙门的著述在史料上主要取自光绪朝《清会典》《清会典事例》、咸丰及同治两朝《筹办夷务始末》。这些文献对总理衙门制度的介绍固然比较准确，但一则过略，二则太过固定化。总理衙门在 40 年的历史中，本身在不停地变动。单从《筹办夷务始末》和《会典》等文献反映的制度设计，（转下页）

与清朝其他国家机构一样，总理衙门的日常运转依赖于人。因此，我们可以从人的角度来认识这一机构。前已指出，总理衙门官员分为两级：大臣与章京。大臣人数略少，多兼军机大臣及京中各部院的堂官。因其地位显赫，在晚清政治中扮演着重要角色。有关他们的史料较多，学界的认识也相对充分。但对于章京这一群体，则关注甚少。按照总理衙门的章程设计，章京分办公事，主要负责处理摺奏文移。①由于总理衙门所处理的事务是全新的，因而章京的实际经验、专业知识、办事能力对外交和洋务事业会产生重大作用，有时甚至影响外交的成败。现有的《大清会典》及《大清会典事例》对于章京的记载非常简略，通过它们，我们无法确知与章京有关的各种信息，例如他们的选拔、升迁、知识水准、办事能力、实际经验等等。北京大学图书馆所藏稿本《惩斋日记》，作者杨宜治，曾在总理衙门任职14年，最后担任总办章京一职。该日记为我们认识总理衙门及总理衙门章京这一群体提供了生动直观的材料。本文试图利用日记及相关档案、笔记、方志等材料，了解总理衙门日常运作的一些特点，勾勒杨宜治这位总理衙门章京的仕途经历，探讨总理衙门章京这一外交官员群体的

(接上页)无法解释晚清外交运作出现的巨大缺陷。根据这些文献，我们也无法详知总理衙门的内部人事、公事办理、日常运作的详情。关于总理衙门论著有钱实甫：《清代的外交机关》，生活·读书·新知三联书店1959年版；S. M. Meng, *The Tsungli Yamen: Its Organization and Functions*, Cambridge: Harvard University Press, 1962; Masataka Banno, *China and the West, 1858—1861: The Origins of the Tsungli Yamen*, Cambridge: Harvard University Press, 1964；吴福环：《清季总理衙门研究》，新疆大学出版社1995年版。

① 奕訢等：《总理衙门未尽事宜拟章程十条》，贾桢等修：《筹办夷务始末(咸丰朝)》第8册，中华书局1979年版，第2716页。

仕途发展与章京制度的特点，或可有助于加深人们对晚清外交制度的认识。

一、出身与入仕

杨宜治（约 1845—1898），字虞裳，籍贯四川渠县，长于成都。同治六年（1867）四川乡试举人，同治十三年（1874）七月，以举人考取内阁中书，并在不久后被传到阁行走。[①]此时，清朝官场因咸同之后军功保奖过滥和捐纳之门大开，异途人员占据大量京官及外省缺额，使得京官升迁、外任之途不畅，由此导致新入官场的进士补缺之路严重受阻。杨并非进士出身，在仕途上的发展，比进士出身者更为困难。到光绪九年（1883），杨宜治担任内阁额外中书已接近十年，按正常的升迁程序，他在仕途上的下一步应为充补内阁中书实缺。接下来，则以内阁中书签分六部行走，担任额外主事，在资历到达一定程度时，可补为正式主事（晚清京官由额外、候补主事补正式主事之缺，时间从数年到十数年、甚至数十年不等）。然后循主事、员外郎、郎中的一般路径晋升。这显然是一条漫漫长路，仕途上艰难攀升的杨宜治必须与进士出身的同事竞争，并随时可能为保举、捐纳人员让路。

当然，他也可以通过别的路径经营自己的仕途。清朝内阁中书、侍读、六部主事、员外郎、郎中在承担自己本职的同

① 杨宜治履历及生平可参见《列传志二杨宜治列传》，收入杨维中等修：《渠县志》卷 10，台北成文出版社有限公司 1976 年据 1932 年排印本影印，第 946—949 页；秦国经主编：《清代官员履历档案全编》第 5 册，华东师范大学出版社 1997 年版，第 332—333 页。

时，可分担相应的差使。这些差使主要包括不定时的襄办典礼、皇陵工程、修纂会典和常年任差的军机章京。京官们在完成差使或当这些事务告一段落时，都可以得到定期保奖。保奖内容一般为给予升阶升衔，相当于仕途迁转的加速器。总理衙门成立时，仿军机处人事制度建立其基本体制，司员（章京）从各部考选，仅作为一种兼差，不占专门额缺。与军机处一样，总理衙门也建立了相应的保奖制度，对章京进行两年一次的保奖，方便他们以底缺迁擢，其条件比军机处更显优厚（详后文）。

无疑地，总理衙门保奖对杨宜治这个连内阁中书的缺额都没能补上的京官有着极大的吸引力。光绪九年，杨宜治报名参加了总理衙门章京的考选。仿照军机章京考选模式，总理衙门章京考试一般从经史典籍中选取相关文段，拟论题一道。该年考试考题为“惟断乃成论”，语出韩愈《平淮西碑》：“始议伐蔡，卿士莫随。既伐四年，小大并疑。不赦不疑，由天子明。凡此蔡功，惟断乃成。”[①]意在颂扬决策者临大事果敢决绝，强调决断对于成大事的重要性。参加考试者共 50 人，仅考取第一、第三的吕海寰、袁昶知道考题出处，其他人答题情况不佳。李慈铭在日记中评论：“总理衙门试者五十余人，取二十八人，爽秋第三，其余殊非佳士，惜哉！”由此可见，包括杨宜治在内的考生，在同类京官中素质并不算最高。从后来的传补次序看，杨宜治排名在第 14 位。[②]光绪九年底，在苦熬

① 韩愈：《平淮西碑》，收入马其昶校注：《韩昌黎文集校注》，上海古籍出版社 1986 年版，第 485 页。

② 这一次考试情况见李慈铭：《越缦堂日记》第 13 册，广陵书社 2004 年版，第 9812 页；吕海寰：《吕镜宇自编年谱》，收入北京图书馆编：《北京图书馆藏珍本年谱丛刊》第 180 册，北京图书馆出版社 1999 年版，第 111—115 页。

十年后，杨宜治获得了内阁中书的实缺。

按总理衙门章京的任差程序，在考试中被录取者按成绩由皇帝圈出记名，在遇有署中章京因升迁、丁忧、出差或其他情况离署时，由记名章京依次传补。光绪九年、十年中法战争期间，总理衙门因新设海防股及应对战时需要，奏请扩大章京编制。这使得杨宜治于光绪十年(1884)七月提前传补章京，入署办事。

总理衙门实行分股办事的制度，内设五股、司务厅和清档房。五股分别为英国股、法国股、俄国股、美国股、海防股。英国股管理涉英、奥(匈)事务，同时兼管海关税务；法国股掌理对法国、荷兰、西班牙、巴西等国事务，同时兼管外国传教、海外招工事务；俄国股管理对俄、对日事务，同时兼管陆路通商及边防疆界事务等；美国股管理对美国、德国、秘鲁、意大利、瑞典等国事务，兼管保护华工诸事；海防股则管理南北洋海防事务，兼管购买军械、沿海炮台船厂、电线铁路等事务。当然，这些所谓"管理"，并非意味着全权在握。在清朝传统权力结构中，一切决定出自圣裁。皇帝之下的官员与机构，只有京、外之分，而无中央、地方之别。总理衙门在"管理"上述事务时，须随时与涉及某一具体事件的海关道及其上司南北洋大臣、各省督抚咨商办理。此外，总理衙门设清档房、司务厅，前者负责编订、缮抄档案，后者负责收发公文。[①]一般新章京入署后，先进清档房或司务厅，负责文书收发、清档修撰(后来还须负责电报翻译)，借此熟悉办事程序。遇有各股章京离署，

---

① 昆冈等修:《钦定大清会典》，收入《续修四库全书》第794册，上海古籍出版社1995年版，第920—927页。

方能按资历及能力被挑选分股办事。①

光绪十年十二月，甫入总署、尚未被派分股办事的杨宜治就向总理衙门大臣递上条陈。针对当时法军封锁台湾北部港口、攻击基隆，清军以主要兵力扼守淡水、基隆的形势，杨宜治分析全台地理，认为南部、东部有天然屏障，自不足虑。他建议总理衙门奏派军队防守宜兰、苏澳一带，以防法军利用苏澳平坦地势登陆，使清军腹背受敌。他认为，只要苏澳防守能与淡水遥相呼应，基隆法军将不战自退。②不论其分析、预测是否得当，杨宜治在入署之初，对时务还是较为用心的。

光绪十一年(1885)二月，杨宜治由内阁中书传补起居注主事。八月，经邓承修奏带，出差南下两广地区，勘测中越边界。光绪十三年(1887)七月回京后，因办理勘界有功，杨宜治获保奏以户、刑二部员外郎升用，签分刑部。同时，任总理衙门英国股章京。此后，杨宜治长期在总理衙门任差，直至光绪二十四年(1898)逝于任上。③

二、总理衙门的办事风格与章京职守

如上所述，杨宜治所在的英国股具体负责与英国、奥匈帝国的交涉事宜，与各国通商事宜及关税征收事宜。在杨返京

---

① 《总理各国事务衙门酌拟章程五条》(同治三年八月)，宝鋆等修:《筹办夷务始末(同治朝)》第3册，中华书局2008年版，第1215页。

② 《总理衙门章京杨宜治陈述基隆苏澳形势》(光绪十年十二月十二日)，《总理各国事务衙门清档》，“中研院”近史所档案馆藏，档号01-24-015-02-023。

③ 关于“惩斋”一名，见日记光绪十五年四月十四日条:“晴。晚间廖季平、张子馥、岳林宗、焦佩箴聚于惩斋，商约人治经之举。夜半，张、廖、焦归，岳复谈古达曙。”杨宜治:《惩斋日记》，第596页。

并上英国股办事之后，总理衙门遇到了两件棘手的事情：一为重庆通商，一为西藏问题。这两个问题在《惩斋日记》中都有所记载。我们可以借助日记对这些事件的叙述，了解总署的办事方式以及大臣与章京在外事中的作为。

重庆通商事件可追溯至《烟台条约》的签订。光绪二年(1876)，英国公使威妥玛(Thomas F. Wade)借清朝处置"马嘉理事件"不力而扩大事态，向清朝提出数条与事件处理本身无关的要求，希望获取1860年代修约时未曾取得的商业和政治利益。最终，英方通过《烟台条约》迫使清朝增开宜昌、芜湖、温州、北海四处通商口岸。继《天津条约》之后，长江中上游地区进一步向列强开放。为保留将来向四川盆地扩充商务的机会，威妥玛还要求允派英员考察四川通商事宜。不过，《烟台条约》也规定："轮船未抵重庆以前，英国商民不得在彼居住，开设行栈。俟轮船能上驶后，再行议办。"①条约签订后，为开辟宜昌至重庆的轮船航道，英国商人立德(Archibald Little)曾以小帆船考察过该段江面，他考察的结论是只要轮船在吃水和马力方面达到要求，即能克服川江险滩，扩大洋货销量。1887年，立德注册"川江轮船公司"，资本1万英镑，并特制轮船固陵号，次年2月由上海驶往宜昌，并通过英国公使华尔身(John Walsham)向总署要求发给固陵号"准单"，即行驶执照，以便持照上驶重庆。②

---

① 王铁崖编:《中外旧约章汇编》第1册，生活·读书·新知三联书店1957年版，第349页。

② 参见聂宝璋:《川江航权是怎样丧失的》，《历史研究》1962年第5期，第131—146页。杨宜治日记中的细节记载，可补前人对重庆开埠交涉的论述。立德相关情况及置办轮船入川的史料，见聂宝璋编:《中国近代航运史资料》第1辑上册，上海人民出版社1983年版，第397—436页。

杨宜治此时任总理衙门英国股章京，为该事件亲历者之一，又因其本属川籍，故对该事件尤为关注。《惩斋日记》光绪十三年十一月二十三日（1888 年 1 月 6 日）条：

> 华尔身有照会来，请委派员兵护伊商轮由宜昌上驶重庆，并严饬地方保护，已文行川湖两督矣。徐少司空言，当复华使，以烟台之约甚活动，非一定允许轮船赴彼，且阻者系百姓，虽地方官亦无之何。宜治按：徐公此意，我川人当同深感激。①

徐少司空即徐用仪，工部右侍郎、总理衙门大臣。徐用仪的方针是，告知华尔身，《烟台条约》关于轮船上驶的规定是不明确、可以多解的，并未说一定允许轮船前往重庆。同时，以民意和地方官意见答复华尔身，回绝轮船上驶的要求。这也是总理衙门大臣惯用的办事手段。身为川籍章京的杨宜治在这一问题上态度比较明确，因此在日记中表达了对徐的感激。对于华尔身的要求，总署其他大臣亦表示反对，故照会英国公使，拒绝发放轮船赴渝的准单。②其后，因英国方面一再要求，清朝地方官提出变通方案：允许轮船每月从宜昌往重庆上下

① 杨宜治：《惩斋日记》，第 441—442 页。

② 杨宜治：《惩斋日记》，光绪十三年十一月二十八日、光绪十四年二月十五日条，第 443、461 页。总理衙门回绝外人要求，行为本身无错，但手段却值得商榷。后总理衙门在处理一起中英间赔偿案时，英国公使窦纳乐向总理衙门大臣翁同龢陈明：各事宜尽管已与总理衙门谈妥，但督抚并不执行。翁回答：督抚不能违理赔钱！一旁的张荫桓告翁：这一说法不合公法，按照公法，处理此事，地方官受政府节制。翁言：但知公理，不知公法。赵中孚编辑：《翁同龢日记排印本》第 5 册，成文出版社有限公司 1970 年版，第 2030 页。总理衙门外交，往往失于签订条约时不仔细推敲，等到遇事须处置时，又策略消极，不但无法消弭问题，反而授人以干涉之柄。

各行一次，在轮船通过期间，中国船只避行；或让英轮夜行晓泊，不限次数。两种变通方案意在防止轮船于水流急、江面窄的航段撞到民船。但这些方案都被英方拒绝。①

光绪十五年六月十八日（1889 年 7 月 15 日），华尔身与赫德（Robert Hart）先后往总署，商讨拟定轮船行驶重庆的章程及发给立德航行准单之事，赫德针对该问题提出了自己的解决意见，这直接促成后来重庆的开放。因《中国海关密档》和现存其他史料缺少对这一细节的记载，这里将杨宜治当天日记全文移录于下：

> 晴。辰刻，英国驻京使臣华尔身来署会晤，邸堂枢堂接见，华请速饬宜昌委员等妥订轮船上驶章程，一面先将准单给与商人立德，邸堂应以章程未定，准单不能给与。华云：单虽先给，如章不妥，仍作废纸。孙堂问以章程要如何方妥？华言：外间永议不妥。因将领事现议十六条而委员驳其第九条各节略呈阅。孙堂因指其章内云：第一条是民船让轮船，第二条是轮船让民船，而第八条即言不论彼此相碰，均归轮船陪〔赔〕偿云云。缘川江险窄陡峻，只有轮船让民，无民船能避轮船之理。华云：章程内说有轮船预先张旗示号等语。孙堂云：这是未到川江的人之话。川江山高水曲，民船下濑，急于流驶，岂张旗所能望见？及其既见，断难猝避。民船脆薄，轮船坚厚，水经只有一条，无不碰沉之理。华展转进辩，孙堂、许堂逐

① 杨宜治：《惩斋日记》，光绪十四年九月十三日、光绪十五年五月十五日条，第 525、602—603 页。

层难诘，华意沮色变，云：外边梗阻日久，贵署又一力坚持，明明内外均不愿，此事显与条约相背。现在商人已经回国，我今再将此情告我国便了。各堂云：即请电罢。十二点钟，赫德来署言西藏事，印人欲藏内好几处地方通商，升大臣只准亚东一处，势难合龙，便问轮船试驶川江，现议如何。告以今日与华议各节。赫云：华大人适在我处，已将此情告我，我劝他须好好从缓商量。我窃想一法子，英人不过是要重庆通商而已，若竟允其通商，轮船便可不行。告以此事关系甚大，总须外省察看民情，非署中所能主也。一点钟回宅，饯李若农师、崔玉候观察。又陆蔚廷表兄、何象山廉访未至，陈孝坚谈至夜分始归。①

总署大臣、章京无法提出令双方都满意的解决方案，希望以民意堵外人嘴。抵制列强轮船入川，出发点不错，但运用手段却比较消极。总理衙门大臣平时对交涉缺少研究，这时赫德提出解决方案，他们虽表示“关系甚大”，“非署中所能主”，但实际上则对此完全接受。三天后，总署致电李鸿章，并转致川督：“川江行轮议未成而事难已，彼盖注意重庆通商，故先有此请。或云若允通商，约明专用华船，不用洋轮，似可转圜。因思行轮患在坏民船、激众怒，通商患在夺商利、损厘金。然既行轮必通商，则兼两害；仅通商不行轮，则止一害。两害取轻，当是中策。”②

对总署的这一策略，杨宜治并不赞同。八月十二日(9月

① 杨宜治：《惩斋日记》，第617—619页。

② 《总理衙门电》(光绪十五年六月二十一日)，收入聂宝璋编：《中国近代航运史资料》第1辑上册，第422—423页。

6 日)，杨宜治给他的座师、总署大臣孙毓汶上一条陈，阐述他对轮船上驶事件的观点，并提出了自己的解决方案。杨当天日记言：

> 晴。赴西署、东署。上济宁师启事，请商英轮入川办法，大抵谓坚持二年，准单固有不能不给之势，而如其彼不能行，则用华船通商，断不可允。缘各口通商，以轮船为限制，使通商可用华船，则将来必由重庆而上溯，由川江而推之湘、赣、粤之内河矣。又准单原议填明"如章程未妥，行有窒碍，此单撤销"之语，须取英照会为据，并须填明"专给英商立德固陵轮船"字样，以杜他轮通用。再，烟台条款内，轮船上驶及藏界通商为一事，似须两者并议，有所抵制云云。[1]

西署、东署在《惩斋日记》中分别代指刑部及总署。[2]"济宁师"即孙毓汶，字莱山，山东济宁人，同治六年(1867)四川乡试主考官，此时任刑部尚书、总理衙门大臣。杨宜治提出的方案为暂时发给立德准单，但之后以行事"窒碍"打消英方继续行轮的念头，同时让英使用照会保证，如果之后章程未定，则将通行的准单撤销。对赫德提出的开放重庆、但却禁止行驶轮船这一方案，杨宜治完全反对，认为英国会援引此例要求开放各省内河。对于交涉策略，杨宜治提出，以《烟台条约》将轮船上驶和藏界通商两事绑定为由，要求两事并议，借此反对英国速

---

① 杨宜治:《惩斋日记》，第 636 页。

② 日记光绪十四年三月十七日条:"此后凡总署书东署，凡刑部书西署。"杨宜治:《惩斋日记》，第 469 页。杨宜治身兼两署事务，刑部在大清门以西，今人民大会堂附近;总署在东单东堂子胡同，位置在刑部东边，故日记中有此代称。

定轮船上驶重庆的要求。按诸《烟台条约》原文，轮船上驶重庆与英人入藏分属第三端"通商事务"及"另议专条"，没有任何两者"为一事"的明示或暗示。总署大臣和杨宜治纵然义愤，轮船上驶事件，最后仍以中英签订《新订烟台条约续增专条》终结，其中条款与赫德的建议完全一致。[1]

而关于西藏事件，杨宜治记载最多的，是总理衙门与英国公使交涉撤军及替换驻藏大臣文硕、增派升泰前往处理西藏问题等事。日记中有较多关于总理衙门收发驻英公使刘瑞芬电报、驻藏帮办大臣升泰信函，及英国驻华公使华尔身照会的细节，但看不出总理衙门在具体谈判中发挥的指导作用。交涉的所有进展都依赖升泰、赫德及由其举荐随同升泰赴藏的同母弟赫政在推动。从日记内容可见，杨宜治关于西藏问题的来龙去脉及西藏、锡金的历史知识，全部来自上述函电、照会。杨作为英国股章京，直接负责处理此事，但他与总理衙门大臣一样，在西藏问题上似都缺乏足够的知识储备和有效的因应之策。另外，日记中记载了总理衙门在处理西藏问题上最"力争"的一个环节，即最后签约地点。日记光绪十五年十二月初十日(1889 年 12 月 31 日)条：

> 西藏定界通商近委总税务赫德介绍两间。赫遣其母弟政往印藏间任舌人，职往还传电，即乙酉年邓鸿胪携往粤界充翻译之人也。英官保尔住大吉岭，升竹珊康使住纳东，相距约二百余里。隆冬山峻，须四五日程。德初

① 该条约第一款："重庆即准作为通商口岸，与各通商口岸无异。英商自宜昌至重庆往来运货，或雇用华船，或自备华式之船，均听其便。"条约原文见王铁崖编：《中外旧约章汇编》第 1 册，第 553—554 页。

> 言，据政电，英官欲在藏界与升大臣定议，继又言欲升大臣赴大吉岭会议。今复来言，欲升大臣至孟加拉会议。孟加拉者，印度都城，总督在焉。总督之尊与英君等，不可轻出，故往彼则面结速，候此则文结迟。藏例，腊月底大雪封山，须二月后方通行人，迟则升大臣不能归藏，藏人又将生疑云云。斐轩奉堂谕与德往返商酌，德意甚坚。窃谓此事行止关系中国体制甚大，幸各堂宪意均不谓然，爰赞斐轩剀陈邸堂枢堂谓：关系甚重，宜勿许。各宪深韪其言，今速函止。斐轩可谓尽心公事矣。①

日记中所说"孟加拉"，即加尔各答，英印政府的首府。总督即印度总督兰斯顿（Henry Charles Keith Lansdowne），他的头衔是"大英国特派总理五印度执政大臣上议院侯爵"。赫德催总署命升泰前往加尔各答签约，此举遭到总署大臣与章京的强烈抵制。斐轩，即孔庆辅，山东曲阜人，同治甲子（1864）举人，光绪九年二月由内阁中书充补总理衙门章京，此时担任总办。总办及管股章京在遇具体事务磋商时，经常奉命往返总署与各国公使馆之间，或往返总署与总税务司，传递消息、协调意见、推动交涉。杨宜治和孔庆辅都认为，清朝代表前往加尔各答签约事关体制与尊严。令杨宜治感到欣慰的是，总署大臣在该问题上坚持原则，并未听从赫德的建议。他们对孔庆辅坚拒让升泰前往加尔各答一事深表赞同。事实上，前往英印首府签约是否真的关系国格国体尚可讨论，杨宜治、孔庆辅和总署大臣对这一细节的看重，与他们在西藏事件中的无

---

① 杨宜治：《惩斋日记》，第666—667页。

所作为和缺乏知识形成鲜明对照，恰恰说明总署上下在处理交涉时轻实质、重形式的特点。时隔不久，为速了藏事，在总理衙门大臣与章京最看重、最不愿妥协的签约地点这一细节上，总理衙门完全接受了英印政府的要求，且在事后并未感觉有辱国体，或有任何不适之处。①

关于总署的办事思路与办事方式，日记中还有一个例子。光绪十四年十二月初三日（1889年1月4日）条：

> 又闻法使李梅来请，言有商人欲由喀什米尔前往喀什噶尔装运羊毛，本署查无定案，却之。且前英国欧使亦曾说过，未准。又闻俄商欲由汉口运茶由陆路到嘉峪关，本署以该商每好影射，恐其在蒙古地方偷售，不允。且俄人在该处运，亦不由此处发护照，尽可推之地方官也。②

这里最后一句话值得注意。不允许外国商人由陆路经商，总理衙门本可依理拒绝，但他们却试图将这一外交难题“推之地方官”。这种策略与总署阻止英国轮船上驶一案中的策略类似，即以民意的反对来回复外使，将问题抛给地方官，或拖延、或敷衍。至于能否或怎样积极地解决问题，他们并未表现出关心。

---

① 1890年1、2月间，总理衙门在赫德的劝说下，批准升泰前往加尔各答。随后，《中英藏印条约》于1890年3月17日由升泰和兰斯顿在加尔各答签订。3月27日，赫德致赫政电文称：“总理衙门前对升大臣加尔各答之行意有未惬，现已表示此行还算不错。”赫政在升泰签约完毕返回大吉岭后，告知赫德，“升大臣和他的僚属均称，加尔各答之行为畅游”。中国近代经济史资料丛刊编辑委员会主编：《中国海关与缅藏问题》，中华书局1983年版，第138—140页。

② 杨宜治：《惩斋日记》，第539—540页。

总理衙门章京为兼差，其本职为内阁中书、各部院司员。按照成立时的奏定章程，各股章京分两班轮流进署办事。从杨宜治日记的记载来看，他本人进署办事的日期较为规则，但具体办公时间却并无规律。除因跟随总署大臣入内当值，须在前一日晚到总署住宿外，杨宜治进署，有时在上午，有时在下午，有时是在赴刑部办事过后。总署章京入署当值，时常发生旷误，日记光绪十四年十二月初三日条：

> 大风自五鼓起，至夜二鼓后止。是日，各署堂官集总署，同赴各国公使署贺年，亦旧例也。闻上班有署中同人误，未发会晤函，致总办已禀请邸堂各堂到署久侯〔候〕，而外国公使比国维利用未至。邸堂赫然震怒，严谕以后值班者不许迟到，违者参处云。①

因当值的章京未向比利时公使发会晤函而让大臣们白等大半天，章京们的工作状态可想而知。与章京一样，总署大臣也属兼职。这一时期总署大臣的本职一般为军机大臣、各部院堂官，平日事务更加繁忙。以户部右侍郎曾纪泽为例，他每天须处理户部与总署事务，除给户部大量公文“画稿”、“判牍”外（有时日达上百件），还须经常致函总办，就交涉细节及章奏的起草提出指导意见，并修改章京起草的奏摺、照会、咨会、札文，再为这些公文“画诺”。因公务太繁重，他每天就寝的时间很晚，一般都在晚上 11 点之后。遇到户部、总署当班的日子，一般凌晨三点起床，赶着参加上午五点举行的早朝。另一位总署大臣许庚身因兼军机大臣差使，其繁忙程度比曾纪泽有

---

① 杨宜治：《惩斋日记》，第 539 页。

过之而无不及。[1]在这种情况下，总署大臣不会每天前往总理衙门。即使前往，也不会停留太久。日常事务的处理经常通过写信给总办的方式来进行，署中一般事务及督率章京也由总办负责。因此，总办章京的素质和能力，与总署的日常运作及整体工作状态有很大关系。日记光绪十四年四月初三日(1888年5月13日)条："上班。与吴季卿兄易班。是夜进内城署中。因勉公外放，大有翻腾。主文料者颇不谓然。"[2]吴季卿，名景祺，总理衙门章京，与杨宜治同在英国股。这里先讲二人的轮班。引文中"勉公"为方恭钊，字勉甫，浙江仁和人，咸丰辛酉、同治壬戌并科举人，光绪五年(1879)七月由内阁中书充补总署章京，后任户部郎中。方恭钊在光绪十二年、十四年两次总署保奖案中都获记名海关道，此时正式外放湖北荆宜施道。[3]与方同任总办的，还有成章(汉军)、陈诚、孔庆辅三人。成章进署时间比方恭钊早，且光绪十二年即获记名海关道，但办事远不如方得力。陈、孔二人新任总办不久，可能对总署章京及供事等约束不力，因此总署才出现"大有翻腾"的局面。

---

① 曾署理美国驻华公使的何天爵(Chester Holcombe)曾详细询问过清朝一位军机大臣兼总署大臣的日常工作情况，因为对方经常向他抱怨工作负担过重，心力交瘁。何天爵认为该大臣后来完全死于操劳过度。根据何天爵的各种描述，可推断此人为许庚身。见何天爵著、鞠方安译：《真正的中国佬》，中华书局2006年版，第75—76页。

② 杨宜治：《惩斋日记》，第475页。

③ 杨宜治日记光绪十四年三月二十九日条："晴。方勉甫前辈授荆宜施观察。"《惩斋日记》，第472页。

三、业余生活与经济境遇[①]

（一）业余生活

按理，杨宜治签掣刑部，先是以员外郎升用，之后凭借总理衙门保奖补上实缺，与此同时，他还兼总理衙门章京之差，平时公务应该十分繁忙才是，但在杨宜治现存日记中，似乎看不到类似的痕迹。在每天大概两个时辰的刑部、总署公务时间之外，他大部分时间都用在包括招饮、送行、贺寿、吊丧、贺婚娶、访碑帖、论书法等一系列与公务并无直接关系的社交活动上。表一对杨宜治《惩斋日记》所记载的从光绪十三年九月到光绪十五年底的各种社交活动次数进行了统计，这些社交活动不包括日记中更为频繁出现的一般性拜访与回访。从该统计表中，我们可以清楚地看到杨宜治这位刑部司员兼总理衙门章京在日记所涉及的二十八个月内业余生活的内容。

表一 《惩斋日记》所载总理衙门章京的业余生活

时　　间	记载天数	招饮	寿礼、贺婚娶、升迁等	丧事活动	观碑帖临书法	其他活动
光绪十三年九月	21	19	1			赏菊1次
光绪十三年十月	22	8			2	

① 张德昌所著《清季一个京官的生活》一书，利用李慈铭日记，较具体地描述了李慈铭的日常生活和经济收入。但李氏本人仕途曲折，其经历与多数总理衙门章京迥异。参见张德昌：《清季一个京官的生活》，香港中文大学出版社1970年版。

续表

时间	记载天数	招饮	寿礼、贺婚娶、升迁等	丧事活动	观碑帖临书法	其他活动
光绪十三年十一月	23	10	4	2	4	
光绪十三年十二月	25	5	5	1		
光绪十四年一月	22	6	1			团拜 2 次
光绪十四年二月	20	8	1	4	3	团拜 1 次
光绪十四年三月	26	7	2	7	1	同乡会馆聚 1 次
光绪十四年四月	28	9	1	2	3	雅乐会 1 次
光绪十四年五月	26	5				处理杨妻丧事
光绪十四年六月	22	1		1		处理杨妻丧事
光绪十四年七月	25	5	1	1	1	
光绪十四年八月	23	7		1		送行 4 次
光绪十四年九月	29	4	5	1	3	送行 4 次
光绪十四年十月	26	6	4	3	3	
光绪十四年十一月	24	5	2	2	3	

续表

时　　间	记载天数	招饮	寿礼、贺婚娶、升迁等	丧事活动	观碑帖临书法	其他活动
光绪十四年十二月	25	6	2	2	4	拜年数次
光绪十五年一月	30	5	1		3	看戏 1 次
光绪十五年二月	22	2		4		团拜 1 次宴外使 1 次
光绪十五年三月	26	3		8	4	
光绪十五年四月	27	9		1	1	放雀 1 次
光绪十五年五月	25	4	2	3		拜端午节数处
光绪十五年六月	25	5	4	1		
光绪十五年七月	23	4	2	1	1	
光绪十五年八月	28	7		1	7	
光绪十五年九月	24	3	5	1	4	赛马会 1 次
光绪十五年十月	24	2	5	2	4	
光绪十五年十一月	23	5	2		3	
光绪十五年十二月	28	4	6		6	贺年数处
总　　计	692	170	56	49	60	

在这一类的社交活动中，首先不可逃避的是涉及杨宜治师长和上司家的婚丧嫁娶。但杨宜治更须面对的是一帮同年、同乡、同事不定期进行的招饮和聚会活动。为了维持和扩大交际圈、与外省官员及时沟通，晚清中下级京官须应对为数众多的日常招饮和聚会，若要腾出时间专做某事，则须将此类活动推开。例如，后与杨宜治同任总理衙门章京的缪佑孙，在尚未进署前，本职仅为户部候补主事。为集中力量备考章京，他索性推掉了大半无益的“吃局”。①

相比缪佑孙，杨宜治的圈子要大出许多。杨的本职为刑部员外郎，他在刑部的同事主要是本司为数不多的部曹。而他的兼差是总理衙门章京，该群体在光绪十年后维持在 48 人左右的规模。因总理衙门事务繁杂，章京两天入署当值，入值时间较其他部院规律且频繁，章京之间的相互关系就显得格外密切，并形成一个更加庞大的交际群体。杨宜治的大半社交活动都与这些人有关。

人际圈大起来之后，杨宜治的社交活动就显得非常丰富。在不入值的日子里，招饮、拜寿、寻访碑帖等内容是他日常的主要事务，有时甚至一天在数处参加招饮。②招饮的理由很多，有的是叙年谊、叙乡谊，也有的是为了贺升迁、贺婚娶、贺迁居、贺生辰，有的是因外官进京，扩大结交，还有的时候同事改字号也会借机招饮。③频繁的招饮有时会损害杨宜治的健

① 《缪佑孙致缪荃孙》(光绪十五年十一月初十日)，顾廷龙校阅：《艺风堂友朋书札》上册，上海古籍出版社 1980 年版，第 248 页。

② 杨宜治：《惩斋日记》，第 460 页。

③ 光绪十三年九月十八日条：“阴。陈次亮兄名炽，改号用挈，招饮。”杨宜治：《惩斋日记》，第 421 页。

康，例如光绪十五年五月二十八日(1889 年 6 月 26 日)，杨宜治中午到晚上持续参加招饮，第二天就因“口腹福太过，生灾，腹洞泻”。[①]腹泻数日病愈后，杨宜治每日生活依旧如故，频繁参加招饮，吃喝照常，丝毫不受影响。

更多的时候，杨宜治在日记中并未说明招饮的目的。京官招饮，作为清朝的官场文化，用以维系他们赖以生存的人际圈，已经成为一种习惯，内化为京官们日常生活及政治文化中不可或缺的一部份。[②]

除招饮外，杨宜治生活中还有其他非公务性的活动，这些活动也非常多。例如光绪十四年四月初二日(1888 年 5 月 12 日)，杨宜治在一天之内完成饯行、赏花、访碑帖等数项活动。[③]光绪十五年十月初一日(1889 年 10 月 24 日)，杨宜治先给其前上司，吏部尚书、总署大臣锡珍送殡，然后于正午前往刑部衙门办公，下午两点即下班，往另一位上司刑部侍郎薛允升家拜寿，拜寿结束，他又前往同事家里访碑帖拓本。办公时间仅两小时而已。[④]这就是杨宜治日常生活中常见的时间

---

① 杨宜治:《惩斋日记》，第 609 页。

② 光绪七年(1881)，翰林院侍讲张楷奏称:“人才由于培养气节为先，在京各员，倘自揣无外用之日，而徒以交游之广狭，为日用之盈虚，所隐忍迁就者，不知凡几;优游岁月，坐待推升，消沮英华，莫此为甚。”当时京官外用困难，张楷该摺是言此中弊端。摺中尽管以倘表示假设，实则直书其事，许多中下级京官皆以交游为日常事项，这种现象有其特定的历史背景，即晚清京官遭遇了严重的积压。张楷:《请将京堂甄简外任疏》(光绪七年)，收入王云五主编:《道咸同光四朝奏议》第 10 册，台北商务印书馆 1970 年版，第 4385 页。即便是勤于公事的刑部候补主事刘光第，也多次提及他在京中需要应付过多的“酬应”，且许多无法推辞。刘光第:《刘光第集》，中华书局 1986 年版，第 196、199 页。

③ 杨宜治:《惩斋日记》，第 474—475 页。

④ 杨宜治:《惩斋日记》，第 650 页。

分配。

如果说这些活动是杨宜治业余事务，似不难理解。但问题是，无论从杨在日记中的记载篇幅，还是从记载时间来看，杨宜治每天的绝大部份时间、精力和兴趣都用在了这些事情上，而对于他的业务，即刑部和总署的公务，除了在当值期间的少许记载，似乎再也看不到更多的痕迹。日记中多有同事互相拜访的纪录，也多有同事聚会的记载，但在这些过程中，他们更关心的，是谁又购进了难得的版本，谁又得到了精美的碑帖，谁得升迁，谁家婚娶。他在公务之外投入的兴趣、耗费的时间和精力远超过他本职事务，倒是他的本职事务反而成了“业余”。

（二）经济境遇

与频繁的酬酢、丰富的社交活动相关的是，杨宜治的日常开支随之剧增，加上不善理财、生财无路，很容易在经济上陷入窘境，不得不赖借贷为生。杨宜治《惩斋日记》光绪十五年十二月二十九日（1890 年 1 月 19 日）条：“晴。大寒节。诸债麇集一岁，入不敷出甚巨。亡内在日，不知此味数年，令人思良佐不置。”①

根据总理衙门成立时的设计，其经费来源仅为户部每月的划拨银 300 两，后来虽增加一倍，但因事务繁剧，开支激增，户部划拨的经费远不够维持总理衙门正常运作。于是，总理衙门奏请将海关所收三成船钞、轮船招商局缴纳的三成船钞及海关所收罚款上缴，供应总理衙门及同文馆的日常开支。总理衙门章京属于兼差，在经费短少的情况下，从一开始就没

① 杨宜治：《惩斋日记》，第 670—671 页。

有安排薪俸。在很长一段时间内，章京们得到的薪金不过是他们在原衙门的俸廉和总理衙门提供的少量桌饭银。①当然，总理衙门也曾经出现过个别章京开去底缺、专任总署差使的情况，这个时候总理衙门会酌情向他们发放薪俸，但绝不会出现让章京领双份薪俸的情形。②不过到后来，总理衙门章京每年都会分得一定的银两，其数量不定，光绪十七年(1891)前后大约在银一百六七十两左右，③后又增至数百金。④在清朝固定化财政系统中，总理衙门章京收入的变动表明，他们的每年“分润”的钱财，并非制度内的开销。

但即使是每年能领到银百余两，对于每月都有宴会、甚至一日三宴的章京而言，这种年薪远不足维持其日常开支。⑤他

---

① 关于总理衙门的收支情况，参见陈文进：《清代之总理衙门及其经费》，《中国近代经济史研究集刊》第1卷第1期(1932年11月)，第49—59页。

② 光绪朝《钦定大清会典》记载：总理衙门“额内额外章京薪水银每季领银六百四两”。(昆冈等修：《钦定大清会典》卷99，第14页)这种固定描述并不准确。在光绪十七年之前，一般章京并不领薪俸及津贴。如果章京的底缺为部院额外主事，无法在原衙门领取足额薪俸，总理衙门会酌额向他们发放薪俸，其数量一般每年在银八十两以下，与总理衙门其他章京的收入水准相当。且总理衙门发给个别专职章京及额外章京的薪俸系参照他们底缺应领俸薪而来。光绪朝《钦定大清会典》定稿于光绪二十五年(1899)，该会典的许多记载很可能仅反映总理衙门某一时段的情况。

③ 《缪佑孙致缪荃孙》(光绪十七年)，收入顾廷龙校阅：《艺风堂友朋书札》上册，第252页。

④ 郑孝胥在光绪二十四年奉旨任总理衙门章京，戊戌政变后请假出京。年末，有人劝他回京复入总署，“可于岁暮分总署数百金”，但甲午后银价有较大跌幅，购买力远不如前。劳祖德整理：《郑孝胥日记》第2册，中华书局1993年版，第701页。

⑤ 总理衙门章京的应酬，往往多于一般京官。杨宜治在日记中多有记载，一日三宴，并不少见。例如日记所记光绪十四年二月初八日条，杨宜治：《惩斋日记》，第460页。

们会通过印结、衙门津贴等各种途径补充日常用度。这些薪俸之外的收入，远超过薪俸本身。杨宜治在日记中对日常收支数目缺少记载，但我们通过杨的四川同乡、刑部同事刘光第的情况，可推知杨宜治的大概收支。刘光第在光绪九年中进士后分发刑部，期满奏留，一直任候补主事。京官开销巨大，因此刘的族叔、四川富顺盐商刘举臣出而资助在京的刘光第。刘光第在光绪十四年给刘举臣的私信中透露，留京有家眷，每年开支至少需银600两。刘每年的俸银为银50两(外加米数百斤)，印结大概100两，他因获刘举臣每年资助200两，每年另外还有200余两的缺口。他准备通过县邑的学田进行补充。[①]而他的开销主要分为如下部份：(1)公饯。每逢座师、房师、同年等外放学政、主考，须凑钱公饯。(2)送礼给座师、房师。每逢春节、端午、中秋及老师生辰时，都须送礼。(3)车费。北京街市卫生极差，臭气熏蒸，灰土呛人，雨天泥泞，无法行走，出于健康考虑，出门须雇车。如选择每次乘车外出，一年需银八九十两。(4)房租。若携眷居住，房屋须稍宽敞，大概每月需银五两。[②]另据夏仁虎回忆，在1890年代北京物价未大涨之前，每月房租大概银四两，好一点的宴会为银四到五两，车马费每月10两。[③]可见，宴会及车费花销不菲。

上述用项，杨宜治都不免需要支付。因身兼刑部和总理

---

① 《刘光第致刘举臣函》(光绪十四年五月十五日)，收入刘光第：《刘光第集》，第194页。

② 《刘光第致刘举臣函》(光绪十四年八月)、《刘光第致刘庆堂函》(光绪十九年三月初九日)，收入刘光第：《刘光第集》，第196、241页。

③ 夏仁虎：《旧京琐记》，北京古籍出版社1986年版，第50页。

衙门公务，杨的交往圈比刘光第要大出许多，公饯、私宴更加频繁；关于车费一项，由于刑部、总理衙门相聚较远，杨平时须处理两署公事，与刘相比，他的出行次数更多，行程更远。因此，杨宜治每年的开支也远多于刘光第。杨宜治在日记中对他的收入渠道记载不多，只是数次提到替人润笔而获得一些额外收入。生财无方的杨宜治到后来只能依靠借贷维持生计。

总理衙门章京在花费额外时间和精力办理总署繁琐事务的同时，并没有获得特别多经济上的实惠。但报名参加章京考试的京官，仍然源源不断。其中显然有他利可图。这就是总理衙门的保奖制度。

四、保奖、升迁与章京的命运

（一）晚清京官的壅滞

清人陈康祺论及晚清京官补缺情形时曾言：

> 比年京官冗杂，内阁、六部，多以输赀得官。即翰林衙门，亦因点用稍宽，散馆时又不甚改汰，院中人数，视嘉道年间，不啻倍加。以致翰林之望开坊，部曹、中书之望补缺，非别有差使保举者，几乎难于河清。一时戏言，遂有帝师、王佐、鬼使、神差名目，皆美授也。凡词臣奉旨在弘德殿、毓庆宫授读者，曰帝师；凡部曹、中书充军机处及总理衙门章京者，以其襄佐恭邸，按军机大臣、总理各国事务大臣，近年皆以恭亲王领班。故曰王佐；若鬼使则出使外洋之员，以西人初入中国，人皆呼为鬼子也；神差指神机营差使，惟满臣得充之。四者升途较捷，得亦较难。京师多

失意濩落之人，惯有此等轻隽口角，识之，以见风尚之所趋。[①]

所谓“帝师”，仅词臣能预其选；“神差”则仅限满人；“鬼使”在光绪十年风气未开之前，被正途出身者视为畏途。六部、理藩院司官所能经营者，仅有被称“王佐”的军机章京与总理衙门章京。这两处章京差使之所以被晚清京官看好，原因就在这两处有促成京官“升途较捷”的保奖制度。

总理衙门的保奖制度，系模仿军机处而来。但与军机处保奖三年一次不同的是，总理衙门两年一保，保奖幅度为章京总人数的一半，比军机章京保奖在时间上、内容上和覆盖面上都要优厚。获保者可以得到升阶升衔，便利仕途的迁擢。起初总理衙门的保奖随意性大，条件优渥。后经过多次调整，形成了一项稳定的制度。总理衙门依靠独特的保奖，吸引众多京官考选章京。杨宜治和他在总署的同僚，也无不看好这一制度，希望借助总署的保奖铺就仕途的捷径。[②]那么，总理衙门章京保奖的具体意义何指？何以对京官有如此大的吸引作用？它与军机处保奖的具体差别何在？这里，有必要对咸同之后清朝官僚系统的弊病作一交代。

清朝官员任用及升迁，主要依据正途即科甲一途，士人通过层层考试，获得授官资格。之后根据考试结果、任职表现和

---

① 陈康祺：《郎潜纪闻二笔》，中华书局1984年版，第485页。

② 户部候补员外郎缪佑孙在考中总理衙门章京并传补入署办事后，在给他堂兄缪荃孙的信中提及，他入署后，“充司务厅收掌，事琐而劳，颇觉吃力，询其所入，岁不过百六七十金，可望甲午保案而已。”见《缪佑孙致缪荃孙》（光绪十七年），收入顾廷龙校阅：《艺风堂友朋书札》上册，第252页。可见京官考选总理衙门章京，主要看重的，是保奖带来的仕途便利。

所积资历逐步升迁。在科甲之外，尚有捐纳和军功保举等授官和升官的异途。然而，捐纳作为一种非常的财政手段，并不经常使用，军功劳绩在承平时代也不多见。因此，这两者在咸丰之前，对清朝的官员铨选并没有造成太大的冲击。但是，太平天国运动兴起之后，清朝为筹集军饷，维持巨大的军费开支，大开捐纳之门。另一方面，在镇压太平天国运动的过程中，一大批统兵将帅的势力崛兴。他们拥有众多的幕僚和部属，每逢战事告一段落，要求对这些幕僚部属进行军功保奖的奏折络绎不绝，获保人员越来越多。这些人占去了大量的地方额缺。[①]咸丰十年(1860)，前顺天府尹蒋琦龄路过保定，见当地正途出身的即用人员不但补缺无望，并且连委署之期也基本没有，生活困苦，“至有追悔不应会试中式者”，蒋评论说：“此诚骇人听闻，为从来所未有也。”[②]

本来，清朝三年一次的会试、殿试，约取进士300多名，这些进士在朝考后，除少数被授予庶吉士外，多数以主事分部学习或以知县外用。分部学习主事，得到观政、历练和在部院中升迁的机会，之后或升为更高级别的司官，然后或升任京卿，

① 本来，各省道、府、州、县的补缺方式是，以辖区繁、难、冲、疲作为衡量标准，将缺额分为繁简不同的各种类型，遇以上缺出时，符合条件的官员，或由吏部铨选、或由督抚题补调补、或请旨简放。咸同之后，外省铨选的紊乱与旧制度有关，也与一些地区督抚权力加重有关。清代财政制度量入为出，政府财力有限，不能应付非常时期的战争、灾荒，为扩充财力，政府以诸多名目吸引富人捐资，例如捐例有捐“尽先”、“遇缺”诸名目，外省缺出时，捐纳上述名目者可排在正途应升、应选者之前。而军功、洋务保奖，也有上述名目。保案数量、频率，与督抚权力密切相关。见曾协均：《敬陈管见疏》(同治元年)，收入王云五主编：《道咸同光四朝奏议》第4册，第1455页。

② 蒋琦龄：《中兴十二策疏》(同治元年)，收入王云五主编：《道咸同光四朝奏议》第4册，第1419页。

或外放为道府。只要各省州县道府能持续向京官开放，内外互用的途径畅通，京中的司官能在有限时间内获得迁转，他们的总量就能维持在一个较合理的水准上，源源不断地进入官僚系统的进士就不至于滞留，整个官僚机构就能在这种动态中维持相对稳定。但咸同之后外省捐纳人员增多，军功、洋务保案层出不穷，本就数量有限的地方缺额被异途人员占据，内外互用的途径不再畅通；在京中，捐纳保奖者挤占部曹，使得部院中候补、额外司员陡增，极大延长了正途官员序补的时间和迁擢的速度。对于晚清补缺之难，陈夔龙晚年在笔记中曾有过一段记载：

> 丙申年五月，随荣文忠公时为兵部尚书。赴津查办事件。公余茗话，公问余年几何，补缺约计何时？余对曰："行年已四十，到部亦十年，叙补名次第八。即每年出缺一次，亦须八年始能叙补。恐此生以冯唐老矣。"①

清朝京中部院司员的额缺数是大致固定的。每一缺额，除有民族的限定（即所谓满缺、汉缺等），还有所谓题缺、选缺之分。例如，兵部员外郎汉缺，为两题一选。题缺员外郎，多从庶吉士散馆改部、会试进士升部、拔贡小京官一类正途出身的主事中荐升；而选缺员外郎，则可给与捐纳、荫生出身的主事。②题缺员外郎由各部堂官根据主事的能力、资历每次具题两人，一人拟正，一人拟陪。拟正者得题缺，拟陪者一般下次得缺。而选缺的补缺程序则更加繁琐。按照《吏部铨选则

① 陈夔龙：《梦蕉亭杂记》，北京古籍出版社1985年版，第3页。

② 《大学士管理兵部事务阮元等摺》（道光十六年六月二十九日），《军机处档摺件》，台北故宫博物院图书文献馆藏，档号071581。

例》，各部选缺，满、汉补缺方式不一：满缺以六缺为一周，第一缺留补，第二缺咨选，第三缺留补，第四缺咨选，第五缺留题，第六缺咨选。汉选缺以五缺为一周，补缺方式大体类似（详见表二、三）。这些缺分名目，其适用对象各异。司员根据自身出身、资历、能力归班排序，循级补缺和升迁。具体适用某人的缺分非常有限，加之晚清捐纳与军功保举泛滥，本就少得可怜的缺分就更显紧张。这也就是陈夔龙感叹补缺不易的原因。

（二）保奖制度与铨选规则

在官场壅滞的背景下，京中部曹如要向上流动，绝对不能仅循常规，而只能乞灵于各式“保奖”。[①]总理衙门成立之前，对京中各部司官最具吸引力的保案，是军机处保奖。军机章京被人称作“小军机”，属于时人心中的“华选”，[②]原因之一就在军机处三年保奖一次，条件特优，获保者之后在仕途上有很好的发展。然而，当总理衙门两年一度的保奖出现后，军机处保奖顿显黯然失色。军机处保奖，有着众多“花样”，其中条件最优者为“无论题选咨留”这一花样，获此花样者，在题缺和选缺一周中，可以排列在前，优先序补。保奖中的其他一些花

① 光绪十四年，时任刑部候补主事的刘光第进京任职，往见其乡试座师、工部侍郎乌拉布。因有师生之谊，刘本人办事勤慎，加之赠送土仪甚厚，乌拉布言谈中对刘寄予厚望。他勉励刘光第多看书，“多讲求时务急用之学”，在三年学习期满获奏留之后，“军机、总署各衙门差使，均宜得一二处，始易补缺升转”。刘光第认为此言颇“切实”。可见，京中官员看好军机章京、总理衙门章京这些差使，最主要因为它们能使“补缺升转”变得容易。《刘光第致刘举臣函》（光绪十四年六月十五日），见刘光第：《刘光第集》，第195页。

② 梁章巨辑，朱智补：《枢垣纪略》，中华书局1984年版，第332页。

样,例如“无论咨留”、“遇缺即补”、“尽先即补”等,则仅适用选缺一周中某个或某几个缺分的优先序补。因此,所谓“无论题选咨留”花样的数量,被各式保奖案严格限制,一般只在大保案中使用。按清朝旧例,所谓大保案分为五种:一为军功,二为河工,三为襄办大婚、大丧等典礼,四为方略馆即军机处保奖,五为皇陵工程。除军功外,每次大保案“无论题选咨留”的保奖员额一般不能超过 3 个。①

然而,总理衙门号称“自与他衙门不同”,在同治元年(1862)第一次保奖时就提供了 7 个“无论题选咨留”的名额,同治三年(1864)第二次保奖时提供了 6 个,到同治五年(1866)第三次保奖时居然提供了 14 个!总理衙门一反保奖案限制严格的旧例,扰乱了清朝原有的保奖制度,引起朝中很多大臣的不满,他们担心总署过于优厚的保奖掀起京官的“奔竞”之风。总署优厚的保奖,对于一般部院司员工作的积极性,也是一种打击,因此朝中屡有限制总署保奖之声。在大臣们屡次要求下,最后总理衙门保案定为每次获保“无论题选咨留”名目的章京不得超过 6 人,而保奖总人数,则严格控制在 21 人,约为总署章京的一半。②然而即便严格控制保奖人数,总理衙门保奖之优,已成无法改变的事实。同治十年(1871),都察院左都御史胡家玉上奏称:

---

① 宗彝:《道咸以来朝野杂记》,北京古籍出版社 1982 年版,第 37—39 页。实际上,军机章京保奖“无论题选咨留”者经常超过这一数目,一般为四到五个。

② 《总理衙门摺》(光绪十八年三月初六日),《军机处录副奏摺》,北京中国第一历史档案馆藏,档号 03-5290-016。总理衙门每届保案,章京有半数即 18 人获得保奖。此外,另有 3 人可通过“同文馆提调”的身分获得保奖。

> 夫部属保举，以“无论题选咨留”为最优。从前惟军机处有之，而三年一保，满汉不过八员，占缺无多，尚无流弊。今则总理各国事务衙门亦踵行之，二年一保，每保辄十八员，且有保外任者，年分较少，员数较多，不独各衙门按资序补者得缺难期，即军机处所保之章京，亦往往有名无实，如户部员外郎李廷箫、兵部员外郎萧庭滋保升郎中，五六年迄未得缺，可为明证。①

胡所称八员、十八员，为保奖总人数。总理衙门保奖之厚，甚至削弱了军机处“大保案”的优势，胡因此再次要求严核该衙门保奖。保奖究竟如何影响京官铨选？我们不妨看看清代六部司员的补缺规则：

表二　清代六部司员补缺规则(满缺)

<table>
<tr><td rowspan="5">六部满缺郎中、员外郎、主事</td><td rowspan="2">题缺</td><td rowspan="2"></td><td rowspan="2">先补保奖中获“无论题选咨留”一人(专补选缺人员在本衙门行走须满十年)</td><td rowspan="2">再遇缺出，将应升人员酌量拣选题升一人</td><td>应升人员先用京察一等</td></tr>
<tr><td>无前者则用京察二等</td></tr>
<tr><td rowspan="3">选缺(六缺为一周)</td><td rowspan="2">一留补</td><td rowspan="2">先补保奖中获“无论题选咨留”一人</td><td rowspan="2">次出之缺用劳绩班一人</td><td>先用保奖中“遇缺即补”一人</td></tr>
<tr><td>无前者则用保奖中“尽先”一人</td></tr>
<tr><td>二咨选</td><td>先补保奖中获“无论题选咨留”一人；如无前者，则用保奖中获“无论咨留”一人</td><td colspan="2">次出之缺咨送吏部铨选一人</td></tr>
</table>

① 胡家玉：《请疏通部院正途人员疏》(同治十年)，收入王云五主编：《道咸同光四朝奏议》第6册，第2501—2502页。

续表

<table>
<tr><td rowspan="6">六部满缺郎中、员外郎、主事</td><td rowspan="6">选缺（六缺为一周）</td><td rowspan="2">三留补</td><td rowspan="2">先补保奖中获“无论题选咨留”一人</td><td rowspan="2">次出之缺用资深一人（即捐纳、荫生及其他到部之员，按资序补）</td><td>先用资深先班（捐纳者续中进士）</td></tr>
<tr><td>再用资深班</td></tr>
<tr><td>四咨选</td><td>先补保奖中获“无论题选咨留”一人；如无前者，则用保奖中获“无论咨留”一人</td><td colspan="2">次出之缺咨送吏部铨选一人</td></tr>
<tr><td rowspan="2">五留题</td><td rowspan="2">先补保奖中获“无论题选咨留”一人（专补选缺人员在本衙门行走须满十年）</td><td rowspan="2">再遇缺出，将应升人员酌量拣选题升一人</td><td>应升人员先用京察一等</td></tr>
<tr><td>无前者则用京察二等</td></tr>
<tr><td>六咨选</td><td>先补保奖中获“无论题选咨留”一人；如无前者，则用保奖中获“无论咨留”一人</td><td colspan="2">次出之缺咨送吏部铨选一人</td></tr>
</table>

资料来源：锡珍等撰：《钦定吏部铨选则例》，收入《续修四库全书》（上海古籍出版社2002年版），第750册，第78—80页。

表三　清代六部司员补缺规则（汉缺）

六部汉缺郎中、员外郎、主事	题缺		各项不积缺人员，如京察一等指部无论题、选缺出即行奏补人员，在各题、选缺出时可尽先补用	先补保奖中获“无论题选咨留”一人（专补选缺人员在本衙门行走须满十年）	再遇缺出，郎中、员外郎缺拣选升补一人，主事缺则将资深候补例得补题缺之员补用一人，与前保奖“无论题选咨留”者相间轮补；保奖“无论题选遇缺即补”、“无论题选尽先补用”者亦可由堂官酌量补用此项题缺

续表

<table>
<tr><td rowspan="13">六部汉缺郎中、员外郎、主事</td><td rowspan="13">选缺（五缺为一周）</td><td rowspan="5">一留补</td><td rowspan="13">不人京等无选即补在选时先项缺如一部题、出奏员，题、出尽用各积员，察指论缺行人各缺可补</td><td rowspan="5">先补用“无论题选咨留”一人</td><td rowspan="3">劳绩班</td><td>先用保奖中“遇缺即补”人员</td><td rowspan="5">此三班轮用</td></tr>
<tr><td>无前者，用“尽先补用”人员</td></tr>
<tr><td>无前者，则以保奖升阶补用升用及应升之缺升用人员补用</td></tr>
<tr><td>资深先班</td><td>即捐纳分部人员续中进士以本衙门员缺即补者</td></tr>
<tr><td>资深班</td><td>即捐纳、荫生及其他到部之员，按资序补</td></tr>
<tr><td>二留题</td><td>先补用“无论题选咨留”一人（专补选缺人员须满十年）</td><td colspan="3">再遇缺出，郎中、员外郎以现任人员题升；主事缺出则以应补题缺之正途资深人员题补，均不得酌补劳绩人员</td></tr>
<tr><td rowspan="5">三留补</td><td rowspan="5">先补用“无论题选咨留”一人</td><td rowspan="3">劳绩班</td><td>先用保奖中“遇缺即补”人员</td><td rowspan="5">此三班轮用</td></tr>
<tr><td>无前者，用“尽先补用”人员</td></tr>
<tr><td>无前者，则以保奖升阶补用升用及应升之缺升用人员补用</td></tr>
<tr><td>资深先班</td><td>即捐纳分部人员续中进士以本衙门员缺即补者</td></tr>
<tr><td>资深班</td><td>即捐纳、荫生及其他到部之员，按资序补</td></tr>
<tr><td>四留题</td><td>先补用“无论题选咨留”一人（专补选缺人员须满十年）</td><td colspan="3">再遇缺出，郎中、员外郎以现任人员题升；主事缺出则以应补题缺之正途资深人员题补，均不得酌补劳绩人员</td></tr>
<tr><td>五咨选</td><td>先补保奖中获“无论题选咨留”一人；无前者，则用“无论咨留”者</td><td colspan="3">次出之缺咨送吏部铨选一人</td></tr>
</table>

资料来源：锡珍等撰：《钦定吏部铨选则例》，收入《续修四库全书》，第750册，第461—465页。

以上两表所示，仅为京官补缺之大概，其各部补缺尚有繁复的条件、限制与变化，无法在此一一开列。在平常时期，由正途出身者（其中一些有补“题缺”资格）迁转已不易，异途人员更难（多只能熬资历），然因保案很少，迁转尚能循资而上；在晚清大变局下，因外省缺额被军功、洋务人员挤占，京官外放不易，部院司官缺出更缓。在这种情况下，京官若能因总理衙门“异常劳绩”而获保奖各式花样、尤其能获“无论题选咨留”花样，便能不拘出身与资格，在沉滞的官场脱颖而出。①

此外，总理衙门章京保奖中，还有保奖记名海关道这一项目。晚清自五口通商，《天津条约》陆续开放沿海、沿江口岸之后，各海关新关先后成立，各关形成外籍税务司及海关监督并立的局面。这些海关监督多由当地道台兼任，称为海关道。海关道负责处理通商口岸与外国领事交涉事宜、海关税收管理事宜等等。同治三年，总理衙门上摺说，海关洋税与领事交

① 劳绩保奖往往能补出身不足。例如，举人虽为正途，但若一旦捐纳内阁中书或六部主事，即入异途，许多原本适用正途人员的缺额不再对其开放；然若不通过捐纳，仅凭举人出身又很难进入仕途。总理衙门章京中以举人出身而捐纳入仕者较多，比较典型的有吕海寰（后任外务部尚书）、汪大燮（后任外务部右侍郎、中华民国外交总长、代理国务总理）。他们以举人捐纳入仕，因捐纳后迁转困难，又选择考取保奖优厚的总理衙门章京。如吕海寰在自叙年谱光绪七年(1881)条中感慨：“在兵部当差，迭得乌步（满语差使）。唯捐纳出身，补缺无望，虽屡荐不售，命途多舛，奈何！”两年后，他成功考取总理衙门章京，任内因屡获保奖，十年间，由兵部候补主事直接补为实缺的兵部员外郎，随后即外放海关道。参见吕海寰：《吕镜宇自编年谱》，第109—134页。而在光绪九年(1883)即考中进士，然后分发刑部的刘光第，尽管出身正途、办事勤能，但因没有总署和军机处保奖，直到光绪二十四年死前仍为候补主事，连正式主事都未补上。参见茅海建：《从甲午到戊戌——康有为〈我史〉鉴注》，生活·读书·新知三联书店2009年版，第94页。汪大燮于光绪十五年(1889)考中举人后，试进士不第，捐纳为内阁中书。因升转困难，在光绪二十二年(1896)考取总理衙门章京。

涉，一般道台难以胜任。总理衙门章京因在京中处理中外交涉事件，熟悉情形，因此，奏请总理衙门章京如有干练者能获三次保奖，则交军机处以海关道记名，遇有海关道缺出，各省又无合适人选，则“与京察一等记名简放人员一体开单请旨”。[①]一般而言，清朝各省官员比京官俸廉要高出很多，海关道比同品级京官的经济收入优厚。加之海关道负责管理由税务司征收的关税，并负责征稽洋药税等大额税收，尤其被视作有利可图的肥缺。自总理衙门保奖多了记名海关道一项之后，海关道马上成为总理衙门大臣酬劳资深章京、笼络和招徕部院司员的重要方式。而资深章京，特别是总办，尤其以外放海关道相期许。[②]

因京中六部司员一般在升迁至一定级别如郎中一级时，如需继续迁擢，则会以道府外放。但总理衙门因所办事务较为专业，章京的知识和经验对该机构日常事务非常重要，在同治三年，总理衙门大臣也奏请仿照军机处例，让少数资深章京在保奖时，能直接从部院郎中升为四五品京堂，即在京中通政司、太常寺一类机构任职，以便继续留在署中办差。这使得部分章京可以免走一般京官必经外放而后迁擢高级京官的路径，让他们能一直留在总理衙门，由郎中、京堂最后迁为部院堂官，并由章京进而为总理衙门大臣。这条路径在某种程度上比外放海关道更优，因此获此保奖者，比记名海关道更少（详后文）。

---

① 《总理衙门摺》（同治三年四月二十四日），《军机处档摺件》，档号095953。

② 陈夔龙：《梦蕉亭杂记》，第12页。

（三）普通章京的命运

以上所说，为咸同之后官场状况与总理衙门保奖的基本条件。保奖较优的所谓“无论题选咨留”因朝中大臣反对，最后有了数额限制；海关道、四五品京堂则更属难得，一般仅资深章京有机会获选。但可以肯定的是，考选章京的京官，自进入总理衙门起，对保案都有或多或少的期待。然而，普通章京究竟能从保奖制度中获得多少实际收益呢？我们不妨通过杨宜治在《惩斋日记》中提及的几位同僚做一些考察。日记光绪十五年二月二十三日（1889 年 3 月 24 日）：

> 雪。丁卯团拜。晚吊刘子潜。闻董仲默前辈病故。仲默丙午直隶举人，由中书考补总署章京又廿年矣。总办记名海关，而无所得，郁郁以殁，悲夫！

次日二月二十四日条：

> 晴。寒。闻余子静前辈同年病故。子静丁卯浙江举人，戊辰进士、中书，亦总署同人，无所得而贫病以终，何署中之多故也？①

董仲默，名世延，顺天武清人，约生于道光十年（1830），以附生中式道光二十六年（1846）丙午科举人，可谓少年得志。但在此后的会试中，他却屡试不中，直到同治元年，即 16 年后，方以大挑二等候选教谕，遵例改捐内阁中书，同治五年入阁行走。科举仕宦之途的巨大起伏加以捐纳后顿入异途，促使董世延寻求能帮助他升迁的快捷方式。同治十一年（1872），总理衙门在时隔八年之后再次进行章京考选，已过不惑之年的

① 杨宜治：《惩斋日记》，第 583 页。

董世延考中并获记名，两年后，传补总理衙门章京。约在光绪九年，董世延被派充总办章京。此时，他 54 岁。[①]因总办章京承担总署日常事务较繁，得堂官倚赖，因此总办章京一般能在两年一次的保案中获得很好的保奖。

在光绪十年保奖案中，作为总办章京的董世延首次获保以海关道记名。[②]按例，总署章京每两年保奖一次，但就在下一次保奖即将来临之时，董世延闻讣开缺丁忧，回家守制 27 个月。等他服阕归来，第三次保奖正好到来，他因属于丁忧人员，没有劳绩，因此不能进入保案。他若希望获得升迁，必须等待光绪十六年(1890)保奖。这时，与他同时或在他之后进署、后来同样充任总办章京的苑棻池、成章、双福、方恭钊却都利用保奖记名的机会外放海关道。光绪十五年，董世延已近花甲。他没有理由相信，在此后的保奖中，自己比那些年富力强的后进章京更有优势。苦熬数十年，临到终老时仍不过是一个穷京官。看着本可到手的升迁机会悄悄溜走，看着比自己年轻的同事纷纷外放，看着自己一生即将在官场中消磨殆尽，他的心情如何平复？杨宜治说董“总办记名海关道，而无所得，郁郁以殁”，作为圈内人，道尽了董世延心中的酸楚。

相对而言，余烈的命运更能引起普通章京对自身前途的担忧。余烈，字承谟，号子骏、子静，道光庚寅年十二月(1831

---

① 董世延履历见：《总理衙门片行军机处将记名海关道员用之刑部郎中董世延等三人履历开送查照由》(光绪十年七月二十三日)，《军机处档摺件》，档号 129169。

② 《总理衙门章京请奖清单》(光绪十年)，《军机处录副奏摺》，档号 03-5208-084。

年1月)生,浙江金华县人。同治六年(1867)乡试举人,次年中进士。①光绪五年(1879)闰三月充补总理衙门章京。如果发展顺利,余烈可望在10年内由刑部主事迁至员外郎、郎中,或外放繁缺知府、海关道,或升为四五品京堂。

相对于一般京官而言,总理衙门保奖为章京们提供了许多升迁的机会。但从绝对数量和品质而言,章京们能获得的收益并不多,余烈虽在光绪五年即已进署,因表现一般,在进署后的多次保奖中均属寻常。光绪十年,余烈获奖名目为"五品衔刑部主事余烈拟请以本部员外郎遇缺即补,并赏加四品衔";十二年获奖名目为"四品衔遇缺即补员外郎、刑部主事余烈拟请俟补员外郎后以本部郎中遇缺即补";十四年为"四品衔刑部主事、遇缺即补员外郎、补员外郎后遇缺即补郎中余烈请俟补郎中后作为历俸期满并赏加一级"。②

从表三可以看出,所谓"遇缺即补"花样,远比不上"无论题选咨留"优厚。获该花样者,首先要为"无论题选咨留"花样和京察一等者让路,且该花样人员补缺,仅适用于选缺一周五缺中的两个留补缺;即便是这两个留补缺,还需与资深班、资深先班人员轮用。也就是说,在上一级司员缺出时,若前面没有"无论题选咨留"花样和京察一等者补缺,那么平均每七个半选缺缺出,获保"遇缺即补"花样者才有机会补缺一次。余烈在总署虽经历三次章京保奖,品级渐高,头衔渐长,但问题是他三次都未获"无论题选咨留"的名目,也未能以资历和能

① 余烈生年参见顾廷龙主编:《清代朱卷集成》第30册,台北成文出版社有限公司1992年版,第189—196页。

② 《军机处录副奏摺》,档号03-5208-085、03-5208-084、03-5235-091。

力熬到刑部员外郎这一稍高的级别。余烈出生于道光十年底(1831 年初),此时已经 58 岁。对于一位 36 岁中举、37 岁中进士的人来讲,他的科举之路不能说不顺。此后,他很可能在同治十一年(1872),即 41 岁时考取总理衙门章京,获得记名。他心中对未来应该是有很多期许的。七年后他 48 岁,通过总理衙门"异常劳绩"保奖获得升迁的机会终于出现在他眼前,但问题是,数次保奖条件一般。他始终无法借此提升任何一个级别。又一个 10 年过去了,此时还有多少岁月允许他等待呢?

在经济上,余烈与其他总署章京一样,多半面临着较大的压力。一方面,京官薪俸少得可怜,能依赖的"印结"有限,而司员进总署,人际圈扩大,对于指望升迁的人来说,维持、巩固和扩大在京官、外官中的关系是不可或缺的。相对于普通的京内部院司员而言,人际圈倍增的总理衙门章京在日常开支上也会翻倍。在收入固定的前提下,他们很容易显出经济上的窘迫。

缺少收入开支却倍增,差使繁琐又为京中清流鄙视,如果不能得到仕途升迁作补,他们内心是很难平衡的。杨说余烈"无所得而贫病以终",与董世延"无所得,郁郁以殁"一样,他二人的病根,都在于无法落实"得"字。杨道出的,是同情式的理解,也是兔死狐悲的哀怨。

五、仕途沉浮与制度缺陷

(一) 扣传御史与擢升京堂

相比余烈而言,英国股章京杨宜治在保奖中就非常幸运。

在光绪十四年(1888)保案中,杨宜治第一次获保,就得到了“无论题选咨留”的花样。[①]八月十九日(9月24日),杨宜治经刑部堂官点出,补江西司员外郎。[②]此时距离他返京后由起居注主事掣分刑部,还不到一年的时间。光绪十八年(1892)二月,杨宜治补刑部河南司郎中。这距他上次由主事升员外郎,亦不过四年时间。杨宜治能获郎中缺,除了自身的表现以外,很可能与孙毓汶有关。孙毓汶是杨宜治的乡试正考官,与杨关系较亲密。被杨亲切称为“莱师”的孙毓汶在光绪十五年正月迁刑部尚书,同时兼军机和总署大臣。[③]光绪十八年三月总署保奖,杨宜治的获奖名目为“拟请俟补御史作为历俸期满并俟截取知府得缺后以道员补用”。[④]

然时隔不久,杨宜治在仕途上也遇到了麻烦。前面已经提到,总理衙门的保奖虽然较为优厚,但对于多数章京而言,能获得的实际收益并不多。一名普通章京若将仕途的希望完全寄托于总署保奖,则显然过于乐观。杨宜治没有消极等待,他同时另辟蹊径,即考选御史。光绪十五年十一月(1889年11月),他参加了御史考试并获得记名。[⑤]按制度,记名御史逢御史迁转、出缺,则依次传补。光绪十九年(1893)三月,杨

---

① 杨宜治:《惩斋日记》,第470页。

② 杨宜治:《惩斋日记》,第517页。

③ 钱实甫编:《清代职官年表》第1册,中华书局1980年版,第312—313页。《惩斋日记》光绪十五年正月十五日:“南皮张子青协揆大拜,孙莱师拜刑部尚书。”杨宜治:《惩斋日记》,第571页。

④ 《总理衙门章京请奖清单》(光绪十八年三月初六日),《军机处录副奏摺》,档号03-5290-017。

⑤ 杨宜治:《惩斋日记》,第659—660页。

按照次序，传补御史。

杨宜治于光绪十年进总署，到此时已有十年。在这十年中，他从额外章京做起，经过两次升补，最终成为二十名额内章京之一。按照他的发展趋势和总署大臣对他的器重，他很可能升任总办章京，然后经由保奖外放海关道，这是总署章京的最佳选择之一；或升迁四五品京堂，借助总署保奖，逐步升至三品京堂。但如果杨宜治传补御史，成为言官，则必须开去章京，离开总署。这样，他之前通过保奖积攒资历的努力将会白费，以后也不可能再次利用总署的保奖晋升。考选御史原本是杨宜治担心总署保奖不可靠而设计的另一条发展路径，不料，在总署良好的发展使得这条路径成为他最佳爬升路径的障碍。此时，如果杨宜治希望继续留在总署，须由总署大臣上奏，请求扣传御史。①张荫桓日后对此事有详细记载：

> 甲午之春，虞裳扣传御史之奏，筱云以非总办章京，遂将奏稿销去。余问询许筠丈吏部成案，筠丈谓有差使便可扣，大通桥监督亦能扣云。越日，庆邸约观剧，因与商之。庆邸嘱余设法玉成，余当告吕镜宇。查案时，志伯愚在座，谓余曰："虞裳御史日间带引，既有此机会，我当函令请假数日。"余颔之。随晤莱山，告以四川省运甚坏，现无能递摺子，京官虞裳现有庆典差使，若驻〔注〕销御史，可望庆典告成之日保举京堂，是栽培虞裳一人，即系栽培四川一省，此等事宜乐为之。莱山慨诺。及镜宇查得不由总

① 御史为言官，品级不高，但地位紧要，因此，记名御史奏请缓带引见或注销记名，一般是不被允许的。《钦定吏部铨选则例》，第59—60页。

办，而扣传御史有邵筱村一案，遂与虞裳偕诣莱山商明办法。莱山告虞裳以此事余甚着力，令来谒余，并为书筱云，令往谒。筱云得莱山书，又有筱村旧案，遂无词矣。①

杨宜治，字虞裳；筱云，即总署大臣徐用仪；许筠丈，即许应骙，前任吏部左侍郎，时任仓场侍郎；吕镜宇，总办章京吕海寰；莱山为总署大臣孙毓汶。邵筱村即邵友濂，曾任总理衙门章京，并考取记名御史。御史为朝廷言官，负有重要的道义责任与使命。记名御史要求扣传，则意味着此人有了更好的出路，故有意舍御史而攀高枝。因此，扣传御史被人认为鼓励“竞奔”，败坏道义，朝中常有声音反对御史随时扣传。要扣传成功，须原衙门大费一番功夫。光绪四年（1878）五月，邵友濂按次序传补御史，总理衙门以邵“实为臣衙门得力之员”为由，奏请撤销邵传补御史之案。②此时，杨宜治也想扣传御史。除徐用仪外，总署大臣包括奕劻、孙毓汶、张荫桓对此都表示支持。徐用仪不同意的理由在于杨非总办章京，总署事务并非离不开他。吕、杨二人通过援引成案和借助孙毓汶的推荐，最终得到了徐的同意。总理衙门大臣于光绪十九年三月十九日（1893年5月4日）递上奏片，使得杨宜治避免传补御史，仍留在总理衙门当差，积攒资历和名望。③

① 任青、马忠文整理：《张荫桓日记》，上海书店出版社2004年版，第550—551页。

② 《总理衙门片》（光绪四年五月二十二日），《军机处录副奏摺》，档号3-5129-057。

③ 《总理衙门摺》（光绪十九年三月二十一日），《军机处录副奏摺》，档号3-5304-080。张荫桓在日记中记此事在甲午春，误，应在前一年，即光绪十九年癸巳。

在光绪十年至二十年间，杨宜治的人际圈经营得比较得力，与他昔日的老师、总署及刑部堂官维持着良好关系。杨宜治不只一次受到他们的提拔。[①]两年后，杨宜治在总署的处境逐渐变得不妙。恭亲王奕訢在甲午战争中被重新起用，管理总署。他在进署当日即向其他大臣表达对杨宜治的不满，[②]而总理衙门重臣张荫桓与杨宜治关系较差。这种局面对杨宜治的仕途发展极为不利。

光绪二十年(1894)，杨宜治随王之春前往俄国访问，次年销差后，由王之春保奏，以五品京堂补用，仍留总理衙门章京一职。[③]光绪二十二年(1896)初，杨宜治已出任署帮办章京。当年总署保奖，杨的获保名目为“候补五品京堂刑部郎中杨宜治拟请开去郎中底缺，俟补五品京堂后，以四品京堂开列在前”。[④]次年五月，杨宜治正式充补总办章京。此时，杨宜治52岁。按正常轨迹，已传补五品京堂的杨可望向三四品京堂上发展，甚至有希望将章京身分升级，即一跃而成为总理衙门大臣。但杨宜治的仕进是否能如他所愿，总理衙门的制度又能给他多少晋升的空间呢？

杨宜治在光绪二十一年(1895)访俄归国后，被王之春奏保五品京堂。次年获总理衙门两年一届的保奖。不久，他正

① 杨宜治：《惩斋日记》，第557页。

② 奕訢于光绪二十年进署时，曾向张荫桓提及：“章京杨宜治其人大要不得。”任青、马忠文整理：《张荫桓日记》，第551页。

③ 任青、马忠文整理：《张荫桓日记》，第551页；《王之春摺》(光绪二十一年九月十三日)，《军机处录副奏摺》，档号03-5330-043。

④ 《总理衙门章京请奖清单》(光绪二十二年四月二十五日)，《军机处录副奏摺》，档号03-5350-030。

式出任正五品的通政使司参议一职，并署理太常寺少卿。光绪二十三年(1897)，获得上奏权的杨宜治在政治上有两个亮点，一是详奏家乡川东地区出现的水灾，请求采取赈灾措施，并请停每年派给四川的赈捐；①二是奏请铸造全国统一的银币金币，并准备进一步发行纸币，以挽回因国际市场银价下跌对中国造成的损失。他的这一意见得到了奕訢和户部尚书翁同龢的首肯，但最后被户部以阻碍太多的理由拒绝，未被采纳实施。②

(二)"上堂"受阻与病重弃世

光绪二十四年，杨宜治实授太常寺少卿，仍任总理衙门总办章京。自上年德国借口教案占据胶州湾，俄国军舰亦乘时开进旅顺、大连。在德国租借胶州湾的要求得到满足后，俄、法两国分别向清朝要求租借旅大地区及广州湾，俄国要求尤亟。正当总理衙门为列强无理要求精疲力尽之时，杨宜治主动向总理衙门大臣翁同龢献策，据翁日记光绪二十四年三月初一日(1898年3月22日)条：

> 衡量时局，诸臣皆挥涕，是何气象？负罪深矣。退时庆、李、张邀谈，大约除允行外别无法；至英、日、法同时将起，更无法也。杨虞裳来，欲乘此时告俄，联德、法、中四国密约，以戢他国贪谋。其言切挚，然未敢信为可行，舍

① 《通政使司参议杨宜治摺、片》(光绪二十三年三月十八日)，《军机处档摺件》，档号138092、138093。

② 杨维中等修：《渠县志》，第948页；《张元济致汪康年》(光绪二十三年八月)，上海图书馆编：《汪康年师友书札》第2册，上海古籍出版社1986年版，第1708页。原摺见：《通政使司参议杨宜治摺》(光绪二十三年八月初一日)，《军机处档摺件》，档号140955。

此又何策耶！[1]

庆、李、张分别是总理衙门大臣奕劻、李鸿章、张荫桓。其中，李、张二人是光绪帝指派负责对俄交涉的官员。此前，俄国在提出租借旅大的要求后，又于二月二十一日（3 月 13 日）向总理衙门发出最后通牒，要求清朝在两周内答复。总理衙门大臣最担心的问题是，若英、日等国借此提出类似的要求，恐怕局面将更难收拾。杨宜治建言中的策略是，在德、俄、法威逼的形势下，清朝既然无法回绝三国，不如满足其要求，同时请求俄国出面联合德、法、中三国签订密约，以防英、日接踵而至。这种“以夷制夷”的策略在当时总理衙门官员中有一定市场，然而屡试屡败，连翁同龢也怀疑其可行性。按照此前中俄交涉的经验，杨宜治的建言若果付诸实施，恐不但无法遏阻英、日等国的“贪谋”，还将给俄、德、法三国勒索、讹诈清朝提供条约的依据。[2]

杨宜治昧于形势的外交见解并无损他总办章京的地位。因参与会典纂修，杨在该年三月二十二日（4 月 12 日）获保三品京堂花翎。按理，他下一步应升任太常寺卿、大理寺卿等京

① 赵中孚编辑：《翁同龢日记排印本》第 5 册，第 2159 页。

② 德国强占胶州湾后，俄国欲染指旅顺、大连，遂以中俄密约所立两国同盟为由，声称赴华对抗德国，要求清朝允其军舰停泊旅顺，李鸿章对此表示同意。不料俄、德暗中交易，相互支持对方的占领行为；俄国并对外声称，其军舰停泊旅顺一事，得到了中国政府的支持。另外，尽管英、俄是全球竞争的对手，但在对华问题上，往往私下讨价还价，以损害中国利益换取相互之间的利益承认。清朝在答应俄国租借旅顺、大连后，英国仅表面上有所反对，但却与俄国私相谅解，换取俄国对其占据威海卫的承认。同时，俄国也通过承认日本在朝鲜的特殊地位，换取日本对其占据旅大一事的同意。参见茅海建：《从甲午到戊戌——康有为〈我史〉鉴注》，第 241—246、308—325 页。

卿职。但正在此时,杨宜治突患重病,他在仕途上的迁转陡然中止。关于患病原因,民初纂修的《渠县志》解释为“外交益亟,宜治竟以忧愤国事不起”。[①]而杨的上司总理衙门大臣张荫桓后来在日记则透露,杨宜治以“蛊”终,至于“蛊”的具体症状,张未作描述。[②]患病不久,杨宜治于光绪二十四年六月病逝。从患病到去世,不超过短短两个月。杨宜治突然病故,让人们颇感意外。张荫桓在日记中叙述了他与杨之间的恩怨。篇幅之长,为张存世日记所仅见。对于杨宜治的病情,张荫桓解释说:“叔平曾言虞裳就要上堂办事,又屡漂通副、常正、宗丞四〔三?〕缺,其病愈不能解。”[③]与乡人对杨宜治“竟以忧愤国事不起”的理解相比,张荫桓更能体会到杨宜治病中的心情。事实上,张荫桓话语的背后,隐隐透露出了总理衙门制度设计的一大缺陷。

上引张荫桓语中“叔平”,即总理衙门大臣翁同龢。他曾在闰三月二十九日(5 月 19 日)访张荫桓时,向张透露杨宜治即将升迁的消息。《张荫桓日记》该日条:“晨起,常熟来商部务,并言杨虞裳今日召见,跪对逾刻,行将上堂办事矣。”[④]所谓“上堂办事”,即升任总理衙门堂官,由章京晋级大臣。杨宜治此时的底缺为太常寺少卿,但在总署,他仍属章京序列,尽管他此时已经出任总办章京。从章京到大臣,这一步看似简

① 杨维中等修:《渠县志》,第 948 页。
② 任青、马忠文整理:《张荫桓日记》,第 550 页。
③ 任青、马忠文整理:《张荫桓日记》,第 552 页。
④ 任青、马忠文整理:《张荫桓日记》,第 532 页。

单，但在实际政治中操作起来，却十分困难。

总理衙门在成立时，其大臣由皇帝从大学士、军机大臣和部院堂官中简派，职衔较高，后来，一些干练的三品京卿也被简派为总署大臣。而章京则从内阁中书、部院司员中选拔，职不过郎中，衔不过五品。章京如果表现优异而得升迁，多数外放知府和道员，也有一些考选御史和候补京堂。可以肯定的是，在总理衙门建立之初，总署大臣没有想到今后可能会出现的司员（章京）不经外放而直接升任大臣的情况，因为按照惯例，军机章京不能直接成为军机大臣，京中部院司员也不能升任堂官。①

但是，后来的发展却出现了一些意外。因为总署是新设立的国家机构，所办各项事务多无成例，所以章京的经验及办事能力对维持总署运转非常重要。为了将办事得力的章京留在署中，总署大臣在同治三年奏请，有底缺为郎中衔的章京在保奖时若"有堪胜表率者，准保四五品京堂"。②这种做法使得资深章京既能得到升迁，又能继续留署办事。但章京获保四五品京堂后，不可能一直停留在这一位置，他们仍会因总署保奖而继续升任三品京堂或更高的职务。这样一来，章京的品

① 总理衙门的人事制度仿行军机处。依例，军机章京不能直接升任军机大臣，即便偶有章京径升大臣，也多遭上司排挤。《苌楚斋四笔》卷5《论官场规矩》述光绪朝军机章京沈源深从章京升任军机大臣，结果遭同僚排挤，最后郁郁而终一事："侍郎后任□部□侍郎，即欲充军机大臣。俗谓由小军机径充大军机，谓之'上堂'，国朝由是迁擢，有一二人。同僚挤之，出为福建正主试官，未及出，闻复简任福建学政。侍郎终不怿，疽发于背，即卒于试院。"刘声木：《苌楚斋随笔》，中华书局1998年版，第788页。刘声木所述，细节有误，但大致属实。

② 昆冈等修：《清会典事例》第12册，中华书局1991年版，第1124页。

衔很可能与堂官相仿，正三品的京卿章京将为正三品京卿大臣当差。如果总理衙门事务确实离不开该章京，这时可能采取的措施就只能是让其升格为总理衙门大臣。在总理衙门近40年的历史上，从章京直接升任大臣者共有四位：成林、夏家镐、周家楣、吴廷芬。

以成林为例，他在同治元年、三年、五年的总署保奖中，从步军统领衙门即补主事升迁而为员外郎、即补郎中。在同治七年保奖中，他如果得到优奖，将很可能记名海关道，然后外放。但他当时正担任总办章京的要职，因精明干练，文笔优长，深受奕訢器重。[①]为了避免成林外放，总理衙门援引军机章京之例，保奖成林“以五品京堂候补”。这样，成林即留在总署继续任职。同治七年底，成林授通政使司副使，被总署大臣奏留继续在署当差，担任总办。[②]同治八年(1869)八月，成林升任光禄寺卿。[③]十月，底缺为光禄寺卿的成林由章京升任总理衙门大臣。[④]总署的司官与堂官，本有着很难逾越的鸿沟，成林之所以能开此先例，最重要的因素在于奕訢的支持。先例既开，则难免出现仿行。其后升任大臣的总署章京夏家镐与成林同属于资深章京，他通过保举京堂、留署当差最后升任大臣的过程与成林类似。在夏家镐之后，分别有周家楣在光绪四年及吴廷芬在光绪九年以章京身分升任大臣，我们可以

① 崇彝：《道咸以来朝野杂记》，第17页。

② 《总理衙门片》(同治七年十二月二十三日)，《军机处录副奏摺》，档号03-4644-150。

③ 《清实录》第50册，中华书局影印本1987年版，第672页。

④ 《清实录》第50册，第719页。

对他们升任总署大臣前的资历作一比较：①

表四　以章京直接升任总署大臣者之资历比较

姓　名	入值总署时间	充总办时间	担任京卿时间	升任大臣时底缺
成　林	9年	9年	1年	光禄寺正卿
夏家镐	11年	10年	4年	太仆寺少卿
周家楣	14年	超过7年	超过3年	顺天府府尹
吴廷芬	14年	超过7年	6年	宗人府府丞

从表中可以看出，以章京直接升任总署堂官的四人，入值时间都较长，派充总办章京的时间也都超过七年。按照总署两年保奖的惯例，都能以资深章京记名并最后外放海关道。之所以升任大臣，一则因为他们自身职缺高，资历深，具备出任大臣资格；二则因为他们确实办事得力，总署大臣办事依赖他们；三则因为光绪十年之前，总理衙门自主性远过于后来，多有突破常规的举措。可以说，总理衙门章京直接晋升为大臣，尽管合情情理，但并无制度性保障，上述个案，毋宁看作制度上的特例。

而杨宜治的情况则不同。他在光绪二十年为保留章京资格而扣传御史，最后以四五品京堂候补；到光绪二十四年，他

① 《军机处录副奏折》，档号03-4606-031、03-4700-068、03-4662-055、03-4641-037；《军机处录副奏摺》，档号03-5107-028、03-5128-117、03-5116-116、03-5120-046、03-5130-146、03-5143-144；吴丰培等编：《清同光间外交史料拾遗》，全国图书馆文献缩微复制中心1991年版，第4卷，第211、222—223、184、188、191、192页。以上三种时间为从属关系，即入总署后一段时间，办事勤能得体，才可能充任总办；担任总办期间有好的表现，才可能担任京卿，并仍在总署充任总办。

虽然在总署当差已达十四年，但担任总办章京的时间，则仅一年而已。另外，杨宜治担任四品衔的太仆寺少卿也只是光绪二十四年当年的事。尽管他是名副其实的资深章京，其位也已至正四品，但相对于前几次以章京升任大臣的同仁而言，杨宜治的资历还远远不够。若要升任大臣，必须依赖堂官们突破常规的推荐提携，而此时的总理衙门，怎么能有突破常规的勇气？此时的总理衙门大臣，又怎会有力荐杨宜治的动机？

杨宜治在光绪二十三年（1897）还仅为正五品的通政使司参议，在次年补授太常寺少卿，并通过会典保案获得三品京堂的保奖，在严格讲求资历的清朝官场，如此迅速的升擢对杨而言并非好事。张荫桓认为，杨宜治之所以能因会典保案获得超擢，是因为他多次起草弹劾张的奏摺，受到张的政敌徐桐等人的嘉许。①

署中为上司所忌，制度上又不允许破格升任堂官，加之身患重病，杨宜治升任总理衙门大臣、"上堂办事"的愿望极难实现。光绪二十四年六月十八日（1898 年 8 月 5 日），杨的同事、总署章京张元济给正在丁忧的另一位章京沈曾植写信，介绍总署现状，信中有一句提到杨宜治："虞裳恐难如愿，现病甚剧。"②不妨再参照张荫桓所说："叔平曾言虞裳就要上堂办事，又屡漂通副、常正、宗丞三缺，其病愈不能解。"这里的"漂"

① 张荫桓在日记中说："今年徐桐、王鹏运、胡孚宸之劾，或谓悉出虞裳所为。徐性最刻，会典保案虞裳保三品京堂花翎，以此相形，无足怪耳。"任青、马忠文整理：《张荫桓日记》，第 552 页。

② 《张元济致沈曾植》（光绪二十四年六月十八日），《张元济全集》第 2 卷，商务印书馆 2007 年版，第 227 页。

即落空之意。杨宜治因身染重病，无缘通政使司副使、太常寺卿、宗人府丞这些京堂职缺，总理衙门大臣的位子可望不可及，这一切加深了对杨宜治的刺激，以至于病不过两月而亡故。杨曾说董世延“无所得郁郁而殁”，余烈“无所得而终”，他自己的病症，似也正是在一个“得”字上。

为说明总理衙门制度的弊端，我们不妨再将军机处与总理衙门做一对比。总理衙门章京与大臣的两级人事制度系模仿军机处而来。底缺为郎中的军机章京和总署章京都能被保举京堂，由五品郎中进而为四五品乃至三品京堂。军机章京若从三品京卿迁擢为部院堂官，须离开军机处，其原有位置则由另外的章京替补。他们离开军机处，对于军机处和国家的运作而言，影响并不大。军机章京要求勤能、慎密、文字优长的本领，在科举制度和清朝文官制度之下，这样的人员不难找寻。然而，对于所办事务已要求高度专业化的总理衙门而言，这一迁转规则意味着：长期从事外交的中级官员缺乏直接进入外交决策层的途径。在实践中积攒的经验和办事能力，都会随着他们离开总署而流失。

从三品京堂的总署章京到三品京堂的总署大臣，看似一小步，但在清朝体制中，无疑是一种突破成例的直升。在这种体制下，有条件的章京寻找着他们期许的、但实际中却很难得到的位置，他们变得不安其位。若想突破成例获得“超擢”，则必须承担各种压力，并准备承受得失之间的心理落差。

六、结　语

总理衙门成立之时，被外人称作清朝的“外交部”（Foreign

Office)。从之后的运作来看，总理衙门所办理的外交似乎与近代外交理念有着较大差距。我们由此发问，总理衙门究竟怎样运作，怎样处理外交事务？它的工作人员每天在做些什么？《惩斋日记》正好为我们提供了一些片段。通过这些片段，我们大致能看到总理衙门办事的流程和风格，看到在平时并不专注本职的总理衙门章京，看到临事倚赖赫德的总理衙门大臣；看到旷误公事、视宴饮为习惯的总理衙门章京，看到重形式、轻实际但外强中干的总理衙门大臣。

科举出身的京官，文化涵养较高，他们从事饮宴叙谊、吟诗作文、访碑临帖似都无可厚非，甚至会被外人看成是中朝士大夫笃好文雅的美事。但身当要职、事务繁重的总理衙门章京，似有必要用更多的时间去做分内之事。特别是在此时，南方边患甫平，来自西部的英印势力和来自日本的威胁日益逼近，矛盾随时都会激化，而清朝中枢决策层级的外部知识仍然奇缺。作为文人，版本碑帖可以是他们的专长，但对于外交官，如果仍以此为主业，则并不适宜。《惩斋日记》中的总理衙门章京，似乎从来不曾意识到这一点。他们还停留在传统士大夫的身分认知上，尽管他们当值的机构是专门与西方外交官打交道的地方，那里需要的是精通外文及国际事务的近代外交官。

作为庞大的京官群体中的一部份，总理衙门章京与所有其他部院司员一样，最关心的莫过于他们仕途，他们考选章京，承担总署章京这一既无当差薪俸，又遭清流白眼，同时公务繁难的差使，就是为了在壅滞的官场为自己谋得较顺遂的发展。总理衙门的优厚保奖的确给了他们希望，不过是有限的希望。对于部份章京而言,希望后又失望的打击往往比没有希望更加沉重。保奖最优的章京,或升京堂,或放关道,前者得官,后者获利。传统的政治制度很难允许中层京官从司员直接上升为堂官,对专业要求甚高的总理衙门也不例外,它并不具备培养职业外交官员的机制。仅从个人仕途发展来看,总理衙门章京一定程度受益于该机构的特殊制度,但若从全局看,仍未脱传统制度窠臼的总理衙门并无益于近代外交官的养成。制度上最具本质性的变革,发生于外务部成立之后。①

原载《近史所集刊》第70期(2010年12月,台北)

① 与总理衙门和清朝原有部院不同,外务部章程对于该部缺额,不但未分满汉,且不再以原有的题、选进行划分;伴随科举制度的终结,外务部不再限制部员出身,不再以考试形式从京官中考选部员,而是改以奏调方式网罗各类新式人才;另外,丞参制度的设立,使得司员与堂官衔接,总办章京不再遭遇类似杨宜治的命运,外交官职业化有了制度依托。外务部的这些举措为清季新成立的各部所仿效,官吏的养成机制、铨选规则发生重大变革,由此造成清朝政治制度的巨变。

图书在版编目(CIP)数据

杨宜治日记/李文杰整理. —上海:上海人民出版社,2021
(中国近现代日记丛刊)
ISBN 978-7-208-16843-5

Ⅰ. ①杨… Ⅱ. ①李… Ⅲ. ①日记-作品集-中国-清代 Ⅳ. ①I264.9

中国版本图书馆 CIP 数据核字(2020)第 228549 号

责任编辑 邵 冲
封面设计 汪 昊

中国近现代日记丛刊
杨宜治日记
李文杰 整理

出　　版 上海人民出版社
(200001 上海福建中路 193 号)
发　　行 上海人民出版社发行中心
印　　刷 江阴金马印刷有限公司
开　　本 890×1240 1/32
印　　张 12.5
插　　页 5
字　　数 255,000
版　　次 2020 年 12 月第 1 版
印　　次 2020 年 12 月第 1 次印刷
ISBN 978-7-208-16843-5/K·3027
定　　价 65.00 元